Vrees as Metgesel

Samesteller: Ria Richards

Malherbe Uitgewers Publikasie

Outeur: Die skrywers
Voorbladontwerp: Ria Richards

Geset in Franklin Gothic 12pt

ISBN 978-1-997443-08-7
Eerste Uitgawe 2025

Inhoudsopgawe

i

Alex J – Die Tyd Speurder

©Tharina Schnetler

Alex weet nie veel van die magiese wêreld nie, maar daar is iets aan die horlosiewinkel wat hom tóg na die plek gelok het. Dalk omdat misterie hom altyd soos 'n magneet aantrek, selfs al skop hy daarteen. Dit is nie net die antieke stukke of die geur van oudheid nie, maar die onverklaarbare atmosfeer – iets wat hom aantrek. Hy was al vantevore daar en het verskeie kere al daaroor gedink om terug te keer. Vandag het hy 'n rede: Sy ryk kliënt wil die winkel koop sodat hy die hele blok geboue kan laat sloop, maar die eienaar wil niks weet nie. Hy moet uitvind hoekom. Die winkel, feitlik begrawe in die donkerste deel van die stad, hou tyd, maar ook iets anders, stil daarin vas.

Toe hy instap, maak die deure geluide wat nie net die ruimte vul nie, maar dit laat bewe met iets wat nie fisies is nie. Die winkel gee hom vandag 'n koue, verlate gevoel wat Alex onmiddellik ongemaklik maak. Alex het in sy dertigjarige beroep as speurder, al met verskeie bisarre situasies gedeel, en die onnatuurlike het hom nog nooit van sy brood-en-botter, en veral nie die peperduur Porche in sy motorhuis, weerhou nie.

Hy kan sweer dat daar doodse stilte is, maar skielik begin 'n enkele horlosie tik en skaduwees, sonder verduideliking, begin beweeg. Die enkele 'tik ... tik ... tik' word al harder, totdat Alex onwillekeurig sy vingers oor sy ore druk; maar toe die stukkende koekoek, wat uitmekaar op die werkstafel lê, skielik die uur aankondig, stop die horlosie met 'n harde, finale, 'tik'. Na wat soos 'n ewigheid voel, gesels elke horlosie nou saam, of dit nou die tik van antieke modelle is of die moderne SMART horlosies wat die nuutste tegnologie weerspieëlend laat eggo. Maar, die winkel het nie nét 'n atmosfeer van klank nie, dit het 'n gevoel.

Alex voel 'n rilling teen sy nek. Toe dit uiteindelik oor sy hele liggaam spoel, tree hy agtertoe en gaan met sy rug teen 'n pilaar staan. Sy hand vee vanself oor sy oë en hy kom agter dat hy hard asemhaal, al voel dit vir hom of hy versmoor. Dis toe dat hy Markus, sy skatryk kliënt, in die weerkaatsing van 'n groot venster voor hom, sien instap. Markus is van die nuuskierige soort – altans, dit is die gevoel wat Alex tydens hul onderhoud gekry het.

"Ek hoop nie jy het jou nuuskierigheid in die pad van jou instink gelos nie," waarsku Alex hom. "Hier is iets nie reg nie. Ons moet hier uitkom," sê Alex in 'n ferm fluistering. Sy instinkte sê vir hom dat hulle nie lank in hierdie plek moet bly nie.

Markus lag net spottend. "Kyk na daardie horlosie in die hoek - dit lyk asof dit uit 'n ander wêreld kom." Markus bly nou stil, sy oë reeds vasgenael op die horlosie met die rooi en blou bandjie. "Dit is net 'n illusie," sê hy, al twyfel sy stem. "Net 'n ou truuk."

Maar die horlosie het nie gestop nie. Dit bly tik, en met elke sekonde word die geluid harder en meer intens, asof dit die stilte rondom hulle wil verswelg. Die rooi en blou kleure op die bandjie begin in 'n hipnotiese spiraal draai, en Markus beweeg nader, sy hand uitgestrek om dit aan te raak.

"Moenie!" stop Alex hom en hy trek sy arm terug. "Jy weet nie wat jy doen nie!"

Markus frons. "Dis net 'n horlosie, Alex. Hoeveel mag kan dit moontlik hê?"

Maar voor Alex kan antwoord, beweeg die hele winkel – nie soos 'n aardbewing nie, maar asof die tyd self begin gly. Die groot horlosie teen die muur begin onverklaarbaar vorentoe tol, sy wysers al hoe vinniger. Mis spoel nou soos 'n lewende entiteit oor hulle, 'n ysige koue wat hul asem in hul longe laat stol.

Alex weet hulle moet dadelik daar uitkom. Hy gryp Markus aan die arm en begin hom na die deur trek, maar Markus beur terug, sy blik steeds op die horlosie. "Ek moet weet, Alex. Ek moet verstaan."

"Wat jy ook al dink jy sal vind, is nie die moeite werd nie," sis Alex, sy stem vol dringendheid. Maar Markus glo hom nie. Hy steek sy hand uit en maak die glaskas met die antieke horlosie oop.

Die oomblik toe Markus aan die horlosie raak, verander alles. 'n Skreeu, nie van 'n mens nie, maar van die entiteit self, ruk deur die lug. Die ligte in die winkel begin flikker, en 'n mag wat Alex nie kan verduidelik nie, omvou hulle. Dit is asof die tyd self ophou vloei het. Alles word stil – selfs die geluide van hul eie asemhaling.

Markus draai om na Alex, sy oë wyd gesper en vol paniek. "Ek het dit verkeerd gehad," hyg hy. "Ons moet hier uit!"

Maar dit is te laat. Die winkel maak hul greep stywer, hul realiteit begin vervorm. Die horlosies begin weer tik, hierdie keer nie in harmonie nie, maar asof elkeen hul eie chaos wil skep. Alex besef hulle is gevang in iets wat veel groter is as enigiets wat hy ooit kon verwag.

Toe, net so skielik as wat die chaos begin het, stop alles. Die winkel is stil. Die horlosies is doodstil. En Markus? Hy is nêrens te sien nie.

Alex kyk na sy omgewing, sy hart wildkloppend in sy bors. Hy is alleen in die winkel, maar hy kan voel dat hy dopgehou word. Die entiteit is steeds daar, steeds aanwesig, steeds 'n mag-wag oor sy diepste emosie.

Die fluisterstem keer terug, sag en onheilspellend. "Die tyd is nou áán jou, Alex. Wat gaan jy daarmee doen?" Met die uitspraak lig die winkel sy greep oor hom. Alex bevind homself buite die deur, koue lug op sy gesig. Maar Markus is steeds weg, en Alex het weet dat hy homself in 'n stryd met tyd bevind – 'n stryd wat nog lank nie verby is nie. Alex onthou 'n lig in Markus oë, wat hom weer laat wonder wat sy ware motiewe vir die aankoop van die spesifieke perseel is. Volgens die verkoopsagent is hierdie die enigste winkel waarin Markus belangstel, al het hy vir hóm vertel dat hy die hele blok gaan koop en sloop. Markus se honende lag toe hy hom daaroor uitgevra het, het Alex grensloos geïrriteer.

Alex gewaar nog 'n horlosie. Dit is een van die antieke stukke, gehuisves in 'n glaskas en omring deur ander horlosies uit alle wêrelddele. Elke versamelstuk 'n storie op sy eie. Maar wat Alex nie besef nie, is dat die winkel sélf die ware misterium is, nie die horlosies nie. Elke horlosie, elke tik en elke sekonde stilstand in die ruimte, het die balans van werklikheid begin verander ... en dit is tóé dat die onverklaarbare mistigheid weer begin beweeg. 'n Wit waas vanuit die bakkery langsaan, begin oor en deur die winkel spoel. Dit bemeester nie net die atmosfeer nie, maar tyd self.

Die grootste horlosie teen die muur meet nie net tyd nie, maar weerspieël die vertikale realiteit van die winkel én die bakkery. Daar, in die donker hoek van die winkel, vul die geur van varsgebakte brode 'n ou herinnering aan 'n ánder tyd, die lug. Alex wonder hoe die bakkery en die horlosiewinkel dieselfde misteriumruimte kan deel. 'n Growwe, yskoue hand raak aan sy skouer, en in 'n breukdeel van 'n sekonde beleef hy 'n voorskoot en vadoek-oor-die-skouer as heersende entiteit.

Markus is skielik net weer daar. Bleekvaal en met sweetdruppeltjies wat op sy bo-lip pêrel. Hy gesels nie, maar bekyk die kamer met 'n fynkeurendheid. Dit is die stilte van die plek wat hom ongemaklik maak. Die stem wat dit so duidelik invul, kom nie van 'n mens nie. Dit is 'n oorverdowende stil fluistering wat in die lug sweef, op die grens van die onhoorbare en onsigbare.

"Elkeen van ons het die mag om die tyd te beheer ... of julle dit nou weet of nie," sê die fluisterstem. "Maar weet julle wat dit regtig beteken? Jy dink jy verstaan tyd, maar tyd verstaan jóú."

Net toe Alex op die vraag wil regeer, stap 'n kindjie deur die winkel, heeltemal onbewus van die magte wat die lug beheer. Die seuntjie is nie meer as ses jaar oud nie, met 'n gretige glimlag wat die hele kamer vir 'n oomblik helder maak. Hy gaan vat sy oupa, wat stil in die hoek staan en 'n horlosie in sy hand draai, aan die hand, heeltemal onbewus van die betekenis en magspel in die kamer.

"Ek kan nie wag nie," sê die kind met glinsterende oë. "Oupa het vir my roomys belowe. Ek wil nie hê die deure moet nou toe wees nie. Ek wil na die kafee toe gaan!"

Alex het hom nie opgemerk nie. Hy is besig om weer na die horlosie in die hoek van die winkel te staar. Dit is die rooi en blou streepbandjie wat dit 'n afwyking van die norm maak. Toe hy sy oë knip, word dit vir hom duidelik: dit is die bandjie van 'n bende, 'n simbool wat die kindjie wel herken.

"Dit is nie belangrik nie," sê Markus, maar Alex raak al hoe meer betrokke in die misterie.

Die winkel het nie net geure en atmosferiese stilte nie. Dit is die plek waar die entiteit regeer. Dit is ook op daardie oomblik dat Alex besef dat dit nie die horlosies is wat hulle beheer nie, maar iets veel groter. Toe die horlosie met die rooi en blou bandjie begin beweeg, sien die kind dit raak en hou dit met sy hand terug. In die mistigheid van die bakkery waas, reflekteer die kleure helder op die horlosieglas. Tog sluip die mis soos dun vingers tussen die horlosies deur, koud en doelgerig. Die seuntjie plaas dit op die toonbank en dit verander iets aan die ruimte.

"Goed, ons kan gou gaan," sê die oupa, sy stem vol liefde, sy gedagtes op die roomys wat hy sy kleinseun belowe het. Maar toe hulle by die deur kom, besef Alex: tyd is nie iets wat jy kan beheer nie. Dit is nie in jou hande nie. Soms moet jy die mag wat jy het, eenvoudig laat gaan.

Die winkel is in 'n vreemde stilte agtergelaat toe die oupa en die kind die deur na buite oopmaak. Die dowwe geklingel van die klok wat die vertrek verlaat, laat die ruimte in die winkel in stilte, maar dit het nie die effek wat Alex verwag het nie. In plaas daarvan word die hele ruimte stil, asof iets binne die mure van die winkel die lug opgeneem het ... 'n versteurde rustigheid wat niks anders as 'n illusie is nie. Die horlosies tik nie meer nie. Die mag wat die horlosies beheer, beïnvloed nie net die sekondes nie, maar die hele universum van die winkel.

Alex druk sy hande in sy sakke, asof hy al die tyd die gebeure vooraf geweet het. Die koue, harde voorwerp in sy sak herken hy dadelik as 'n sakhorlosie. Hy het dit beslis nie self daarin gesit nie, en daar was niemand anders naby genoeg aan hom nie. Hy kyk eers na die horlosie en toe na Markus, sy oë beskuldigend en vasberade. Hy steek sy hand weer in sy sak en haal die sakhorlosie uit. Die wysers tik vorentoe, maar dit is nie die tyd wat hy ken nie. Dit praat 'n ander taal van sekondes en minute, een wat hy nie kan verstaan nie.

"Ek weet nou, dit is nie net 'n winkel nie. Dit is die plek waar iets anders jou gedagtes vang," sê hy sonder klank, en daar is geen antwoorde nie. Net die fluistering wat Alex se gedagtes steeds verhinder om duidelik te wees.

Die vreemde entiteit wat die lug opvul, beïnvloed nie net die atmosfeer nie, maar ook die emosies van al die mense in die winkel. Die winkel begin skielik raak. Alex kan die gewig van die veranderinge voel – soos 'n mag wat sy liggaam omskep en hom in 'n ander realiteit plaas. Maar dit is nie net Alex wat die gewig voel nie. Markus beweeg ook, hy probeer om dit te ignoreer, maar 'n wit mistigheid kom uit die hoek en dans langs hom, asof dit die enigste beweging in die kamer is.

Die groot horlosie teen die oorkantste muur begin beweeg, stadig, maar duidelik. Dit is nie net die uur- en minutehand wat beweeg nie, maar die horlosie wys 'n refleksie. Dit is nie van die winkel nie, nie net die ruimte waarin hulle staan nie. Dit weerspieël die bakkery, presies op die oomblik toe die vrou van die horlosiemaker in die kombuis voor die oonde buk, soos sy herhaaldelik al dag na dag gedoen het. Alex het gedink hy was oortuig van die werklikheid, totdat hy daardie refleksie sien.

"Die bakkery ... dit is nie moontlik nie," mompel hy, sy gedagtes verdwaal. "Die vrou is ... is lankal reeds dood!" Alex het self haar dood ondersoek sonder enige leidrade wat op moontlike gemenespel kon dui, al was hy oortuig dat sy ten minste emosioneel gemartel en verniel was.

"Wat jy hier sien, is nie wat dit lyk nie," sê 'n vreemde, swaar stem. "Dit is nie die werklikheid nie. Tyd het die mag om alles wat jy weet, om te draai. Die horlosies, hulle is nie net stukkies metaal nie. Hulle is die vensters na ander wêrelde."

Net daar, aan die kant van die winkel, verskyn die misterieuse eienaar van die stem. Hy beweeg nie naatloos in die kamer nie, sy teenwoordigheid is oral, asof hy die lug sélf gebreek het om daar te wees. Sy oë sit vas op die horlosie teen die muur, hy kyk nie na Alex of Markus nie, maar na die refleksie van die bakkery. Hy raak die horlosie nie self aan nie, maar dit lyk asof die horlosie hom erken. 'n Bizarre, stille oomblik hang in die lug.

En toe gebeur dit. Die entiteit oorheers weer en begin gesels, maar dit is nie net die fluistering nie. Dit is 'n stem, 'n stem wat nie net na hulle toe kom nie, maar een wat deur die winkel sleep, in die hoeke van elke horlosie.

"Hoeveel van die tyd aan jou toegegee, het jy gebid?" vra dit, 'n vraag wat geen werklike antwoord verwag nie. Dit is eerder 'n teregwysende herinnering – om elke sekonde wat jy het, eerstens te erken en te waardeer. Maar die stem sweef nie net oor die lug nie. Dit laat die winkel self bewe. Elke horlosie hoor dit en begin sing op 'n manier wat nie moontlik is nie.

Markus begin die gevoel van die winkel-entiteit se krag verstaan. Dit is nie net 'n spel wat die horlosies speel nie. Dit is die plek waar die entiteit sy mag oor elke dag, elke minuut en elke sekonde span. Tyd het nooit regtig oor mense gegaan nie. Dit gaan oor diegene wat hul eie verlede en toekoms probeer beheer.

"Dit was altyd daar," sê Markus onnadenkend, sy stem bewend van onrus en 'n ongekende moegheid. "Tyd, dit is die enigste mag wat regtig van waarde is."

Die 'ding-dong' van iemand wat by die deur instap weerklink toe die seuntjie weer by die winkel instap. Onbewus van wat om hom gebeur het, dwaal hy tussen die rakke, op soek na die horlosie wat hy 'n paar minute vroeër gesien het. Sy hand reik na die horlosie met die rooi en blou bandjie, die simbool van sy bende, sy wêreld, sy realiteit.

Alex besef dit. Die mag wat die winkel beheer, beheer nie die kind nie. Hy is nie deel van die delikate spel nie. Hy was net opgewonde oor die roomys wat sy oupa vir hom belowe het, soos die ander mense in die winkel onbewus was van die veranderinge rondom hulle, was hy nie beïnvloed deur die mistigheid of die stem nie. Die kind het nie besef dat die horlosie die ware mag van die winkel weerspieël nie. Hy het net gesoek wat hom gelukkig gemaak het, die eenvoudige dinge in die lewe.

"Die horlosie, wat sy toekoms ook al mag wees, is nie vir jou nie," maan Alex hom, maar die kind hoor dit nie. Hy sit dit terug en keer terug na sy oupa.

In plaas daarvan dat die entiteit eenvoudig verdwyn, kom daar 'n finale toets van waarskuwing. Die stem fluister vir Alex: "Jy het dalk oorleef, maar tyd wag vir niemand." En toe is dit verby. Die winkel is stil. Die magte wat dit beheer het, het teruggetrek, nie omdat dit vernietig is nie, maar omdat dit slegs geheers het omdat dit die mag oor sekere van die mense in die winkel herken het, en wanneer dit besef het dat mense eenvoudig nie gebuk gaan onder die gewig van beheer nie, het dit op sy eie manier stil geword.

Alex kyk terug na die horlosies, na die winkel, na die wêreld wat niks anders as 'n verbygaande oomblik is nie.

"Tyd is tyd," sê hy stil. "En wat ons daarmee doen, is wat ons werklik besit. Ek weet nou wat jy wou weet. Die ou man se daaglikse herinnering aan sy vrou se beeld deur die tydmag van gister, weerhou hom daarvan om te verkoop."

Markus knik tevrede, dankbaar om uit die winkel weg te kom. "Stap saam, jou tjek lê in my motor."

Bloedtraan van die maan

©Irene Bowles

Kannadraai swyg …

Sy aarde het 'n koelbloedige moordenaar ingesluk. 'n Seuntjie se onskuldbloed het sy grond deurweek. 'n Bloedspoor, na sewe lange jare se reëns, is slegs 'n herinnering. Tog knaag dit steeds aan die inwoners se harte. Hoe kan iemand so iets doen? Speurder Neels Dikstra het lankal moed opgegee. Hy het hierdie moordsaak kafgedraf sonder 'n enkele leidraad.

Kannadraai het stom gebly …

Die vuilbleek stofstrate is moeg geloop. Net meer as honderd gesinne is hier ingewortel. Ken mekaar se ins en outs. Wie ken nie vir ou Antjie van Zyl nie? Beslis met die maan gepla. Haar dogter, Doekies, sien om na haar. Tant Sarie Willemse, grootste skinderbek, los niemand uit nie, behalwe haarself. Vandag is sy reeds op pad na ou Antjie en vind haar op die stoep. Sit net daar met nikssiende oë, in haar eie wêreld gekeer. Doekies bring tee.

"Ma is weer nie so lekker nie, tant Sarie. Net een storie van die maan wat so vol bloed is."

"Ka' jy nou meer! Antjie, watse maanstories het jy nou weer innie kop?"

Ou Antjie wieg in haar stoel, haar dofbruin oë, glasig. Kompleet asof sy in 'n ander wêreld is, onbewus wat rondom haar aangaan.

"Die maan … daar's bloed … baie bloed … die maan huil … bloedtrane … hartseer … oppie dood se spoor …" mompel ou Antjie temerig en afgetrokke.

"Mens maak g'n sin uit wat die vrou sê nie. Wag, Doekies, ek moet loop. Antjie praat haar eie snaakse prate. Dankie vir die tee, kind."

Daardie nag …

Die maan sluimer agter 'n digte pienk wolkkombers. Traag breek dit deur, bloedrooi en onheilspellend soos nooit tevore nie. Kannadraai verdonker en grynslag in sy stilte. Saggies fluit die windjie sy treurliedjie. Hier kruip die mense vroeg in en met dagbreek skuiwe die bokwagters veld toe. In die donker nag se vroeë ure word alles grafstil …
Antjie van Zyl het nog nie tot ruste gekom nie. Sy wieg onophoudelik in haar stoel, trui oor haar kop getrek. "Bloedspoor … die maan… trane …dood …" Doekies het haar hande vol. Teen voordag raak ou Antjie rustiger en Doekies neem haar bed toe. Die maan se bloed is leeg gestort. Blinkwit skyn dit en verdwyn langsaam agter 'n wolkkombers.

Teen dagbreek bars die nuus met vrees, skok en verwarring oor Kannadraai se stil strate.
Daar is 'n moord gepleeg! Klein Kosie se liggaampie lê in 'n stofstraat, stokstyf en leeg gebloei. Net sewe jaar oud. Dokter Gys du Randt se seuntjie. Hy en sy vrou is geliefd op Kannadraai. Arme kind! Dis verskriklik! 'n Bokwagter, Jan Toontjies, wat werk op 'n naburige plaas, het hom gevind. Dié het hom yskoud geskrik. Hy het die naaste huismense verwittig en binne 'n ommesientjie was die Kannadraaiers daar. Mans met flitsligte wat rondkyk vir iemand wat iewers mag skuil. Vroue wat aanskarrel in kamerjaponne en pantoffels en kinders met slaperige oë. Só iets het nog nooit op Kannadraai

11

gebeur nie. Wie het dit gedoen? Hoe het klein Kosie hier beland? En die Du Randts? Is hulle bewus dat hul seun nie in sy bed slaap nie? Dis die vrae wat spook by die omstanders. Skok en afgryse vul die doodse atmosfeer en vroue en kinders huil onbedaarlik.

Tant Sarie is die enigste een wat nugter dink. Hier is 'n kans om die nuus eerstehands oor te dra. Sy moet die polisie verwittig. Haar krom beentjies ken ál die loopplekke van Kannadraai. Vinnig dra sy die seer nuus oor aan die polisie.

Onder bevel van kaptein Piet Baadjies, die stasiebevelvoerder, is sersant Koopman en konstabel Beukes vinnig op die moordtoneel. Die omstanders versper hul weg en hulle moet die huilende skare terugdryf.

"Verlaat onmiddellik die toneel, asseblief! In sulke gevalle moet die persoon, eerste op die toneel, die polisie ontbied. Ek hoop nie iemand het aan die liggaampie geraak nie. Julle kon belangrike bewyse vernietig het!" bulder sersant Koopman.

"Jan Toontjies, ons verneem jy het eerste op die toneel afgekom. Bly net hier terwyl die res huis toe gaan," sê konstabel Beukes terwyl hy die verdwaasde skare huis toe stuur.

Jan Toontjies kon nie veel help nie. Hy het niks gesien nie, net die liggaam gevind. Hy het aan niks geraak nie. Dit wat die polisie nou sien, is hoe hy dit gevind het – behalwe vir die honderde spore wat kruis en dwars om die klein lyfie beweeg het. Wat die polisiemanne aanskou, skree ten hemele! Klein Kosie, lakenwit, lê leweloos in sy eie gestolde bloedplas. Duidelik met 'n skerp voorwerp in die nek gesteek. Afgryslik! Hulle fynkam die toneel. Sowaar, niks wat rondlê nie, geen bewysstukke. Die toneel is vertrap!

Hierdie is beslis 'n gróót saak. Sersant Koopman verwittig kaptein Baadjies die toedrag van sake. Kort voor lank daag speurder Neels Dikstra en 'n jong konstabel op. Kaptein Baadjies het hom ingelig. Hierdie is moordondersoek, dit is immers sý werk. Terwyl Dikstra en sy maat met helder flitsligte, dieper ondersoek instel, is die twee polisiemanne op pad na dokter du Randt en sy vrou. Dit is die swaarste nuus om oor te dra.

Dokter du Randt en verpleegster Groenewaldt is op pad terug van 'n naburige plasie, Groendal. Vroegaand was hulle uitgeroep. Oom Dawie Louw het oor die telefoon gepraat: "Dokter, dis Marizka, my kleindogter, Dok, sy moet kraam. Maak net gou, Dok, asseblief!" praat hy senuagtig.

By die deur het tant Kittie hulle verwelkom. "Dok, ek sê jou, hier moet gou gespeel word. Daai babatjie is bitter naby ..."

Hulle het die nag deur gespook. Ontsettende moeilike bevalling. Gelukkig kon hulle Marizka en haar seuntjie deurhaal. Was ook net die Here se genade.

As hy sy huis nader, sien hy die skare wat saamdrom. Hier is groot fout!

Die twee polisiemanne kom net betyds om vir die tweede keer die skare weg te stuur. Dis nou eie aan klein plekkies! Dokter du Randt is platgeslaan, sy vrou weet alreeds. Sy is histeries, rou smart skeur die egpaar se harte.

Die polisie neem verklarings. Kosie se hondjie, Wollie, het die vorige aand spoorloos verdwyn. Hy was gebroke. Die middag na skool, het hy gemoedelik huis toe gekom, al was Wollie nie terug nie. Dalk omdat Gys hom 'n ander hondjie belowe het. Teen daardie tyd het Kannadraai geweet Wollie is weg. Dokter du Randt en sy

13

vrou, Monica, het daardie aand hul kind in die bed gesit. Hy is bang vir die donker. Gys word uitgeroep na 'n noodgeval. Monica lees vir hom 'n laaste storie.

Vanoggend, vyfuur, word Monica oorval deur huilende skare. Gewoonlik maak sy eers haar kind om sesuur wakker. Dis genoeg tyd om voor te berei vir skool. Sy het nooit besef hy is nie in sy kamer nie. Sou Kosie dalk opgestaan het om Wollie te gaan soek? Hy het tog kalmer gelyk. Kosie sou nooit alleen in die donker stap nie. Is hy ontvoer? Daar is geen teken dat hy ontvoer is nie. Hy moes self by die deur uitgegaan het. Wollie het nie terug gekom nie.

Die dokterspaar word deur die polisiemanne vergesel na die moordtoneel. Dikstra en sy maat is nog hard besig. Hul kind se lewelose liggaampie begroet hulle. Aardig om te aanskou, ontsettende pyn. "Pappa is so jammer, my kind, ek was nie hier vir jou nie! Terwyl ek ander moes red, kon ek jou ... nie red nie, so jammer ... my kind!" Hartseer en selfverwyt oorstroom hierdie egpaar.

Volgens polisieverklarings, het die skoflede, wat die toneel observeer het, geen bewysstukke van watter aard ook al, gevind nie. Hulle verslag beteken niks vir Dikstra nie en hy moes verder soek na leidrade. Hy ontbied die forensiese eenheid wat baie deeglike ondersoeke gedoen het. Hulle oorhandig hul verslag aan Dikstra, geen bewyse nie. Klein Kosie is in sy nek gewond, sy slagaar deurgesteek met 'n mes. Hy is daar gelaat en sy liggaampie het leeggebloei.

Dikstra soek na 'n naald wat iewers in 'n hoop hooimied loop sta' vassteek het. Kannadraai se huisdeure maak vroeg of laat oop. Hy werk onverpoosd.

Hy maak ou Sanna se voorhek oop. Sy skraap afval buite voor haar kombuis.

"Kyk, Speerder, as jy vir Tommie en Sarel soek, hulle lê tiep. Hulle het al twee keer ingebreek, maar moord, nooit!"

"Waar was hulle die aand van die moord, het hulle vreemd opgetree?"

"Speerdertjie, nee, hulle was soos altyd dikgesuip, heelnag gelê waar hulle nou tiep."

Dikstra groet. So gaan dit deur die maande, later jare. Almal het 'n alibi, niemand het 'n motief nie. Na sewe jaar maak die staatsaanklaer sy beslissing. Die dossier word tydelik afgesluit.

Dokter du Randt en sy vrou dra die pyn bitter swaar. Hierdie saak is yskoud, gesluit en die dossier weggepak om stof op te gaar. Hulle sal nooit tot ruste kom nie en raadpleeg kaptein Broekstein. Hy beveel sy vriend aan, Ben Nolte, briljante privaat speurder met 'n goeie track record. Iewers móét iemand iets weet ...

Ben Nolte arriveer op Kannadraai. Hy wil graag die Du Randts help en woon tydelik in hul buitekamertjie. Hy het jare laas sy ou maat gesien. Piet Broekstein lyk nie veel ouer nie en lag breed toe hy Ben Nolte sien. Hy is bly dat Nolte hierdie saak gaan oorneem. Ben wil graag na die dossier kyk. Broekstein neem hom na Dikstra se kantoor.

Ben Nolte se waaksame oë mis niks. Dikstra is beslis 'n uitgeruste luilak. Sy kantoor stink! Sit daar met sy dikgevrete pens en suie aan 'n nat zol. Sies! Twee vuil koppies op sy lessenaar. Die vent staan nie eens op nie! Nolte steek sy hand uit om te groet. Dikstra kom steun-steun op.

"Bly te kenne, vriend."

Wie is sy vriend? Ek het skaars hier aangekom. "Bly te kenne, meneer Dikstra."

"Waarom so formeel? Kom ek sê jou, hierdie saak het niks opgelewer nie. Die moordenaar is dalk nie op Kannadraai nie."

"Moordenaars is op enige plek, soms glimlag hulle geveinsd. Daar stink êrens iets en as iets stink, is daar 'n vrotsel. Mag ek jou dossier leen, asseblief? Ek het reeds met kaptein Broekstein gepraat."

"Die moord het sewe jaar gelede gebeur, né, Dikstra. Ek sal alles deurlees, verslae tot die van forensies. Julle kon niks vind nie en daarom ook geen leidrade om op te volg."

"Ongelukkig is dit so ... skree as jy hulp nodig het. Ek verlang ook dat hierdie saak opgelos moet word. Jy weet, dis hel om jou kind te verloor," sê Dikstra bewoë. Sjoe! Die man klink hartseer.

"Terloops, smyt jou papperasie van 'n zol weg. Dit stink! Waar 'n ding stink is altyd 'n vrotsel."

"Jou grootbek misbaksel!" mompel hy toe Nolte die kantoordeur agter hom toetrek.

Nolte begin sy eerste werksdag op Kannadraai. Hierdie saak moet na 'n kant toe kom. Dikstra se dossier lewer niks op nie, hy't dit lankal aan sy agterent afgevee. Forensies het niks gevind, geen vingerafdrukke, geen DNA van die moordenaar, geen teken van 'n worsteling behalwe 'n meswond in die slagoffer se nek. So wrintiewaar! Geen enkele bewysstuk. Net duisende spore wat die moordenaar se spore verdoesel het. Die saak is in die hof afgesluit. Daar is niks! Dokter du Randt en sy vrou het ook net bevestig wat hy in die verslae gelees het. Die verdwyning van die hondjie die vorige dag, en Kosie wat vroegoggend leweloos in 'n stofstraat leeg gebloei

het, is al wat hulle persoonlik weet. Daar móét iets wees
...

Jan Toontjies vind hy in sy klein pondokkie. Hy loop nie meer agter bokke aan nie. Sy bene het loop sta' ingee. "Ja, ek onthou daai dag bitter goed. Nou moet Speerder nou ôk verstaan, wie ka' dan nou 'n spoor daai tyd vannie môre sien. Ek het amper op daai liggaampie loop sta' trap."

Ja-nee, doodloopstraat, Toontjies weet niks.

Hy het gister terloops verneem van tant Sarie Willemse, die dorpie se skinderkous. Ja, hy kan by haar besoek aflê, die hele boksemdais weet hy is hier. By tant Sarie moet hy sy trappe ken, want hoendermis lê oral op die stoep. Sies!

"Dag, speerder Nolte, ek't gehoor vannie nuwe speerdertjie uittie Kaap. Glo slim ôk, hoor ek."

"Dag, tant Sarie. Ek wil graag gesels oor Kosie se moord. Enige iets wat Tante weet of gesien het?"

"Nee wat, dissie een keer wat ek niks gesien het nie." Die hoenders skrop moeisaam in die grond, opsoek na 'n mieliepit. Sy jaag hulle weg, maar hoor is min. "Kyk, Meneer, ek's bly jy's hier. Dikstra het ná sy vrou en kind se dood, helemaal verander."

"O, ek het nie hiervan geweet nie, wat het gebeur?"

"Motorongeluk, sy vrou is opslag gedood, die seuntjie het die hospitaal gehaal. Te laat ..." Sy bly stil. "Hy't dit sleg gevat, amper dood getreur. Toe gebeur Klein Kosie se ding. Dit het Dikstra weer laat opstaan en hy het hard gewerk om die moordenaar te kry. Geen bewyse nie. Oor en weer gesoek vir daai moordenaar. Weer loop sta' t'rugval, gesuip soos 'n vis. Die man het later sy agterent dik gaan sit en dan teken hy prentjies."

"Weet Tante of daar vyande was wat die Du Randts sou seermaak?"

"Nee, my tyd! Wie sou nou nie van die Du Randts hou nie? Hulle is Kannadraai se lieflinge."

"So hulle het geen vyande nie, tog is hul kind vermoor. Vreemd ..."

"Nie waarvan ek weet nie. Tjiep! Gaan t'rug. Hier's nie kos oppie stoep nie! Jy sien, Speerdertjie, hierie saak sal nie sy einde sien nie."

"Hoekom sê Tante so?"

"Dikstra is nes hierie hoeners. Skrop desperaat vir 'n mielie wat nie bestaan nie. Pik hier, pik daar. Hy moes buitekant Kannadraai ook loop skrop het. Die hoeners kom stoep toe, maar die mielies lê daar buite. Hy gee op, word laks en sit homself dik. Swaar innie broek, lig virrie soek. Hy teken hom vrek aan prentjies asof hy die moordenaar so sal vang. Is dit nou leidrade ...?" Sy haal eers asem.

"Ek sê jou, speerder Nolte, Dikstra het hierie plek omgekeer voor hy loop sit en dikword het, daai mielie bestaan nie hierie, dit lê buite Kannadraai."

Doodloopstraat ... as tant Sarie niks weet, weet niemand iets. Speurder Nolte groet.

"O, gaan gerus na ou Antjie, sy het die dag van die moord snaakse goed gepraat. Dalk kry jy iets uit haar uit," sluit tant Sarie af.

Ou Antjie is vandag in 'n goeie luim. Doekies flikker haar oë ekstra mooi vir Nolte. Sy is mos darem ook mens. Wie is dan nou van klip gemaak? Ou Antjie onthou niks van die maan en sy bloedstories nie.

"Ma onthou gewoonlik niks na so 'n deurmekaar gepratery nie, maar sy het van die dood en die maan se bloedtrane gepraat."

"Interessant ... laat weet my as sy weer oor die maan praat." Nolte groet.

Doekies kyk sy gespierde rug verlangend aan. "Wat 'n mooi, man!"

Die dag is bibberkoud. Nolte is so pas terug van die ou moordtoneel. Hy't dokter Du Randt se tuinwerker, Alie, saamgeneem. Alles daar gefynkam, bietjie geskoffel, maar niks gevind nie. Die sand lê so dik dat hy nie verbaas is dat 'n moordenaar se spore heeltemal vertrap is nie. Hy maak 'n draai by kaptein Broekstein.

"Vorder jy, ou maat?"

"Nog nie, maar ek's geduldig. Jy sien, Piet, as iets stink moet daar 'n vrotsel wees. Is Dikstra hier?"

"Ja, gaan gerus en ... ek hoop jy kry die skuldige."

Dikstra sit ingeprop in sy dik swart jas. Lelike jas, vieslikste groot knope. Nolte het reeds 'n fobie vir knope. Rare ding, maar waarskynlik. Een knoop is weg en verraai sy dikpens. Sy hare is te lank en olierig. Sies! Hoekom is die man so onnet?"

"Jou jas se knoop is weg. Jy moet dit vaswerk, Dikstra."

"Dis nie jou saak nie, Nolte. My vrou is dood! Sy sou dit gedoen het, maar sy's dood, my seun ook. Dood, nes klein Kosie en sy hondjie, dood!

Nolte maak asof hy niks weet nie. "Jammer, ek het nie besef ..."

"Motorongeluk, sewe jaar gelede, my seun was net sewe jaar oud. Hy kon nog geleef het. Hy't hom doodgebloei. So los my uit, ek nodig nie jou sarkasme nie!"

Jammerte stoot op in Nolte se hart. Dit kan nie maklik vir hom wees nie. "Ek sien jy teken graag. Hierdie sketse is baie goed. Mag ek bietjie deurkyk, Sjoe! dis mooi man."

19

"Kyk gerus deur, dit hou my kop besig, verlig my pyn." Arme, man, dis hoekom tant Sarie sê hy het hom dikgesit.

Nolte wil net 'n koppie koffie maak toe daar aan sy kamerdeur geklop word. Doekies vra dat hy soontoe moet kom, haar ma praat weer van die maan. Ou Antjie is in haar eie wiegende wêreld.

"Die maan … sal nie … meer huil … tel op…sy laaste bloedtraan … onder die Krymekaarboom …"

Speurder Nolte word haastig. Doekies is verstom. Hy maak verskoning, sy wou hom nog van die koekies gee wat sy spesiaal vir hom gebak het.

Ben Nolte is soos 'n bloedhond. Hy ruik die bloedtraan van die maan. Hy en Alie, die tuinwerker, het werk om te doen. Later gaan hy na Dikstra en vra hom om saam te gaan na die Du Randts woning. Hy het alreeds vir Gys gekontak dat hy dringend huis toe moet kom.

"Het iets gebeur?" vra Dikstra bekommerd."

"Nie rerig nie, net bietjie ondervraging, ek benodig jou hulp."

Die egpaar wag gespanne. Hulle neem plaas. Tydsaam bring Nolte 'n rooi kledingstuk uit deursigtige plastiek te voorskyn. "Lyk dit bekend?"

Skok en ongeloof is donker op die egpaar se gesigte. "Dis Wollie se truitjie! Monica du Randt word flou. Gys du Randt probeer sy vrou help. "Waar het jy dit gekry!"

"In 'n graf onder die grootste doringboom van Kannadraai, die krymekaarboom, soos julle dit noem. Almal het genoem dat Wollie weg is, maar daar was iemand wat gesê het dat Wollie dood is. Hoe het jy dit geweet, Dikstra?" Nolte besef dat hy nooit na Dikstra kon kyk nie, want die Du Randts was te ontsteld. Dikstra lyk soos 'n spook, wasbleek. Koue sweet rol by sy slape af. Hy is senuagtig. "Ek vra, Dikstra, hoe het jy geweet dat Wollie dood is."

"Jy kan my nie beskuldig dat ek Wollie vermoor het nie, hy't nie t'rug gekom nie. Hy kon net dood wees." "Reg, Dikstra. Hierdie het ek in die graf gevind. Hier is die bewys dat jy Wollie vermoor het. Lyk dit bekend?" Dikstra skrik hom boeglam. Hy gaap oopbek soos 'n vis. Nolte lê die bewysstuk voor hom neer. Die verlore lelike jasknoop. Dikstra gryp sy jas toe, maar sy dikpens bly oop. Dokter du Randt het hom aan die keel beet. Soveel woede en afgryse het Nolte nog nooit gesien nie." As jý Wollie doodgemaak het, dan het jy Kosie ook vermoor. Ek gaan die lewe uit jou wurg, adder!" Dikstra se gesig verdonker. Hy spuug jarelange haat deur sy tande. "Ja, ek haat julle! Jý het my kind vermoor! Waar was jy toe my kind hom doodbloei! By 'n donnerse siek ouvrou wat lankal moes gevrek het! Toe laat vrek jy my kind! Net sewe jaar se geluk! Jy moes proe hoe dit voel, Du Randt, nét sewe jaar saam met jou seun. Ja, ék het Wollie huis toe gelok. Met 'n tou aan 'n balk om sy nek, op die hoë muur. Toe hy spring, is dit koebaai met Wollie," Dikstra lag siek en smalend. "Kosie was na skool op pad huis toe, ek't hom geroep, vertel dat ek weet waar Wollie is. Hy moes saam met my gaan, maar eers as almal slaap. Ek het Kosie vrek gesteek. Jou telg moes vrek soos myne gevrek het, Du Randt! Vrek bloei soos myne! Mý sewe jaar was om, jóúne het gekom!"

Twintig minute later word Dikstra geboei op die polisievangwa gelaai. "Jy sien, Dikstra, as iets stink is daar 'n vrotsel! Ou Antjie se maanstories was nie sommer net stories nie, dis waarheid. Mens moet net slim wees. Die krymekaarboom was die enigste natuurprent wat jy

21

geteken het, dít het uitgestaan. Jou bliksem!" skree Nolte.

Kannadraai gons geskok. "... en die dikgevrete pens gaan skrop toe nie op sy eie werf nie! Nolte het gelukkig die mielies op Dikstra se werf uitgeskrop," sluit tant Sarie elke vertelling af. Die Du Randts kan nou vrede maak. Na net meer as twee weke groet, speurder Ben Nolte Kannadraai se stofstrate. Doekies huil tussen stof en pyn.

Alleen ...

Daar is nog tyd

©Arnold van Zyl Skrywer

Die gehoor wag in afwagting vir die finale vonnis. Die skok hoekom hy hier in die hof staan registreer nog nie by Nikolai nie. Hy draai onseker om ... Sy skalkse oë vee soekend oor die nuuskierige gehoor na sy ma, maar sy is nêrens te siene nie.

Onverwags knal die jurie se hamer ... om die gehoor tot orde te roep. Daar is 'n doodse stilte ... Dan kom die bedaarde stem van die magistraat in die lugversorgde hofsaal na hom toe aangesweef. "Nikolai, omdat jy 'n eerste oortreder is, sal die hofuitspraak jou genadig wees. Agt jaar en sewe maande sonder die moontlikheid van parool."

Nikolai hoor sy vonnis met gemengde gevoelens aan, hy hoor vaagweg die onrus in die hofsaal.

Die hele hofsaak speel weer in breukdele van sekondes deur sy gedagtes. Dis asof, hier waar Nikolai Elmonton in sy grys snyerspak roerloos sit, sy lewensreis geen betekenis meer het nie. Hy haat en verafsku dit as vreemde mense aan sy oortuigings kom peuter, veral hierdie lastige en vals vrae van die staatsaanklaer.

Nikolai het gesien hoe die klerk in sy eenvoudige grys pak, vir 'n wyle na die beslane eikehout-paneel mure tuur. Die woorde: *In God Vertrou Ons*, in goue letters as seëlsteen, vertoon prominent.

Nikolai se prokureur, wat waarskynlik gevul is met sy eie self-twyfel, ondersoek versigtig sy bolpuntpen waarop hy wil probeer steun, dat sy kliënt dalk vrygespreek sou word. Hy skud sy kop oor die onregverdige uitspraak.

Soos 'n donderslag uit die niet, bars daar chaos los na die jurie se fel blik en beslissende uitspraak.

Nikolai vlieg penorent in die beskuldigdebank, hy wend 'n laaste poging aan, noudat hy sien dat sy uurglas uitgeloop het. "Maar dit maak nie van my 'n krimineel nie … is dit so óf nie, Edelagbare?" kom 'n driftige, maar besorgde pleit van sy kant af.

Beslissend hamer regter Clause Lamondy vir stilte. "Kyk, Nikolai Elmonton, nou gaan jy te vêr! Die gemeenskap dra kennis van al die welwillendheid wat jou ouers gedoen het, en die hof beween jou verlies. Gaan dien jou straf uit soos jy jou misdaad gepleeg het!"

Nikolai se liggroen skrefiesoë rol soos 'n verkleurmannetjie s'n deur die aanskouers, op soek na sy ma vir ondersteuning. Hy voel hoe die kil boeie om sy twee polse sluit … daarna klik dit om sy twee enkels.

"Die hof verdaag!"

Daar is diegene wat middagete gaan nuttig, maar nie die kriminele … dis deel van die straf, het 'n mede-gevonnisde hom meegedeel.

Al die veroordeeldes is beangs en word beveel om in die tronkwa te klim. Daar is 'n bedompige suur sweetreuk wat die lugweë rebels laat protesteer. Nikolai is vasgevang in sy eie gedagtes, maar die oë dwaal rond vir simpatie wat ook hier vasgevang is. Tot sy teleurstelling, is hy op die hede die enigste een wat redelik vir homself ruik.

'n Ouerige man wat teenoor Nikolai sit, is geklee in 'n verweerde oorpak wat beter dae geken het. Sy vetterige toutjies-hare is om van naar te word. Hy trek nie 'n gesig, óf sal 'n mens sê dat hy nie 'n flenter omgee hoe hy lyk of ruik nie. Hy knik sy kop en wys met sy oë dat niemand die reg het om na hom te kyk nie. Nikolai laat hom nie intimideer nie.

Die tronkwa verleen nie veel uitsig nie. Die knyp vermoë van sommiges, het geswig tydens die onuithoudbare rit na die godverlate strafkamp. Daar het 'n nuwe ondraaglike stank by die ou bedompige, suur sweetreuk aangesluit. Die lug is droog en snikheet ... die longe brand onophoudelik van al die vreemde reuke wat die lug vul in hierdie beperkte ruimte van die vangwa.

Dis laat skemer en nog steeds warm, met die aankoms. Die omgewing is vreemd vir die gevonnistes, hulle klim uit die vangwa om aan te tree vir visentering. Nikolai voel of hy weer kan lewe.

Hoorbaar stil word alle vryheid en luuksheid van hul wese afgeskeur, daar is nie eens 'n gedreun van voertuie of 'n verdwaalde geluid nie. Hy wonder waar in die wêreld sal hierdie nuwe begin, vir hom as aangeklaagde, wees.

Die eens vernuftige gedagtes is nou so naak as wat jy kan kry voor vreemde oë wat elke beweging dophou.

Kaptein Burk Mondnini se voorkoms lyk brutaal en sy stem getuig daarvan. "Jy het verbrou in 'n wêreld wat jy nie waardeer het nie! Hier maak jy soos daar beveel word. Jy werk saam, of ons gaan dit vir jou hel maak; daar is net twee keuses!"

Stadig begin hulle drentel met hul nuwe tronkklere. "O, jy! Kyk, Nikolai Elmonton, ons hou jou dop! Wees verseker!"

Hy probeer dink; waaroor die vyandigheid so vroeg in my nuwe gekniehalterde lewe?

"Wat droom jy nog ... ek sê; beweeg aan of moet ek jou help!"

Nikolai antwoord nie terug nie. Is daar iets waarvan ek nie bewus is nie? wonder hy. Hy voel dat hy genoeg van al die skynheiligheid van mense het, om te dink dat jy nie meer die reg het om vir jouself te dink nie.

Die klik-klak van sleutels en geklap van seldeure priem al dieper in sy brein vas. Na 'n aansienlike ruk raak Nikolai amper van sy kop af, hy kan nie meer onthou hoe lank hy al hier is nie. Elkeen wil uiting gee oor hierdie onregverdigheid van die lewe … soos hulle dit nou beskou.

Die gevangenis ruik soos doodsbeendere wat met chloor verbloem word. Gedurende die nag sneuwel elke stukkie suurstof onder rookdampe in die beperkte leefruimte.

Hy kry nie baie privaat tyd om sy liggaam genoeg oefeninge te gee nie. Daar's altyd 'n lastige vlieg wat weer en weer probeer om jou lewe hel te maak. Daar speel 'n nare gevoel teen sy rug af in die badkamer. "Wie dink jy is jy, hé?"

"Hier in die hel hoef ons nie ons name aan 'n bandiet te gee nie, verstaan jy dit duidelik?"

"Verdomp! Wat se soort van 'n ding wil julle staan en pleeg?"

"Aha! Nie so opgewonde raak nie, ou pel! Ons wil net 'n bietjie liefde hê!"

"Julle is by die verkeerde liefde fees!" Nikolai se bloed begin borrel van woede. Hy wys met sy wysvinger dat die wat daar staan sy boodskap duidelik sal verstaan. Hy staan halfmas teen al die gemiddelde booswigte.

"Lekker … lekker, dit lyk of daai penvere nog nie gepluis is nie!"

Nikolai kyk in 'n tuisgemaakte mes vas. Hy wys geen emosie nie. "Sit net daai ding weg ... moenie dat daar onnodige bloed vloei nie."

"Ho ... ho! Kyk wie wil ons leer!" Dan swaai die mes skrams by Nikolai se gesig vcrby. So vinnig as die mes-ou onverwags ontwapen is, so vinnig verskyn daar 'n sipier, daar waar die bandiete stort.

"O, ek sien dis alweer jy, Nikolai!" Nikolai herken die sipier wat sy mes vir hom in het van die eerste dag dat hy sy voete hier neergesit het.

Druipstert kom nog dreigemente van die bullebakke wat daar rondstaan.

Die nag kon Nikolai nie slaap waar hy in 'n enkelsel toegesluit is. Deur die sel se venster sien hy hoe die maan se ligstrale grouerig deur die verstikkende rookbank deurbreek deur die nagtelike dun vlieswolkies, nadat dit twee dae gelede volmaan was. Vir dae word hy gegesel oor die selfverdediging wat hy toegepas het terwyl hy gestort het. Hy's moeg van al die vrae wat hy moes beantwoord in sy nuwe tuiste.

Meteens is daar 'n onrus gevoel wat deur die hele tronk se selle dreun. In 'n breukdeel van 'n sekonde, staan die sipier en tien bewaarders by die rumoerige sel. Daar's ook twee dooie bandiete wat half onherkenbaar vermink is.

Die atmosfeer is swygend stil en dis duidelik dat van hulle deur die blare is. Die langtermyn bandiete weet wat die uiteinde gaan wees en staan byvoorbaat vêr van die bewaarders af.

"Jojo ... jojo!" Daar val nog terloopse houe op dié nuuskierige een se kop en rug wanneer hy na die vloer toe val.

Deur die volhoudende dae van seer lywe en foltering, begin Nikolai die tronk taal te verstaan. "Aha! Bravo, moenie kom vertel dat jy onskuldig is nie, ons ken almal daardie ou trick. Pappa se soet seuntjie se voete het toe op die einde van die dag dubbeltjies kom voel! By the way, ek's Altroz!"

Nikolai weet nie of hy die ou moet vertrou nie. "Jy praat nou deur jou rowers-nek, simpel sot!"

"Hier't, jy sien, hier ken ons net een soort taal, en dis wat die eng elite nie verstaan nie. Ek weet wat daardie nag gebeur het, ongelukkig is ons vasgevang agter slot en grendel," wys hy met sy vinger op die mond.

"Daar's geen bewys dat ek my daaraan sou skuldig maak nie!" Nikolai besef ... hier gaan hy nie maklik deur die lewe kom nie, dis 'n boosaardige kriminele wêreld waarin hy vasgevang is.

"O, so? Jy't nog nie gehoor dat die donkerte oë het nie, en as jy dít nie glo nie ... wel, die vloer praat ook in die nag. Wat sê jy nou? Dis nie nou daar buite, waar net die wind teenwoordig was."

"Altroz, ek moet myself hier bewys as ek weer normaal met my lewe wil voortgaan!"

"Normaal! Jy't nog niks van die lewe geleer nie, ou pel! Hier is nie so iets soos regte nie, hier speel ons die spel wat die satan wil hê ons moet speel!"

"Altroz, as jy so wil lewe ... los mý net uit!"

"Die chief wil juis hê ons moet van die kriminele minder maak, so hoef hulle nie te veel aan kos spandeer nie. Tog wil hulle ons rehabiliteer."

Die eens vyandige twee se vertroue groei al sterker, die Kroei-bende is nie geneë dat Altroz weggebreek het nie.

"Altroz, aangesien jy so baie weet wat hier binne en buite gebeur ..."

In hierdie plek is tyd nie altyd aan jou kant nie, jy moet sag en vinnig jou sê, sê.

"My ore luister soos 'n muis s'n en ek ruik as daar 'n snaakse klankie iewers sweef."

Daar is tye wanneer Nikolai nie vir Altroz vertrou nie. "Wat het jy eendag bedoel van die twee bandiete wat doodgemaak is?" vra Nikolai terwyl die twee vir 'n oomblik alleen is.

"Bedoel jy daardie twee wat jy ... hulle was geplant gewees om jou van die gras af te maak."

"Hoe weet jy dit, Altroz?"

"Onthou jy ... daar was 'n ou man geklee in 'n verweerde oorpak wat beter dae geken het. Sy vetterige toutjies-hare ... ek weet hoekom."

Nikolai frons vir 'n wyle, stadig speel alles weer voor hom af en tog ook met onsekerheid. Altroz ... ek kan nie dink dat hy tussen ons was nie. Al die gevonnistes het daardie bekende Sebra oorpakke aangehad, behalwe hy, Nikolai, en daardie ou man. Alles begin in plek val, veral die eerste dag se aankoms en daardie waarskuwende of is dit dreig-woorde van kaptein Burk Mondnini.

"Jy moes die eerste een gewees het en daarna ek, want ek weet te veel wat onder die son aangaan." Altroz wonder of hy die sak patats moet uitskud. "Jou ma was nie so 'n engeltjie as wat sy voorgegee het nie."

Nikolai wil ontplof van woede toe hy die woorde hoor. Hy weet dat sy tyd van ontslag nie meer vêr in die toekoms lê nie. Hy moet dan voor 'n raad van sielkundiges verskyn. "Dis nou louter snert wat ek in baie jare moes aanhoor.

"Jy wil nie verstaan nie, Nikolai! Ek sal maar jou ma met rus laat."

"Jy beter, Altroz!" Sy gedagtes gaan weer terug … dan onthou hy dat nie een van sy familie daar in die hof was nie.

"Jy het die handlanger van die werklike moordenaar geskiet."

"Bog man!"

"Nou goed … luister eers na my, Nikolai … voordat jy jou sinne verloor en iets onbedagsaam aanvang. Belowe my, alhoewel ek nie eintlik so mag praat nie." Altroz steek sy ou halwe stompie aan, die geldjies is skraps hier in die tronk.

"Daaroor sal ek finaal besluit en die regte tyd sal eendag aanbreek."

"Magtag man … ek was so naïef gewees om te dink dat niks sou gebeur nie. Ek was deel gewees van die rooftog, want ek het gehelp met die opstand wat in die myn plaasgevind het. Die noodlot het op my geval om jou pa te vermoor. Dit was 'n opdrag van … sou daar iets verkeerd loop, maar ek kon nie."

"Jy het wat gedoen?!" Albei loop soos verwoede bulle in die bedompige binneplaas rond.

"Verstaan jy nou … dis hoekom ek 'n tronkvoël is, want ek moes in die verlede kom vonnis uitdien vir iets wat ek nie gedoen het nie. Alles is haarfyn uitgewerk … hulle het dit so beplan."

"Altroz, wie het die opdrag gegee … wat weet jy nog wat ek veronderstel is om te weet?"

Hy kyk eers rond voordat hy verder verduidelik. Hy weet daar is net te veel ore wat dalk kan luister. "Daar was net te veel bedrog van die Departement van Mineraal en Mynregte."

"Wat het dit met die moord op my pa te doen?"

"Baie man ... ek sê baie."

"Jy sê baie?"

"Jy is my hoop om hier uit te kom."

"As ek kan help, sonder enige bedrog."

"Ek sien dat jy 'n man is wat baie vinnig van verstand is." Hy knik sy hoof met welgedane trots om te sien dat daar nog sulke mense is.

"Vertel my ... sommer alles wat jy weet, Altroz."

Hy skuif reg asof hy nou nuwe vuur onder sy bas voel. "Daardie minister Chip Perez, en jou voorbeeldige moeder het lekker die kat in die donkerte geknyp. Dis die waarheid, Nikolai."

"Goed ... wat nog?"

"Alles moes soos 'n rooftog lyk om die kaart en transport (dokumente) van die myn te bekom. Ons kon dit nie vind nie."

"Ek sien ... so met ander woorde ..."

"Ja, Nikolai, jou pa het niemand vertrou nie."

"Maar hoe weet jy dit?"

"Ek was 'n binne informant gewees. Ja, ek het ook in die myn gewerk nadat ek my eerste vonnis uitgedien het, dis nie nou ter sake nie."

"Verdomp! Wie was my pa se moordenaar?"

Hy sien dat Nikolai van woede kook en vra: "Vertel my, is daar die moontlikheid om hier uit te kom?"

Daar is 'n doodse stilte, net soos die wind wat ook iets wil hoor. "Ek weet nie meer so mooi nie, Altroz. Hier het ek gesien dat jy wel 'n sin vir geregtigheid het."

"Wat verwag jy van my?!"

"Goed, Altroz ... as jy nie die waarheid wil praat nie ... dan kan ek jou nie help nie!"

"Dit was een van jou eie bloed broers gewees. Ek gaan nie sy naam vir jou gee nie ... werk vir jouself uit wie was jou pa se oogappel ..."

"Dankie, Altroz, ek sien jou binnekort weer."

Nikolai verskyn voor die generaal, die hoof van die strafkamp. "Die hof het jou ontslag goedgekeur, jy is 'n vry man, Nikolai, na ag jaar en sewe maande."

"Geen triomf is volmaak sonder enige konsekwensies nie!" Hy skraap sy bietjie besittings bymekaar en plaas dit in 'n papiersak ...

Die Bewysstuk

©Pieter Saayman

Ek skuif my stoel terug, steek 'n sigaret aan en staar uit by die venster van die klein kantoor wat ek in 'n kantoorkompleks huur. My lessenaar is skoon, behalwe 'n paar ou lêers, penne, potlode en 'n antieke skootrekenaar.

Louis Venter, Private Investigator, pryk in goue letters op 'n blokkie hout op die rand van die lessenaar, 'n geskenk van Lorraine, my eksvrou, asof ek nie weet wie ek is nie.

My gedagtes dwaal terug na die werklikheid. Sake is stil, te stil. 'n Paar oproepe van vrouens, dieselfde storie: "Hou my man se bewegings dop, foto's van hom en sy skelmpie," ...ensovoorts.

Ek druk my sigaret dood in 'n oorvol asbakkie. My selfoon tril en speel sy X-files luitoon.

"Louis, PI,"

"Louis, hi, Arno, hoe lyk dinge?"

"Goed en jy, Arno, wat's nuus, lanklaas van jou gehoor."

Arno, jarelange vriend van my, saam op skool en daarna elkeen sy eie rigting, mekaar weer raakgeloop by 'n krieketstadion – Proteas teen Pakistan.

"Ja, Louis, vreemde ding ervaar vanmôre. Jy weet mos ek draf elke môre vroeg in die veld 'n ent buite die dorp. Ek rus 'n oomblik en my oog vang 'n rooi voorwerp 'n ent van die voetpad af tussen die lang gras. Ek stap nader om te kyk. Dit is 'n gedeelte van 'n rooi T-hemp, klein grootte en die etiket van 'n dames kledingstuk."

"Ok, en wat daarvan?" Ek luister met 'n halwe oor, want ek weet ook Arno leef maar in 'n droomwêreld vandat hy begin skryf het.

"Ek het die stuk hemp opgetel en gesien dit is nat, Nat van rooi bloed wat klewerig aan my hande vasgesit het!"

My belangstelling is meteens geprikkel. Geskeurde dames T-hemp, redelike vars bloed. Aanranding, moord?

"Waar's die hemp nou?"

"Ek het dit weggesteek onder 'n digte doringbos naby waar ek dit gevind het. Kan jy dit uitcheck, ek dink daar's definitief iets vreemds aan die gang?"

Ek trek my notaboekie nader. "Ok, beskryf die plek min of meer waar jy dit gesien het."

Arno beskryf taamlik breedvoerig die veld, voetpad en 'n paar bakens om die plek te vind.

"Reg, Arno, ek gaan ondersoek instel, ons praat weer."

Ek eindig die oproep, sluit my kantoordeur en ry met die hysbak af na die parkeergarage, klim in my Hilux bakkie wat nou begin om sy jare te wys, en ry by die valhek uit.

Die grasveld aan die einde van die dorpsgrens is 'n populêre area vir drawers en stappers met wuiwende grasvelde, wilde blomme en verskeie boomsoorte en struike.

Ek hou stil by 'n inham teenaan die veld, waar voertuie soms parkeer en ook waar die voetpad begin. Ek klim uit en stap met die kronkelende voetpad tussendeur gras wat hemelhoog staan, doringbosse, struike en bome.

Arno het in baie detail beskryf waarna ek moet kyk om by die plek te kom waar hy die hemp opgemerk het.

Ek stap aan op die veldpad, die son is reeds skroeiend warm en sweet hardloop oor my gesig. Ek raadpleeg my notaboekie: Groot treurwilger regs, paar groot klippe langs die pad, uitgespoelde sloot oor die pad ...

Dis die plek. Ek stap na die wilgeboom en 'n merk die laaggroeiende doringbos waar Arno die stuk hemp weggesteek het.

Die gras is platgetrap, skoensoolspore sigbaar op die sand tussen die gras. Ek buk af en bekyk die spore van nader. Verskeie tekkiespore, redelike grootte, moontlik 'n man, seker die van Arno en nog iemand anders. Daar is ook kleiner spore, 'n dame se skoen? Gebuigde grassade, tekens van 'n worsteling?

Nog iets: 'n Sigaretstompie, *Lucky Strike Filter*. Skielik sien ek dit in die weerkaatsing van die son in die sand lê, 'n klein goue oorbel.

Die stuk T-hemp is mooi versteek onder die bos. Ek bekyk dit van nader. Beslis bloed aan die hemp. Ek druk dit in die *Ziplock* sakkie saam met die sigaretstompie en oorbel. Wat het hier gebeur?

Ek bekyk die onmiddellike omgewing vir nog leidrade.

Goed, wat nou. Polisie toe? Nee wat, dit gaan weer dae en maande neem vir die ondersoeke wat tot niks gaan uitloop nie. Adrenalien bruis deur my are – dié saak gaan ek oplos.

Maar waar begin mens? Hier is baie leidrade, maar wat beteken dit? Ek neem 'n paar foto's van die omgewing met my selfoonkamera. Wat moet ek met al die bewysstukke doen, indien dit enigsins bewysstukke is?

Ek stap terug met die voetpad tot waar my bakkie staan en ry terug na die dorp.

Die banieropskrif van die oggendkoerant teen 'n lamppaal trek my aandag. Ek rem en hou stil om die opskrif te lees: *JONG MEISIE AANGERAND IN VELD NABY WOONGEBIED.* My hartklop versnel onwillekeurig – ek moet die oggend-koerant gou kry. Ek trek in by die naaste vulstasie en kry die oggendkoerant by die kiosk.

Ek parkeer in die parkeergarage en ry met die hysbak op na die tweede vloer van die gebou waar my kantoor is.

My nuuskierigheid is nou op breekpunt, ek vou die die koerant oop en blaai vinnig daardeur. Daar's dit op bladsy drie. Ek lees vinnig deur die berig. My notaboek is byderhand en ek maak notas. *'n Jong meisie is gistermiddag laat aangerand terwyl sy in die veld gaan draf het. Sy het messteekwonde opgedoen, maar daarin geslaag om weg te kom van aanvaller. Bebloed en met geskeurde hemp deur motoris opgetel. In plaaslike hospitaal opgeneem ...*

Ek besluit om die meisie te besoek. Daar is 'n paar hospitale in die omtrek, maar my gevoel sê sy is seker na die naaste hospitaal in die omgewing van die veld geneem.

Ek ry na die hospital en meld by navrae aan. Die suster by navrae maak my dag – verlangs familie of bekentenis. Ek noteer: Estelle van Rooyen, kamer 4B, tweede vloer.

Sy lê op haar rug. Lang donker hare agter haar kop ingebondel. Regter bo-arm in verband toegedraai. 'n Drup voer stadig vloeistof in haar are. Die meisie is wakker. Ek merk die mooi blou oë wat by die venster uitstaar.

Ek neem op 'n bankie langs haar bed plaas. Sy glimlag effens. Ek stel myself voor. "Mag ek 'n paar vrae vra?" Sy knik en reik na 'n glas water langs die bed.

"Wat het gebeur?

"Ek het gedraf, dit was al skemer. Die ou het skielik uit die gras langs die paadjie verskyn, my vasgegryp en na 'n boom 'n ent weg van die pad af gesleep. Ek het geslaan en geskree. Hy het 'n mes uitgepluk en my in die arm gesteek."

Ek maak vinnig notas. "En toe?"

Hy het my T-hemp probeer uitpluk en 'n stuk afgeskeur. Daar was baie bloed. Hy het my op die grond neergegooi. Ek het geweet as ek nie vinnig wegkom nie, is ek vandag dood. Ek het 'n hand vol sand gegryp en in sy oë gegooi. Dit was my kans. Ek het opgevlieg en so vinnig as wat ek kan na die teerpad gehardloop. Iemand het my opgelaai en by ongevalle afgelaai."

"Goed, jou aanvaller, beskryf hom."

Sy sit regop teen die kussing. "Jonk, skraal, ongeskeer. Lang donker hare en ja, 'n tatoeëermerk op sy een arm."

"Enigiets anders? Dink mooi."

"Ek weet nie, alles het so vinnig gebeur, ek wou net wegkom. Ek het 'n motorfiets gehoor, weet nie of dit syne was nie."

Ek besluit om haar leidrade te gee. "Het hy gerook? Kon jy aan sy asem ruik of hy gedrink het?"

Haar gesig verhelder. "Ja, hy het na rook gestink, en drank ook. En ja, sy vingernaels is vuil."

Ek staan op. "Dankie, dit gaan baie help met die ondersoek."

Sy kyk meteens na die deur. 'n Man en vrou stap die kamer binne. "Ma, Pa!"

Hulle omhels mekaar, trane vloei.

Haar pa kyk na my. "Is jy 'n speurder?"

Ek stel myself voor: "Louis Venter, privaat speurder."

"Dokter John van Rooyen. Mooi, so jy werk op jou eie. Dit pas my uitstekend. Kry die man wat dit aan my dogter gedoen het agter die tralies, en ek betaal jou vyftigduisend rand." Hy oorhandig 'n visitekaartjie aan my.

My oë rek. Die man het blykbaar baie geld en wil nie die polisie betrokke hê nie. Dié saak is myne! Ek skud sy hand. "Ek sal hom opspoor, ek hou u op hoogte."

Goed, wat het ek nou alles. Jong man, skraal, lang donker hare, ruik na drank en sigaretrook. Vuil vingernaels, tatoeëermerk, dalk 'n motorwerktuigkundige, paneelklopper? Die verdagte – hoe het hy vanaf die toneel verdwyn? Weggehardloop of weggery? Was dit sy motorfiets? Hoe gaan ek hierdie legkaart gepas kry?

Ek besluit om die toneel weer te besoek. My volgende leidraad vind ek 'n ent van die boom af waar die aanranding plaasgevind het. Platgetrapte gras en duidelik in 'n sanderige kol, die afdruk van 'n motorfietswiel. Diep spore, definitief 'n veldfiets. Ek neem 'n foto van die wielafdruk in die sand. Volgende stap: Besoek uithangplekke soos kroeë in die onmiddellike omgewing, Dit is 'n naald in 'n hooimied.

Ek ry rond in die omgewing en noteer die paar uithangplekke. Die eerste een op my lys vertoon skoon en netjies. Ek stap binne. 'n Paar ouens sit by 'n toonbank en drink. Lyk ordentlik en beskaafd. My oë gly oor die paar tafels waarby mans en 'n paar meisies kuier, beslis nie die plek waar die verdagte sal uithang nie.

Ek stap uit en ry verder na die buitewyke van die dorp. Heelwat tweederangse kuierplekke en kroeë is in die straat. My oog vang 'n paar motorfietse aan die oorkant van die pad geparkeer. Ek hou stil en steek die straat oor. 'n Paar Japanese Supermotorfietse – Honda en Suzuki. Op die punt staan 'n Honda 450 Veldfiets, wiele vol grond en gras aan die modderskerms. Breë veldry-bande. My hart klop onwillekeurig vinniger. Die stukke val in plek, is ek op die regte spoor? Ek kyk na die foto op my selfoon en sien die vergelyking van die fiets se bande.

'n Nou stegie doem voor my op – *Joe's Inn*, lees die verweerde bord. Ek stap binne en gaan sit by die kroegtoonbank, bestel 'n bier en beskou die persone in die vertrek. Moeilike ouens hang hier uit; geklee in sterkman frokkies, arms getatoeëer in alle kleure en voorwerpe wat soos strokiesprente lyk. Meisies met mikro rompies, stywe kleef T-hemde en swaar gegrimeer, hang ook by die kroegtoonbank uit. Hulle lag, drink en rook. Blou rookwalms vul die bedompige lug.

'n Ent van my af sit 'n skraal jongman. Ek skuif nader en bestel nog 'n bier. Uit die hoek van my oog hou ek hom dop. Donker hare in slierte. Denimbroek vol oliekolle, naels vuil en onversorg merk ek op. 'n Tatoe op sy regterarm. Is dit hy? Hoe gaan ek weet? Hy sluk sy bier af, druk sy sigaret dood en staan op.

Ek wink die kroegman nader. "Wie's die outjie?"

"Wie wil weet?"

"Hy lyk vir my so vêrlangs bekend."

"Ken hom net as Johnny, waarom vra jy?"

Ek stoot twee vyftigs oor die toonbank ."Weet jy wat doen hy vir 'n lewe?"

Hy kyk rond en druk die note in sy broeksak. "Dino's Scrap Metals."

Ek staan op, neem die sigaretstompie uit die asbak waar hy gesit het - *Lucky Strike filter*.

Ek ry na die nywerheidsgebied buite die dorp. Paneelkloppers, skrootwerwe en ligte nywerhede is hier aan die orde van die dag. Ek ry op en af in die straat. Na sowat 'n halfuur se ryery, trek 'n verbleikte naambord my aandag: *Dino's Scrap Metals*. Die plek is omhein met betonmure. Die draadmotorhek staan oop.

Ek ry stadig binne, parkeer langs 'n hoop rommel en klim uit. Dis onnatuurlik stil. Ek kyk rond. Hope afvalmateriaal en ou motorwrakke lê opgestapel. Ek beweeg na sinkgebou waar 'n staaldeur oopstaan en stap binne.

Die harde hou teen die agterkant van my kop het ek nie gesien kom nie. Bedwelmd sak ek neer.

Duiselig en verward maak ek my oë oop. Ek lê op 'n sementvloer, my hande aan my polse agter my rug met elektriese koord vasgebind. Die vent van die kroeg staan voor my, dreigend met 'n stuk yster.

"Wat soek jy, is jy 'n cop?" Hy laat val 'n sigaretstompie langs my en trap dit dood. Dieselfde soort sigaret wat onder die boom opgetel is.

Die pyn in my kop word erger. Ek skuifel orent. "Waarom die hou teen my kop?"

"Jy snoop rond, mind jou own business."

Dit tref my skielik: Die kroegman. Hy't natuurlik die ou laat weet ek vra vrae. Vuilgoed.

"Kom lig jou."

Ek steier orent. Op 'n vuil en deurmekaar lessenaar sien ek 'n goue oorbel lê. "Hoekom het jy haar met 'n mes gesteek, probeer aanrand, 'n onskuldige meisiekind?"

Hy stamp my vorentoe. "Loop, jy weet te veel."

Ek strompel vooruit terwyl hy my met die stuk yster aanpor.

"Weet jy wat's dit die?" vra hy en beduie na 'n massiewe stuk meganiese toerusting wat tussen 'n klomp motorwrakke staan.

Hy druk 'n paar skakelaars en hefbome. Hidroliese arms beweeg na 'n motorwrak wat eenkant lê. Meganiese arms klem die wrak vas, lig dit op en druk dit in 'n metaalbak. Die masjien dreun en rammel en skielik val 'n vierkantige saamgeperste blok metaal wat eens 'n motor was, voor ons neer.

My hart klop onbeheersd, my asemhaling vlak. Sweet rol van my af. Hier moet ek weg en gou ook, anders eindig ek ook as 'n saamgeperste blok. Hy stamp my vorentoe teen die bak van 'n ou Corolla.

"Klim in."

My hande is vas, ek kan niks doen nie. My lot kom nader. Adrenalien pomp onbeheersd. Die meganiese arms kom nader. Ek word saam met die kar opgelig, hoër en hoër, die bak kom nader.

Die elektriese koord sny in my polse. Ek kyk rond. Die gebreekte truspieël van die wrak lê op die voorste sitplek. Ek beur en steun en kreun en slaag daarin om dit in die hande te kry. Met die stuk spieël tussen my vingers kerf en sny ek aan die koord om my polse. Ek voel die taai, warm bloed teen my vingers afloop.

Die omhulsel van die koord is deurgesny! Ek pluk aan die koperdrade en meteens is my hande los. Die meganiese arms bereik die verlangde hoogte en laat val die motorwrak met my daarin in die bak. Nou moet ek vinnig dink. Binne enkele minute gaan die motor saamgepers word.

Die masjien moet gestop word, maar hoe? Ek kyk na al die hidroliese pype en arms waarmee die masjien opereer, as dit verhinder kan word om te beweeg, sal die masjien stop. Ek loer onder die paneelbord van die kar

41

en merk 'n draadharnas wat los hang. Met al my krag ruk ek die draadharnas uit.

Die gedreun word harder, vibrasies erger. Die saampersing begin! Ek ryg die uitgeplukte elektriese harnas van die kar uit en swaai dit soos 'n lasso-tou na die naaste hidroliese arms. Dis mis! Die arms beweeg ritmies in en uit, op en af. Die dak van die kar begin kraak.

Desperaat swaai ek weer na die paar bewegende arms naaste aan my. Die draadharnas swaai om die blink suier van 'n hidroliese arm. 'n Alarm is iewers hoorbaar, die teken dat 'n wanfunksie iewers ontstaan het. Die masjien ruk en kom tot stilstand.

Ek slaag daarin om by die gebreekte agtervenster uit te klouter en loer oor die kant van die bak waarin die kar lê. Die vent het die alarm gehoor en kom uit die gebou gestrompel. Ek kyk om my rond. Aan die agterkant van die pers is hidroliese pype wat aan die arms verbind is. Ek gryp een stewige rubberpyp vas en beweeg gly-gly van die masjien af.

Hy staan met sy rug na my toe en werskaf met die kontroles van die masjien. Ek buk af en tel 'n ronde ysterstaaf op. Versigtig sluip ek nader en swaai met die yster. Dit tref met 'n dowwe geluid teen sy kop wat hom katswink die grond laat tref.

Ek haal my selfoon uit en skakel 'n nommer van 'n kontak by die polisie. "Hans, Louis hier. Het julle al die verdagte opgespoor wat die girl in die veld wou aanrand?"

"Nog nie, waarom vra jy?"

"Ek het hom vir jou. Dino's Scrap Metals, kom haal hom voordat hy wakker word."

Ek skakel dokter Van Rooyen. "Ek het die man wat jou dogter aangeval het, Dokter, die polisie kom hom nou haal."

"Mooi, stuur my jou bankbesonderhede."

Ampcr my lewe gekos, maar vyftigdulsend rand is nie te versmaai nie!

Biblioteek van verlore woorde

©Yolandi Claassens

Uit die hoek van haar oog hou sy die grootoog Ané dop, dié sit met haar neus diep in 'n boek vasgevang. Sy is maar net agt jaar oud, maar kan jou maklik vertel waar elke afdeling en meeste boeke in die biblioteek is. Marietjie onthou daar was 'n tyd dat ook sy, net soos Ané, in die biblioteek geboer het. Sy het begin by die kinderafdeling, maar dié boeke het haar sommer gou na erge verveling gedryf. Sy het vinnig oorgeskuif na die jeugboeke, ondanks almal wat voorspel het dat dié jong meisie nog nie naastenby die jeugboeke regtig sal kan lees nie. Op twaalf het sy na die jong volwasse afdeling gestap en op dertien het sy Stephen King en Dean Koontz se boeke nadergetrek. Mense se oë het gerek, maar sy het nie omgegee nie. Die wêreld was skielik 'n ander plek, een vol obskure karakters en gebeure, waarin sy haarself kon inleef en vergeet van haar eie probleme ...

"Tannie?" Marietjie ruk skielik haar kop op. Sy kyk vas in Ané se potblou ogies.

"Ja, Ané?"

Sy hou 'n boek uit na Marietjie. "Hierdie boek is nie reg nie."

Marietjie neem die boek by haar. "Wat is dan fout met hom?"

"Hy het leë blaaie hier in die middel."

Marietjie frons terwyl sy versigtig deur die boek blaai. So waar as vet, die kind jok nie.

"Ai jong, dit is seker maar net 'n drukkersfout. Ek sal dit terugstuur sodat hulle dit kan vervang." Ané knik en stap dan terug om 'n ander boek te gaan soek.

Wanneer Marietjie die gegiggel hoor, stoot sy die boektrollie dadelik tot teenaan die kant en stap dan vinnig nader na die Engelse nie-fiksie rakke. Die rakke is op die verste punt van die biblioteek, effens afgesonder en weggesteek. Dit is ook gewoonlik hier waar die jonges kom wegkruip met allerhande onderduimshede. Die meisies, beide seker in die omgewing van so dertien jaar oud, skrik wanneer hulle haar voetstappe hoor. "Waarmee is julle twee besig?" Stilte. Sy hou haar hand uit. Sy weet watter boeke is hier agter en sommige het beslis ouderdomsbeperkings. "Kom uit daarmee. Watter boek het julle daar beet?" Die een meisie se gesig kleur dadelik soos 'n tamatie wanneer sy die boek vir Marietjie aangee.

"Asseblief, Tannie, moenie vir my ma sê nie?" Sy hardloop skielik na die deur se rigting. Die ander meisie volg dadelik haar voorbeeld. Marietjie skud haar kop. 'n Glimlag vorm om haar mond. Sy kyk na die voorblad en begin onwillekeurig deur die boek blaai. Die wit blaaie in die middel van die boek trek dadelik haar aandag. Wat de ...

"Mevrou Hartzenberg?" Marietjie kyk op. Die man wat voor haar staan, is lank en blas van kleur. Sy hare is donker. Sy gelaatstrekke laat haar aan dié van 'n filmster dink. "My naam is Gerbrandt Folscher." Hy steek sy hand uit na Marietjie. Sy neem dit, maar nie sonder 'n frons nie. Gerbrandt glimlag. "Ek het 'n oproep van iemand ontvang. Blykbaar oor 'n biblioteek van verlore woorde?"

Marietjie glimlag. "Natuurlik, hoe simpel van my om te vergeet! Jy is seker die privaat speurder?"

Hy glimlag. "Ditsem! So waar begin ek met die ondersoek ..."

45

"Vyf boeke in week een, ses boeke in week twee, almal met leë, woordlose blaaie …" Gerbrandt vryf oor sy ken. "Wat gaan hier aan …" Hy staan op en stap na die kinder afdeling. Die eerste boek was hier gevind deur die agtjarige Ané. Hy soek vir leidrade, maar hier vind hy niks meer as sprokies en feeverhale nie. Die boeke is almal volledig. Hy tel die boek op wat eenkant op die tafeltjie lê. Dit is die boek wat Ané uitgehaal het - *Spookstories en ander gril verhale*. 'n Koue rilling hardloop teen sy rug af. Hy staan vinnig op. Miskien sal daar meer leidrade by die jong volwasse afdeling wees …

Gerbrandt kyk om hom rond. By die tafeltjies in die hoek sit 'n tienermeisie met oorfone op haar kop, voor haar 'n ensiklopedie oopgevlek. Sy maak notas op dieselfde ritme as wat die klanke uit die oorfone sypel. Vir 'n oomblik wil Gerbrandt saam met haar beweeg, al kan hy self nie die musiek hoor nie. Dit is iets wat ouma Bessie altyd gedoen het.

Hy skrik vir die aanraking op sy skouer. Wanneer hy omkyk, staan Marietjie agter hom. "Enige vordering?"

Hy skud sy kop.

"So vertel my so bietjie meer van die twee meisies wat jy daar agter gevang het." Hy wys met sy vinger na die Engelse nie-fiksie afdeling.

"Nee jong, daai was maar net twee tieners wat besig was met stoute dinge." Sy glimlag. "Ek glo nie hulle is tot so iets in staat nie."

Gerbrandt frons. "Hoe seker is jy daarvan?"

Marietjie trek haar skouers op. "Jy is natuurlik altyd welkom om daar agter te gaan kyk. Hoewel ek twyfel of jy enige iets wyser gaan raak."

Gerbrandt blaai deur die boek wat hy van die rak afgehaal het. "*Poltergeists, do they really exist?*" Die titel laat sy nekhare rys. Dit is nou al dae lank wat hy hier by die biblioteek rondhang, bewysstukke bymekaarmaak. Hy bêre die boek en maak dan sy notaboekie oop. Hoekom kry hy nie inligting nie? Hoekom is daar nêrens 'n leidraad nie? Iewers moet daar tog sekerlik iets wees? Hy slaan sy notaboek toe. Dalk is dit tyd vir koffie.

By die toonbank vind hy Marietjie. Sy blaai deur 'n boek. Wanneer sy hom sien, hou sy die boek uit na hom. "Nog een." Hy neem die boek by haar. "Wanneer gaan jy met meer inligting kom? Of 'n oplossing? Dit ís immers waarvoor ek jou betaal." Sy kyk hom stip in die oë, haar fronsplooie verskyn.

"Ek werk daaraan." Hy maak die boek oop. In die middel is daar leë blaaie, nes die ander. Hy sug. "Kan ek dalk koffie kry, asseblief? Hierdie gaan moontlik 'n lang dag raak ..."

Daar is skielik 'n slag agter in die biblioteek. "Wat was dít!?" Gerbrandt kyk om hom rond.

"Ek weet nie, maar ek weet beslis waar dit vandaan kom!" Marietjie beweeg vinnig om die toonbank, met Gerbrandt kort op haar hakke. Wanneer hulle by die Engelse nie-fiksie afdeling kom, vind hulle twee meisies op die grond met baie boeke versprei rondom hulle. "Al wéér julle twee! Waarmee is julle besig!?"

"Ek ... uhm ... Skies, Tannie. Ek wou by daardie boonste boek uitkom maar ek was nét te kort ..."

"En toe reken jy dit is 'n goeie idee om op die rakke te klim?"

Die meisie laat sak haar kop. "So iets ja, Tannie."

Marietjie draai haar aandag na die ander meisie wat eenkant sit en giggel. "En jy dink hierdie is snaaks? Wag tot ek julle ouers bel, dan sal ons sien of dit nog snaaks is!"

Die meisie sit skielik doodstil. "Jammer, Tannie."

"Ek verwag van julle om hierdie boeke op te tel en elkeen op hul regte plekke te bêre! En as ek julle wéér hier agter vang ..." Sy sug. "Ek het al hoeveel keer vir julle gesê hierdie afdeling is nie geskik vir jul ouderdom nie, maar nee, ore is daar mos nie!"

Die meisies begin vinnig boeke optel en terug in die rak pak.

"Tannie?"

Marietjie draai om. Sy is nie lus om verder met die meisies te redekawel nie. "Ja?"

"Hoekom is hierdie boek se blaaie in die middel leeg ..."

Gerbrandt se oë bestudeer die die twee meisies wat voor hom sit. Hulle sit kiertsregop langs mekaar, sê nie 'n woord nie.

"Nou toe, meisies, gee vir my julle name."

Die rooikop kyk na haar vriendin en dan na Gerbrandt. "My naam is Mienke Vermaak, Oom."

"En ek is Elri Holtshauzen" Beide se koppe sak. Dit is Elri wat eerste haar kop weer oplig. "Oom, is ons in die moeilikheid?"

"Jong, dit gaan alles afhang van wat julle my als gaan vertel, of dit waarheid gaan wees of nie."

"Oom, ons het eintlik niks verkeerd gedoen nie. Ons wou regtig net graag daardie een spesifieke boek hê, maar hy was bietjie hoog."

Gerbrand kyk haar stip in die oë. "Ek hoor hierdie is nie die eerste keer wat julle daar agter uitgevang word nie?" Elri vroetel met haar baadjie se toutjie, terwyl

Mienke met haar vingers speel. "Wat presies doen julle daar?"

"Ons ... Uhm ..." Daar is 'n oomblik van stilte. Wanneer Elri vir Mienke kyk, knik sy. "Ons gesels oor seuns, Oom." Gerbrandt frons. Mienke begin giggel. "Elri is verlief, Oom, op Hendrik Bester, die skool se hoofseun en eerstespan-rugbykaptein." Elri pomp Mienke in die ribbes met haar elmboog. "Wat!? Die oom het gesê ons moet die waarheid praat!"

Elri skud haar kop en praat dan self verder. "Ons mag nie hierdie boeke uitneem nie, Oom. Ons ma's het gesê ons is nog heeltemal te jonk daarvoor, so nou lees ons dit maar daar agter ..."

"Maar hoekom juis daar agter? Hoekom nie eerder hier voor by hierdie lekker tafeltjies nie?"

Die meisies raak bloedrooi. "Nee, Oom, as tannie Marietjie sien wat ons lees, gaan sy dalk vir ons ma's vertel en dan is dit tickets met ons!" Die twee giggel weer.

"En die boeke met die leë blaaie? Wat kan julle my daarvan vertel?"

Die meisies frons skielik. "Nee, Oom, daarvan weet ons niks. Behalwe dat ons al self twee van hulle gekry het."

"Vertel my meer?"

Mienke skuif haarself meer gemaklik in haar stoel. Haar oë is skielik koeëlrond. "Dit is eintlik baie vreemd, Oom. Ek was nog die een oomblik besig om die boek te lees, myself behoorlik in die storie ín te leef, toe dit skielik voel asof die woorde net van die bladsye af begin wegvlieg. Dit was amper asof hulle my wou saamnooi! Ek weet nie eintlik hoe om dit te verduidelik nie." Gerbrandt frons. "En toe ek weer kyk, toe is daar van die blaaie net leeg, die woorde net weg. Ek het so groot geskrik dat ek die boek dadelik toegemaak het. Ek was bang ek kom in die moeilikheid!"

Vir die eerste keer begin voel dit vir Gerbrandt of hy vordering maak. Hoewel niks wat die meisies hom vertel werklik sin maak nie, voel dit darem al soos iéts.

Hy stap na Marietjie. "Dink jy ons kan dalk so bietjie met Ané ook gesels oor wat sý beleef het?"

Gerbrandt blaai deur sy notas. Wat hy tot dusver kon uitvind is dat al die boeke wat hul woorde verloor het uit die nie-fiksie rakke kom. Daar was boeke uit die kinder afdeling, jeug afdeling asook die volwasse afdeling, beide Afrikaans én Engels. Wat hy ook kon uitvind was dat die woorde net skielik 'verdwyn' het. Ané het gesê dat die woorde amper soos skoenlappers weggevlieg het. Mienke het weer gesê dit het gevoel of die woorde wegvlieg en haar wou saamnooi. Daar was ander verklarings ook – een vrou het genoem dat sy op haar bank gelê het toe die woorde net skielik verdwyn het, amper soos ink wat wegraak. 'n Ander een het weer vertel dat sy besig was om die boek te lees toe die voordeurklokkie gelui het. Toe sy weer die boek optel, was die bladsye leeg, die woorde net weg. Al die boeke het aan dieselfde biblioteek behoort. Ook opvallend dat alle bladsye wat hul woorde verloor het, juis ongeveer in die middel van elke boek was ...

Gerbrandt sug. Niks maak vir hom sin nie. Hy tel die boek wat op die tafel lê op. Dit is 'n Afrikaanse speurverhaal. Hy het hom vroeër sommer dáár in die biblioteek se rakke uitgehaal. Die voorblad het dadelik sy aandag getrek. Hy kan nie regtig onthou wanneer laas hy 'n boek by 'n biblioteek uitgeneem het nie, wat nog te sê van lees. Maar die afgelope paar dae wat hy so intens daar in die biblioteek spandeer het, het skielik net weer 'iets' in hom wakker gemaak, amper asof hy weer daardie klein seuntjie van destyds is wat al sy vrye tyd in die biblioteek spandeer het, al die speurverhale waarop hy sy hande kon lê, gelees het. Hy glimlag. Miskien as hy so bietjie lees, sal dit sy aandag aftrek van die ondersoek, hom weer vars perspektief gee. Miskien dalk ook nog 'n oplossing of twee? Dit neem Gerbrandt 'n rukkie om sy oog weer 'in' te kry. Hy het so lanklaas gelees; duidelik is hy nie meer heeltemal so leesfiks soos destyds nie! Tog begin hy al meer fokus hoe verder hy gaan en teen bladsy dertig kan hy voel hoe die storie begin vorm aanneem. Wanneer sy selfoon lui, ignoreer hy dit. Daar is 'n spesifieke opbou tot die moordtoneel en hy wil dit nie nou mis nie. Elke oomblik is belangrik en elke leidraad van kardinale belang. Hy voel hoe sy hart al meer uit ritme begin klop. Hy wil skree, "pasop!" wanneer die meisie reg in die moordenaar se strik trap.

Vanuit die verste punt van die huis, gewaar hy die moordenaar, dit is 'n lang man met donker hare en 'n oorbel in die oor. Hy het 'n letsel oor sy linkerwang en 'n tatoeëermerk op sy nek. Die man kyk rond en draai dan vir oulaas na die meisie wat leweloos op die grond lê. Hy glimlag. Hoe kan hy glimlag na só 'n gruweldaad!? Die man draai om en kyk na die oop agterdeur. Sonder om terug te kyk, verdwyn hy.

Gerbrandt maak sy oë toe en neem 'n diep asemteug. Wanneer hy sy oë oopmaak om verder te lees, is die bladsye in die boek skielik leeg. Vanuit iewers kom daar 'n fluit geluid en dit is wanneer Gerbrandt opkyk, dat hy die woorde wat orals in die lug sweef, raaksien. Dit is beelde van 'n krimineel wat sy slagoffers een vir een inwag. 'n Speurder wat op die bloeddorstige krimineel se spoor is. 'n Obskure gebeurtenis wat beide speurder en krimineel onkant betrap. Gerbrandt leef homself behoorlik in elkeen van hierdie beelde in. Dit is amper asof hy self daar op die toneel is!

Wanneer die laaste beeld verdwyn, laat sak Gerbrandt sy kop. Sy oë val op die boek wat nog steeds in sy hande is. Hy kyk op sy horlosie. Dit is 23:53. Het hy dan werklik heelaand hier gesit met die boek?

Stiptelik 08:00 die volgende oggend, stap Gerbrandt by die biblioteek in. Hy gee die boek vir Marietjie aan. "Nog een ..."

Marietjie maak die boek oop en blaai deur die bladsye. "Hierdie boek makeer niks? Hoekom sê jy dan dit is nog een?"

Gerbrandt frons wanneer hy die boek by haar neem. Hy blaai self deur die bladsye. "Dit is vreemd? Die woorde was dan gister aand weg toe ék hom gelees het?"

Marietjie gee 'n skewe glimlag. Sy kan die spanning nie meer uitstaan nie. "Onthou jy nog daardie stoeltjies?" Gerbrandt frons terwyl hy na die tafel en stoeltjies in die kinder afdeling kyk. Hy skud sy kop. "Gaan kyk gou onder die blou stoeltjie."

Wanneer Gerbrandt die stoel oplig, herken hy dadelik die woorde én die kinderlike handskrif. Dit is sýne. Maar hoe? Hy was immers nooit in as kind in hiérdie spesifieke biblioteek nie?

Hy kyk na Marietjie. Hy soek antwoorde...

"Ek het jou doelbewus hierheen uitgeroep, Gerbrandt. Eens op 'n tyd was daar 'n jong seun wat altyd hier in die biblioteek geboer het. Dit was sy wegkruipplek, sy ontvlugting wanneer dinge by die huis en skool te veel geraak het." Sy bly vir 'n oomblik stil. "Maar iewers het hy weggeraak in die maalkolk van die lewe en nooit weer teruggekeer na die biblioteek nie. En toe ek uitvind dat hy terug in die dorp is ... Ek moes net seker maak dat hy oukei is en sy weg weer terug na die biblioteek vind."

'n Vloed van herinneringe vloei skielik deur Gerbrandt soos 'n rivier wat oorstroom en hy onthóú! Hy was maar net agt jaar oud. Hier in die biblioteek het die tannie agter die toonbank altyd vir hom 'n lekkertjie of twee gegee, maar eers moes hy 'n boek lees! Hy kyk na Marietjie. Wraggies, dit ís sy!

Marietjie glimlag. "Hier in die biblioteek van verlore woorde raak die woorde nooit net 'weg' nie. Nee, dit neem jou eerder op 'n verbeeldingsreis. Vér weg van die alledaagse. En as jy dán op die bladsye kyk, sal jy nie woorde daar vind nie, want dit draai en maal in en óm jou kop. Dit is soos 'n avontuur, 'n rit na 'n ander wêreld. Een waaruit jy slegs sal kan ontsnap wanneer jy die laaste woorde klaar gelees het en die boek toemaak. En eers dan sal die woorde weer hul weg terug na die bladsye vind, sodat ook die volgende persoon weer op húl verbeeldingsreis kan gaan ..."

Die brief

©Pieter Saayman

Ryno en Lisa stel belang om die eeueoue historiese huis in Pretoria te koop. Die huis wat al etlike jare onbewoon staan, is deur 'n eiendomsagent tydens 'n veiling opgeraap en te koop aangebied. "Dis ideaal, ons kan dit in 'n mooi gastehuis omskep. Ek is mal oor ou huise, antieke meubels, solders, kelders en spoke, "sê Lisa, "... maar daar is iets omtrent die huis wat my hinder, asof daar 'n geheim opgesluit is. Dalk is daar 'n lyk of geraamtes opgesluit of 'n eeueoue geheim. Waarom het die agent gepraat oor vreemde dinge en nie verder daaroor uitgewei nie?"

"Ek stem saam, ek voel ook kriewelrig, ek dink ek gaan vir Piet, my een neef kontak, hy is 'n privaat speurder."

"Goeie idee, bel hom sommer nou, ek sal veiliger voel as hy eers ondersoek instel voordat ons die koop deurhaak."

Die volgende dag, nadat Ryno hom gekontak het, daag Piet op by die ou huis

"Piet, jy moet eers vir ons die plek ondersoek en kyk of daar nie vreemde dinge in die huis en spesifiek in die kelder is nie, voordat ons die plek koop."

"Reg so, ek sal die hele huis en kelder deurgaan. Ek kontak julle as ek klaar is," sê Piet.

Piet raap sy klein gereedskaptas en flitslig op en stap die huis, waarvan die vloere oortrek van stof en spinnerakke is, binne.

Hy stap deur die huis. Ondersoek elke vertrek, sommige leeg en sommige vol ou meubels, wat net so vol stof en spinnerakke is. Niks is ongewoon nie en hy besluit om sy aandag aan die kelder te gee.

Die ingang van die kelder is onder die trappe wat na die boonste verdieping lei en bestaan uit 'n swaar houtdeur met gecroeste skarniere, grendel met 'n antieke slot. Deur 'n paar harde houe met 'n hamer te gee, breek die slot af. Die deur sit stewig vas in die houtkosyn, maar gee uiteindelik mee deur dit te skouer. Die deur kraak en skuur oop, bedompige lug begroet Piet se neusvleuels en donkerte kom aangerol vanuit die diepte van die kelder.

Hy skakel sy flitslig aan. Houttrappe wentel na onder, die mure aan weerskante is klam en groen van mos en alge. Spinnerakke hang van die dak af en die rooiverligte oë van muise en rotte skarrel in die donkerte.

Piet trap versigtig na onder, die ou trappe is plek-plek verrot en glad. Uiteindelik bevind hy hom in die kelder onder die fondasie van die huis.

Die skerp ligstraal van sy flits verlig die vertrek. Oral staan houtkiste, kartonhouers en ou meubels, sommige toegegooi onder stofbedekte lakens en oortrek met spinnerakke.

Die kartonhouers is verrot en is vol ou tydskrifte en koerante in bondels vasgebind. Piet lig die houtkiste se deksels op, dis kombuisgoedere, vleismeulens, cetgerei en eetware.

Piet se aandag word getrek deur 'n swaar houtkis met koperbande oor die deksel wat in een hoek van die vertrek staan. 'n Antieke slot hang aan 'n kopergrendel. Wat sal daarin wees?

Hy voel aan die slot wat met 'n laag roes bedek is. Die slot is te mooi om te breek en hy besluit om met sy draagbare boor in die slot se sleutelgat te boor.

Kort-kort pluk hy aan die slot en na 'n wyle spring dit oop.

Stadig lig Piet die swaar deksel op. Dis asof eeueoue lug, reuk, nostalgie en geskiedenis daaruit warrel. Vol afwagting loer hy binne. Onder 'n fyn laag stof lê 'n ou Bybel, dokumente, papiere en koeverte.

Hy haal die Bybel versigtig uit en blaas die stof af. Hy kyk op die eerste bladsy – 1885 Duits Hervormde Kerk. Dis 'n erfstuk.

Hy kyk na die inskrywing op die volgende bladsy, dis dof en verbleik. Woorde kan net hier en daar ontsyfer word. Piet hou die Bybel sodat sy flits se lig daarop val.

Jan Sa..l Sc...m.n. Dalk Jan Sarel Schoeman? Verder kan hy niks uitmaak nie. Die ink het heeltemal verbleik en is onleesbaar.

Piet druk die Bybel toe. Hy lig 'n paar bruin koeverte onder uit die kis en verwyder die inhoud. Dokumente, nogmaals dokumente, papiere, kwitansies, koeverte, tydskrifte en 'n ou landkaart. Niks vreemd of buitengewoon nie.

Met die Bybel in sy hand, besluit hy om vir eers die stowwerige solder te verlaat en vars lug te skep.

Piet sit by 'n tafel in die kombuis en blaai deur die Bybel. Boekmerke en handgeskrewe notas sit vasgekleef aan die blaaie.

"Wat's dit die?" Piet lig 'n geel verbleikte koevert uit wat op een van die bladsye vaskleef. Dis 'n brief aan iemand gerig, en dis nog geseël!

Die naam bo-aan is verbleik. Hy grawe in sy gereedskapkis en haal 'n vergrootglas daaruit. Dit lyk soos – Hendrina Susanna Schoeman."

Schoeman, die Bybel behoort ook aan 'n Schoeman, so die brief is dalk aan die ou se vrou, ene Hendrina, geskryf."

Versigtig skuif Piet 'n mespunt agter die koevert in en vou dit oop. 'n Enkel, opgevoude geel bladsy val uit. Watter geheim is dalk daarin opgesluit?

Piet vou die brief stadig oop en plaas dit op die tafel. Die woorde is kortstondig en met 'n inkpen geskryf. Piet lees hardop: "Junie 1900. Liewe Hendrina, die oorlog staan einde se kant toe. Gerugte is dat Lord Milner Pretoria gaan vat. Kruger en sy manne gaan in die nag vlug. Ek het eerstehandse inligting dat hulle met waens vol goud en ponde na Machadodorp toe vlug. Ek het vir ons gesorg. Ek los vir jou 'n leidraad ingeval ek iets oorkom. Die leidraad is as volg: Soms is dit warm, soms is dit koud. Liefde, Jan."

"Is dit nou al?" Piet hou die brief teen die lig asof daar 'n leidraad gaan uitspring. Hy lees die brief 'n paar keer deur, maar niks maak sin nie. Wat beteken dit alles en waste afleiding kan hy maak?

Jan Schoeman moes insae gehad het in Paul Kruger en sy kabinet se bewegings om met goud en ponde te vlug. Om een of ander manier het Jan homself aan die goud of geld gehelp. Die brief is aan sy vrou gerig. Maar waarom is dit nog geseël, wat het met Jan en Hendrina gebeur, en laastens, hoe kan hy die leidraad ontsyfer en natuurlik die skat vind?

Vrae maal deur Piet se kop oor die vreemde inhoud van die brief. Wat beteken die leidraad: *soms is dit warm, soms koud*?

Piet skakel vir Ryno om die verkoopsagent se naam te verkry. Hy skakel die agent en verkry heelwat inligting. Die laaste persoon wat hier gewoon het is 'n ou tannie van negentig jaar wat blykbaar die huishulp en verpleegster was van die vorige eienaar. Die tannie is tans in 'n ouetehuis in Pretoria.

Piet verkry ook die naam van die dame en die ouetehuis.

Hy besluit om die vrou te gaan besoek.

Die ouetehuis lyk en ruik soos elkeen wat vroeër deur die staat onderhou is, muwwe gange, swak beligting, die reuk van chemikalieë en algehele instandhouding wat ontbreek. Hy vind tannie Marie se kamer nommer en klop aan die deur.

Piet stel homself voor en skets vinnig die agtergrond vir die rede vir sy besoek.

Piet tik-tik met 'n pen op die stoel se lening en trek 'n klein notaboek uit sy hempsak. "Vertel my asseblief alles wat tannie weet van die ou huis."

Tannie Marie drapeer 'n gehekelde kniekombers stywer om haar bene en skuif vorentoe op haar stoel.

"Ek vertel wat ek gehoor het en wat ek weet. Jan Schoeman was 'n bode in Kruger se kabinet. Hy was getroud met Hendrina en was die eerste eienaar van die betrokke huis. Jan het blykbaar afgeluister hoe Kruger en sy manne beplan om in Junie 1900 te vlug en goud en ponde in die nag uit te smokkel. Jan was betrokke met die tellery en oorlaai van goud en ponde in waens en treintrokke. Op 'n slinkse manier het hy van die vonds eenkant gehou en dit iewers versteek. Niemand weet waar nie, en ook nie hoeveel nie."

Tannie Marie skink 'n glas water uit 'n kraffie langs haar stoel en rammel voort met 'n droë en krakerige stem, tog te bly vir besoekers en ook iemand wat na haar luister.

"Jan is dieselfde aand om die lewe gebring. Niemand weet waarom nie. Of hy die goud en ponde wel versteek het, weet niemand nie. Hendrina en haar suster Lenie, bly aan in die huis tot 1950, waar sy op vyf en

58

tagtig-jarige ouderdom sterf. Haar suster, ook nou al oud en sieklik vra, Tina, 'n niggie van haar, om saam in die huis te bly. In 1955, op vyf en negentig-jarige ouderdom, sterf haar suster Lenie."

Piet maak notas en aantekeninge. Onderstreep sekere sinne en voeg vraagtekens by onduidelikhede. "Goed, nou waar kom tannie dan nou in die prentjie?"

Marie bly lank stil, asof sy die verlede eers wil bymekaarmaak, reg rangskik en dan wil uitpak. "Die niggie, Tina, wat maar baie sieklik was, verkry 'n huishulp en verpleër om haar te versorg. In 1960 op vyf en negentig-jarige ouderdom, sterf Tina."

"So tannie was dan die huishulp?" vra Piet.

"Ja, ek was so vyf en twintig toe Tina oorlede is. Daar sit ek toe stoksielalleen in die groot huis. Ek het maar aangebly. Die testament het maande gesloer en het bepaal dat ek mag aanbly in die huis tot wanneer ek wil. Toe ek tagtig word, besluit ek om te gaan rus in die ouetehuis, so hier's ek nou."

Piet frons. "Weet tannie iets van 'n brief wat Jan Schoeman aan Hendrina geskryf het om te sê waar hy die vonds weggesteek het?"

"Nee, nie wat ek van weet nie. Niemand het ook iets van die goud of 'n brief genoem nie."

Piet bedank die tannie vir haar tyd en inligting wat sy met hom gedeel het. Op pad terug na die ou huis, dink hy dis snaaks dat niemand iets van die brief weet nie.

Jan Schoeman is dieselfde aand wat hy blykbaar sy deel goud versteek het, vermoor. Met ander woorde, hy het dalk die goud weggesteek en die brief wat aan Hendrina geskryf is, in sy Bybel gedruk om dalk later dit aan haar te gee vir bewaring. Hy is vermoor, so sy sal niks weet van die brief nie. Dus het die brief wat Piet gekry het, al die jare so in sy Bybel versteek gebly, maar wat nou verder?

Later lees hy weer die brief se inhoud: *Soms is dit warm, soms koud.*

"Maak verdomp nie sin nie. Hoe kan iets warm en dan weer koud wees?" mompel Piet hardop.

Dit raak laat en die son sak in die weste. Piet het gesorg vir 'n slaapsak, yshouer met bier en vleis, asook 'n sak houtskool en braairooster.

Hy maak 'n paar groterige klippe bymekaar en pak sy vuur aan.

Terwyl hy later smul aan 'n skaaptjoppie en boerewors en 'n yskoue bier geniet, dink hy aan die inhoud van die brief. Die leidraad ontbreek, daarsonder kan die geheim nie opgelos word nie!

Heelwat later die aand, lê hy op sy slaapsak en raak aan die slaap. Hy droom van spoke, kelders, geraamtes en geheime. Gedurende die nag skrik hy meteens wakker. Die tyd op sy selfoon wys dis 03:00.

Piet maak sy oë oop en vlieg meteens regop.

Die leidraad maal deur sy kop: *soms is dit warm, soms koud.* Wat is partymaal warm en soms koud? 'n Vuur, 'n oond, 'n kaggel, vuurherd?

Jip! Daar is 'n kaggel in die sitkamer.

Piet staan op, skakel sy flits aan en stap deur gras, bossies en plante na die ingang van die huis. Die massiewe kaggel met sy yster en koper traliewerk-skerm staan in die hoofsitkamer van die ou huis. Die steenwerk rondom die opening is al donker gebrand van jare se vuurmaak.

Hy skuif die traliewerk eenkant en lig die vuurherd uit die kaggel opening. Piet lig met sy flitslig teen die swartgebrande skoorsteen en die vloer wat met plat ysterklippe uitgevoer is. Hy voel aan die agterste klip, dis los. Hy spring op en keer gou terug met 'n stewige skroewedraaier. Die punt van die skroewedraaier glip langs die steen in. Na 'n paar probeerslae slaag hy daarin om die plat klip los te wikkel en uit te lig.

Daar's 'n holte onder die klip! Piet kan sy opgewondenheid nie bedwing nie en voel in die holte. Hy lig 'n stewige metaaltrommel uit die opening.

Die trommel is voorsien van leerbande en geroeste gespes. Hy sny die verrotte bande af en lig die deksel op. 'n Opgevoude stuk papier lê op die bodem. Met bewerige hande vou hy dit oop.

'n Enkele sin, geskryf in dieselfde handskrif as die van die brief in die solder: *Die grofsmid se trog is nie te diep as dit leeg is nie.*

"Wat op aarde?!" roep Piet hardop uit. Nog 'n leidraad! Hy frons, en lees weer die nota 'n paar keer deur. "Dit maak nie sin nie."

Dalk is daar 'n trog agter in die groot erf, heel moontlik was hier ook 'n grofsmid doenig.

Piet besluit om môre vroeg die oorgroeide erf te deursoek. Hy kan nie in die donkerte rondploeter nie.

Wanneer die son sy eerste geeloranje strale in die ooste oor die aarde gooi, is Piet op en wakker.

Hy strompel deur hemelhoë gras, struike en onkruid. Verskans agter 'n klompie digte bome, staan 'n vervalle skuurgebou van sandsteen. Die sinkdak is jare reeds weggeroes en die houtdeur hang in repe. Langs die werkswinkel, staan die oorblyfsels van 'n wa met 'n disselboom, blykbaar deur muile getrek.

Die grofsmid se werkswinkel! Geroeste aambeelde, hamers, bytels, tange, perdehoewe en stukke yster lê gestrooi oor die vloer. 'n Houttafel staan wankelrig eenkant. Teen een muur is 'n vuurherd waar ysters gesmee was, lankal yskoud en vergete.

Iewers moet 'n trog wees waar die grofsmid sy warm ysters kon afkoel?

Piet stap na buite en sien meteens 'n sementtrog 'n ent vanaf die werkswinkel, toegegroei met gras – die grofsmid se trog!

Piet strompel deur die gras na die trog wat ongeveer 'n meter hoog staan en sowat twee meter lank is. Hy loer in die trog wat halfvol vuil water is. Blare, alge en vuilgoed lê in 'n dik laag bo-op die water.

Aan een punt van die trog steek 'n dreinklep uit. Piet probeer om die klep oop te draai, maar dis solied vasgeroes. Hy keer terug met 'n hamer en gee die klep een harde hou, waarna dit afbreek. Vuil water stroom daaruit en na 'n wyle is die trog leeggetap.

Jare se modder en blare lê op die bodem.

Piet vryf sy ken. Goed, wat sê die nota? *Die trog is nie te diep as dit leeg is nie.*

Is daar iets hier onder die modder?"

Eenkant tussen die gras lê 'n stuk reguit boomtak. Hy druk-druk dit in die modder pappery. En voel daar is iets onder die modder.

Piet stap werkswinkel toe en keer terug met 'n stewige ronde ysterstaaf, die een punt gebuig in 'n haak.

Hy klim bo-op die trog en trek die haak deur die modder. Skielik steek die haak vas aan iets onder die modder. Hy trek en beur en steun, maar die voorwerp suig vas in die dik modderlaag. Skielik gee dit voorwerp mee. Piet lig die onbekende voorwerp uit die modder en gooi dit op die grond.

Piet vee die dik laag modder af met sy hande. 'n Stewige sak van beesvel lê en glinsterend in die son soos 'n vis wat sopas uit die water gehaal is. Met bewende hande keer hy die sak om. Stewige gespes en bande hou die sak en sy swaar inhoud toe, maar jare se blootstelling onder water het die gespes geroes en die bande verrot.

Angstig pluk hy aan die gespes, die bande skeur soos gare af en die sak val oop. Binne is 'n sak van stewige linne. Hy skeur dit oop.

Hope en hope munte is in die sak gedruk.

Piet raap 'n munt op, vee dit skoon en skree kliphard: "Dis 'n goue Kruger Pond! Hier's honderde van hulle!"

Hy keer die sak om en hope en hope Kruger Ponde rol uit.

Binne in die sak is daar nog iets – 'n glas inlêbottel! Hy wikkel die deksel los. 'n Geel nota lê opgevou, asook 'n opgerolde stuk papier. Met angstige vingers vou hy dit oop.

Wat sê die nota? Daar staan iets geskryf, dis dof, maar leesbaar.

Piet hou die nota teen die lig en lees die bekende handskrif:

Baie van die Goue Ponde wat Kruger en sy manne in die nag verwyder het, is hier weggestcck. Onder die trog lê ook 'n klompie goudstawe. Die kaart is oorgeteken vanaf die oorspronklike Suid-Afrikaanse atlas.

Hy rol die opgevoude stuk papier oop, dis 'n kaart en dui die roete vanaf Pretoria na 'n sekere grot buite Machadodorp.

Piet karring verder in die dik modder in die trog en voel na voorwerpe opmekaargestapel versteek onder die modder.

Hy kry 'n ou gebuigde graaf in die werkswinkel, klim in die modderput en skep die modder uit. Ses goudstawe lê verskans onder die modder.

Piet klouter uit die trog en vee sy modderbesmeerde hande af aan die gras. Alles maak nou sin. Die brief in die kelder, die leidraad in die vuurherd, en die vonds in die grofsmid se trog.

Die stawe goud is standaardgrootte, wat volgens Piet se kennis omtrent twaalf kilogram elk weeg.

Piet skakel vir Ryno

"Ja, Piet, enige noemenswaardige nuus?"

Piet lag en sê: "Koop sonder versuim die plek en kom dadelik hiernatoe. Ek vertel later alles, en nog iets, maak julle reg vir 'n baie groot avontuur!"

Die geheimenis van die vervloekte ring

©Yolandi Claassens

Behalwe vir 'n sonbesie wat iewers na die songod Ra roep, lê die stilte van die Karoovlakte oopgevlek voor Viljee. Hy is omring deur alles en niks – karoobossies en klip. Vir 'n oomblik wonder hy hoe enige iemand hiér kan oorleef. Hy draai sy aandag terug na die klipstruktuur voor hom. Hierdie was duidelik eens op 'n tyd 'n omheining vir die familie-begraafplaas. Maar nou staan die mure vervalle. Wanneer hy deur die opening stap, sien hy verskeie grafte daar. Sommige is nederig en oud, hopies met slegs 'n klip as kopsteen. Ander grafte het darem 'n effens geboude randsteen om, toegegooi met grond en 'n lagie gruis bo op. En dan is daar die enkele mees onlangse grafte, netjies met 'n moderne grafsteen. Dis duidelik, hierdie begraafplaas lê al jare hier. Viljee gaan staan by 'n kleinerige graf. Die skrif het al verweer en hy moet fyn kyk om te kan lees. Maria Magdalena Boshoff 1903 – 1907. Vier jaar oud ...

"Sy was my oumagrootjie se tannie. 'n Kaapse kobra het haar gepik."

Viljee skrik vir die stem agter hom. Die vrou wat voor hom staan is jonk. As hy moet raai, in haar vroeë twintigs.

"Jammer, ek het nie bedoel om jou te laat skrik nie." Sy glimlag. "Ek sien jy het darem die Boshoff/Volschenk begraafplaas gekry. My naam is Anja Volschenk."

Viljee neem haar uitgestrekte hand. Haar handdruk is ferm, nie wat hy van so fyne lyfie verwag het nie. Sy beduie na 'n graf op die verste punt. "Kom, dis daardie een." Sy gee hom nie kans om te praat nie. "Wees maar net versigtig om nie enige van die grafte raak te trap nie, netnou tref die ongeluk jóú ook."

Viljee sit met sy notaboekie voor hom. Gertruida Elizabeth Maria Volschenk (née) Boshoff, beter bekend as Truitjie, gebore in 1910. Oorlede 1966. Uit haar huwelik met Phillipus Carolus Volschenk, is drie kinders gebore. Twee seuns en 'n dogter. Phillipus Carolus Junior, Marthiens Johannes en Gertruida Elizabeth. Phillipus Volschenk Jnr is in 1930 getroud met Susanna Magdalena Marais, en uit hul huwelik is daar twee seuns gebore. Marthiens Volschenk is in 1932, getroud met Anita Brits, 'n Kaapse nooi. Gertruida, wat ook die jongste was, is in 1935 getroud met 'n Engelsman, Arthur John West. Tot haar ouers se groot verdriet. Sy het die plaaslewe verlaat en saam met haar man na die groot stad getrek. Vier jaar later het hul na Engeland verhuis, terug na sy geboorteland. Ouma Truitjie se hart was gebreek, haar enigste meisiekind sou sy nie weer sien nie.

In 1936 is Phillipus se eersteling gebore. Ook hy het die familie naam Phillipus Carolus Volschenk gedra. Sy boetie Gerbrand Cilliers Volschenk is op negejarige ouderdom in 'n frats ongeluk op die plaas oorlede. Phillipus was elf jaar oud ten tyde. Dit is ook kort hierna wat sy ouma Truitjie oorlede is aan haar hart. Party mense het beweer dit was maar 'n gewone hartaanval, ander het weer gesê dat haar hart finaal gebreek het met die afsterwe van haar kleinkind. Dit was die spreekwoordelike kersie op die koek, nóg 'n verlies.

Viljee steek sy hand uit na sy beker koffie en neem 'n groot sluk. Hy trek sy vingers deur sy hare, en tel dan sy pen op.

Gertruida, as enigste dogter, het haar ma se trouring geërf. 'n Pragtige smarag ring. Sy wou niks anders hê nie, nét die ring. Dit was klein genoeg om saam te neem huis toe. Iets eie aan haar ma. Sy is dadelik na die begrafnis terug Engeland toe.

Volgens die eerste paar briewe wat sy daarna gestuur het, het sy die ring elke dag gedra en baie komplimente gekry. Sy het haar ma naby gevoel met die ring aan haar vinger. Kort daarna het die trant van die briewe egter verander. Sy het begin vertel van alles wat skielik verkeerd gegaan het. Eers het sy gestruikel en oor haar eie voete geval en haar arm gebreek. Dié het sy toegeskryf aan haar eie lompheid. Daarna het sy haar haarself weer lelik met kookwater gebrand. Hierdie keer het sy vertel hoe die pot se handvatsel uit haar hand gegly het. Die volgende brief het vertel van 'n hond wat haar gebyt het en daarna het sy weer haar hand raak gesny en moes sy steke kry.

Sy het hierna geskryf dat sy begin wonder of die ring nie dalk die oorsaak van al haar ongeluk kan wees nie. Sy vertel hoe sy vir 'n wyle die ring afgehaal het en daarna geen ongeluk verder ervaar het nie, maar die oomblik toe sy die ring weer aan haar vinger sit, het die vlaag van ongeluk skielik weer teruggekom. Sy het dit tog daarna afgelag as haar ma se sin vir humor om haar terug te kry omdat sy so ver weg getrek het.

Daar het nie hierna nog 'n brief gevolg nie, want Gertruida is kort daarna oorlede in wat as 'n fratsongeluk beskou is. Arthur het haar dáár in Engeland begrawe, maar het die ring terug Suid-Afrika toe gestuur. Dit was Gertruida se wens dat die ring in die familie bly, het hy geskryf.

Wanneer sy selfoon lui, ruk Viljee se kop skielik op. Dis Anja. "Ek het op 'n boks van my ouma se goed afgekom.

Jy is welkom om hierdeur te kom grou. Miskien is daar iets in wat jou kan help?"

"Dit sal goed wees, dankie. Ek sal sommer netnou gou deurkom, as dit reg is?"

"Honderd persent." Hy beëindig die gesprek en sit dan die foon op die tafel neer terwyl hy al die papiere wat orals gestrooi lê, bymekaar maak. Tot dusver voel dit nie regtig asof hy enige vordering gemaak het nie. Miskien lê daar antwoorde in die boks?

By die plaashuis pak Viljee die boks versigtig uit. Dis 'n porselein beeldjie hier en 'n foto of drie daar. Dis egter die swart boekie onder in die boks wat dadelik sy aandag trek. Wanneer Viljee hom oopmaak, is hoofsaaklik 'n klomp familiename, verjaarsdae en telefoonnommers daarin geskryf. Hy sug terwyl hy die boekie eenkant neersit. Hy het regtig gehoop vir meer.

"Ek sal nie daardie boekie so vinnig wegsit as ek jy is nie." Hy kyk op. Anja staan in die deur met 'n skinkbord. "Koffie?" Anja glimlag, terwyl sy die skinkbord op die tafel neersit. "Blaai net so bietjie verder as die eerste paar blaaie se rompslomp. Ek dink ouma Sanna het dit aspris soos 'n gewone telefoonboekie aan die begin laat lyk. Nuuskierige agies krap mos nie gewoonlik té diep in telefoonboekies nie." Sy gee 'n effense laggie. "Dis eintlik haar dagboek daardie."

Viljee se vingers vleg deur die boekie se bladsye. "Slim vrou. Ek sou nooit eers daaraan gedink het nie." Hy staan op en skink vir hom koffie. Dis lekker moerkoffie, met kondensmelk. Regte plaas koffie.

Anja knik. "Sy was voorwaar 'n slim vrou. En sy het sommer baie goed geweet haar kinders én kleinkinders is nuuskierige agies!" Sy glimlag terwyl sy vinnig opstaan. "Ek los jou dan nou verder in vrede."

Sanna Volschenk se lewe is maar getrou aan dié van 'n huisvrou. Die inskrywings gaan hoofsaaklik oor die basiese goed. Haar liefde vir haar man, Flippie, en oor die kinders se daaglikse kallekwaad. Sy skryf oor die nuuskierige buurvrou wat almal se telefoonoproepe deur die sentrale inluister en dan ook oor die droogte op die plaas. Sy skryf oor die kinders se prestasies op skool, en dan tref iets Viljee se aandag – 'n inskrywing oor Gerty, haar man Flippie se suster. Viljee trek sy notaboekie nader. Die inligting wat volg kan dalk belangrik raak ...

"Bokka, dink jy nie dis dalk tyd om te gaan slaap nie?" Viljee kyk op. Marisa staan in die deur, arms stewig geplant op haar heupe.

"Ek is só naby aan 'n deurbraak, my skat, ek kan nie nou stop nie. Gaan slaap jy maar solank, ek vermoed ek gaan dalk 'n deurnag moet hê."

Marisa gee 'n lang gaap. "Nou goed, dan gaan sit ek maar solank die ketel aan."

Wanneer Marisa die bekers op die tafel neersit, neem sy stellig haar sitplek langs Viljee in. Sy trek van die papiere nader. "So wat weet ons alles sover?"

Viljee neem 'n sluk van sy koffie. "Nadat die ring weer sy weg terug na Suid-Afrika gevind het, het Susanna Volschenk besit daarvan geneem. Susanna, beter bekend as Sanna onder haar familie, het die ring in die laai gebêre vir baie jare, tot die dag wat klein Anna daarop afgekom het."

"En daai frons?" Viljee skud sy kop.

"Ek het seker maar net gehoop hier sal meer waardevolle inligting in wees as dié." Hy staar na die boek in sy hand. Marisa neem dit by hom.

"Geduld was nog nooit een van jou sterkpunte nie, my skat." Sy glimlag terwyl sy die blaaie een-vir-een begin deurblaai. Daar is 'n oomblik van stilte. "So wat ek kan aflei, is dat klein Anna die ring uit die laai gehaal het en aan haar vinger gesit het. Natuurlik was hy te groot vir haar, maar sy het op en af geparadeer en in die proses het haar voet vasgesteek en het sy die aarde hárd ontmoet. Sy het haar arm gebreek en Sanna het die ring weer vinnig in die laai teruggesit." Sy frons. "Hier is so effens van 'n gaping in die stories, maar 'n paar jaar later het Sanna haar trouring verloor en besluit sy gaan maar haar skoonma se ring dra." Sy kyk na Viljee. "Maak jy notas?" Hy knik. "Oukei, so in die tyd wat sý die ring gedra het, het hulle amper die plaas verloor."

Viljee neem 'n sluk van sy koffie. Yskoud. "Dit maak nie sin nie?" Hy neem die boekie by Marisa en blaai so paar blaaie aan.

"Sy beweer ook hier dat dinge op die plaas begin skeefloop het die oomblik toe sy die ring begin dra het. Die skape wat skielik begin vrek het. Die onverklaarbare brand in die stoor. En dan die bakkie wat heeltyd gebreek het."

Viljee bly vir 'n oomblik stil en draai dan na Marisa. "Dink jy regtig dis die ring se skuld?"

Marisa is besig om deur 'n paar los dokumente te blaai. "Dis moeilik om te sê, maar ek sukkel nogal om iets te vind wat my genoeg oortuig dat dit die geval kan wees?"

"Wag, ek dink ek hét dit!?"

Marisa voel hoe haar lyf saamtrek. Hierdie tyd van die nag is dit gewoonlik grafstil in die huis. Móét Viljee so hard praat? "Bokka, was daai nou regtig nodig?"

Viljee glimlag. "Sorry my skat, maar kyk gou hier!" Hy wys met sy vinger na 'n handgetekende prentjie van 'n ring; daar is 'n naam en datum by geskryf. "Dít kan dalk die leidraad wees waarna ons soek ..."

By die plaashuis loop Viljee op en af. Hy wag vir Anje. Dié het gaan koffie maak. Hy bestudeer die portrette teen die groot wit muur. Die een van 'n dansende meisie trek dadelik sy aandag.

"Ek sien jy hou van Bessie se skildery?"

Hy draai vinnig om. "Bessie?" Hy neem die skinkbord by haar en sit hom vinnig neer op die koffie tafel.

"Ja, ouma Sanna se suster. Sy was een van daai arty farty tipes, maar sy was ook so effens, jy weet ..." Met haar wysvinger maak sy sirkel bewegings by haar kop. "Koekoes."

"Maar hoe skakel sy by die vervloekte ring in?" Viljee frons. Hy het regtig gedink sy is die antwoord.

Anja trek haar skouers op. "Ek weet nie. Ek het haar nooit ontmoet nie. Na ouma Sanna se dood het hul Bessie in een of ander gestig opgeneem. Sy het blykbaar heeltemal geknak na haar ousus se dood en nooit weer herstel nie. Daardie skildery van my ma was een van die laastes wat sy geskilder het."

Viljee draai weer terug na die skildery. Wat mis hy? Hy staan nader. En dis dan wat hy dit sien; die ring aan die kind se vinger ...

"Marisa, ek dink regtig ons antwoorde lê by Bessie. Ons sal haar moet gaan opsoek! Ek wens net ek het geweet in watter tehuis sy is."

Marisa frons. "Wat sê Anja?"

Viljee sug. "Sy sê hulle het haar nooit ontmoet nie. Weet ook nie waar sy nou is en of sy ooit nog leef nie. En as sy dalk nog leef, moet sy seker ook nou al baie oud wees." Viljee trek sy notas nader.

"My skat, jy is 'n privaat speurder, en 'n baie goeie een daarby. As daar nou één persoon is wat haar sal kan opspoor, sal dit jý wees …"

"Ek het haar gekry."

"En?"

Viljee skud sy kop. "Die matrone sê sy is so 'n jaar gelede op die ouderdom van vyf en negentig oorlede."

Marisa sug. "Dit help nie veel nie." Sy bly vir 'n oomblik stil. "Kon jy ten minste 'n paar antwoorde iewers kry?"

Viljee knik. "Die matrone sê sy was baie eksentriek. Sy sê ook sy het heeltyd na een of ander vervloekte ring verwys?"

Marisa sit skielik regop. "Ja?"

"Sy kon nie regtig veel meer as dit sê nie. Sê hulle het dit maar altyd toegeskryf aan haar geestelike onstabiliteit; jy weet, sommer net as 'praatjies.'" Viljee sug. "En dis ook waar die leidrade opgehou het."

Viljee draai sy serp stywer om sy nek. Alle pogings om die koue weg te hou, onsuksesvol. Hy staan by die familiegrafte. Hoekom weet hy nie. Hy draai om wanneer hy die geruis van 'n voertuig hoor. Anja hop vinnig uit die bakkie.

"Ek het 'n fles warm sjokolade saamgebring."

Viljee glimlag. "Jy is 'n lewensredder!" Hy glimlag. "Ek is jammer dat ek jou in hierdie snerpende koue laat uitkom, maar ek probeer al die legkaartstukke bymekaar sit."

"Enige iets om te help." Sy skink vir elkeen 'n beker vol warm sjokolade. "Maar eers, ietsie om ons van binne af warm te maak."

Viljee vou sy vingers om die beker. "Anja, Bessie het volgens die matrone blykbaar gereeld van 'n vervloekte ring gepraat, maar daar is niks in die dagboek van Bessie wat die ring in besit het, geskryf nie?"

Anja frons. "Want sy het nooit die ring in haar besit gehad nie. Ouma Sanna het die ring vir my ma nagelaat na haar dood."

Viljee draai terug na die graf voor hom. Anna Volschenk (née) Maritz, gebore 1959, oorlede 2020.

"En het jou ma enige ongeluk gehad in daardie tyd?" Anja antwoord nie. Viljee draai om. "Anja?"

"My ma was maar nog altyd ietwat van 'n ongeluksvoël. So ons het eintlik nooit werklik enige iets daarvan gemaak nie, altyd maar net gedink dis deel van haar menswees." Sy draai om en begin terug na die bakkie stap. "Kom ons gaan gesels liewers verder in die plaashuis. Dis warmer daar." Sy kyk na die grafte. "Ons gaan in elk geval nie hiér enige antwoorde kry nie."

Viljee kyk haar agterna. Hoekom tel hy skielik 'n effense weersin in haar op?

Die vuurtjie knetter in die agtergrond. Viljee staar na sy notaboekie. Hy is so naby, maar tog ook só ver. Wanneer Anja die skinkbord op die koffietafel neersit, staan hy vinnig nader. Sy gaan sit op die rusbank en bly vir 'n oomblik stil. Wanneer sy wel praat, is dit sag. Viljee moet sy ore behoorlik spits om te hoor.

"Hulle het destyds gesê ek verbeel my. Niemand wou my glo nie. Niemand het my ernstig opgevat nie." Sy skud haar kop. "Maar ek het nog altyd gesê, my ma se dood was nie per toeval nie, dit was daai vervlakste, of sal ek eerder sê, vervloekte ring se skuld."

Viljee frons. "Waaraan is sy oorlede?"

'n Enkele traan loop oor haar wang. "Dit was 'n fratsongeluk. Of altans, dit is wat hulle gesê het." Anja sit haar koppie neer, dalk bietjie harder as wat sy oorspronklik beplan het. Viljee steek sy hand uit en plaas dit op haar arm.

"Sy was besig om skottelgoed te was. Sy het nooit die ring aangehou wanneer sy skottelgoed gewas het nie, maar om een of ander rede het sy daardie dag vergeet om hom af te haal. Toe sy dit besef, het sy haar hande uit die water gehaal en iewers moes daar seker water op die grond gespat het. Hulle het gesê sy moes seker op die water gegly het. Sy het haar kop teen die hoek van die kas gekap ..." Sy bly vir 'n oomblik stil. "My pa het op haar afgekom toe hy van die veld af gekom het. Die ring het langs haar liggaam gelê."

"En hoekom dink jy dit was enige iets anders as 'n fratsongeluk?"

Anja sug. "Daai vervlakste ring waaroor sy so versot was, is vervloek ..."

"Marisa, ek gee moed op."

Marisa gaan sit langs haar man. "Ek ken jou nie as iemand wat so maklik moed opgee nie. Hoe is dit dan nou met jou?"

Viljee trek sy skouers op. "Het jy al ooit in jou lewe gehoor van 'n vervloekte ring? Hoe los mens só iets op? Dis onmoontlik, jy kan nie!"

Marisa glimlag. "My skat, miskien is jou benadering net verkeerd." Viljee frons. Hy werk al vir weke aan hierdie saak. "Vervloek, wat is die teenoorgestelde daarvan?"

"Seën?"

Sy knik. "En dít is presies waar jou antwoord lê."

Viljee spring skielik op, gryp Marisa se gesig vas en gee haar 'n soen. "Het ek al vandag vir jou vertel hoe lief ek vir jou is?" Hy gryp sy selfoon en druk dadelik Anja se nommer in. "Kan ek dalk oorkom ..."

"Vandag gee ek aan jou die keuse tussen lewe en dood, tussen seën en vloek. Ek roep die hemel en aarde as getuies vir die keuse wat jy gaan maak. Mag jy tog die lewe kies sodat jy en jou nageslag mag lewe! Deuteronomium 30:19 (NLV)

Die huis op die hoek

©Trudie Potgieter

In die elmboog van Spitsberg nestel die dorpie Kruisrivier. Daar word gesê dat as jy moeg raak vir die bedrywige lewe, kom woon in Kruisrivier of maak dit tenminste jou kuierplek. Soos seker maar oral, ontbreek dit nou nie eintlik aan skinderstories nie, maar dit bring darem bietjie afwisseling.

Die dokter en sy vrou het op 'n keer bietjie in Europa gaan toer. Die arme man was so oorval met vrae soos: is Holland se tulpe regtig mooi, is die Eiffeltoring baie hoog, en wat nog meer. Later het hy die kerksaal gehuur om tog net na almal se vrae te luister en te antwoord. Vir lank was dit op omtrent elke straathoek die onderwerp van bespreking.

Sondae beier die kerkklok en almal luister aandagtig na dominee Fritz de Waal se preek. Maar hier en daar doen 'n skinderstorie die rondte. En, o ja! Daar was die keer toe Klaas Burger by 'n ander man se vrou loop kuier het. Wat 'n skande! As Dominee nie loop mooipraat het nie, het dit sowaar op 'n egskeiding uitgeloop.

"Nou maar vir wat sal tante Breggie nou vanoggend so op en af loop voor die biblioteek, wonder ek mos?"

"Nee, Saartjie, dit sal ek mos nou nie kan weet nie."

"Kyk, daar kom die sersant op sy fiets aangery, nou wat is vandag aan die gebeur?" Saartjie vou haar hand oor haar mond. Dit is maar selde dat die polisie op hierdie dorpie uitgeroep word.

"Nee, Saartjie, ek weet nie, maar ek moet my kinders by die skool gaan haal. Totsiens, vriendin."

"Sersant Jacobs ek moet 'n diefstal aanmeld!"

"'n Diefstal, sê tante?"

"Ja, Sersant, ek sê mos so."

"Nou maar wat is gesteel, Tante?" Hy vryf met sy handpalm oor sy kop waar die hare begin yl word.

"'n Boek natuurlik, jy is mos nou in 'n biblioteek."

"Asseblief, Tante, ek weet ek is in 'n biblioteek. Ek sien tante is ontsteld, wys asseblief vir my wie die boek laas kom haal het om te lees."

"Nou maar dit is juis die ding, die burgemeester het laas die boek kom haal en hy het dit teruggebring. Kyk hier."

Sersant Jacobs sien wat die tante bedoel. Die kaartjie wat as liasseerstelsel dien, wys duidelik dat dit twee dae gelede teruggebring is. "Nou kom kyk hier, die boek is weg. Ek liasseer al die boeke myself, ek behoort te weet."

Sersant Jacobs volg tante Breggie gedwee af met die lang ry boeke met regop ruggies. Dan staan sy skielik stil en wys met 'n bewerige hand na 'n boek wat so effens skeef staan. "Sersant, haal asseblief die boek uit die rak." Haar stem klink bietjie anders.

"Hier is die boek, Tante," sê die sersant.

Sy maak die boek oop ... "Sersant kyk! Leë bladsye, geen woorde!"

"Hoe dan so?" Sersant Jacobs kan sy oë nie glo nie.

"Tant Breggie, kom sit op die stoel, jy lyk siek."

Sy gaan gedwee sit, sit haar bril op en maak die boek oop. Spierwit bladsye, nêrens 'n woord nie! Dan klap sy die boek verwoed toe en snak na haar asem. "Die titel is ook weg. Kyk, net die skrywer se naam!"

"Petrus du Toit" lees die man in uniform. "Wat gaan hier aan, Tante?"

"Hoe moet ek weet, Sersant? Ek werk in hierdie biblioteek vir bykans twintig jaar en het hierdie gemors waarin ek my nou bevind nog nooit beleef nie. Wat gaan die burgemeester van my dink? Hè, sê my slim dienaar van die gereg!"

"Tant Breggie moenie nou staan en beledigend raak nie. Ek is heeltemal verward, hoe kan so iets sommer net gebeur?"

"Jammer, Sersant, ek is net baie ontsteld."

"Ek gaan konstabel Jantjies hier plaas vir die hele nag en sodra hy iets vreemds gewaar moet hy my skakel. Tevrede, Tante?"

Tant Breggie knik instemmend.

Buite drom 'n paar mense saam en toe die sersant sy voet oor die drumpel sit, praat oom Kerneels met die skewe neus. "Is Breggie dood of iets?"

Sersant vervies hom onmiddellik! "Gaan huis toe! Niks om oor te bekommer nie!" Hy hou hoeka nie baie van oom Kerneels nie, 'n praatsieke ou man. Daar word gesê 'n hond het voor hom ingehardloop toe hy nog baie klein was. Sy neus het die tafelpoot getref, so het sy neus maar bly skeef groei.

Sersant klim op sy fiets en ry. Party dae voel dit mos vir hom hy moet 'n oorplasing vra, maar waarheen? Hy hou van die platteland, maar die mense is tog so praterig en hy is maar 'n stil man. Nooit getrou nie, want die liefde van sy lewe het mos toe met 'n ander man loop staan en trou. Vrouens kan ook maar onbetroubaar wees!

Hy trap die fiets verwoed en so amper ry hy oor tante Letjie se baster-brak. "Versigtig wees, 'Sant." Hy steur hom nie aan haar nie en ry voort asof niks hom kan skeel nie.

Hy haak sy fiets om die groot ou akkerboom se stam en stap haastig die kantoor binne. Die konstabel sit so wragtig met sy voete op die lessenaar en lees koerant. Die mannetjie sal hom nog 'n aanval van iets gee, maar wat hy nou vir hom te sê het, sal hom behoorlik laat wakker skrik!

"Konstabel van Wyk, ek het 'n belangrike opdrag vir jou." Hy staan nou flink regop en knik sy kop. Hy is mos lankal op soek na bevordering.

"Nou moet jy baie mooi luister. By die biblioteek is daar vreemde, kom ons noem dit ... magte en misterieuse dinge besig om te opereer."

Die konstabel kantel sy kop en frons. "Hoe dan so, 'Sant?"

"Kom sit hier by my lessenaar dan vertel ek alles breedvoerig."

Skemeraand ry die konstabel so ietwat swaarmoedig na die biblioteek. Hy is darem nie seker of hy lus is vir spoke nie. Nog minder verstaan hy hoekom die sersant sê dit is 'n belangrike taak. As die boek nie woorde het nie, gebruik dit vir 'n inkopielys. Die bohaai staan hom nie aan nie.

Tant Breggie wag hom by die deur in. "Naand, Jongman. Vannag gaan jy nie slaap nie. Môreoggend wil ek by jou weet wie loop snags in hierdie boekehuis rond en jy moet hom arresteer! "

"Is tante seker hier loop iemand rond?"

"Nou wie anders peuter met die boeke, een of ander gemene mens wat nie werk vir sy hande het nie doen dit!"

'n Swaarmoedigheid sak oor Gert van Wyk toe. Hierdie tante voorspel moeilikheid! Hy sluit die deur en loop op en af deur die rye en rye boeke. Die tante het die boek sonder woorde vir hom gewys, so 'n rooi plakkertjie op die rugkant. Hy vermy daardie ry boeke, hy weet nie regtig waarom nie.

Teen middernag is die konstabel vaak, moeg en moerig. Die koffie het hy lankal klaar gedrink, hy mag nie rook nie, nog minder slaap, nou wat moet hy doen?

Hy trek die gordyn effens weg, buite is dit donker, nie eens 'n sekelmaan nie. Daar moet mos elektrisiteit bespaar word! "Ga! Hierdie nag pleeg ek nog selfmoord, wie wil nou so lewe?"

Konstabel van Wyk se nek ruk soos hy skrik! Van iewers in die biblioteek kom daar 'n skril geluid, erger as die sirene van 'n ambulans, of so klink dit vir hom. Hy gryp na die flitslig op die tante se lessenaar, maar in sy haastigheid gryp hy mis en dit val kletterend op die vloer.

Die hel is los, iets hardloop teen sy broekspyp op, of dalk teen sy kaal been. Hy klap, slaan en vloek alles tegelyk. 'n Muis, kom dit in sy kop op. Hy begin oorhaastig sy broek uittrek en met die ander hand tas hy rond op die vloer. Die geluk is aan sy kant, hy vat die flits vas en 'n helder straal lig gly oor die vloer. Van 'n muis is daar geen teken nie.

'n Lagbui oorweldig hom. Gee sy senuwees nou in? Hierdie nag gaan in sy dagboek breedvoerig beskryf word!

Die res van die nag verloop rustig en hy is dankbaar toe tant Breggie vroeg-vroeg die deur oopsluit. "Het jy die skelm gevang?" is haar eerste woorde.

"Môre, Tante. Nee, Tante."

"Konstabel, kom ons gaan kyk." Sy loop tussen die rakke met boeke deur. Die betrokke boek staan nog so effe uit pas met die ander, maar die rooi plakkertjie is weg. Sy trek die boek versigtig uit die rak en slaan dit oop. Die tante trek haar asem skerp in. Die woorde is terug, volledig! "Konstabel wie was in die nag hierbinne?"

"Geen mens nie, Tante."

"Konstabel, jy gaan nou dadelik vir Sersant sê hy moet hierheen kom."

Gerrit van Wyk kan nie vinnig genoeg sy fiets trap nie. Om onder hierdie tante se oë uit te kom is 'n bonus.

"Nou maar, Sersant, hoe verklaar mens dit! Sê jy vir my! Jy het mos ondervinding."

"Tant Breggie, ek het nog nooit spoke gevang nie."

"Nou wat anders gaan hier aan? Sê jy vir my, dienaar van die gereg."

"Tante is ontsteld, ek verstaan, maar laat ons dit nou rustig bespreek. Is dit net die een boek waarmee daar gepeuter is of nog meer?"

"Dit weet ek nou nie. Ek sal die biblioteek vir een dag moet sluit en seker maak. Saartjie, die vrou wat hier help opruim, sal my kan help."

"Dit klink na 'n goeie plan. Ek stel voor tante doen dit môre en hou my asseblief op hoogte. Konstabel van Wyk kan kom help as tante dit nodig ag."

Diep ingedagte ry die sersant terug na die kantoor. Hierdie onverklaarbare omstandighede staan hom glad nie aan nie!

Die volgende oggend plak tant Breggie 'n papier teen die biblioteek se deur om te sê dat dit vir die dag gesluit sal wees. Opname van boeke word gedoen.

Sy en Saartjie werk stelselmatig deur die boeke, ry na ry. Uur na uur blaai hulle elke boek in die biblioteek deur. Iemand klop aan die deur, maar tant Breggie ignoreer dit. As dit burgemeester Le Roux is, sal hy bel.

Knap na vyf laat sy Saartjie huis toe gaan, sy sal nog bietjie werk. Sy is moeg en haar rug pyn, maar sy is gedetermineerd om die probleem op te los. Sy gaan sit by die tafel waar skoliere dikwels naslaanwerk doen, hande onder die ken. Sy merk op dat die kinders hartjies en name op die hout uitkrap. Sy sal met hulle moet praat. Maar vandag is sy te uitgeput om haar oor sulke dinge te vererg.

Die laaste ry boeke vir die dag, besluit sy. Die vervelige werk hoop sy om nooit weer in haar lewe te doen nie.

Sy skrik haar boeglam! Een, twee, drie, vier, vyf boeke se rugkante is rooi gesmeer, dit lyk soos droë bloed. Hier is onverklaarbare dinge besig om te gebeur!

Bewerig gaan sit sy by haar lessenaar, die gehoorstuk van die telefoon bewe in haar hand. Sy vra die meisie by die poskantoor om haar deur te skakel na meneer Le Roux.

"Tante, die burgemeester sal nie meer in sy kantoor wees nie, dit is al amper ses uur."

"Skakel dan sy huis, dit is nou uiters dringend."

Daar is 'n ligte kloppie aan die deur, hy lyk bekommerd.

"Kom binne, meneer Le Roux, kom sit hier." Tant Breggie begin hom alles vertel.

"Liewe aarde, Tante, dit klink buitengewoon. So iets het ek nog nooit ervaar nie."

"Ek ook nie, meneer Die Burgemeester. Maar ek is te oud om met sulke buitengewone dinge opgeskeep te sit. Môre sal ek my bedankingsbrief op u lessenaar neersit. Wat dink u is hier aan die gang?"

Kasper le Roux kyk lank na die boeke voor hom voordat hy praat. "Tant Breggie, daar word vertel dat daar op hierdie stuk grond 'n huis gestaan het, baie lank gelede." Hy kyk strak voor hom toe hy verder vertel. "'n Man en sy vrou het hier gewoon, nog jong mense. Hy het sy vrou mishandel. Op 'n dag het hy nie by sy werk opgedaag nie. Sy vrou se lyk is in die huis gevind. Die man is nooit opgespoor nie."

"Wat 'n afgryslike storie!" Tant Breggie sit met haar hand voor die mond.

"Dit sê dalk niks, net bietjie agtergrond. Tante, gee die vyf boeke sonder woorde vir my, skryf my naam op die kaartjies." Tant Breggie doen soos hy sê en oorhandig die boeke aan hom.

Burgemeester Le Roux se gesig word grys-wit. "Wat is fout, meneer Die Burgemeester?" Sekondes tik verby voordat hy die boeke aan haar oorhandig.

Tant Breggie laat die boeke val en staar Kasper le Roux grootoog aan ... Die boeke het woorde! "Meneer le Roux?" Hy skud net sy kop.

"Jammer, burgemeester Le Roux maar ek kan nie langer hier werk nie."

Die biblioteek het vir meer as vier jaar toegesluit gestaan, vervalle geraak, tant Breggie het besluit om Kruisrivier te verlaat en na haar geboortedorp Niksverloren te verhuis. Toe kom die nuwe bankbestuurder met sy jong vrou. Tania is 'n bibliotekaresse en sommer gou word 'n nuwe biblioteek oopgemaak.

Die ou biblioteek? Ja, ek wonder tot vandag toe nog wat presies daar gebeur het!

Die Legendariese Burger Cronje

©Vanessa Bownass

Burger Cronjé se hand fries halfpad op pad na sy koppie koffie toe! Die uitdrukking op sy gesig 'n mengsel van verwarring, en ja, selfs skok. "Askies, tannie Vossie, maar hoor ek jou nou reg? Tannie will my ... mý," en met die beklemtoning van die laaste "my" plaas hy sy hand op sy bors "dienste huur om ... Ek verstaan nie regtig wat tannie Vossie wil hê ek moet nou eintlik doen nie!"

Burger ken vir tannie Vossie van Zyl al vandat hy twaalf jaar oud is, toe sy pa die pos op Donderkrans as stasiebevelvoerder aanvaar het. Tannie Vossie is soos 'n ouma vir hom en dit was ook sy wat hom aangemoedig het om sy droom om privaat speurder te word, te gaan najaag.

Nou sit sy oorkant hom met 'n versoek wat hy nie heeltemal kan verstaan nie.

Tannie Vossie sug swaar.

"Nou goed, laat ek weer verduidelik ... Jy is tog bewus van die donker legende van ons plaas. Jare gelede in die dae van die pioniers, was daar 'n hangboom op Sweepslag. Nou volgens legende, was die laaste persoon wat ooit daar gehang was, 'n jong plaashulp wat onskuldig gehang was vir veediefstal. Die ding is net, dat daar geen rekord nog ooit gevind was van die teregstelling nie, of selfs 'n indikasie van wie die jong man was nie. Wat ek wel weet, is dat my groot oupagrootjie die vroeregter was en dat ek onlangs op 'n trommel van hom afgekom het met ou dokumente en briewe in."

Sy bly stil en neem 'n diep teug van haar tee voor sy weer aangaan: "Soos jy weet loop daar baie stories in die

84

omgewing rond oor Sweepslag en die legende van DIE MAN WAT NIE BESTAAN NIE. Jy weet dat uit elke geslag, die oudste dogter van die plaas op daar een en twintigste verjaarsdag sterf." Tannie Vossie knip haar oë 'n paar keer en vroetel in haar blinkleer handsakkie vir 'n sakdoekkie.

"My eie suster, Magda, is so weg. Ons het haar die oggend na haar een en twintigste verjaarsdag by die rivier gekry. Geskiet, soos al die ander met 'n vuursteenpistool!"

Burger knik sy kop. Hy onthou destyds die stories by die stasie oor die plaaslike "spoke", maar wanneer dit by Sweepslag gekom het, het almal skielik besig geraak. Behalwe die een keer toe Roux laat val het van die geheimsinnige en onverklaarbare skietwond waaraan elke slagoffer beswyk het. 'n Enkel skoot deur 'n vuursteunpistool wat nog nooit opgespoor kon word nie.

"Hoe dink tannie Vossie kan ek help?"

"My kind, dit is amper tyd vir my klein Magdaleen se een en twintigste verjaarsdag. Ek het gedink, dat miskien as ons die jongman wat hulle gehang het se naam kan uitvind en kan bewys dat hy onskuldig is, sal hy straks tot ruste kom. Ek is seker dit is hy wat my familie so treiter en ek het 'n gevoel grootoupa Van Zyl het iets daarmee te doen gehad!"

Burger leun terug in sy stoel. Behalwe dat dit 'n onbegonne saak gaan wees om te ondersoek, gaan hy verder 'n honderd ses en veertig-jarige koue saak moet oopmaak met geen papierwerk of getuies. Hy glimlag skielik. Dit klink na 'n uitdaging en hy is gemaak vir uitdagings.

"Tannie Vossie, ons ry môreoggend dou voor dag. Ek het geen aktiewe ondersoeke nie en wat hier is kan my vennote behartig. Kom ons gaan los tannie se koue saak op!"

Burger krap sy kop. Hy het grootoupa Van Zyl se trommel versigtig uitgepak en die amper honderd en vyftig-jarige dokumente lê voor hom op die lessenaar. Hy het geweet dit gaan kopkrap kos om deur die ou papiere te werk, maar die droë solder het die papiere baie bros gemaak, en om hulle oop te vou kan hom 'n dokument kos en moontlik kosbare inligting. Hy gaan soek tannie Vossie op die stoep waar sy oor die skemer velde sit en uitstaar.

Hy neem langs haar op die bank plaas. "Ek gaan die dokumente môre, saam met wat ek ook al by die polisie stasie kry, wegstuur na iemand in Pretoria wat ondervinding het met ou dokumente. Ek is bevrees as ek hulle probeer hanteer, gaan ek hulle moontlik vernietig!"

Tannie Vossie knik net haar kop. Burger se hart gaan uit na haar. Hy hoop van harte hy kan die keer die saak oplos.

Dit is 'n joviale gegroetery oor en weer by die stasie toe Burger die volgende dag daar instap. Hy ken meeste van die manne reeds van skooldae af en dit is soos om ou vriende na jare te sien.

Na 'n paar goedbedoelde tergsessies oor sy doel terug op Donderkrans, stap hy deur na brigadier Fanus Odendaal se kantoor. Brigadier Odendaal is 'n ou familievriend wat saam met sy pa op kollege was. Nes sy pa, doen brigadier Odendaal alles streng volgens die boek en hou Burger so effe sy asem op of hy in die stasie se argief toegelaat gaan word.

Soos die manne, is brigadier Odendaal of oom Fanus vir hom, bly om hom te sien. Na 'n oor en weer groetery praat hulle oor ditjies en datjies totdat Burger die rede vir sy versoek aan oom Fanus stel.

Tot sy grootste verbasing stel oom Fanus die argief aan hom oop. Hy stel selfs voor dat hy met Sandra Vermeulen, die dorp se plaaslike amateur historikus en ook die editeur van hulle weeklikse koerantjie, gaan praat. Hulle behoort ook argiewe te hê met ou nuusberigte van die tydperk.

Burger groet met 'n stewige handdruk en met die argief se sleutel in sy hand, gaan hy af na die stasie se ou ondergrondse selle wat nou die argief is.

Die ou ligte is vervang met nuwe buisligte en daar is selfs lugversorging geïnstalleer en 'n lang tafel. Die res is steeds soos hy dit onthou. Hy sug. Dit sou soveel makliker gewees het as alles digitaliseerd was.

Hy begin deur die rakke stap en is innig dankbaar toe hy besef dat oom Fanus self die argief in orde gehou het. Die bokse is kronologies gestoor en dit vat hom nie lank om die bokse met papierwerk van die 1870's te vind nie. Darm vier bokse, dink Burger. Kom ons hoop hulle inhoud lewer iets op.

Dit is reeds na donker toe Burger uiteindelik 'n dokument vind wat geteken is deur Van Zyl. Dit lyk soos 'n beëdigde verklaring voor die hof dat hy, Van Zyl, en ... Burger span sy oë in, maar die inkskrif met die naam is te dof ... sien beeste aanjaag het na die grondgebied van 'n plaaslike stam aan die oorkant van die rivier. Volgens wat hy kan uitmaak was die beeste almal gesteel.

Burger se hart klop opgewonde. Uiteindelik! Uiteindelik 'n moontlike leidraad. Hy weet dat veediefstal dikwels met die dood gestraf was. Dalk, net dalk is dié hulle man. Die naam van die aangeklaagde is baie dof, maar hy weet sy kontak in Pretoria sal kan help.

Burger, aangemoedig deur sy fonds, gaan nou met hernude ywer deur die oorblywende inhoud van die bokse. Wat hy vind is meer dokumente wat wys dat daar in die tydperk 'n vlaag van veediefstalle was. Sommige van die boere was heeltemal geruïneer deur die diewe. Burger knik sy kop. As die persoon genoem op Van Zyl se verklaring wel die skuldige was, kan hy verstaan waarom hulle hom aan die eerste, beste boom gaan ophang het.

Hy ontmoet Sandra Vermeulen by die koffiewinkel op die dorp. Sy is 'n fyn rooikop met lewendige groen oë, en tot sy verbasing, ook die skrywer van 'n vlog oor plaaslike legendes en volksverhale.

"Dankie dat jy tyd gemaak het om my te ontmoet. Ek gaan met die deur in die huis val, want ek is bevrees my tyd is besig om vinnig uit te loop om die saak op te los." Hy kug "Dit is seker die vreemdste saak wat enige privaat speurder al ooit aanvaar het, maar ek en tannie Vossie kom al 'n lang pad saam. Ek moes ten minste probeer."

Sandra knik haar kop. Soos almal in die omgewing, ken sy ook die donker legende om Sweepslag en die tragedie wat die familie elke soveel jaar tref. Die presiese details ken niemand egter nie. Nie dat daar wilde gissings is oor wat werklik aangaan nie.

"Soos jy kan raai, het dit te doen met die dood van elke oudste Van Zyl vrou uit die nuwe geslag vroue op hulle een en twintigste verjaarsdae. Wat niemand weet nie, is hoe hulle sterf. Elke vrou, vanaf groot-oupagrootjie Johannes van Zyl se enigste dogter en oogappel, word met 'n enkele skoot van 'n vuursteenpistool gedood. Natuurlik kan die loodkoeël nooit gevind word nie, maar verskeie kenners het deur die jare reeds bevestig dat die geheimsinnige wonde waaraan die slagoffers beswyk, slegs van 'n vuursteenpistool kon kom.

"Nou dit bring ons by nog 'n deel van die legende waarvan min mense vandag nog bewus is. Daar was 'n hangboom op Sweepslag gedurende die 1870's. en die laaste persoon wat ooit daar gehang was, was blykbaar onskuldig gehang op aanklag van veediefstal. Niemand weet wie hy was en of hy dus werklik onskuldig was nie.

"Tannie Vossie, vir een of ander rede, vermoed dat haar groot-oupagrootjie, vrederegter Van Zyl, destyds iets te doen gehad het met die man se dood. Sy glo ook dat dit die man se ..." Burger kug effe ongemaklik ..."gees is wat weerwraak neem op die nageslag van Van Zyl. Nou, as ek sy naam in ere kan herstel en sy onskuld kan bewys, glo sy die vloek sal gebreek word. Ons het egter net twee weke oor voor haar kleindogter mondig word. As ek nie die saak op gelos kan kry nie ..."

Burger swyg betekenisvol. "Ek het van die ou dokumente van Van Zyl wat ek gevind het, reeds na 'n kenner in Pretoria gestuur. Sy kon egter niks wys raak nie, behalwe op die klagstaat kon sy slegs die letters S, Mc en g uitmaak. Dit is al waarmee ek het om te werk."

Sandra reik skielik opgewonde na haar tablet en begin soek na iets daarop. "Jy behoort in jou lyn van werk te weet dat mens soms net een los draadjie nodig het om 'n hele saak te laat lostorring en ek, meneer Cronjé, mag dalk net daai los draaitjie vir jou hê!"

Uiteindelik draai sy die tablet om en skuif dit oor die tafel na hom toe. "Lees bietjie die berig uit die *Bushveld Herold* van 1880," is al wat sy sê.

Burger neem die tablet en laat sy oë oor die ou teks gly. Dit is egter die tweede laaste sin van die berig wat hom skielik laat regop sit asof 'n by hom gesteek het. *Scott McDoogle was one of the ZAR's finest secret service agents. Known for his use of only a flintlock pistol, he has never lost his man. His disappearance will remain an open investigation and a top priority of the men in Pretoria.*

Kan dit wees? Het hy uiteindelik 'n naam?! Scott McDoogle ... selfs die letters op Van Zyl se verklaring pas in.

"Ek is egter nog nie klaar nie," gaan Sandra voort. "Ek het niks op rekord van enige teregstellings op Sweepslag nie, maar wat ek wel het, is dat daar nog 'n artikel in die *Herold* was in 1879, toe ene Tiennie Vermaak byna tot die dood toe geslaan was deur medeboere. Blykbaar het hy 'n veedief se liggaam gaan afhaal waar hy gehang was, en hom in 'n geheime plek begrawe omdat hy geglo het die man was onskuldig! Weer niks besonders nie, tot jy ontdek dat Tiennie Vermaak op Sweepslag se buurplaas, Oggendpraal, geboer het!"

Burger voel die jaginstink inskop soos wanneer hy weet hy is na aan sy saak oplos.

"Sandra, hoe sê ek vir jou dankie? Weet jy of daar nog iemand op Oggendpraal boer?"

Sy skud haar kop. "Nee, Oggendpraal is onbewoon. Daar word ook oor daai plek gefluister en niemand weet werklik of die plaas selfs nog 'n eienaar het nie."

Burger knik sy kop. "Goed, ek gaan uitry soontoe en bietjie rondkyk. Iets sê vir my ons gaan die laaste stukkie van die legkaart daar kry!"

Sandra kom op haar voete. Die nuusbrakkie het 'n storie geruik. "Ek kom saam. Ek gaan nie gou weer 'n geleentheid kry om op Oggendpraal te gaan rondsnuffel nie!"

Burger glimlag en laat haar vooruit loop. Haar opgewondenheid is aansteeklik.

Daar is nie meer veel van 'n hek op Oggendpraal oor nie en nog minder van 'n pad. Gelukkig buffer Burger se bakkie meeste van die stampe en stote. Na wat voel soos 'n ewigheid, bereik hulle die ou opstal. Daar rus 'n vreemde, amper drukkende stilte op die oorgroeide werf en nie verbased, is die huis nog in een stuk. Burger kan nie help om weer te glimlag nie. Bygeloof is 'n goeie veiligheidswag. Tog voel hy self koue rillings teen sy rug afgaan. Dit voel of hulle vanuit die begraafplaas dopgehou word.

Sandra het ook om die bakkie beweeg en kry hom aan die hand beet, haar oë groot. Daar heers 'n vreemde atmosfeer op die plaas. Hy voel iets trek hom na die ou familiebegraafplaas.

Anders as die huis, lyk die begraafplaas asof dit gereeld versorg word. Burger probeer nie te veel daaroor wonder nie. Hy maak die hekkie oop en al twee wip soos hulle skrik as die hekkie se ou skarniere skielik skerp skree in die onnatuurlike stilte. Waarvoor soek hy? vra Burger homself af.

Hulle loop deur die grafte, maar vind net die grafte van Vermaaks. Dit is by die graf van oom Tiennie se seun wat Sandra vassteek. Sy wys na Tiennie Jnr se graf. "Wie ook al hier lê, is beslis nie Tiennie Jnr nie. Oom Tiennie het nooit kinders gehad nie, want hy was nooit getroud nie!"

Burger kyk vinnig af na haar. "Dink jy dit is ...?"

Sy knik, maar voor sy kan antwoord hoor hulle 'n geknars agter hulle. Beide vlieg om, maar Sandra trek haar asem skerp in as hulle oë op die figuur voor hulle val. 'n Ou swartman geklee in 'n ou veldbroek met kruisbande en 'n bruin hemp, handgemaakte veldskoene en 'n ou velthoed teen sy ou bors gedruk, staan voor hulle. In sy ander hand met knobbelrige vingers, hou 'n ou houtkissie na hulle uit.

As hy begin praat, klink sy stem diep en hees, soos iemand wat lanklaas gepraat het. "My groot seur Tiennie, hy't vir ou Saulus gaseg hy moet hom hier wag, want eendag die ander seurs hulle sal kom by die pad en hulle sal die antwoord soek oor die jong seur wat hulle by die boom loop kry het. Ou seur het gaseg dan moet ou Saulus vir die seurs die boek by die boks gie, solat hulle ôk kan verstaan wat saam met die jong seur gabeur het. Die jong seur hy is nog banja kwaad en hy wil nie rus nie!"

Sandra trek haar asem weer skerp in en Burger vat die boksie by die ouman. Hy sluit sy oë en bewe so groot as wat hy is. Toe hy sy oë weer oopmaak, is ou Saulus weg. Hy sluk droog. Het hy nou uiteindelik die laaste stukkie van die legkaart gevind? Vanaf die ander kant van die graf ...

"Kom ons gaan gee vir tannie Vossie haar antwoorde!" Sandra knik haar kop en hand aan hand stap hulle terug bakkie toe.

Tannie Vossie sit die koerant neer. Dit voel of daar 'n berg van haar bors gelig is. Sandra Vermeulen het die storie van haar korrupte grootoupa Van Zyl wyd oopgevlek. Van hoe hy boere se beeste laat steel het en dit dan laat verkoop het oor die grens. Tot hoe hy dit alles netjies op die jong Scot McDoogle se skouers gepen het. Toe hy besef het wie Scot was en dat hy op die punt was om sy misdade oop te vlek, moes hy met hom 'n plan maak.

Scot se bloed was egter nie die enigste onskuldige bloed wat hy vergiet het nie. Hy het seker gemaak dat oom Tiennie Vermaak ook stilgemaak word toe hy besef het dat oom Tiennie bewyse het om hom agter tralies te sit.

Sy staan op en gaan staan voor die venster wat uitkyk oor hulle familiebegraafplaas. 'n Jong figuur langs die nuwe graf laat haar sag na haar asem snak. Die figuur draai om en kyk reguit in haar rigting voor hy sy hoed lig en sy haar kop knik. Die figuur verdwyn stadig tot dit net die helder maanlig is wat die imposante nuwe grafsteen verlig. 'n Grafsteen wat waak oor die herbegrawe oorskot van 'n sekere Scott McDoogle, maar nêrens in die begraafplaas sal jy die getuienis vind van ene JKS van Zyl, oorspronklike eienaar van Sweepslag nie. Niks, behalwe 'n amper onopmerklike sementkruis in die hoek van die begraafplaas.

Tannie Vossie draai om en stap kombuis toe. Daar is nog baie werk wat gedoen moet word. Haar Magdaleentjie gaan die grootste mondigwordingspartytjie hê wat die plaas al ooit gesien het.

Sy glimlag skeef ... En dan moet sy seker vir daai maaifoedie van 'n Burger sy biltong gaan pak. Meen eerder vir haar te vertel dat al wat sy hom skuld, is 'n leeftyd se biltong en van haar lekker karringmelkbeskuit. Die beskuit moet hy maar self kom haal. Sy het 'n gevoel dat 'n sekere rooikop historikus sag op sy oog geval het, en dat hulle hom nou heelwat meer gaan sien.

Die man wat nie bestaan nie

©Esté Louw

'n Dodelike koue omhels jou wanneer jy deur die twee groot swaaideure stap. Jy bevind jou in 'n voorportaal vol leë beloftes. Die plek waar jy jou laaste bietjie hoop kom uitstort en wat doen hulle? Vertrap dit in die dieptes van die dorre aardkors. Hulle laat dit stil-stil verdwyn en jy is oorgelaat aan jou eie genade.

Dis 'n Maandagoggend. 'n Blou Maandag om meer spesifiek te wees, want die voorportaal van die polisiestasie is volgepak met mense. Plek vir 'n muis is nie eers ter sprake nie. Jy kan jou eie stem nie bo die geraas hoor nie, maar as jy mooi kyk en vir 'n oomblik van jou eie probleme en bekommernisse vergeet, sal jy haar wel gewaar.

Leidrade van 'n saak wat besig is om los te torring het my tot by haar gelei. 'n Saak wat as afgehandel beskou is, maar daar is iets wat aan my bly vreet. So dis hoe ek, Mark, myself nou bevind in die polisiekantoor, besig om die saak so in die stilte verder te ondersoek.

Dit is 'n tingerige bruinkop vrou. Mid-veertigs met grys hare wat hulle verskyning langs haar slape en agter haar ore begin maak. Weduwee, haar man om en by drie jaar terug in 'n grusame motorongeluk oorlede. Geen kinders, en sedert die ongeluk is sy 'n leë dop. Sy drentel rond, onseker oor waarheen sy op pad is in die lewe. Sy lyk effens verwaarloos met donker kringe onder haar oë. 'n Teken van insomnia want iets, of moet ek eerder sê iémand, hou haar tot in die middernagtelike ure wakker.

En dit is juis hier waar die storie vreeslik interessant raak, want wat presies weet sy van haar man se grusame motorongeluk? Is sy bewus van die stewige bedrag wat in sy rekening inbetaal is deur 'n anonieme persoon? En is dit alles maar net per toeval dat dit presies 'n week voor sy dood inbetaal is?

Dit stop nie daar nie. Sedert ek haar drie weke terug opgespoor het, het ek haar nou al 'n paar keer tot hier gevolg waar sy volhou met haar storie. Wie is die persoon wat haar dophou? Is hy betrokke by die saak wat ek ondersoek en gaan dit alles my lei na die antwoorde wat ek al vir jare soek, of net na nog meer vrae?

Van waar ek agter in die hoek terugleun op 'n stoel, donker kappie laag oor my gesig getrek, sit en kyk ek hoe die hele affêre voor my ontknoop. Eleanor Greef, na aan histerie, wat weereens haar storie met almal kom deel.

"Hy kyk vir my! Ek sê vir jou, hy kyk vir my." Sy klou vas aan die arm van die onaangeraakte ontvangsdame agter die toonbank wat met mag en geweld van die vrou voor haar ontslae probeer raak.

"Mevrou hou die ry op." Die ontvangsdame loer oor die vrou se skouer en wink met haar een hand die volgende persoon nader.

"Nee, nee, jy luister nie ..."

"Ons kan niks doen sonder konkrete bewyse nie, so as mevrou u uit die voete kan maak, sal dit gaaf wees, anders moet ek vra dat iemand mevrou moet kom verwyder."

"Kan iemand in hierdie verdomde plek net vir een maal in my lewe vir my luister!" Sy gryp na haar hare, trek dit in alle rigtings en druk dan haar vingers gefrustreerd teen haar oë.

'n Mollige vroutjie met 'n skreeuende baba op haar heup skuur moeisaam verby haar om 'n slag haar sê ook te sê. Met dit verloor Eleanor dit heeltemal en 'n vreemde klank ontsnap van diep uit haar binneste. Die mense raak stil en staar haar ongelowig aan en dan begin hulle agter bakhande fluister. Mal, seniel ... Jy kry die idee.

Die polisiestasie se twee frisgeboude waghonde kom nadergestap en vat vir Eleanor elk aan 'n arm. Sy spoeg, spartel en skree om haar te laat gaan, maar teen hulle het sy nie 'n kat se kans om los te kom nie. Sy, 'n tingerige vroutjie teen twee gym fratse wat sonder twyfel steroïede gebruik? Nee wat, ek dink nie so nie. Sonder enige moeite vergesel hulle haar na die deur, maar hulle word 'n entjie voor die deur gestop.

Daniel Retief, 'n privaat speurder wat ook 'n reservis is by die eenheid, het so pas by 'n deur kom uitstap van iewers agter uit die gebou. Hy vra die twee manne om haar te los en wys dan vir Eleanor om hom te volg. Hy verdwyn dan weer deur die deur met Eleanor wat hom tog te gretig en met oë vol hoop agternasit.

Agter die deur wag 'n lang gang op haar met klomp verskillende vertrekke na links en regs. Daar is 'n statiese elektriese kraking in die lug en weereens 'n onheilspellende koue, wat rillings teen jou rug laat afrol. By die tweede deur na links gaan maak hy hom gemaklik agter 'n lessenaar en wys na die stoel oorkant hom.

Sy gaan sit, vroetel met haar hande op haar skoot en sê dan onverwags: "Hy hou my dop."

Daniel leun terug in sy stoel, notaboek en pen in die hand. "Wie hou jou dop, Mevrou ...?"

"Greef."

"Reg, mevrou Greef, jy sê iemand hou jou dop." Eleanor knik haar kop oordrewe op en af. "En as ek dit reg het, was jy al voorheen hier met dieselfde klagte. Konstabel Mathys het die saak ondersoek, maar kon niks vind nie, tog hou jy vol met die storie."

Eleanor se stem breek, sy is weer na aan histerie. "Hulle glo my nie, niemand wil my glo nie!"

Daniel knik sy kop en probeer sy bes om te lyk of hy simpatie toon teenoor die vrou wat voor hom sit. "Weet jy wie jou dophou?"

Iets flikker in Eleanor se oë. Sy wil iets sê, hy kan sien sy wil, maar dan kyk sy af. 'n Manier om Daniel se intense blik te vermy en dan skud sy haar kop. "Nee, ek weet nie."

"Tog verwys jy na hý. Het jy hom dan al gesien?"

"Hy staan in die venster. Hy staan élke líéwe aand in die venster."

"Watse venster?"

"Die huis oorkant die pad."

"Bly daar iemand?"

"Dit is onbewoon."

"Huisadres."

"Bergstraat 21."

"En jou huisadres?"

"Bergstraat 22."

Daniel maak vlugtig 'n paar aantekeninge in sy boek. Hy vra nog 'n paar vrae soos: bly jy alleen, wie het voorheen in die huis gebly, kontaknommer, en dan stoot hy sy stoel terug en staan op. "Ek sal môre 'n draai kom maak en bietjie rondkyk."

Daarmee is Eleanor terug huis toe.

Presies om twaalfuur die volgende oggend staan ek in die koelte van 'n boom en kyk hoe daar 'n polisiemotor in Bergstraat afgery kom. Die polisiemotor kom voor Eleanor se huis tot stilstand en Daniel klim uit. Eleanor kom hom op haar stoep tegemoetgekom, maar sy bly daar staan toe Daniel omdraai en oor die pad stap. Hy fynkam die hele plek. Om die huis, agter in die erf en kan niks vind nie. Die huis is bot toe met geen teken van lewe nie. So wat maak Daniel? Net soos konstabel Mathys, laat hy die saak daar en Eleanor se lêer kry 'n spesiale plekkie in sy kantoor om stof op te gaar. Sy gevolgtrekking is; dat sy duidelik 'n man sien wat nie bestaan nie. Sy is verveeld en soek aandag. Dalk moet sy oorweeg om haarself in te boek by die groen dakkies.

Ek is vanaand weer hier, onder die boom 'n ent van Eleanor se huis af. Sy is vanaand onrustiger as die vorige aande. Ek verstaan hoekom, want alles van hierdie aand skree onheil wat wag om te gebeur. Die sterre is versteek agter donker wolke wat laag oor die dorp saamdrom. 'n Ligte motreën val om my neer en iewers in die verte grom die donderweer waarskuwend.

Ek sien hoe Eleanor se asem jaag soos sy teen die trappe opstap. Die sweet tap haar af en sy is oortrek met hoendervleis. Sy probeer dit onopsigtelik doen, maar die gordyne in een van die onverligte vertrekke van bo uit die huis gaan op 'n skrefie oop. Ek volg haar blik oor die pad na die steeds onveranderde verlate huis. Skielik is ek nie meer so seker van my saak nie ...

Ek sal eerlik wees, vir Eleanor Greef het ek ook nooit regtig geglo nie. Ek meen, wie sal nou? As almal om jou sê die vrou is besig om haar kop te verloor, gaan jy ook begin glo die vrou is besig om mal te raak. Ek is doodseker julle het ook so gedink, maar hier waar ek nou staan, voel ek ewe skielik baie skuldig. Skuldig omdat ek haar storie nooit ernstig opgeneem het nie, want ek sien hom. Sy donker silhoeët het so pas in die verlate huis oorkant die pad verskyn. Hoekom het ek hom nog nooit raakgesien nie?

Tot laat in die aande terwyl almal om my geslaap het, het ek en Eleanor die venster oorkant haar huis dopgehou. Die enigste verskil was, ek het hom nooit gesien nie. Dit het my net soveel meer laat glo dat sy mal was. Sy het goed gesien wat nie bestaan nie. Ek het gedink Daniel mag dalk reg wees. Sy moes groen dakkies toe en dalk haar kop laat lees, maar iets in my het bly hoop. Gehoop dat sy dalk reg mag wees, dat iemand haar dophou, want dit mag dalk die antwoorde op al my vrae wees.

Sy was toe al die tyd reg, want op hierdie huidige oomblik staan daar 'n figuur van 'n man in die venster, effens verlig deur die dowwe straatligte. Vir wat voel soos 'n ewigheid, staan hy net daar. Hy roer nie, en toe, so vinnig soos wat hy verskyn het, verdwyn hy weer in 'n oogwink.

Vanaand gebeur daar egter iets wat nog nooit vantevore gebeur het nie, want 'n paar minute later verskyn hy om die hoek van die huis. Angstigheid oorval my uit die bloute en ek kan met sekerheid sê, vir Eleanor ook. Sy snak duidelik na haar asem van bo uit die kamer.

Ek hou die man verstar dop terwyl hy vir 'n oomblik onseker net daar staan. Dan begin hy groot selfversekerde treë oor die pad gee. Hy is mank besef ek, sy een been skuur oor die teerpad agterna. Eleanor swaai om, dit lyk of sy besig is om te hiperventileer. Sy val rond, duidelik onseker oor waarheen om te gaan en wat sy nou moet doen.

Die man nader haar huis vinnig, gaan staan vir 'n oomblik, kyk op en af in die straat ...

En net daar kry ek die skok van my lewe. Julle sal my nie glo oor wat ek volgende gaan sê nie, maar ek ken die man. Ek weet presies wie die man is. Adam Greef. Ja, julle het reg gehoor. Greef. Soos in Eleanor Greef. Haar dooie man wat nou in lewende lywe hier voor my staan. Duidelik nie so dood soos wat ons almal gedink het nie.

Skielik val dit my by soos 'n vuishou. Daai dag in Daniel se kantoor, het ek so met die gefluister in die gange gehoor, het Eleanor vreemd opgetree toe hy haar gevra het of sy weet wie haar dophou. Sy hét geweet! Eleanor het al die tyd geweet dit is haar man wat haar dophou. Sy wou niks sê nie, want almal het klaar gedink sy is mal. Wat sou hulle nie sê as sy hulle wel vertel het wat haar vermoede is nie? Of is dit dalk nie die geval nie? Het sy skuldig gevoel? Het haar gewete haar begin pla oor wat presies drie jaar terug gebeur het op die aand van haar man se dood?

Voor Adam verder stap, sien ek dit in sy oë. Dit is nie die sagte liefdevolle blou oë van die man wat ek op die foto's in die ondersoek geleer ken het nie. Daar woed iets anders agter daai oë. Inteendeel, daar is geen lewe in sy oë nie. Net 'n poel van swart donkerte wat jou dalk mag insluk as jy te lank daarna staar. Daar is brandwonde oor sy hele gesig wat lyk of dit nooit ten volle herstel het nie. Net daar besef ek: Hoe graag ek die antwoorde soek, sal ek dit nooit kry nie, want dit is iets wat ek nooit sal verstaan nie, en te bang is oor wat ek dalk mag vind as ek dieper gaan delf …

Die bose, die bonatuurlike, die plek tussen lewe en dood. Dit is waar ek vasgevang is vanaf my dood, en hierdie saak is wat my siel uiteindelik tot rus sou bring. Met 'n swaar hart besef ek egter, ek sal nooit daai bevryding vind waarna ek soek nie. Ek sal hier vasgevang wees vir wat dalk vir altyd mag wees, met 'n yslike koue wat my soos 'n skaduwee volg.

By die deur gekom, lig Adam sy elmboog op sonder om te huiwer en slaan die klein ruitjie bokant die deurknop uit. Die stukkies glas kletter op die grond, en dan steek hy sy hand deur en maak die deur van binne af oop. Dan is hy weg. Al wat sy teenwoordigheid weggee is die gekreun van die trappe soos hy met groot kruppel treë daarteen opklim.

In hierdie storie van Eleanor Greef is al wat vir my oorbly om om te draai en weg te stap. Ons paadjies gaan nou vir eens en vir altyd skei. Wie weet wat nou met haar gaan gebeur en wie weet wat met my sal gebeur as ek 'n voet in daai huis moet sit? Dit is die ewige geveg tussen goed en sleg.

Vir 'n millisekonde word die aand wat na môre se bevinding nooit vergeet sal word nie, verlig deur 'n weerligstraal. En soos ek wegstap met die reën wat al hoe harder om my neersak, klink Eleanor se eerste gil in die nag op. 'n Tweede en derde volg kort daarna. Dit is gille van histerie gevul met vrees. Dit is rou en verskeurend en gepaard daarmee, is dit die bonatuurlike geween van diep, diep, diep uit die putte van die hel. Enige iemand sou dit, onder normale omstandighede, in 'n honderd meter radius sonder twyfel kon hoor. Dit is eenvoudig net onmoontlik, maar ek is bevrees Eleanor is vanaand nie so gelukkig nie. Niémand gaan haar kan hoor nie. Niemand gaan haar vanaand kan help nie, want soos haar gille een na die ander opklink, verswelg 'n oordonderende weerligslag dit. Keer, op keer, op keer.

Die ontvoering

©Juleandré Bianchi

Jade Shatner en haar vriendin, Tricia O'Donnell, neem hulle sitplekke op die verhoog in om na die toespraak van die miljoenêr sakeman en Jade se eggenoot, Franklin Shatner, te luister. Franklin gaan staan voor die mikrofoon en kyk na die skare mense voor hom.

"Goeiedag almal, watter heerlike dag is dit nie. Ek belowe om nie lank te praat nie. Dankie dat julle almal tyd ingeruim het om die dag saam met ons te geniet. My vrou, Jade, gaan al die wetenskap projekte beoordeel en 'n wenner kies. Sterkte aan al die kandidate wat deelgeneem het. Geniet die res van die verrigtinge. Dit is 'n voorreg om die kermis hier op my eiendom aan te bied. Daar is aktiwiteite vir oud en jonk wat julle kan geniet."

Die skare klap geesdriftig hande en juig hom toe terwyl hy van die verhoog afstap. Franklin glimlag en waai vir die skare voor hy na sy wagtende agtjarige seun, Richie, stap.

Richie kyk nukkerig na sy pa wat sy hare deurmekaar vryf. "Paps maak my hare deurmekaar. Almal sal dan vir my lag en ek is nie lus daarvoor om gespot te word nie. Ek wens net dat ek ook aan die wetenskap olimpiade kon deelneem. My projek sou loshande gewen het."

Franklin skud sy kop ontkennend. "Jy weet mos dat jou ma die een is wat die besluit moet neem oor wie wen. Dit is die rede hoekom jy nie mag deelneem nie. Kom, dan stap ons bietjie rond."

Hulle is onbewus dat twee mans, Tyson Norman en Smokey Baker, hulle dophou.

'n Rukkie later sluit Carissa Shatner en haar vriendin, Shauna Bethke, by Franklin en Richie aan. Franklin omhels sy twee en twintig-jarige dogter en aanstaande skoondogter glimlaggend. "Dit is goed om julle te sien. Carissa, sal jy en Shauna asseblief 'n oog hou oor Richie? Daar is iets wat ek gou moet gaan doen. Dit sal nie lank neem nie. Ek sal net 'n paar minute weg wees."

"Ja, ons sal na Richie kyk, Paps. Shauna moet vir Ridge hier ontmoet, so ons sal wag tot Paps kom. Gaan nou en kom gou terug."

Franklin draai om en stap vinnig weg om na Jade te gaan soek. Hy is onbewus van die swart paneelwa wat eenkant parkeer is. Die twee meisies begin gesels oor Shauna en Ridge se troue wat voorlê en let nie op dat Richie tussen die mense verdwyn nie.

Die twee mans glimlag ingenome toe hulle die kind begin agtervolg. Richie weet nie van die agtervolging nie en is onbewus wat op hom wag. Hy nader die swart paneelwa en sien die deur gaan oop. 'n Gemaskerde vrou klim uit en gryp skielik na hom. Sy hou hom stywer vas toe hy begin spartel en om hulp skree.

Tyson en Smokey is gou by en smoor sy krete voor hulle hom in die paneelwa druk. Hulle is onbewus dat Richie se ouer broer, Ridge, gesien het wat gebeur. Ridge begin hardloop toe hy besef dat dit sy boetie is wat ontvoer word.

"Hey, julle skarminkels, los my boetie uit. Stop, ek sê stop, verdomp!"

Hy moet magteloos toekyk hoe die paneelwa met 'n spoed deur die landgoed se hekke jaag. Verslae draai hy terug om na sy ouers en suster te gaan soek om die slegte nuus met hulle te deel.

Intussen het Carissa en Shauna agtergekom dat Richie spoorloos verdwyn het. Hulle soek angstig tussen die mense na 'n teken van hom.

"My ouers gaan my afslag, Shauna. Dit is alles my skuld dat Richie weg is. Hoe gaan ons hom kry tussen al hierdie mense? Dit is asof mens na 'n naald in 'n hooimied moet soek. Kyk, daar kom Ridge aan. Daar moes iets gebeur het, want my ouboet lyk baie ontsteld."

Ridge gewaar sy suster en verloofde wat in sy rigting op pad is en begin moed bymekaarskraap om die nuus van die ontvoering oor te dra. Hy sien die ontsteltenis op Carissa se gesig.

"Ridge, jy moet help soek. Richie het spoorloos verdwyn en Paps het my en Shauna so mooi gevra om 'n oog oor hom te hou. Hulle gaan my van 'n kant af uittrap oor my nalatigheid."

"Raak rustig, liewe suster, voor jy 'n koronêr bars. Daar het iets verskrikliks gebeur wat ek aan julle en ons ouers moet vertel. Kom saam, dan gaan soek ons vir Ma en Pa."

Hy druk Shauna 'n oomblik vas voor hulle verder stap. Carissa peper haar broer met vrae om uit te vind wat gebeur het. 'n Koue rilling gaan deur haar en sy weet dadelik dat dit iets te doen het met Richie.

Franklin en Jade sien hulle twee oudste kinders naderkom sonder Richie. Beide kyk rond of hulle hom nie gewaar nie. Hulle sien dadelik aan die uitdrukkings op die drie jongmense se gesigte dat daar iets moes gebeur het.

"Waar is Richie dan, julle? Ek gewaar hom nêrens nie. Julle lyk soos iemand wat pas 'n doodstyding gekry het, veral jy, Ridge. Vertel ons tog wat jou in so toestand het, asseblief."

Ridge maak sy oë vir 'n oomblik toe en bid vir krag.

"Ek het sopas gesien hoe drie mense vir Richie in 'n paneelwa boender. Alles het so vinnig gebeur dat daar niks was wat ek kon doen om dit te keer nie. Ons sal dadelik die polisie moet laat weet. Die ontvoerders moet boet vir wat hulle gedoen het."

Jade begin huil en Franklin swets onderlangs toe hulle hoor wat met hulle jongste gebeur het. Shauna haal haar foon uit en skakel 'n nommer. Sy wag angstig dat die oproep beantwoord word en sug verlig toe haar neef se stem opklink.

"Dankie tog dat jy so gou die oproep beantwoord, Cullen. Jy moet asseblief dadelik na my verloofde se ouerhuis toe kom. Ridge se agtjarige boetie is so pas deur drie mense in 'n swart paneelwa ontvoer. Kom so gou jy kan. Ons sal vir jou by die huis wag."

Cullen Bethke hoor die ontsteltenis in sy niggie se stem. Hy wil nog iets sê toe die verbinding verbreek word. Fronsend draai hy na sy ma, Laurène, wat pas by die vertrek instap.

"Shauna het my nou net amper beveel om na haar verloofde se ouerhuis te gaan. Ridge se boetie is deur drie mense ontvoer en dit moet vreeslik wees vir hulle. Ek sal gou soontoe gaan om te kyk of ek kan help om die kind op te spoor. Sien weer later, Mams."

Laurène kyk haar seun glimlaggend agterna. Sy weet dat hy alles in sy vermoë sal doen om die seuntjie terug te kry.

Intussen in die paneelwa, is Richie bedwelm en 'n sak is oor sy kop getrek. Hy roer onrustig in sy slaap. 'n Rukkie later stop die ontvoerders voor 'n verlate fabriek. Hulle dra Richie na binne en lê hom op 'n matras neer.

Een van die ontvoerders, Tara Brown, haal 'n foon uit om 'n video te maak van die kind en die opdragte wat hulle in ruil wil hê vir hom.

Cullen hou voor die Shatner-woning stil. Hy klim uit en stap na die huis met toerusting in 'n boks wat sal help om die seuntjie op te spoor. Shauna het intussen die gesin ingelig dat haar neef 'n privaat speurder is wat daarin spesialiseer om vermiste mense op te spoor.

Ridge maak die voordeur oop toe die klokkie lui en nooi Cullen binne.

"Welkom by ons tuiste, Cullen. Dankie dat jy so gou gekom het. Hopelik vind ons my boetie vinnig, anders gaan my ouers albei ineenstort. My pa het gedink om 'n beloning uit te reik aan enige iemand wat dalk iets gesien het. Hy loop rond soos 'n woedende bul wat rooi gesien het en my ma is histeries."

"Ek sal my bes doen om jou boetie te vind, Ridge. Dit is hoekom ek 'n paar benodigdhede saamgebring het. Die ontvoerders sal definitief bel om 'n losprys te eis en my apparaat sal help om die plek te vind vanwaar die oproep gemaak word. As die gesprek lank genoeg is om dit te kan uitvind natuurlik. Elke minuut wat verbygaan is senutergend, so ons moet gou speel."

Hulle stap die woonkamer binne waar Cullen aan almal voorgestel word. Hy verduidelik aan Franklin en Jade wat hy gaan doen.

"Doen wat jy dink gedoen moet word. Ek sal enige iets doen om my kind op te spoor. Daar gaan foto's van Richie op TV en sosiale media versprei word. Miskien is daar iemand wat iets gesien het."

Cullen begin werskaf om die afluisterapparaat op te stel voor die ontvoerders bel. Hy aktiveer ook Franklin en

Jade se selfone sodat alle boodskappe wat hulle kry, outomaties na sy foon ook gestuur word.

'n Uur later lui die telefoon en Franklin beantwoord die oproep.

"Jy sal vyfhonderdduisend rand as losprys betaal voor jy jou kind gaan terugkry. Ek sal jou laat weet waar en wanneer die geld afgelewer moet word. Doen alles wat ons wil hê, anders sien jy jou kind nooit weer lewend nie. Hoop jy verstaan my."

Die oproep word beëindig voor Franklin 'n woord kan uiter. Sy selfoon bliep en hy kyk na die boodskap. Hy snak na asem toe hy die video oopmaak en vir Richie op 'n matras sien lê.

'n Man se gesig verskyn op die skerm. "Die geld moet vanaand by die pretpark agter die verlate fabriek gelos word. Kom alleen en los die polisie hier uit as jy weet wat goed is vir jou. Onthou, ons hou jou dop."

'n Vrouestem klink op die agtergrond op toe Richie bykom en vra waar sy ouers is.

Franklin en Jade kyk geskok toe hoe 'n man vir Richie 'n inspuiting gee om hom stil te kry.

Cullen kyk weer na die video vir enige leidrade. Almal bespiegel waar die ontvoerders kan skuil. Dit voel soos ure wat verby is toe Cullen skielik sy vingers klap.

"Hoe kon ek dit nie lankal besef het nie? Die ontvoerders moet definitief in die verlate fabriek skuil, want hoekom juis die pretpark vir die oorhandiging kies. Hulle het 'n groot fout gemaak om die fabriek te noem. Ek gaan nou dadelik daar ondersoek instel, dalk is my instink reg. Ons moet net gou speel voor hulle onraad merk. Die dames kan kastig die pretpark geniet terwyl oom Franklin na die afgespreekte plek gaan waar die geld oorhandig moet word, al sal dit dalk nie nodig wees nie. Ek sal bel die oomblik wat Richie gevind word."

Hulle vertrek in drie verskillende motors, vir ingeval die ontvoerders die huis dophou. Cullen en Ridge ry reguit na die fabriek om rond te kyk. Op pad daarheen bel Cullen sy vriend, wat belowe dat hy hulle daar sal kry.

'n Rukkie later parkeer hy die motor 'n entjie van die fabriek af. Ridge en Cullen sluip nader terwyl hulle die omgewing bespied.

Binne in die fabriek hoor hulle stemme wat op mekaar skree. Richie ontwaak oor die geraas en vryf sy oë. Hy besef wat aangaan en probeer opstaan, maar sy bene voel te swak. Cullen en Ridge gaan versigtig nader. Die volgende oomblik gryp Cullen die een ontvoerder van agter af en stel hom buite aksie met 'n goed gemikte karatehou.

Richie sien sy broer raak en roep na hom. "Hier is ek, Ouboet. Kom help my net, my bene voel soos jellie."

Ridge gaan vinnig na hom toe en tel sy boetie op. Hy is verlig dat Richie veilig gevind is. Die twee ander ontvoerders dink nog dat hulle gaan wegkom, toe word hulle gestuit deur Cullen se vriende.

Ridge laat weet sy ouers dat alles goed afgeloop het en dat Richie veilig is. Hy besluit om sy boetie hospitaal toe te neem vir 'n volledige ondersoek na al die bedwelming wat hy moes deurmaak.

'n Uur later is almal by die hospitaal bymekaar. Jade en Cullen bedank vir Cullen voor hulle na Richie toe gaan.

Carissa gaan staan langs Cullen wat net oë vir haar het.

"Dankie dat jy my boetie gevind het, Cullen. Jy is my held."

Cullen glimlag en trek haar skielik nader. Hulle lippe ontmoet terwyl hy diep in haar oë kyk. In sy hart weet hy dat 'n soen die regte manier is om dankie te sê.

Die Ou Fort

©Sarel Carelse

Die Ou Fort is gesellig. Die unieke restourant is vol bespreek. Die atmosfeer word geskep deur lanternligte wat die binnehof verlig. 'n Reuse ou kameeldoringboom wat sedertdien die Anglo-Boereoorlog se einde en as gevolg van die Ou Fort se verwaarlosing die binnehof oorgeneem het, verleen 'n baie spesiale karakter aan die restourant.

'n Pianis en 'n vioolspeler speel ou volksliedere so stylvol dat dit die gees van die Ou Fort laat herleef. Die positiewe atmosfeer is geheel en al in teenstelling met die fort se oorspronklike doel. Die Ou Fort, gebou op 'n koppie, is strategies geplaas om die dorpie van Voortrekkerdal te beskerm teen die Engelse magte tydens die Anglo-Boere-oorlog. Die Ou Fort het vele skermutselings verduur, die bewyse kan nog gevind word in die versterkte mure wat die gate van Lee-Enfield patrone blootlê, en so ook die buitemuur wat kanonvuur weerstaan het.

Maar helaas is die Ou Fort tydens die guerrilla fase van die oorlog deur die Boeremagte verlaat, net om deur die Engelse as 'n veldhospitaal gebruik te word. Die Engelse het ook, na bewering, die ammunisiekamers as wegsteekplek gebruik vir die lyke van die vroue en kinders wat gesterf het in die konsentrasiekampe wanneer bevelvoerders die kampe kom inspekteur het, en wanneer joernaliste foto's kom neem het.

Onbewus van hierdie gruwelgeskiedenis, het die nasate van die Ou Fort se gesneuweldes hul geld blootgelê om vir een aand per week hulle sorge te vergeet en in opulente spandabelheid hulself te verset terwyl hulle met die beste spys en drank in die distrik bedien word. Waar die Mauservuur van ouds met lanternlig verruil is, word die knal van 'n kanon met ligte viool en klavierspel vervang, en die uitskree van bevele word vergete gelaat deur die gesprekke en die gelag van 'n generasie wat geen benul het van die lyding en pyn wat plaasgevind het onder die einste boom waar hulle, hulle ontvlugting geniet.

Dit is juis tydens die hoogtepunt van die aand, toe die geselligheid hooggety vier, wat die hel as't ware losbars om die onvoorbereide nageslag van die Boere wat om heel verskillende redes binne Die Fort is. Onkant gevang en met die onverklaarbare gekonfronteer.

Die atmosfeer geskep deur die meesleurende musiek, word ineens verbreek deur vallende wynbottels wat een vir een uit die kabinet gly en in stukke op die vloer bars. Die musiek verstar en almal se aandag word geboei deur die leë kabinet en die wyn wat soos bloed oor die vloer loop.

Verskrik en onseker begin van die kelners skarrel om die gemors skoon te maak, maar hulle word in hul spore gestuit toe daar skielik groot rooi letters verskyn teen die muur. Die letters vorm die woorde: *"Voor de dood van mijn medestrijders, mijn broers, mijn kinderen en mijn vrouw, zal ik hun leven wreken!"*

Terwyl almal teenwoordig probeer om die skrif teen die muur te ontsyfer, is daar 'n oorverdowende slag toe daar uit een van die ou kanonne wat oor die dorp uitkyk, 'n skoot afgaan met wit rook wat uit die loop opstyg.

Van die vroue begin skree en almal skarrel vlugtend uit Die Fort, klim in hul voertuie en jaag weg. Die kelners en kokke storm almal uit om die spektakel te aanskou. Terwyl hulle probeer om tot verhaal te kom en die skrif van nader te beskou, val 'n mannekyn wat in die voorportaal staan vanself om, spesifiek een wat 'n Britse soldaat uitbeeld. Die mannekyn het reg voor die ander ander een, wat soos 'n Boere soldaat aangetrek is, geval. Die werknemers gooi hulle voorskote net daar op die grond en laat spaander. Die restourantbestuurder hardloop uit sy kantoor, aanskou die chaos en word yskoud. Hy staan en kyk hoe sy werkerskorps verby hom hardloop om van die toneel te ontsnap. Vermink van angs trek die bestuurder in homself terug en gaan soek skuiling in sy kantoor. Alleen en sonder antwoorde bel hy die polisie en rapporteer 'n saak van sabotasie.

Hy sonder homself in sy kantoor af. Te angstig om te slaap, deurnag hy met net die bystand van kafeïen en wag vir daglig om hom van sy vrees vir die onverklaarbare te verlos.

Vanuit sy kantoor, met bloedrooi oë, wag hy vir die polisie om uiteindelik op te daag. Terwyl hy nog so in sy kantoor met 'n toe deur sit, hoor hy 'n geklop aan die deur en 'n bekende stem wat skree: "Gert? Gert? Is jy okei? Wat het gebeur?"

Hy staan uit sy stoel uit op en maak die deur oop.

"Alewyn! Jy sal nie glo wat gebeur het nie!" sê Gert verbaas en verlig.

"Ek het gehoor. Dis vreeslik, wie dink jy kon so iets doen? Of wat?"

"Ek wil nie sover dink nie, die polisie is op pad, ek sal hoor wat hulle sê."

"Die polisie? Sal julle nog volgende Vrydag kan aangaan?"

"Ons moet net," sê Gert gespanne. "Hendrik sal nie kan uitstel nie, die gaste moes al vir maande hulle programme daarby aanpas. Sal ek nog op julle kan staatmaak om te kom? Die ondersteuning van die

Voortrekkerdal Geskiedkundige Vereniging is baie belangrik, veral na hierdie ... insident."

"Ja-nee, Gert, jy kan op ons staatmaak, inteendeel, laat weet as ons julle kan help met enige iets."

Die polisiebakkie stop in die parkeerarea en 'n enkele konstabel klim uit.

"Dankie, Alewyn, jy moet my asseblief verskoon. Ek sal jou laat weet as daar iets is," sê Gert terwyl hy Alewyn se hand skud en hom vergesel na die parkeerarea waar hy die konstabel gaan groet.

"Goeiemôre! Gert Cronjé. Bly te kenne" sê die bestuurder.

"Goeiemôre, meneer Cronjé. Konstabel Alleman, bly te kenne. Hoe kan ek u vandag help?" vra die polisieman terwyl hy sy hand uitsteek om Gert te groet.

"Wel, laas nag het daar iets gebeur. Daar was insidente."

"Insidente?"

"Ja. 'n Paar eienaardige goed het gebeur. Ek het geen idee hoe om dit te verduidelik nie"

"Was daar kriminele aktiwiteit van enige aard?"

"Ek weet nie. Ek weet nie of dit net 'n gekkespul is nie. Ek het nog nooit met so iets te doen gehad nie," sê Gert met angs en spanning.

"Bly asseblief kalm, meneer Cronje, dink mooi en vertel vir my wat gebeur het," sê konstabel Alleman, geduldig en tegemoetkomend.

"Goed," sê Gert en haal diep asem. "Ek was in my kantoor besig met papierwerk. Ek het gehoor hoe mense gil, daarna het ek gehoor hoe een van daardie ou kanonne afgaan. Die mense het soos barbare uitgehardloop, mekaar uit die pad gestamp en soos besetenes in hul karre geklim en weggejaag. Toe ek uitgestorm kom, het ek teen die muur gesien daar is woorde in Hollands. Daarna het een van die winkelpoppe vanself omgeval. Die klante was weg en van die werkers ook. Dit is toe dat ek gebel het."

Dit is duidelik vir konstabel Alleman dat Gert getraumatiseerd is. Sy postuur is ongemaklik en hy vryf kort-kort sy hande deur sy hare.

"Kom ons gaan kyk," sê konstabel Alleman met empatie. Gert begelei die polisieman van die parkeerarea af deur 'n vernoude gang na die kanonne wat oor die vlakte uitkyk. Die kanonne was so geposisioneer om die Engelse magte van ver af te bespeur en aan te val.

"Is jy seker die kanon het gevuur?"

"Dit was 'n groot slag, dit kon net van die kanon gekom het, die werkers het ook so gesê," antwoord Gert senuweeagtig. Sy asemhaling is luid en kort terwyl hy praat. Die polisieman se ondervraging het hom laat begin twyfel in homself.

"Wanneer laas is hierdie kanon afgevuur?"

"Dit is meer dekoratief as enige iets anders, die eienaar het die kanon op 'n veiling êrens gekoop, ek dink nie hy kan meer vuur nie. Die plaaslike Geskiedkundige Vereniging se voorsitter, 'n meneer Alewyn Kotze, het ook kritiek gelewer. Hy sê die kanon is nie die tipe wat hier gestaan het nie, glo te oud of te nuut of te iets."

"As die kanon afgevuur is, sou hy terug beweeg het, ek sien geensins tekens dat die kanon onlangs beweeg is nie. Is u seker die slag het van die kanon gekom?" Konstabel Alleman kyk spesifiek na die wiele van die kanon, die stof daarop en die grond wat dit omring, is ongesteurd.

"Van die werkers en die kelners het gesê dat hulle rook en vuur uit die loop sien kom het," sê Gert skaam asof hy probeer om homself te regverdig.

"Goed, kom ons gaan kyk na daardie skrif teen die muur."

Ongemaklik en gespanne lei Gert die konstabel die gebou binne. Hulle loop onder die groot ou kameeldoringboom deur na een van die groot vertrekke wat as 'n eetsaal gebruik word. Die elegante en outentieke stoele en tafels verteenwoordig 'n historiese era wat deur die restourant uitgebeeld word. Die konstabel voel asof hy in 'n museum in beweeg en vir 'n oomblik vergeet hy waar hy is. Vir 'n oomblik beweeg hy terug in tyd na 'n meer elegante era, maar hy word vinnig weer terug na die hede geruk toe hy vir Gert sien wat lyk asof hy 'n spook gesien het. Die konstabel beweeg simpatiek nader tot langs hom. Saam staar hul na dit wat vir Gert so traumatiseer.

"Dis weg!" skree Gert ontsteld. Hy staan in ongeloof na die skoon wit muur voor hom. "Ek sê jou, hier het groot rooi Nederlandse woorde gestaan, dit het onder die letters soos bloed gedrup!" Gert is naby aan breekpunt, die ongeloof en histerie, duidelik hoorbaar.

"Meneer Cronjé, u het iets genoem van 'n winkelpop?"

"Ja, een van hulle het omgeval. Glo vanself, het so die klante en kelners aan my verduidelik," sê Gert verslae.

"Enige skade?"

"Nee."

"Kan dit dalk wees dat die klante die mannekyn omgestamp het in hulle haas om die perseel te verlaat?"

"Ek glo so," sê Gert depressief.

"Enige verdere skade wat u wil rapporteer?"

"Die wynbottels het uit die kabinet gegly."

"Vermoed u enige onraad?"

114

"Die kelners het gesê dat hulle net vanself uitgegly het."

"Nou goed, kom ons gaan ondersoek dit. Asseblief, stap gerus voor."

Gert lei hom na die kroegarea waar die wynbottels ook tentoongestel word. Duisende stukke glas van alle kleure lê soos kristalle op die vloer en glinster terwyl die son deur hulle weerkaats. Die liters en liters wyn wat oor die teëlvloer uitgeloop het, het taai begin word en het 'n eienaardige reuk begin ontwikkel. Konstabel Alleman trap versigtig oor die glasstukke, sy stewels kleef aan die taai vloer vas. Hy loer versigtig agter die kabinet.

"Ah ... hier is jou probleem, die kabinet het begin lostrek van die muur af. Dit is hoekom hulle uitgeval het."

Gert loop ook versigtig deur die glas en sien dat die kabinet werklik begin lostrek het.

"Ek sien." Op hierdie stadium wil Gert net hê die beampte moet loop sodat hy die eienaar kan kontak en rapporteer en dit agter die rug kry.

"As daar geen kriminele aktiwiteit ter sprake is nie, stel ek voor u kontak u versekeringsmaatskappy vir 'n eis van die wyn, ek dink dit is die enigste skade."

"Baie dankie dat jy gekom het en ek is jammer dat ek jou tyd gemors het," sê Gert. Hy probeer om so vriendelik as moontlik te wees en om dit duidelik te maak dat hy nou maar kan gaan. Hy het in sy hart homself voorberei om verantwoordelikheid te vat vir die aand se rampspoedige uitdraai.

Hy groet die konstabel hoflik en stap saam na sy bakkie en gaan terug na sy kantoor. 'n Paar minute sit hy net om moed bymekaar te skraap om die eienaar in te lig oor die aand se gebeure.

Net voor hy die foon optel, hoor hy 'n klop aan die deur. Sy hart klop vinniger en sy lyf raak lam, want na sy wete is hy alleen op die perseel. Voor hy opstaan om die deur oop te maak, hoor hy konstabel Alleman se stem. "Meneer Cronjé?"

Gert antwoord dadelik: "Kom binne, kom binne." Hy is verlig dat dit 'n lewende wese is.

"Aksies, Meneer, ek weet u is dalk teleurgesteld dat ek u nie veel kon help nie, maar ek kan dalk 'n voorstel maak," sê konstabel Alleman terwyl hy 'n papiertjie aan Gert oorhandig. "Bel hierdie nommer, hy sal dalk kan help.

Terwyl konstabel Alleman Gert se kantoor verlaat, kyk Gert na die naam en nommer op die papier. In 'n sterk, duidelike handskrif staan daar: "Anton van Staden, afgetrede speurder."

Anton van Staden sit op die gras in sy PT-broek, gekruisde bene en sukkel om sy petrolgrassnyer aan die loop te kry. Hy het die vonkprop, die vergasser en selfs die aantal brandstof in die petrol tenk uitgeskakel as moontlike oorsaak van die grassnyer se weiering om aan te skakel, sodat hy sy gras kan sny op die bloedige warm Saterdagoggend.

Sy sistematiese uitskakeling van die moontlike verdagtes het hom gelei na die skuldige, naamlik die brandstoffilter.

Nadat hy die filter vervang het kon hy met 'n hoogs doeltreffende enkele trek van die enjin se tou die grassnyer aan die lewe kry. Met doelgerigte vasberadenheid neem hy die grassnyer se handvatsels om die gras te begin sny met gefokusde intensiteit. Maar net toe hy 'n enkele tree neem, hoor hy sy vrou skree van die huis af: "AAAANTTTTOOOON! TELEFOOON!"

Anton kyk verslae na sy vrou wat hom aangluur, selfoon in die hand wat uitdagend vir hom wag om nader te kom terwyl die grassnyer se enjin loop en luier. "Vervlaks!" brom Anton onder sy snor, terwyl hy die grassnyer afsluit en na sy vrou toe storm.

"Dankie, Skat," sê hy met soveel vervalste entoesiasme as wat hy kan saamspan terwyl hy die foon by haar vat en dit met geheimsinnige inspanning teen sy oor druk.

"Van Staden," antwoord hy bot en ongeduldig. Die mag van gewoonte het oorgeneem.

"Goeiemôre, meneer Van Staden, Gert Cronjé wat praat. Ek is baie jammer om u op hierdie Saterdagoggend te pla."

"Waarmee kan ek u help, meneer Cronjé?" vra Anton reguit.

"Ek skakel u vanaf Die Ou Fort, 'n restourant hier aan die rand van die dorp. Ek is die bestuurder. Hier was 'n insident. Die polisie was hier, maar die konstabel kon my nie help nie. Ek ... ek sit in ietwat van 'n penarie. Die eienaar hou 'n groot byeenkoms hier oor 'n week, wat ons nie kan bekostig om uit te stel nie. Ek het gewonder, voor ek die skoonmakers en die onderhoudspanne kry om die skade te ontdoen, of u nie dalk in u professionele kapasiteit vir my kan kom kyk of u nie hond haaraf kan maak van wat hier aan die gang was nie, sodat ek aan die eienaar kan rapporteer? Met vergoeding, natuurlik. Soos ek verneem is u 'n afgetrede speurder en u het sekerlik ondervinding in die onverklaarbare?"

"Die Ou Fort sê jy. Ek het as kind saam met my maats daar gespeel toe dit nog 'n ou bouval was. Soos ek verstaan, het julle die plek baie mooi ontwikkel. Ek moet bieg, ek sal graag wil sien hoe die plek nou lyk. Sê vir my, meneer Cronjé, hoe haastig is jy?" Anton is duidelik geïnteresseerd en hy doen geen moeite om daardie feit weg te steek nie.

"Ek is op die perseel as u beskikbaar is?" sê Gert. Hy weet hy vat nou 'n groot kans, maar hy wou graag al sy feite bymekaar kry en ook aan die eienaar kon bewys dat hy proaktief en in beheer was, voordat hy hom skakel om hom in te lig.

Anton staar na sy gras en sy grassnyer wat gereed staan en wag op hom. Sy vrou het in die son gesit en boeklees, sy kyk streng na hom oor haar leesbril, maar hy is onbewus van die wet wat hy oortree het en sal sekerlik moet boet daarvoor, sodra hy die daardie geheimenis ook kon oplos. "Ek is op pad," se Anton, terwyl hy vasbeslote die oproep beëindig, omdraai en na sy motorhuis loop waar hy in sy bakkie klim en na Die Ou Fort ry.

Gert staan in die parkeerterrein van Die Ou Fort en wag vir die speurder om op te daag. Die gebrek aan slaap begin om sy tol te eis. Elke keer wat hy vir langer as tien sekondes stilstaan, word sy ooglede swaarder en wil hy wegval in die soete omhelsing van slaap.

Hy word vinnig uit sy ligte slaap ontwaak toe hy die gebrom van 'n bakkie hoor wat teen die koppie opry met 'n enjin wat alles insit om daar uit te kom. 'n Ou donkerblou Datsun 1200 bakkie kom reg voor hom tot stilstand.

Gert bekyk die eienaardige klein bakkie aandagtig, maar is geskok deur die absurditeit van wat hy sien as die bestuurder uit die bakkie uitklim. Eers aanskou hy 'n lang been, met 'n goed ontwikkelde kuit wat by die bakkie uitstrek, en daarna 'n hand wat lyk soos die poot van 'n beer, wat die bakkie se deur vaskleef en die hele voertuig aan een sy afdruk terwyl die res van die liggaam te voorskyn kom en die man agter die stuur, sy teenwoordigheid bekend maak.

Die bakkie se dak staan by sy heup, en toe hy die deur toeslaan, vlieg voëls uit die bome. Met vellies, 'n PT-broek, 'n wit T-hemp en polisie keps beweeg Anton nader aan Gert. Sy skadu val oor hom. Instinktief steek Gert sy hand stadig uit.

Anton vou sy hand toe en sê: "Anton Van Staden, bly te kenne."

"Gert Cronjé, aangename kennis." Die man se drukkrag klem elke been in Gert se hand tot breekpunt vas.

"Hoe kan ek help, meneer Cronjé?" Anton kyk Gert stip in die oë, sy imposante liggaamsverhouding is intimiderend vir Gert wat begin dink dat hy moontlik 'n fout gemaak het. Gert moet sy hele nek agteroor buig om Anton in die oë te kyk. Vir 'n oomblik het die onverklaarbare in Gert se gedagtes verskuif van die eienaardige gebeure in sy restourant, na die vraag oor hoe so 'n lang gespierde man in so 'n klein bakkie kon pas, en boonop het hy heel gemaklik en gelukkig daarin gelyk.

"Meneer Van Staden," begin Gert met 'n gebroke stem wat uitasem begin raak.

Anton, met sy bykans veertig jaar se ondervinding in die polisiediens, kom agter dat Gert ongemaklik begin raak en besluit om sy aanslag te verander. "Noem my gerus Anton"

"Nou goed, Anton," sê Gert terwyl hy sy asem terugkry. "Hier het snaakse dinge gebeur. Die polisie was van geen hulp nie, inteendeel, dit het voorgekom of ek hulle tyd gemors het."

"Wat presies het hier gebeur, Gert?" vra Anton. Uit sy eie het hy besluit om Gert op sy naam te noem.

"Wynbottels het uit die kabinet geval, rooi skrif het teen die muur verskyn wat nou weer verdwyn het, een van die kanonne het vanself afgevuur en een van die mannekyne in die voorportaal het vanself omgeval, daarna het al die kliënte so geskrik dat hulle uit die plek gehardloop het."

"Vermoed jy enige onraad?"

"Ek sal nie kan sê nie. Dit is te vreemd. Ek kan nie dink aan enige rede daarvoor nie."

"Die eienaar waarvan jy praat, wie presies is hy?"

"Hendrik Steenkamp."

"Die sanger?"

"Dis reg. Hy het die gebou vir 'n appel en 'n ei by die munisipaliteit gekoop. Hulle wou net van die plek ontslae raak. Hy het die hele plek in 'n restourant ontwikkel. Hy hou 'n bekendstelling vir sy nuwe album volgende Vrydag. Daar is reeds baie glanspersoonlikhede genooi, dus moet alles net perfek loop. Hierdie gebeurtenis kan baie dinge kompliseer."

"Dink jy dat daar enige iemand is wat die bekendstelling wou keer?"

"Ek kan nie dink nie. As jy nie antwoorde daarop kan kry nie, sal ek 'n waarsêer moet raadpleeg," sê Gert moedeloos.

"Moenie die snert glo wat hulle sê nie. Kom wys my waar hierdie goëlery gebeur het."

Gert beduie vir Anton na die kanon. Met doelgerigtheid bestudeer Anton die antieke oorlogswapen. Hy beskou die wiele en die loop van nader, hy ruik selfs aan die loop en vryf met sy vingers daarteen af sover as wat hy kan.

"Jy het gepraat van woorde in Hollands teen die muur?"

"Ja, kom ek gaan wys jou." Gert stap haastig voor, hy is bang om weer die vertrek binne te gaan, maar die imposante teenwoordigheid van Anton stel hom tot 'n mate gerus. Hy loop eerste die vertrek in en staal homself voor hy sy kop oplig. Tot sy verligting het die rooi woorde nog nie weer hulle verskyning gemaak nie.

Anton loop na die muur en aanskou dit van alle kante, spesifiek die area waar die woorde te voorskyn gekom het.

"Wat is agter die muur, Gert?"

"Die kombuis."

"Goed, en die wynbottels?"

Gert lei Anton deur die eetsaal na die kroegarea. Die taai wyn, die ongemaklike reuk en die glasbottels bly 'n seeroog.

"Die polisieman het gesê dat die rak van die muur af los gekom het," sê Gert onseker.

Anton loop doelbewus met sy vellies deur die wyn en glasstukke sonder om soos 'n trapsuutjies daaroor te probeer kom. Die glasstukke kraak en gee mee onder sy gewig. Dit is asof Anton dit wat plaasgevind het, uitdaag. Hy ondersoek die rak, en bestudeer deeglik die plekke waar die rak teen die muur vasgemaak was.

"Jy het genoem daar is 'n winkelpop?"

"'n Mannekyn, ja. Ons het 'n tentoonstelling in die voorportaal opgerig van die Boereoorlog, so as jy deur die portaal beweeg dan loop jy verby die twee soldate, Boer aan die regterkant en 'n Brit aan die linkerkant," sê Gert terwyl hy vir Anton na die voorportaal lei.

Anton staan en staar na die mannekyn wat op die grond lê. Hy gaan sit op sy hurke en bekyk die skoene van die winkelpop en die basis waarop hy staan.

Hy staan op en vra: "Wanneer beplan julle om weer oop te maak?"

"Ons is slegs Vrydagaande oop, so eers volgende Vrydag wanneer ons Hendrik se nuwe album bekendstel."

"Julle sal sekerlik begin skoon en regmaak?"

"Maandag, ja, voor dan gaan ons darem genoeg tyd vir alles hê."

"Ek sê jou wat ..." sê Anton terwyl hy sy arms oor sy bors vou. "Ek sal van Maandag af inkom en handjie bysit met skoonmaak, regmaak en voorbereiding vir Vrydag se bekendstelling en dan sal ek hierdie penarie, soos jy dit noem, vir jou oplos. In ruil daarvoor, soek ek 'n uitnodiging vir my en my vrou, sowel as 'n ete. Ek sal graag 'n kans wil hê om Hendrik Steenkamp te ontmoet, my vrou is mal oor hom."

"Kan jy waarborg dat jy die saak kan oplos? Ek moet aan Hendrik verduidelik en hom verseker dat ons reg sal wees."

"Klaar opgelos, ek wil net 'n paar details uitstryk."

"Wel, in daardie geval sien ek jou Maandagoggend?"

"Goed so, maar ek werk net halfdag," sê Anton terwyl hy Gert met die hand groet en homself uitsien.

Die aand van die album se bekendstelling is sprankelagtig. Glanspersoonlikhede van reg oor die land kom woon die geleentheid by. Lang slap karre laai talle bekendes af wat op die rooitapyt loop, verby die kanonne tot onder die groot ou kameeldoringboom en die mooi versierde eetsaal. Die geleentheid is stemmig en almal is beleefd en lag breed soos hulle vir die fotograwe geglimlag. Hulle liggaamstaal altyd op so mate dat hulle 'n mooi foto kan inkry vir 'n koerant of tydskrif.

Anton en sy vrou kom aangery in hulle aandklere met sy klein ou Datsun bakkie, mooi gewas en gepoleer vir die aangeleentheid. Hulle staan in die ry saam met blink nuwe motors wat wag om hulle passasiers af te laai.

"Is daar nie 'n sydeur nie? Hoekom moet ons juis met jou ou skedonk in die ry staan? Die mense gaan vir ons lag."

"My vrou, hierdie is 'n klassieke voertuig. Jy sal sien die mense gaan mal wees daaroor."

"Nie net moet ek in hierdie stuk rasende blik sit nie, maar nou staan ons nog in die ry ook. Hierdie aand beter die moeite werd wees."

"Dit sal, glo my," sê Anton met sekerheid.

Hulle stop voor die ingang terwyl twee kelners hulle uit die bakkie help. Een klim agter die stuur in om die bakkie te parkeer.

"Kyk mooi na haar, sy is 'n ou lady," sê Anton met sorg.

Anton vat sy vrou se hand en hulle loop oor die rooitapyt, Die Ou Fort binne. Anton en sy vrou neem hulle plekke by hulle tafel in en geniet hulle drankies terwyl die aand se program voortgesit word.

Die seremoniemeester open die geleentheid deur almal te bedank en 'n paar gevleuelde woorde te spreek voor hy vir Hendrik Steenkamp aan die woord stel.

Hendrik Steenkamp is al vir dekades lank in die musiekbedryf en het 'n groot gevolg. Hy het noue bande gesmee met medekunstenaars en het gesorg dat hy liedjies saam met hulle opneem op sy albums en ook opvoer tydens optredes. Hendrik het die aand geopen deur sy titelsnit te sing en het die hele restourant vermaak met sy aantreklike persoonlikheid.

Terwyl Hendrik Steenkamp nog besig is om homself en sy nuwe album te bemark, tree die onverklaarbare weer te voorskyn asof dit sy mond wil snoer. Die geliefde is nog besig is om sy gaste te vermaak, toe die Hollandse rooibloed-skrif teen die muur sigbaar word. Die gaste wat dit opmerk, begin skree en Hendrik hou op met praat. Die mense kyk met skok toe hoe die skrif teen die muur van nêrens af te voorskyn kom, die kaste by die kroeg met die elegante glase daarin, begin oop en toe beweeg. Die gaste begin ongemaklik rondskuif en van hulle begin uit hulle sitplekke opstaan.

"Dames en here, dames en here ... bly asseblief kalm. Ek is seker daar is 'n goeie verduideliking," sê die seremoniemeester terwyl hy probeer om sy stem te laat hoor bo die murmurering van die gehoor wat al hoe luidrugtiger en ongemakliker begin raak.

Net toe die gehoor begin om te kalmeer, val die Engelse mannekyn vanself om. Almal staar spraakloos na die winkelpop wat op die vloer lê. In die ongemaklike stilte kyk die gaste na mekaar en toe, sonder waarskuwing, volg daar 'n sarsie kanonvuur met rook wat uit die loop vloei soos 'n spook wat daaruit ontsnap.

Dit is die finale spyker in die kis. Dadelik begin die gaste om haastig spore te maak.

"Dames en here, dames en here ... kom ons gee vir die Voortrekkerdal Geskiedkundige Vereniging 'n heerlike applous!" basuin Hendrik uit en kry almal se aandag weer gevestig.

Die gaste kyk ongemaklik en ongelowig na mekaar, maar gee tog aandag aan die sanger in wie hul soveel respek en vertroue het. Hulle hou op murmureer en beweeg terug na hul sitplekke, gaan sit verward en begin stadig handeklap.

Hendrik beweeg deur die gaste na Anton wat gemaklik en rustig langs sy vrou sit.

"Ek stel aan u voor: kaptein Anton van Staden, gee hom 'n massiewe applous!"

Anton staan op, maak rustig sy baadjie se knope vas en skud Hendrik se hand. Hy staan kop en skouers bo Hendrik uit. Dis nie net sy voorkoms nie, maar ook sy hele persoonlikheid wat gesag afdwing en die gaste tjoepstil laat raak.

"Goeienaand, dames en here." Sy stemtoon is diep en gesaghebbend, die gaste bly outomaties tjoepstil en wag op die woorde wat uit sy buik gaan resoneer.

"Geskiedenis is die fondasie waarop ons almal staan. Die wat voor ons gekom het, het die weg gebaan vir ons om op hulle skouers te staan, om aan te hou daar waar hulle opgehou het, om voort te bou op dit wat hulle begin het. Die Ou Fort, waar ons vanaand sit, is 'n spreekwoordelike voorbeeld hiervan. Net enkele jare gelede was hierdie 'n bouval. 'n Gebrek aan onderhoud, belangstelling en so ook die kakiebos het hierdie kosbare en geskiedkunde gebou oorval. Maar dit is te danke aan kunstenaars soos Hendrik Steenkamp dat hierdie belangrike gebou weer herlewing geniet en waar almal hierdie kosbare geskiedenis kan beleef. Dit is te danke aan die Voortrekkerdal Geskiedkundige Vereniging dat ons ook vanaand hierdie geskiedenis kan herleef."

Terwyl Anton praat, beweeg hy na een van die gaste wat senuweeagtig by sy tafel sit. Die man drink al hoe meer van sy wyn, en net voor Anton sy tafel bereik, gooi hy nog 'n glas al bewend vol.

"Ek stel aan u voor: meneer Alewyn Kotze, voorsitter van die Voortrekkerdal Geskiedkundige Vereniging. Hy is verantwoordelik vir vanaand se geskiedkundige gruwelvertoning, 'n lusmaker vir een van hulle nuwe opvoedkundige nagprogramme wat hulle binnekort hier by Die Ou Fort gaan aanbied."

Die skare begin geesdriftig hande klap. Anton skakel die mikrofoon af, hy sit sy hand op Alewyn se skouer en druk effens hard daaraan terwyl hy in sy oor fluister: "Wanneer ons jou roep, kom na die bestuurder se kantoor." Daarna gee hy die mikrofoon aan Hendrik terug wat met sy program voortgaan.

Nadat al die formaliteite afgehandel is, vind Alewyn skuldig en onseker sy weg na Gert se kantoor. Binne is Gert, Anton en Hendrik wat vir hom staan en wag om op 'n stoel in die middel van die vertrek te sit.

"Bravo, meneer Kotze! Jy het ons nogal op hol gejaag op 'n stadium," sê Gert.

"Ek weet nie waarvan jy praat nie," probeer Alewyn met 'n skril stil stem homself verweer.

"Ag, kom nou, Alewyn! Jy was nogal kreatief. Ek moet sê, jy het baie goeie idees. Anton?" Hendrik kyk na Anton wat vir hom wag om al die kaarte op die tafel te lê.

"Indrukwekkend, meneer Kotze, ek moet sê," begin Anton "Jy het dit amper reggekry om gebruikersvertroue in die restourant te verloor en sodoende kon jy dalk hierdie plek oorneem, maar ons het 'n manier gekry om dit te omseil. Sien, geskiedenis soos u reeds weet, het 'n manier om 'n sekere vorm van sentiment in die mens te ontsluit. Dit is juis daarom dat ons dit goed gedink het om u nie aan te kla van sabotasie nie."

Alewyn sluk sy spoeg en sê in 'n skril stemmetjie: "Sabotasie?"

"Dis reg, ja," hou Anton vol. "Ons is deeglik bewus van die feit dat jy sekere gebeurtenisse georkestreer het, en selfs die werknemers van Die Ou Fort omgekoop het om jou plan in werking te stel."

Alewyn sit in sy beskuldigingstoel, alleen en geïntimideer deur die drie mans wat na hom staar. Gert agter sy lessenaar, Hendrik wat teen die muur leuen, sy arms gevou, en die reuse speurder wat reg voor hom staan met skouers wat lyk asof hulle te groot is vir 'n os se juk. Tog kry hy die moed om te stry met die hoop om lewend daar uit te kom.

"So, wat presies is die? 'n Ondervraging? 'n Kruis-verhoor? Watse reg het julle? Watse bewyse het julle?"

"Ek is bly jy noem bewyse" bulder Anton. "Sien, die skrif teen die muur is baie dramaties, dog kinderspeletjies. Dit was so maklik soos om asyn, gemeng met rooikoolsap teen die muur te smeer met die gewraakte Nederlandse geskrif. Die kombuis, die vertrek net agter die muur, het die nodige hitte voorsien om die sap sigbaar te maak wanneer dit 'n sekere temperatuur bereik het gedurende 'n sekere tyd van die aand.

"Dit was jou teken vir die kettingreaksie vir al die ander gebeure om plaas te vind. Dit was duidelik dat jy die kelners aangesê het om die boonste skroewe van die wynrak stelselmatig los te maak oor 'n tydperk, en net genoeg, om 'n klein elektriese afstandbeheerbare toestelletjie met 'n uitsetbare silinder daardie aand daar in te pas wat net genoeg helling voorsien het vir die wynbottels om uit die kas te laat gly, en so die aandag te skuif terwyl die skrif mooi te voorskyn kom. Die vierkantige merke wat die toestel gelos het, nog duidelik sigbaar teen die muur se verf voor jy dit laat verwyder het.

Die kanon was 'n ander storie. Jy het nogal 'n kans gevat daarmee. Die kanon is al vir dekades lank onklaar, die meganismes vasgeroes en die loop hopeloos te grof met verwering. Maar tog het jy dit op skouspelagtige wyse laat afvuur met behulp van vuurwerke, of soos ons dit ken as *"bom crackers"*. Die gebrande oorblyfsels in die loop was nie die van plofbare kruit nie, maar eerder van 'n vuurwerk. Stukkies van die groen, rooi en goue omhulsel was nog sigbaar buite die loop. Die vuurwerk het ook die dramatiese rook buite die loop laat ontsnap.

"Met die wynbottels het jy jouself ietwat weggegee toe die mannekyn omgeval het, aangesien jy dieselfde toertjie daaruit gehaal het. Die mannekyn was lig en dieselfde klein elektriese toestelletjie, sommer net so weggesteek in die ou sergeant se skoen, het hom laat omval. Julle het nie eers die moete gedoen om dit uit te haal nie.

"Vanaand se kaskenades was voorspelbaar en verwag, aangesien ek so bietjie undercover werk gedoen het gedurende die week," verduidelik Anton. "Terwyl ek saam met die kelners, die skoonmakers en die onderhoudspan takies deur die week verrig het, het ek baie interessanthede opgemerk. Een spesifieke groep kelners het, wanneer daar breektye was vir ete of tee, soos mis voor die son verdwyn. Na verdere ondersoek kon ek duidelik sien hoe hulle met die kaste, die muur en die winkelpop peuter. Hulle het ook foonoproepe ontvang en het jou by die naam gegroet. Een het selfs homself baie deeglik aan jou verduidelik. Dit het nie lank gevat om agter die kap van die byl te kom nie. Ek neem aan dat jy hulle gewerf het of dat hulle deel is van jou geskiedkundige organisasie?"

Senuweeagtig kyk Alewyn rond en spring uit sy stoel. "Jy, Hendrik Steenkamp, het nie die reg om kosbare geskiedenis te misbruik om wins te bejag nie! Hierdie plek moet in 'n museum omskep word! Die artefakte moet behoue bly en opgeteken word! Hier is mense dood waar ons staan, hier het mense gely! Maar jy, Hendrik Steenkamp, gebruik jou geld en jou roem net om aan jou eie sak te dink! Hierdie plek moet oop en beskikbaar wees vir almal om te besoek en te waardeer!"

"Maar dit is juis wat ek doen! Die gebou is gered van sloping en verval. Die geskiedenis bly behoue vir almal om te waardeer. As ons nie die gebou in 'n toeriste aantreklikheid verander het nie, sou dit net so gebly het en verder verval het!" argumenteer Hendrik.

"En nou is daar 'n gulde geleentheid om saam te werk. Jy kan 'n spooktoer een aand in 'n week doen waarin jy die geskiedenis van hierdie gebou oorvertel en laat herleef. Vrydagaande kan ons die restourant bedryf. Dit is 'n wen-wen situasie," verduidelik Gert.

"Of dit, of ons gee jou oor vir sabotasie wat die einde van die Voortrekkerdal Geskiedkundige Vereniging gaan beteken," sê Anton eentonig.

Spraakloos staan Alewyn uit sy stoel uit op en gaan skud al drie manne se hande voor hy die vertrek verlaat.

"Kom manne, kom ons gaan geniet die aand," sê Hendrik vriendelik aan Gert en Anton.

Anton loop terug na sy tafel en gaan sit langs sy vrou.

"En waar was jy? Ek sit hier alleen terwyl jy jou kliënte konsulteer. Gaan jy ook nou 'n PI word?" sê Anton se vrou vir hom.

"Privaat speurder ... hmmm," sê Anton laggend terwyl hy 'n glas wyn vat. "Ek mag dalk net."

Die ring

©Sybie Kleynhans

Ann Brown staar teen die afleweringsnota van die koerier, frons as sy nie die afsender se adres herken nie. Maar haar moeder se naam is duidelik leesbaar, daarom loop sy met die pakkie terug sitkamer toe.

"Wie was dit?" Bronwyn boog haar fynversorgde wenkbroue en tuur skerp na haar oudste dogter.

"Dit was 'n man van *Courier Guy* met 'n pakkie aan jou gerig, Bronwyn." Sy en al haar susters is so grootgemaak om hulle moeder op die naam aan te spreek.

Bronwyn steek haar regterhand uit, die elektriese lig laat die pienk naels dreigend lyk en met 'n vies uitdrukking op haar gesig vat sy die klein pakkie by Ann. "Ek wonder wie het dit gestuur en sonder om my te waarsku? Peter, kyk wat die afsender se adres is, vind uit van waar en van wie dit is. Dan maak jy dit oop en maak seker dat dit veilig is."

"Ek maak dadelik so, mevrou Bronwyn." Die bleek mannetjie knik sy kop, neem die pakkie en stap met haastige treë in die rigting van sy kantoor, in die keldervlak.

"Ons ken mekaar sedert varsity, is ongeveer ewe oud en ek verstaan dit steeds nie." Die vrou is aantreklik, duidelik goedversorg en lyk sowat vyftien jaar ouer as haar gasvrou.

"Wat verstaan jy nie, my liewe Sue?"

"Dat sy steeds so jonk bly nie, dit en met drie dogters, waarvan jy soos 'n suster lyk."

"Baie dankie, my liewe Sue, jy lyk self soos 'n bloedjong mamma. Kom ons drink 'n bietjie jenewer en die nodige. Sal jy skink, Ann, en sommer vir jouself."

"Ek maak so Bronwyn." Terwyl sy skink dink Ann daaraan dat sy nog nooit haar moeder iets hoor vra het nie, sy beveel net.

"Hier kom Peter aan, en hoekom lyk jy so bleek?"

"Mevrou Bronwyn ... hier is die artikel en dit is 'n robynsteenring. Baie oud, trouens dit is waarskynlik uit die Middeleeue. Die ring se kassie is half beskadig, moontlik 'n vuur of so. Daar is ook 'n nota van 'n Alfredo Balan, 'n hoof van die Britse Museum se Middeleeuse afdeling en daarin is 'n waarskuwing dat die ring nie nou hanteer mag word nie."

"Wie gee hom die reg om te besluit wie my vrou se erfstukke mag aanraak, gee die ring aan, Peter." Jack Brown soen sy vrou op die wang, raak sy dogter aan die skouer, keer Sue as sy orent wil kom en soen haar op die mond.

"Meneer, ek maak so." Huiwerig haal Peter die ring uit, plaas dit in Jack se uitgestrekte handpalm. Vinnig bring Peter sy hand na sy wang en hy word doodsbleek.

"Mooi steen, maar die ring self is beskadig en is seker nikswerd." Jack hou die ring in die lug op en die robyn skitter soos 'n rooi vuurvlam. Hy probeer dit aan sy ringervinger druk, maar dit is te klein en selfs sy pinkie is te dik. "Hierdie persoon wat die ring gestuur het moet 'n dame wees, dit is selfs te dun vir my pinkie."

"Mag ek kyk, asseblief?" Sue neem die ring, kyk stip daarna. Opeens is daar 'n vreemde skynsel in haar blou oë. "Die ring is te groot vir enige van my vingers, pas egter om die duim en die ring het 'n prikkelende effek op my. Voel of my hare orent spring. Dè, Ann, vat en gee vir Bronwyn."

Ann vat die ring, pas elke vinger, maar dit is ook te groot vir haar duim. "Bronwyn."

"Nee, gee dit vir Peter, ek wil nie aan die ding vat nie. Ek voel die boosheid sommer aan." Sy ril effens en kyk na die klein mannetjie. "Gaan bêre dit, en dan skakel jy daardie ou van die museum, hoor wat is sy storie. O, stuur asseblief een van die chef se mense, ek is lus vir ligte southappies en ook iemand wat ons drankies kan opfris."

Peter Jones gee die opdragte aan die kombuispersoneel, vat die klein hysbakkie na die keldervloer en maak die dosie oop. Kyk rond, glip die ring om sy ringvinger en giggel as dit volmaak pas. "Snaaks, ek het altyd gedink my hande is kleiner as die spul ryk koeie hier bo en dit pas perfek."

Hy gaan sit agter die middelklas lessenaar, vat die visitekaartjie en pons die nommer op die kantoortelefoon in. "Meneer Alfredo Balen, my naam is Peter Wilson en ek's die skakelbeampte spreker van mevrou Bronwyn Brown. Wat is die storie met die ring en hoekom moet jy geskakel word?" Hy lig sy delikate linkerhand en die steen is gloeiend rooi in die sagte elektriese lig.

"Meneer Wilson, baie dankie. Ek wil u 'n vraag vra en asseblief 'n eerlike antwoord?"

"Vra gerus, Balen?" Ongelowig vryf Peter met sy linkerhand oor sy gesig en frons. Van wanneer af is hy so bruusk, amper ongeskik met 'n vreemde, dog seker belangrike persoon.

"Wel, meneer Wilson, asseblief, waarsku jou werkgewer om nie die pakkie oop te maak nie, dit kan dalk tot noodlottige gevolge ly. Ek is ernstig en dan asseblief, die adres waar ek mevrou Brown kan aantref, die GPS koördinate sal ook reg wees?"

"Ek sal haar sê sodra ek kan, maar sy is nie beskikbaar vir 'n dag of ses nie. Sy het net voor ek gebel het, die vliegtuig gehaal en sal 'n paar dae weg wees. Maar ek sal haar sommer oor die selfoon waarsku. Is jy altyd op die nommer beskikbaar?"

"Dag en nag, meneer Wilson, sal u asseblief die pakkie in veilige bewaring plaas?"

"Haar dogter, Ann, het die pakkie ontvang en ek weet nie wat sy daarmee gemaak het nie. Maar baie dankie en totsiens." Hy verbreek die verbinding, kyk intens na die rooi steen en voel weer die ongekende drif deur sy binneste spoel.

Hy stap die sitkamer binne, maar van die drie vroue is daar geen teken nie en onverklaarbaar is sy mond skielik droog. Dan hoor hy die geluide in die snoekerkamer, stap soontoe en sonder om te klop, skuif hy die deur oop. Sue Edward lê halfnakend op die snoekertafel, op haar aantreklike gesig is die selftevrede uitdrukking van 'n vrou wat pas deur die hartstog-hekke gebars het. Die deur van die badkamer is oop, by die toiletdeur se onderste opening sien hy Jack Brown se Bronx skoene uitsteek. Sue se oë is gesluit en haar linkerhand streel oor haar ontblote vroulikheid.

Gestut teen die tafel staan 'n snoekerstok. Peter is nie eers bewus dat hy 'n sakdoek om sy regterhand draai nie en hy vat die stok. Hy lig dit omhoog en dryf dit met al sy krag in die regteroog van Sue. Die stok breek en saggies plaas hy dit op die snoekertafel, binne sekondes is hy by die deur. Draai om, die laaste wat hy sien is die blink-rooi bloed wat met 'n stroom uit Sue se gesig pomp, haar bene wat krampagtig skop en hy skuif die deur agter hom toe.

Hy vat die hysbak na sy kelder, gaan sit agter die lessenaar en sluit sy oë. Voel hoe die sensasie en opgewondenheid deur sy hele wese ruk en maak sy oë stadig oop. Frons verbaas as hy sien dat die ring aan sy vinger is, die regterhand s'n en vinnig sit hy dit terug in die dosie.

Twee ure later staan hy tussen die ander personeel en kyk hoe twee geregsdienaars 'n geboeide Jack Brown na 'n wagtende polisiemotor neem. "Kan julle almal hierheen kom, die kolonel wil met julle praat." Die man in 'n blou uniform, so drie groottes te klein vir sy lyf, wink Peter en die res van die personeel na onder. Kolonel Piet Malinga kyk hulle beurtelings deur en skud dan sy kop. "Ek wil by elkeen van julle 'n beëdigde verklaring hê, waar julle was en wat julle gesien het."

Dit is die chef, Jules Jantjies, wat die vraag namens hulle almal vra. "Hoekom, Chief, julle het mos meneer Jack gearresteer. Hoekom moet ons dan ingesleep word?"

"Want hy sê dat hy dit nie gedoen het nie."

"Hy was by die girl en hy alleen, hoekom moet ons dan verklarings maak?"

"Omdat ek so sê en maak so, anders boek ek die een wat nie wil nie."

Peter is eerste klaar, stap na sy kantoor en het skaars gesit of die rooi telefoon lui. "Mevrou, kan ek help?"

"Het jy daai uitlander gebel en wat sê hy?"

"Mevrou, ek het en hy …"

Ongeskik val sy hom in die rede: "Kom eerder hier, ek en juffrou Ann sit op die balkon. Kry sommer 'n kelner en maak gou."

"Mevrou, kan ek help?" Agter Peter staan daar twee kelners, een het 'n skinkbord met 'n silwer beker en die ander, verskeie ander glasware.

"Kom sit en vertel my wat het daardie vent van die ring gesê?"

"Hy het gesê ons moet nie die ring uithaal en dra nie. Hy wou met u praat, maar ek het hom vertel dat u nie hier is nie."

"Hoekom het jy gelieg?"

"Want u het ontsteld gelyk en ek wou nie dat stories u verder omkrap nie.

"Ek verstaan, waar is die ring? Ek wil die vent bel. Nee wag, jy gaan hom bel en ek sal eers net luister."

"Ek maak so, Mevrou, en ek gaan haal dit onmiddellik." Haastig draai hy om en drafstap die vertrek uit.

"Bronwyn, ek vertrou nie die man nie."

"Ann, ek stem saam. Dalk moet jy een van die sekuriteitsmense stuur om 'n oog oor die vent te hou."

"Nee, ek gaan dit self doen." Sy staan op en draf byna by die deur uit.

Bronwyn wou haar vermaan om versigtig te wees, maar besef dat die woorde 'n groot skok op Ann en op haarself kan hê. Dit sal teenstrydig met haar opvoeding en lewenswyse wees, sy luister na geen bevel of advies nie.

Peter maak die klein hysbak oop, lig die luik in die dak en doen wat hy nou die dag, by die Sjinees, geleer het. Hy stap na die kombuis, vra 'n glas water en gesels met die personeel oor die verklarings wat hulle moes aflê. Hy sien hoe Ann stadig na die klein hysbak loop, haal die dosie uit, steek die ring aan sy vinger en wag. "Kom robyn, kom ons kyk of jy jou ding kan doen?"

135

'n Minuut later is daar 'n oorverdowende slag, amper soos 'n ontploffing en Peter storm af in die gang, waar die ander mense reeds nuuskierig saam drom. "Wat was dit?"

"Ek dink dit is by die klein lift." Die skoonmaker wys met sy vinger na die staaldeurtjie en die klomp stap nader.

"Wat gaan aan?" Bronwyn se beeldskone gesig is ontsier deur 'n bekommerde frons.

"Mevrou, ons het die slag gehoor en ons dink dit is by die klein lift."

"Nou vind uit, waar is Peter Jones? Hy moes iets in sy kantoor gaan haal het en die klein hysbak gaan tot in die kelder."

"Hier is ek, Mevrou, ek was op pad na die hysbak, toe onthou ek dat ek die ring in my broeksak gedruk het. Ek het gou by die kombuis water gaan soek. Ek dink ons moet die deur oop forseer."

"Maak so en maak gou." Daar is 'n vreemde klank in Bronwyn se stem. Sy druk met haar linkerhand teen die muur en sy word bleek in die gesig.

"Daar's hy en kyk, daar is geen kabel nie, dit lyk of die haak gebreek het."

"Gaan kyk wat daar onder aangaan en maak donners gou, asseblief." Vir 'n lang sekonde gaap hulle haar verstom aan, want dit is die eerste keer dat hulle die woord 'asseblief' uit die mond van Bronwyn hoor. Vier manne storm na die groot hysbak, maar Peter se stem laat hulle vassteek.

"Wag! Dalk is daar iets fout met daardie hysbak, kom ons vat die trappe."

'n Halfuur later stryk Medi Rescue se helikopter ambulans op die dak se helipad neer en tien minute later vlieg dit in die rigting van Groote Schuur. Peter reël dat die Browns se privaat Bell 206l Long Ranger helikopter Bronwyn en haar twee dogters kom oppik en na die Groote Schuur neem.

Peter gluur die helikopter se flitsende ligte agterna, grynslag luid en stap na die naaste kroeg op die boonste vlak. Skakel die ligte aan, stap agter die kroeg in en vat 'n bottel Johnnie Walker Red Label. Skink 'n glas halfvol, vul die res met ys en soek deur die sigare in die kabinet. Uit 'n H. Upmann Magnum kissie haal hy 'n sigaar, knip die punt met 'n silwer knipper en steek dit met 'n lang vuurhoutjie aan.

"Ek sien jy het nie geluister nie. Kyk wat gebeur nou?" Die man het 'n grys hoed, swart pak klere, wit hemp en 'n rooi strikdas aan.

"Wie de hel is jy, en jy beter gou praat of ek skakel sekuriteit."

"Ons het oor die telefoon gepraat."

"O, jy's daai Balen iets. Hoe de hel het jy die plek gekry en hoe kom jy die huis binne?"

"Ek het hom toestemming gegee." Bronwyn treë uit die skaduwee en Peter mors die duur whisky op die toonbank uit.

"Mevrou, wat maak jy hier en hoe gaan dit met jou dogter?"

"Sy is 'n driekwartier gelede oorlede en jy is seker trots op jouself."

"Jammer oor Ann, en hoekom moet ek trots wees?"

"Want jy het binne 'n paar uur my dogter en my eggenoot vermoor."

"Ek het niemand vermoor nie, jou man het sy skelmpie doodgemaak en jou dogter het in 'n hysbak fratsongeluk gesterf. Waar kom jy aan moord, ek het 'n waterdigte alibi en jy weet dit."

"Jy het verkies om my waarskuwings te ignoreer en kyk die resultate. Drie mense sterf wreed en dit is jou skuld."

"Drie mense, van wie praat jy? Ek weet van Ann wat gesterf het en dan Sue wat deur haar lover, jou man, vermoor is, Mevrou."

"Jy weet seker nie dat Jack, nadat hy gehoor het van Ann, sy eie lewe geneem het nie?"

"Nee, hoe kon ek dit weet en wat het dit met my te doen?"

"Hy het hom in die sel met sy kous opgehang, die mede gevangenes het hom gesit en dophou en op sy versoek nie gekeer nie."

"Jammer, Bronwyn, ek neem aan ek werk nie langer vir jou nie en so jy is nie meer Mevrou nie."

"Wat is dit met jou, dit is asof die satan in jou gevaar het? Dit is daardie vervloekte ring en jy het dit waaragtig nog aan."

"Weet jy wat die bose simboliek is van die ring en watse duiwelse invloed dit het?" vra Balen.

"Vertel my, asseblief?"

"Ek wil ook weet en hoekom het ek die vervloekte ding geërf?"

"Ons wil ook weet wat hier aangaan, en ook voordat ek jou arresteer, Jones." Kolonel Malinga en twee ander geregsdienaars stap tot by die kroeg.

"Voor jy vertel, Balen, kan ek vir julle iets skink?" vra Peter. Hy kry geen antwoord nie, draai om en terwyl hy sy drankie aanvul, maak hy die gaspyp oop en ruk dit van die braaier af.

"Mevrou Brown, jy het die ring geërf omdat jy die laaste afstammeling van Graaf Vlad Dracula, van Roemenië is, sy bynaam was ook The Impaler."

Die mense staar hom ongelowig aan. "Dracula, almal weet van hom en het seker sy flieks al gesien. Ek het gedink dit is sommer 'n storie."

"Mevrou Bronwyn, hy het regtig gelewe en was soms wreder as wat sy flieks was. Daardie ring het 'n vloek op en mag in geen menslike hande beland nie."

"Wel, dat die ring seker bose invloed het, dit kan ek getuig. Maar dat jy of enige ander man my gaan arresteer is onsin. Balen, is dit so dat Dracula mense in 'n kerk toegesluit het en lewend verbrand het?"

"Legende wil dit so hê, hoekom vra jy?"

"Wat ruik na gas?" vra Bronwyn.

"Legende sê jy, Balen? Vanaand maak ons die legende 'n waarheid." Peter lag en slinger die sigaar oor sy rug.

Die liggame is verwyder en die brandweermanne soek deur die puin. Iets trek Morris Kromhout se aandag, hy tel dit op, blaas dit skoon en steek die ring aan sy vinger.

Dit pas perfek.

Die sindikaat se Moses

©Juleandré Bianchi

Massimo en Calida Benedito ontspan met drankies in die woonkamer van hulle luukse villa toe hulle dogters, Shaul en Shani, saam met hulle vriende, Matteo Bortoleto en Serenity McGraw, die vertrek binnestap. Shaul plaas haar skouersak langs die bank voor sy uitgeput op die bank neersak. Shani en Matteo neem langs haar plaas terwyl Serenity langs haar gasvrou plaasneem.

Calida sien die moegheid op haar oudste dogter se gesig. Sy weet nie hoekom Shaul haarself so moor nie. Massimo staan op en skink vir almal drankies. Matteo help hom om die drankies te bedien. Shaul neem 'n slukkie van haar Coke en kyk na haar ma.

"Ek het 'n helse dag agter die rug en is so moeg tot my moeg is moeg. Ons is besig om 'n uitstalling te reël en moet besluit watter skilderye waar gehang moet word. Daar is baie werk wat vir my wag en die tyd is min. Vandag het die polisie uit die bloute by die gallery opgedaag, wat letterlik my tyd gemors het met al hulle vrae oor kunswerke, Moeksie."

Daar is 'n frons op Calida se gesig toe sy hoor wat haar dogter sê. "Jy is die eienaar van die gallery, Shaul. Dit is nie nodig dat jy so hard werk nie. Daar is werkers wat jou kan help by die gallery, maar jy is mos altyd dwars van die regering om alles self te wil doen. Hoekom het die polisie jou ondervra? Jy het mos niks gedoen nie, my kind."

"Moeksie ken my mos al teen die tyd, as ek nie self inspring om die werk te doen nie, sal niks ooit klaar kom nie. Die polisie besoek al die kunsgalerye in die omtrek en ondervra almal wat iets met kuns te doen het. Daar is glo 'n sindikaat wat besig is om waardevolle skilderye te steel. Hulle vervals dan die skilderye sodat niemand kan agterkom dat die egte een eintlik vervang is met 'n waardelose weergawe nie. Dit gaan my verstand te bowe hoe die diewe dit regkry."

Sy neem nog 'n slukkie van die koeldrank voor sy verder praat. "Ek dink die sindikaat gebruik mense om te spioeneer waar die waardevolle skilderye gevind kan word wat in privaat huise hang. Gelukkig weet ek wanneer 'n skildery eg is of nie. Niemand sal ons waardevolle skilderye kan steel nie, altans ek hoop nie so nie."

Matteo luister na die gesprek en frons skielik toe hy onthou dat sy broer, Lucan, ook genoem het dat hy op die spoor is van 'n sindikaat wat kunswerke van regoor die wêreld steel en vervalsings daarvan maak. Hy laat sy blik deur die vertrek gaan en sien 'n pragtige skildery van waterlelies wat agter glas, bokant die kaggel hang.

Shani hou Matteo dop wat diep ingedagte na die skildery sit en kyk. "Waar dwaal jou gedagtes rond, my liewe Matteo? Jy is so verdiep daarin dat hoor en sien kan vergaan. Die skildery wat jou so bekoor is *Waterlelies* wat deur die bekende Claude Monet geskilder is. Ons het 'n hele paar waardevolle skilderye in besit. Die skilderye is al eeue lank in ons familie se besit en word van geslag tot geslag oorgedra. Min mense weet daarvan, want dit word te goed weggesteek. Dit is net die een wat ons hier in die huis het."

Shaul kyk vinnig na haar suster wat weer te veel praat oor goed wat niks met ander te doen het nie. Sy val Shani vinnig in die rede voor haar kleinsus te veel kwytraak oor die skilderye.

"Shani, jy praat weer hopeloos te veel en ek het juis 'n hengse kopseer. Leon Ciccone was weer vandag by die gallery, net om te hoor wanneer hy sy skilderye kan uitstal. Hy was mos al 'n paar maal hier by die huis ook om vir my te kom kuier. Hy het al 'n paar van sy werke vir my gewys. Ek dink nogal dat hy goed skilder en sal dit nog vêr bring in die kunswêreld."

Vies omdat sy onderbreek is, gluur Shani na haar suster. "Dit is nie my skuld dat jy 'n seer kop het nie, Shaul. Ek is mos nie stupid om te veel inligting oor ons kunsversameling te verklap nie. Leon was net so geïnteresseerd in die skildery. Hy was amper mal toe hy dit sien en het aanhou praat daaroor. Drink 'n hoofpynpil, dan sal jou kopseer gou weg gaan."

Fronsend kyk Shaul na die skildery en onthou skielik hoe Leon gesmeek het om net daaraan te raak. Sy het ingegee en die knoppie gedruk wat die glas laat wegskuif. Hy het liggies oor die doek gestreel terwyl sy oë geblink het van opwinding. 'n Nare gevoel vloei deur haar en sy snak na asem.

Haar ouers kyk in haar rigting en wonder hoekom sy heeltyd na die skildery staar asof dit die eerste keer is wat sy dit sien. "Wat is nou met jou aan die gang, Shaul? Dit lyk kompleet asof jy sopas 'n spook gesien het. Jou kop moet baie seer wees, want jy is so bleek soos die dood."

Shaul hoor skaars wat haar ma sê toe sy stadig orent kom en in die rigting van die kaggel loop. Sy trek 'n voetstoeltjie nader voor sy die knoppie druk en op die stoeltjie klim. Versigtig vee sy met haar vingerpunte oor die skildery en sien gekleurde poeierstof daarop. Massimo stap nader om te sien wat sy dogter in die mou voer.

Sy bestudeer die raam en sien klein krapmerkies in die hoeke. "Kan iemand asseblief my vergrootglas en penflitsie in my sak kry? Hier is groot fout met die skildery."

Haar pa gaan haal die items waarvoor sy gevra het uit die sak voor hy dit vir Shaul gee. Bekommerd wonder hy wat sy bedoel het.

Daar hang 'n oomblik stilte in die vertrek terwyl Shaul besig is met die bestudering van die skildery. Almal hou haar dop en wonder wat aangaan. Shaul klim van die voetstoeltjie af en sluit haar oë vir 'n oomblik, onseker oor hoe sy die nuus aan haar ouers gaan oordra.

Sy draai om en kyk na almal. "Ek het slegte nuus oor die skildery. Iemand het die oorspronklike een omgeruil met 'n baie goeie vervalsing. Ek weet nie hoe dit kon gebeur het nie. Die laaste keer dat ek die skildery bekyk het was die egte een nog hier. Dit was toe ek dit vir Leon gewys het. Hierdie hele ding is my skuld, want as ek dit nie vir hom gewys het nie, sou dit nie gebeur het nie."

Geskok kyk Massimo en Calida na mekaar toe beide besef dat die kosbare Monet skildery onder hulle almal se neuse verdwyn het.

"Hoe die hel is dit tog moontlik sonder dat een van ons daarvan bewus is. Ons sal die diefstal dadelik by die polisie moet aanmeld, sodat die skurke wat daarvoor verantwoordelik is agter tralies kan beland. Ek sal sorg dat hulle duur betaal vir wat die spul gedoen het."

Lucan Bortoleto sug toe sy foon begin lui en vee moeg oor sy oë. Hy haal die foon uit sy sak en antwoord traag: "Hallo, waarmee help ek?" Daar is 'n frons op sy voorkop toe hy sy broer se stem hoor.

"Haai, Lucan, jammer dat ek jou pla. Ek weet jy is moeg, maar jy sal hiervan wil hoor. Luister mooi en moet my nie in die rede val nie. Dit gaan oor die sindikaat wat die kunswerke steel. My meisie se familie besit 'n paar skilderye en een van hulle is gesteel. Hulle vermoed iemand, ene Leon Ciccone, het dit gedoen. Kom hierheen, dan gesels jy met die gesin."

Lucan voel hoe die moegheid verdwyn toe hy hoor wat sy broer sê. "Ek kom dadelik, my liewe boetie. Dit is die eerste deurbraak in die saak, want ons het nog nooit 'n naam gehad van iemand wat betrokke is by die sindikaat nie. Dalk is dit net wat ek nodig het om die skurke vas te vat en hulle toe te sluit. Sien jou oor 'n rukkie, Matteo."

Hy hardloop na sy motor en trek met 'n spoed weg.

Intussen vertel Matteo almal dat sy broer 'n speurder is en dat hy op pad is om met hulle te praat. "My arme broer werk hom oor 'n mik om die sindikaat vas te trek. Die saak neem hom orals waar kunswerke gesteel en vervals word. Hy het juis vanoggend van Parys, Frankryk terug gekeer waar hy leidrade opgevolg het. Ek weet dat Luca die sindikaat sal laat les op sê. Hulle gaan definitief hulle Moses teëkom as hy eers op hulle spoor is."

Minder as 'n uur later lui die deurklokkie en Matteo gaan maak die voordeur oop. Sy gesig verhelder toe hy sy broer voor hom sien staan. "Kom binne, Lucan, almal is in die woonkamer en sien daarna uit om jou te ontmoet."

Lucan volg sy broer tot in die woonkamer. Hy laat sy blik oor die vertrek gaan tot hy vir Shaul raaksien. Sy kyk op toe sy die gevoel kry dat iemand na haar staar.

Shaul se hart klop vinniger in haar borskas toe sy die aantreklike Lucan sien. Daar is 'n blos op haar wange toe hulle oë vir 'n oomblik ontmoet. Die aantrekkingskrag tussen hulle is voelbaar deur die vertrek en word gebreek toe Matteo almal aan sy broer begin voorstel.

"Lucan, ontmoet vir meneer en mevrou Benedito en dit is hulle pragtige dogters, Shaul en Shani. Die meisie langs Shaul is Serenity McGraw, 'n vriendin van die gesin. Die skildery wat gesteel en vervang is met 'n vervalsing, hang bokant die kaggel. Shaul vermoed dat 'n kennis van haar, Leon Ciccone, dalk betrokke kan wees by die diefstal."

"Aangename kennis, dit is lekker om julle te ontmoet. Ek wens net dit was onder ander omstandighede as 'n vermiste skildery. Matteo kan nie uitgepraat raak oor sy mooi meisie nie. Hopelik vind ons die skildery sommer gou weer terug. Ek sal my bes doen om die saak so gou as wat ek kan op te los."

Massimo knik en erken die bekendstelling. Hy hou dadelik van die jongman se manier van dink.

"Dit is goed om jou ook te ontmoet, Lucan. Ek weet jy is die regte een om die skildery op te spoor. Shaul kan jou alles oor Leon Ciccone vertel. Julle twee kan koppe bymekaar sit om die mannetjie uit te lok."

Daar is 'n glimlag om Shaul se mond toe 'n plan in haar kop begin vorm aanneem.

"Paps is reg, ons sal Leon gou kan uitloop. Ek het net die regte plan om dit te doen. Hy wil mos hê dat sy skilderye in die gallery uitgestal moet word, maar ek het altyd vir hom gesê dat daar nie tyd is om aan sy versoek aandag te gee nie, omdat ek altyd te besig is. Leon wil hê dat ek na sy ander skilderye moet gaan kyk. Dit is hoekom hy my kom sien het. Ek het vir hom gesê dat ek hom sal laat weet wanneer ek tyd kry om daarna te gaan kyk by sy ateljee."

Lucan grinnik. "Dit is 'n goeie plan, Shaul. Bel hom sommer nou dadelik en laat weet hom dat jy na sy werke wil gaan kyk. Ek sal saam met jou gaan en maak asof ek belang stel om van sy kunswerke te koop en om hom te help naam maak in die kunskringe. Hy sal vir seker daarvoor val. Jy kan hom dalk besig hou terwyl ek 'n bietjie rondsnuffel om na 'n versteekte plek te soek waar die gesteelde kunswerke moontlik gehou kan word."

Shaul kry haar foon om vir Leon te bel. Hy antwoord dadelik en is ingenome toe hy haar stem hoor. "Haai, Leon, ek het weer gedink oor jou versoek en het besluit om na jou skilderye te gaan kyk. Sal môre jou pas? Daar is iemand wat ek gaan saambring wat belangstel om 'n paar kunswerke te koop. Ek het die man van jou kunswerke vertel en hy stel baie belang om daarna te kyk."

Leon glimlag toe hy dit hoor. Hy weet dat hy 'n fortuin gaan verdien danksy Shaul. "Dankie dat jy my laat weet het, Shaul. Jy kan enige tyd kom kyk en die persoon is baie welkom om saam te kom na my ateljee. Ek kan nie wag tot môre nie. Sien jou dan."

Die volgende dag breek warm en sonnig aan. Shaul en die res van die gesin het pas klaar ontbyt genuttig toe Lucan by die huis opdaag saam met Matteo. Lucan het net oë vir Shaul wat sprankelend lyk in 'n geel en wit uitrusting.

"Môre, Shaul, jy lyk pragtig vandag. Ons kan vertrek sodra jy gereed is. Ek het twee manne gestuur om solank die ateljee dop te hou vir enige vreemde aktiwiteite. Hopelik vind ons julle skildery daar."

"Môre, Lucan, ek is gereed om te gaan. Dankie vir die kompliment. Ek waardeer dit. Jy lyk self goed. Hopelik kry jy genoeg bewyse teen Leon om hom te ontmasker as 'n lid van die sindikaat."

Hulle verlaat die huis geselsend tot by die motor waar Lucan die deur vir haar oophou. Sy klim in en wag dat Lucan by die bestuurderskant inskuif. Hy sluit die motor aan en ry in die rigting van die ateljee wat net buite die stad geleë is. Op pad daarheen gesels Shaul en Lucan. Hulle leer mekaar beter ken en kom agter dat hulle baie in gemeen het.

'n Uur later stop Lucan langs die ateljee en bespied die omgewing voor hulle uitklim. Leon wag hulle in met 'n verwelkomende glimlag. Hy vryf sy hande ingenome teen mekaar oor die rykdom wat op hom wag.

"Kom gerus binne en kyk rond. My kunswerke staan almal teen die muur."

Shaul gaan nader en begin die skilderye een vir een bekyk. Sy snak saggies na asem toe sy 'n bekende skildery van Michaelangelo gewaar. Lucan loer fronsend na haar toe sy vir hom wink om nader te kom. Hy sien dadelik wat sy vir hom wys en frons.

Fluisterend deel sy hom mee dat dit 'n vervalste skildery is. Hulle kyk ongemerk rond en sien 'n paar ronde plastiekbuise wat gebruik word om kunswerke wat nie geraam is nie, in te stoor. Shaul sien dat Leon nie daar is nie en neem haar kans waar. Sy begin vinnig deur die buise kyk om te sien of hulle die verlore skildery kan vind.

Lucan help haar en sien daar is verskeie oorspronklike skilderye wat gesteel is deur die sindikaat.

"Eureka, ons het 'n paar verlore kunswerke gevind. Kyk hier is julle vermiste skildery ook, Shaul. Hier is genoeg bewyse om 'n arrestasie te maak. Ek hoop dat ons almal wat by die sindikaat betrokke is kan vang, anders sal hulle net aangaan sonder ophou." Hy haal sy foon uit om die twee manne te laat weet wat hulle gevind het.

Leon keer terug en verbleek merkbaar toe hy sien dat hulle die gesteelde kunswerke gevind het. Hy wil vinnig spore maak, maar Lucan is te vinnig vir hom.

"Waar dink jy gaan jy miskien heen, Leon? Jy het jou Moses behoorlik teëgekom. Jy is onder arres vir die diefstal van die kunswerke, alles wat jy doen of sê sal teen jou in die hof gebruik word. Hopelik sal jy soos 'n kanarie sing om almal se name bekend te maak wat saam met jou betrokke is by die sindikaat."

Leon word 'n rukkie later geboei weggeneem deur die ander manne. Shaul kyk glimlaggend na Lucan wat baie tevrede met homself lyk.

"Baie dankie dat jy die skildery gevind het, Lucan. My ouers gaan baie dankbaar wees oor die goeie nuus. Jy het jou goed van jou taak gekwyt."

Lucan plaas sy arm om haar skouers en kyk diep in haar oë voor hy sy kop laat sak. Hulle lippe ontmoet en dit voel vir Shaul asof sy tuis gekom het.

Die sleutel in die deur

©Charmaine Cloete

My naam is Jack de Hoed; ek is 'n privaat speurder wat die ongewone ondersoek. Gewoonlik wanneer ek my saak opgelos het, was dit soms glad nie so senutergend as wat my kliënt eerstens gedink het nie.

My kantoor is geleë op die hoek van 'n effens vervalle gebou. Ek hou egter baie van die ligging, want dit maak dat ek in vier rigtings kan kyk. Soos gewoonlik het ek vir my pas 'n sterk koppie koffie ingegooi, nou gaan sit ek agter my lessenaar en skakel my rekenaar aan. My blik bly gly oor die mense wat verby my venster loop. Ek is nou nie seker wat my aandag 'n oomblik getrek het nie. Ek bly kyk voordat ek my skouers skud. My kop sak, en oomblikke daarna ruk dit weer regop. My oë nou priemend.

"Wat ..."

Soekend na buite verskerp my blik nou. Ek is nie heeltemal seker wat my aandag 'n oomblik gevang het nie. Die sekondes tel ek af in my kop, duidelik ek het my seker maar verbeel. Ek laat sak my kop en begin werk deur my eposse. Na 'n rukkie kyk ek weer ingedagte op en skrik myself amper in 'n ander demensie in. Ek het nooit eens gehoor dat my kantoor deur oopgaan nie. Die vrou wat net daar staan kom uit 'n tydperk wat ek herken uit ouma se tyd.

"Mevrou, kan ek help?" Ek doen my bes om nie die skrik in my stemtoon laat deur skemer nie. Dit sal glad nie deug dat die stories die rondte doen dat ék, Jack de Hoed, bang is nie.

"Mevrou ..."

Ek sit terug in my stoel en bekyk haar nou behoorlik. Ek vind vinnig 'n probleem met die feit dat sy in 'n soort misterie gehul is. My hand reik vir my koppie, maar die inhoud is koud en proe sommer onsmaaklik. Met die intensie om vir my ander koffie te maak, staan ek op.

"Sal mevrou ook 'n koppie drink?" vra ek met die heimlike hoop dat sy sal praat. Ek kyk weer in haar rigting. Die koue kleef skielik aan my lyf. Die vrou is skoonveld. 'n Onverwagse rilling gril deur my hele lyf. Ek is gewoond om met snaakse, soms onnatuurlike sake te werk, hierdie vrou voel verkeerd. Hoekom ek so dink, weet ek nie.

Ek skud my kop voordat ek na my sleutels gryp. My hoed en jas vind ek naby die deur. Soos blits is ek by die kantoordeur uit. Waar dit voorheen lekker sonnig was, hang daar nou 'n klewerige mistigheid in die lug. Ek begin slaan sommer net 'n rigting in.

Ek is nogal 'n man wat bekend is met baie strate en stegies en ek hou daarvan om meeste van my ondersoeke te voet te doen. Met my hande diep in my jas se sake vervleg ek myself deur die mistigheid. My gedagtes bly sirkel terug na die vrou in my kantoor. Haar verskyning begin my pla. Meeste van my kliënte se sake is basies ... ek moet verlore troeteldiere vind. Of ek moet uitvind of die middeljarige man wat nou skielik 'n sportmotor ry, dalk ook 'n skelmpie het ... Die gedagte het skaars klaar gesirkel in my geheue toe ek opkyk. Die vrou van my kantoor loop reg voor my. Ek begin loop sommer vinniger, maar dit is gou duidelik dat sy net buite my bereik bly.

"Mevrou!" roep ek hard, maar my stem klink meer soos 'n fluistering. Ek begin bekyk my omgewing. Die swaar beblaarde bome word omsirkel deur die mis. Ek let op dat sy by 'n swaar ysterhek ingaan en begin sommer nog vinniger loop. Ek stap deur die hek. 'n Rilling van bekendheid sypel deur my lyf. Met afgemete treë volg ek haar. Ek is so gefokus op haar, dat die onverwagse aanval my onkant vang. Die laaste gedagte wat ek het ... hoe is dit moontlik ... My oë gaan stadig oop. Dit voel asof my kop gaan bars. My hand bewe soos ek stadig voel aan die agterkant van my kop. Gelukkig vind ek net 'n knop met geen bloeding nie. Dit laat voel my darem 'n bietjie beter.

Ek begin kyk stadig rond. Die vertrek waar ek my bevind is vol stof en spinnerakke. My blik val op die deur. "Hallo ..." Al wat gebeur is my stem wat eggo deur die vertrek. Ek staan stadig op, voel 'n oomblik duiselig. Die oomblik wat ek my balans vind, soek ek my hoed. Dit is 'n aardse ding, maar ek heg sentimentele waarde daaraan.

Die skielike val van iets net anderkant die deur trek dadelik my aandag. Ek beweeg nader voordat ek vinnig in my spore stop. Die deur is toe, maar in stede dat die sleutel aan die anderkant moet wees, is dit duskant. Ek staan en hou ademloos dop hoe die sleutel in die deur stadig draai. Die oomblik wat ek die kliek geluid hoor, beweeg ek. Ek pluk die deur oop, maar vind net donkerte in 'n lang gang.

"Jack, waar is jy?"

Ek is 'n ag en twintig-jarige man. Daardie stem het ek die laaste keer gehoor toe ek 'n seun van tien jaar was. Ek skud my kop met die gedagte die hou het seker my gedagtes geskommel.

"Hoekom kruip jy weg, Jack?"

Die tweede stem laat word my yskoud, soos die seun wat ek eens was. Ek probeer rondkyk in die donkerte. Skielik voel ek hoe iemand my hard in die rug stamp. Ek verloor my balans. Dit voel asof ek die duisternis in val ...

"Hallo, Meneer, is jy okey?" hoor ek die stem wat my hart laat bons. Ek probeer my kop oplig, maar dit voel asof iets swaar agter op my nek druk.

Die oomblik wat haar sagte dog ferm hand my saggies aan die skouer skud, gaan daar rillings van erkenning deur my. Vir 'n vlugtige oomblik bevind ek myself weereens in die tydperk van my ouma. Dit was die dag wat ek die grootste hartseer in my lewe ervaar het. Dis nou met moeite wat ek myself oplig. Dit voel asof my kop in twee kan bars. Alles om my draai.

"Wat gaan met jou aan?" vra sy duidelik bekommerd.

Ek vryf met my bewende hand oor my gesig terwyl ek terugleun in die stoel. Eers bly sit ek net roerloos voordat ek eindelik opkyk na haar. Vlamrooi hare duidelik getem, maar ek mis die woeste boskasie. Die sproete is goed bedek onder prefekte grimering.

"Hallo, Alida von Frome." Ek vryf weer oor my gesig.

"Magtie, Jack de Hoed."

Ek verkyk my aan die glimlag wat nou oor haar gesig speel. Ek bevind myself terug in my kantoor. Ek voel nogal die verligting wat deur my liggaam sypel, baie bly dat sy nie deel van my geheue bedrogspul is nie. Sy is werklik hier. Nou wonder ek hoekom ...

"Ek het nou nooit gedink ek sou jou vind in die beroep as 'n privaat speurder nie, Jack."

Nog 'n oomblik bekyk ek haar voordat ek weer reg sit agter my lessenaar. Ek reik vir die pen en nota boekie.

"Nou goed, waarmee help ek jou, Alida?" hou ek myself skielik formeel.

"Nou goed, ek verstaan." Daar is skielik 'n soort hartseer bekommerde uitdrukking in haar mooi oë.

Ek hou haar aandagtig dop. Sy is besig om in haar handsak te vroetel. Die volgende oomblik plaas sy die welbekende sleutel op my lessenaar neer. Ek sit ek kyk net daarna.

"Ek sien jy herken dit."

"Waar kry jy dit, Alida?"

"My huis se sleutel."

Ek kyk na haar en wonder of sy 'n soort speletjie met my speel. Ek sien egter net erns op haar gesig. Voordat ek terugleun in my stoel, haal ek diep asem. Nou bly ek tjoepstil, wagtend om te hoor die rede hoekom sy hier is.

"Jack, ek het jou ouma se huis gekoop."

Ek moet erken, dit het ek nie verwag nie. Die dag net nadat my ouma begrawe is, het ek die huis verlaat. Ek het nooit weer teruggegaan nie. Buiten ouma se liefde, het ek net hartseer in daardie huis geken.

"Nou goed, Alida, verduidelik hoekom jy hier is?" hou ek weer my stem formeel. Ek beskou haar aandagtig, wetend dit is nie die meisiekind wat eens my trane afgevee het nie. Hierdie is 'n volwasse en duidelik ryk vrou. 'n Vrou met 'n probleem by my ouma se huis. My oog val weer op die sleutel. Ek skud my kop toe die gedagte by my opkom. Was dit dalk Ouma wat in my deur gestaan het? My hand voel agter my kop, daar is egter geen knop nie.

"Jack, ek wil jou huur. Jy moet 'n raaisel vir my oplos." Alida lyk onseker.

"Nou goed. Gee bietjie meer inligting." Ek maak vlugtig notas.

"Ek het jou ouma se huis met 'n baie spesifieke doel gekoop."

Ek hou dop hoe sy skielik opstaan. Sy begin beweeg rusteloos in my kantoor. Die volgende oomblik staan sy reg voor my lessenaar. Sy skuif die sleutel in my rigting.

"Wat moet ek daarmee maak?"

"Jy moet vir my gaan uitvind wat daar in die huis aangaan." Alida lyk beslis in haar opdrag. Sy gryp weer na haar handsak en haal 'n reeds getekende tjek uit wat sy op die lessenaar langs die sleutel neersit. "Indien jy nog geld nodig het, laat weet my. Ek moet weet wat in die huis aangaan."

"Alida ..."

"Ek soek nie 'n ander privaat speurder nie, Jack."

"Alida, ek was nog nooit weer terug na die huis. Ek het die deur agter my toegesluit die dag nadat ek my ouma begrawe het."

"Jack, jy gaan vir my uitvind wat daar aangaan." Alida gryp haar handsak en verlaat die kantoor.

Ek kan nie glo ek staan nou weer hier na amper tien jaar. Ek bekyk die huis, niks het verander. Dit is duidelik dat Alida om een of ander rede die huis in dieselfde voorkoms wil behou. Ek loop eers rondom die huis, my speelparkie is ook netjies opgedoen. Dit laat wonder my nou of sy dalk kinders het.

Uiteindelik bevind ek myself weer by die voordeur. Met die sleutel in my hand sluit ek die deur oop. 'n Oomblik bly staan ek net binne die deur, maar my gedagtes gaan terug na die tyd wat ek tien jaar oud was. Ek het skoolwerk sit en doen, toe hoor ek die klop wat alles verander.

"Genade, wat is dit met my en die verlede?"

Nou terug by my hede, bekyk ek die huis. Dit is gestroop van enige meubels. Ek kry die sterk reuk van onlangse verf. Die oomblik wat ek die deur agter my toedruk moet ek vinnig omdraai, want die sleutel wat ek nog buite gelos het, sluit nou die deur. Ek is nou effektief toegesluit in die huis.

"Wat de drommel gaan hier aan?" hoor ek die eggo van my stem.

"Jack, waar is jy? Hoekom kruip jy weg?"

Rillings gryp my lyf beet. Ek is terug in die tydperk van my ouma. Daar waar ek staan sien ek myself. Instinktief loop ek nader en gaan sit by die seun wat ek eens was. Ek het geen verduideliking wat toe gebeur. Ek as 'n grootman, bevind myself in die liggaam van my tienjarige self.

"Wat nou?"

"Jack, kom hier." Die stem is duidelik kwaad. Ek voel bang met oë op die deur. Ek kyk rond, maar daar is geen plek waar ek kan wegkruip nie. Ek kyk na die venster, maar voordat ek kon beweeg, staan hy skielik daar. Groot, dronk en kwaad.

"Wanneer ek jou roep moet jy kom, mannetjie,"

"Jammer, Pappa, ek doen skoolwerk."

"Snert, jy vergeet my woord is wet. Niks skool. Jy is 'n idioot."

Ek kyk hoe hy mik en die bottel gooi. Dit tref my hard teen die kop. Ek kan die bloed voel vloei teen my gesig af.

"Ma ..."

"Waarheen gaan jy, vroumens?"

My oë word dof, maar ek veg. Ek moet Mamma help.

"Altwee idiote!" gil my pa. Ek kan niks doen om my ma te help toe hy haar gryp. Hy slaan haar dat die bloed spat. Sy val voordat sy na my toe kruip. My pa is nou verwoed soos hy weer op haar afstrom. Hy skop haar weer. Die oomblik wat sy op haar rug beland, kruip ek na haar om haar te beskerm teen die volgende skop.

My groot sterk pa gryp na my ma en my en begin sleep ons in die rigting van die halfgeboude kaggel. Steunend en met woedende moeite prop hy ons agter die muurtjie. Ek en my ma kan niks doen nie. My oë hou hom dop, dis al wat ek kan doen.

"Dè, wat is die snert wat jy so graag lees, jou idioot. Jy sal nooit Jack de Hoed wees nie."

"Pa …"

Alida von Frome staan in die middel van die leë woonvertrek. Sy kyk na die ou dame in die rolstoel. Toe kyk sy na die tienerboek wat sy geskryf het. Dit was alles haar verbeelding. Skielik uit die bloute het die polisie haar gekontak. Nuuskierig het sy hierheen gekom net om haar skoolmaatjie se ouma hier te vind.

"Jack sou vandag ag en twintig gewees het, Alida."

Verbaas kyk ek na haar oor die helderheid van haar stem. Verstom haal sy my boek onder haar kombers uit. "Kinta, jy het nooit besef … dit wat jy hierbinne geskryf het, vertel my dit is nie 'n storie nie, maar die ooggetuie van 'n kind."

Ek kyk verward na die speurder en die doktor. Hulle praat nie een 'n woord nie. Die volgende oomblik kom 'n forensiese dokter die huis binne. Dit is duidelik dat hy spesifieke riglyne volg, uiteengesit in my boek.

Ek staan nou versteen terwyl ek kyk hoe die kaggel stelselmatig uitmekaar geslaan word. Die rilling wat deur my liggaam gaan is te wyte aan die feit dat 'n tienjarige/volwasse Jack langs my staan. Ons hou saam dop totdat die muur omval en die beendere van Jack en Helen Uys ontbloot word.

Ek; Alida von Frome, is terug in die verlede … Ek en Jack het saam geleer toe hy my vinnig agter die swaar gordyne wegsteek. Ons het nog gelag, want ek wil stories skryf. Hy het gelag, want hy wil 'n privaat speurder word. Ek het my wens gekry en hy uit die verlede gewys wat hy deur my woorde kon vermag as sy eie privaat speurder.

Ek kyk na die sleutel in die deur. Ek het my trauma gebêre, totdat ek dit wat ek as kind gesien het, kon verwoord. Ek trek die deur finaal agter my toe en neem die blomme. "Jy, Jack de Hoed, is 'n baas speurder."

Die weddenskap

©Petro Pieterse

Louise word stadig wakker. Gisteraand was 'n onverwagse belewenis. Sy wou eers nie saam met Sanet gaan nie. Sanet is so bietjie vreemd. Baie aangenaam, maar ietwat wild. Sommige goed waaroor die vrou praat, laat Louise se keel toetrek van benoudheid.

Dit wil voorkom of die muskiete ook partytjie gehou het. Daar is 'n kol of twee op haar bo-been wat lekker jeuk. So 'n brand-jeuk. Daar was heelwat mense en behalwe vir Sanet, het sy niemand daar geken nie. Miskien is dit hoekom sy so lekker gekuier het. Sy sal die spul seker nooit weer sien nie.

Juan ... Louise strek haar behaaglik uit. Ja, dié man sou sy weer wou sien. Smeulende bruin oë, breë skouers en 'n mond wat mens hipnotiseer. Sy bewegings op die dansbaan was ook glad nie sleg nie.

Skielik sit sy regop in die bed. Sy het hom gesoen. Wat?! Louise bloos bloedrooi. Dit is nie iets wat sy al ooit gedoen het nie. Om vreemde mans te soen. Nee, hy het haar nie gesoen nie, sy het hom gesoen. Geen twyfel. Hy was nie onwillig nie. Sy glimlag.

Gelukkig val haar oog op die horlosie langs die bed. Genade, sy sal moet wikkel as sy betyds wil wees vir die afspraak met haar ma. Hulle ontmoet een keer 'n maand vir koffie by die koffiekroeg naby die skool. Eers die rook en ander reuke van die vorige nag afwas.

Louise geniet die water wat oor haar stroom. So was mens sommer gisteraand se spoke ook af. Dit is asof iets nie regtig in fokus wil kom nie. Miskien het sy gedroom. Sy het beslis nie baie gedrink nie, want sy is dit nie gewoond nie. Om tussen vreemde mense te drink kan nie 'n goeie idee wees nie. Die mense was baie vriendelik en geselserig. Juan het heelaand om haar gedraai.

"Eina!" Louise voel versigtig oor haar bo-been. Dit is agter en sy kan nie daar sien nie. Dit is presies waar dit so jeuk en brand. Versigtig vryf sy oor die kol. Dit voel nie soos 'n muskietbyt nie. Die area is groter. Iets wat haar in 'n ry bly byt het? Een byt of steek was nie genoeg nie. Met haar nat lyf stap sy kamer toe om in die spieël te kyk.

Louise kan nie glo wat sy sien nie. Iemand het op haar geskryf. 'n Groterige *IV* in die middel van haar bobeen. Sy kan nie onthou wanneer dit gedoen is nie. Of wie? Sy besef dat dit nie met 'n pen gedoen is nie. Die vel is opgehewe en dit is wat so jeuk en brand.

Verslae sak sy op die bed neer. Hoe is dit moontlik? Dit moes beslis gisteraand gebeur het, maar sy was nog nooit ten gunste van tatoeëermerke nie. Dit is nie iets wat sy ooit wou hê nie. 'n Romeinse nommer 4 – van alle dinge.

Skielik is Louise benoud. As so iets kon gebeur sonder dat sy dit onthou, wat op aarde het nog gisteraand gebeur? Was dit Juan? En Sanet? Nee, sy beter eers haar ma bel. As haar ma agterkom iets is verkeerd gaan dit net baie erger wees. Sy moet eers uitvind wat aan die gang is en gebeur het, voordat sy haar ma sien.

"Sanet, hoe gaan dit?"

"Poplap, jy is 'n cracker! Jy hou jou so stil by die werk, maar wag tot die son sak."

Sanet se lag klink onheilspellend. Sy moes geweet het om nie saam met haar iewers heen te gaan nie. Wat het sy gedink?

"Sanet, wat het alles gisteraand gebeur? Ek onthou beslis nie alles nie."

"Poplap, jy en Juan het gekook, hoor. Het hy die aand by jou deurgebring?"

159

Louise stik soos sy haar asem intrek. Liewe hemel wat laat haar so dink?

"Sanet, ek onthou nie veel nie. Ek weet nie eens hoe ek by die huis gekom het of hoe laat nie. Was ek en jy dan nie die hele aand saam nie? Het jy ook 'n …" Sy kan nie eens die sin klaarmaak nie.

"Hoekom klink jy so funny? Wat gaan aan? Het ek ook wat … by Juan geslaap? Wat wil jy weet?" Sy kan hoor Sanet begin effens aggressief raak. Hulle werk saam, sy wil Sanet nie as vyand hê nie. Voor sy van plan kan verander, haal sy diep asem.

"Sanet, ek het 'n tatoeëermerk."

"Nooit van jou kon dink nie, Poplap. Hoekom het jy my nooit gewys nie?"

"Nee, Sanet, 'n nuwe een. Ek het dit nie gister gehad nie."

Daar is stilte aan die anderkant van die selfoon. Louise luister aandagtig of Sanet nog daar is. Wat maak sy? Net voor sy vra of Sanet haar gehoor het, antwoord sy.

"Girl, wat bedoel jy? Ons het net gekuier en gedans. Bietjie dagga gerook, maar jy rook mos nie? Jy en Juan is net voor elf saam daar weg. Kan jy dit onthou?"

"Nee. Net mooi niks. Het jy Juan se nommer? Ek sal moet uitvind wat gebeur het en hoe ek met die tatoeëermerk opgeëindig het. Ek verstaan nie."

"Poplap, is jy verder okei? Moet jy nie maar dokter toe of by die polisie gaan draai nie. Ek kan nie dink dat Juan daai tipe is nie, maar iets is nie reg nie."

Met 'n angstige gevoel bel Louise die nommer wat sy by Sanet gekry het. Hy het sweerlik haar koeldrank gedokter. Sy onthou een mengeldrankie wat hy vir haar gebring het, maar net een kon haar nie alles laat vergeet het nie, of kon dit?

Na die derde probeerslag besef sy dat hy nie gaan antwoord nie. Het hy gekry wat hy wou hê en stel nie verder belang nie, of is hy regtig besig en kan nie antwoord nie? 'n Week gelede sou Louise bloot aanvaar het dat hy nie belangstel nie, maar na gisteraand verwag sy die ergste.

Die selfoon skree skielik sy deuntjie uit en Louise wip soos sy skrik. Hierdie hele ding het haar gedagtes skoon in 'n warboel. Dit sal nie Juan wees nie. Die selfoon val uit haar hande toe sy dit optel. Sy is so ontstig dat sy dit nie behoorlik kan vashou nie.

"Genade, vir wat vat jy so lank om te antwoord? Het jy met Juan gepraat, wat sê hy?"

"Stadig, Sanet. Nee, hy antwoord nie. Seker nou te bang."

"Poplap, jy klink nie lekker nie. Voel jy nog dronk of iets? Moet ek oorkom?"

Net voor Louise negatief antwoord, dink sy dat dit eintlik goed sal wees. Sy moet met iemand praat en gedagtes uitruil. "Asseblief, Sanet, kom drink net koffie. Dalk kan jy my help besluit wat om te doen."

'n Uur later sit sy en Sanet met 'n koffie en stuk beskuit. Dit blyk dat Sanet en Juan saam op skool was, maar dat hulle die laaste paar jaar geen kontak gehad het nie. Sanet kan dus nie juis meer lig werp op Juan se karakter nie. Op skool was hy 'n ordentlike ou.

"Waar sou ek die tatoeëermerk laat doen het? Is daar so 'n plek naby die huis waar die partytjie was?"

"Daar is 'n sentrum daar naby. Miskien moet ons gaan kyk."

Dit is nie 'n baie groot sentrum nie. Albei sien dadelik die advertensiebord vir die tatoeëersalon raak. Met bewende bene stap Louise saam met Sanet die sentrum binne. Sy is dankbaar vir Sanet se ondersteuning. Alleen sou sy nie die moed gehad het om vrae te gaan vra nie.

"Hier is nog niemand nie. Kom ons kyk hoe laat hulle oopmaak."

Louise loer deur die glasdeure. Niks lyk bekend nie. Kan sy dan sowaar niks onthou nie? Nie eens die sentrum lyk bekend nie. Sy doen gewoonlik haar inkopies in die area naby haar.

"Wil julle 'n tattoo hê?" Die sekuriteitswag glimlag vriendelik vir Louise. "Die polisie was vroeg hier en het die man weggevat. Nou is die plek toe. Sal seker weer môre oop wees."

"Poplap, moenie flou val nie. Jy is baie bleek jong." Sanet stuur Louise na 'n tafeltjie net oorkant die salon waar hulle kan koffie kry.

"Ons moet polisie toe gaan. Ek wil weet wat aan die gang is."

"Moet nou nie oorreageer nie. Vee af daai trane, dit is nie so erg nie."

Louise wil haar vererg, maar die kelner wat haar aankyk asof sy twee koppe het, laat haar bedaar. Sanet is seker reg.

Na die tweede sluk koffie voel Louise kalmer.

"Daardie glimlag is baie welkom. Waaroor nou?"

"Ai Sanet, jy hou my so dop, mens sou dink ek gaan enige tyd van my klere ontslae raak. Hou op, ek is kalm. Ek wil egter steeds polisie toe. Dalk moet ek 'n verklaring aflê of 'n saak maak."

Saam stap hulle die plaaslike polisiestasie binne. Nadat hulle by 'n navraaghokkie plaas geneem het, bekyk Louise die mense wat rondstaan. Nou moet sy aan 'n vreemdeling vertel van 'n aand waarvan sy min onthou. Hoe gaan sy 'n saak maak, sy weet nie eens teen wie nie.

Luitenant Chauke kom oorkant hulle sit. Die pen en vorms sit hy neer terwyl hy direk vir Louise kyk. "Hoe help ons vandag, Juffrou?"

'n Vinnige kyk na Sanet laat haar besef dat dit haar probleem is en sy sal moet praat. Sanet gaan nie help nie. Seker ook reg, want waar was sy toe die tatoeëermerk aangebring is?

Baie selfbewus begin Louise vertel van die dag se gebeure. Die ontdekking van die tatoeëermerk, gisteraand se partytjie, die koeldrank wat bietjie vreemd geproe het. En natuurlik van Juan. Sy voel soos 'n onnosele tiener. Die man gaan seker vir haar lag.

"En nou is die plek toe. Die sekuriteitswag sê die polisie was vanoggend daar."

Luitenant Chauke sit 'n paar oomblikke stil na Louise en Sanet en staar. Waaraan sou hy dink? Bepaal hy homself nog by die saak, of sit hy langs die see?

"Gee my 'n oomblik. Ek wil gou gaan hoor of die ouens iets weet. Wag asseblief net hier."

"Het jy gesien hoe kyk die ou vir jou, Poplap? Ken hy jou?"

"Wat bedoel jy nou, Sanet, ek het gewonder hoe hy weet dat ek die een met die klagte is en nie jy nie? Ek het hom nog nooit voorheen gesien nie."

Die volgende oomblik val die twee vroue amper van hul stoele af toe Juan voor hulle kom sit. Louise kan nie 'n woord uitkry nie. Juan is duidelik deel van die polisie.

"Ek kan sien julle is ontsteld. Kom ons gaan elders gesels. Asseblief."

Hy maak die kantoordeur agter hulle toe en wys dat hulle voor die lessenaar moet plaasneem. Louise het geen idee waar om te begin vrae vra nie.

163

"Eers moet ek myself bekendstel. Ek is speursersant Juan Malherbe. Ek was gisteraand by daardie partytjie omdat ons inligting ontvang het van 'n sindikaat met onderduimse planne. Jy, Louise, was geteiken as prooi en ek het jou probeer oppas."

"Jy het dit nie goed genoeg gedoen nie. Hier sit ek met 'n tatoeëermerk wat ek nie wou hê nie. Ek kan niks onthou nie."

"Raak net gou eers rustig, Louise. Die kroegman en kingpin het jou vroeg in die aand gemerk en probeer om naby jou te kom. Gelukkig was ek nie alleen nie en ons het besef dat ons jou sou moes oppas. Dit is hoekom ek gesorg het dat jy nie met iemand anders dans of by iemand anders drankies kry nie."

"Hoekom het jy hulle nie net daar en dan toegesluit nie? Is hulle nou toegesluit?"

"Ongelukkig wou ons meer hê. Ek moes dus toelaat dat jou koeldrank gedokter word sodat ons kon sien wie die ander rolspelers is. Jy is mos nou veilig, moenie bekommerd wees nie. Ek dink ek het mooi na jou gekyk."

Louise kyk verergd na Sanet wat proes van die lag. Dit help ook nie dat haar wange so blom nie. Mooi na haar gekyk – verdomde man.

"Ons is nog besig met die ondersoek, maar die twee wat by die partytjie was is in aanhouding. Die tatoeëerkunstenaar word tans ondervra. Dit is verdag dat hy so laat oop was en gelyk het of hy jou verwag. Ek het my hande vol gehad om jou daar te probeer weg kry."

"Jy het nie baie hard probeer nie. Ek het steeds 'n tatoeëermerk wat ek nie wou hê nie. Hoe verduidelik jy dit?"

Met 'n lag gaan Juan verder. "Iewers na jy die koeldrank gedrink het moes die Kingpin naby genoeg aan jou kom om die gedagte aan 'n tattoo by jou te plant.

Daardie middel wat jy ingekry het laat jou wyd oop vir voorstelle. Dinge waaraan jy nooit sou dink om te doen nie."

"Hoekom so 'n snaakse tatoeëermerk? Het Louise dit gekies?"

"Sanet, kan ek vir jou 'n huurmotor bestel? Jammer ek het jou dag so opgemors, maar ek dink dis nou genoeg. Ek sal self verder regkom. Sien jou Maandag."

Juan spring op en help die onwillige Sanet uit die kantoor. Sy kan in die aanklagkantoor gaan wag. Die saak is nog in die ondersoek-fase, sy moet liewer nie verder betrokke wees nie.

Terug in sy kantoor gaan Juan langs Louise sit. Sy weet nie of dit so goeie idee is nie. Haar weerstand is nou baie laag en hierdie smeulende oë gaan haar ondergang beteken.

"As jy nou so regop sit? Dit lyk amper of jy wil weghardloop."

"Vertel my alles. Ek wil weet wat gebeur het. Ek onthou niks na ek die koeldrank gedrink het nie. Ek kon proe dit het drank of iets in, maar het nie verwag dat dit so erg sou wees nie."

"Die sindikaat telken partytjies en afhangend van die hoeveelheid mense, kies hulle een of meer vrouens vir ontvoering. Hulle word op een of ander manier gelok na die tatoeëersalon en word nie weer gesien nie. Moenie so bekommerd lyk nie. Jy is nou veilig."

"Hoekom hierdie merk? Wat is die betekenis?"

"Dis nie jou ding nie, nè?"

"Hoekom is jy so geamuseerd hieroor? Nee, dit is nie my ding nie."

"Stadig nou, Louise, jammer jy kan nie onthou nie. Ek moes net keer of jy het 'n kopbeen op jou bo-arm gehad."

"Dit is nie iets om oor te lag nie. Jy jok in elk geval. Dit is nie wat ek nou het nie."

Hy vat haar hande in syne. "Nee, jy het 'n baie klein Romeinse *IV* agter op jou been waar jy dit kan wegsteek. Nie waar nie?"

Louise is uit die veld geslaan. Hy weet. Sy kan hom nie in die oë kyk nie. 'n Permanente herinnering aan 'n aand waarvan sy niks kan onthou. Dit wat sy kan onthou, wil sy liewer vergeet.

"Vier is waarop ek en jy ooreen gekom het. Aangesien jy nie onthou nie, sal ek jou maar weer vertel. Oor vier maande gaan ek jou vra om te trou. Nee, rustig nou. Dit is genoeg tyd om my te leer ken en dinge hier af te handel. Ons het 'n weddenskap en ek beplan nie om te verloor nie."

Die wiel draai

©Anneke van den Heever

Sarah Stuurman staan vir 'n oomblik met haar gesig na bo en neem die reuk van vryheid in. Vir die eerste keer in ses jaar voel dit vir haar sy asem suurstof in, in plaas van haat. Suurstof en vryheid wat van haar ontneem is die dag toe sy moes boet vir 'n oortreding wat haar man eintlik voor skuldig was. Vreesbevange vir die bende se optrede as sy iets sou sê in die hof het haar na stilswye gedryf, terwille van haar lewe en die van haar kinders.

Op die ouderdom van vier en dertig teken Sarah haar vryheid weg in ruil vir haar lewe. Wat is ses jaar in ruil vir jou lewe? het sy haarself gevra. Sy sal voor haar veertigste verjaardag uit die tronk wees en haar stukke weer optel met tyd. Ten minste sal sy en haar twee seuns êrens van voor af kan begin. Altans so het sy gehoop. As jy eers in die handelsbedryf is, kom jy nie so maklik daaruit nie. Nie lewendig nie, dis vir seker.

Eugene Stuurman, Sarah se eggenoot van sewe jaar, soos sy hom genoem het in die hof, is 'n wrede man. Hy betrek al wat 'n familielid is by sy onderduimse besigheid. Of dit nou volwassenes of kinders is. Hy glo dat die een hand letterlik die ander een was. In Sarah se geval, moes sy vonnis uitdien vir dwelmhandel.

Jare lank 'n dwelmbaas se wederhelf. Geja en amen op alles wat by sy mond uitkom. Nie uit respek nie, maar vrees. Om aan die lewe te bly moes sy kontrak teken met die duiwel homself. As kind op straat grootgeword. Dinge gesien en beleef wat net in films afspeel. Wat eens jou slapelose nagte gegee het, word later van tyd aanvaarbaar. Oorlewing op straat is soos hul sê, survival of the fittest. As jy eers jou kop by die sindikate ingesteek het, is dit net so goed jy bestel solank vir jou 'n doodskis. Jy weet jou dag kom, maar wanneer is die vraag.

Sy moes skuldig pleit vir iets waaraan sy nie aan skuldig was nie. Die woorde van die aanklaer is vars, asof die duiwel op haar skouer sit, om haar daagliks te herinner dat hy van haar kan neem net wanneer hy wil. "Ek verklaar die beskuldigde, Sarah Stuurman, skuldig op die aanklag van dwelmhandel. En sy sal haar ses jaar vonnis uitdien sonder aanmerking vir parool. Meng met die semels ..."

Nog iets waaroor sy spyt is in haar lewe. Spyt kom altyd te laat, dis 'n feit.

Die vlug van huis tot huis soos 'n skim in die nag. Altyd op die uitkyk vir verraaiers wie vir kwaadgeld dwaal om jou posisie met die opposisie te deel en 'n rand vir jou kop te aanvaar.

In haar geval sou sy nooit kon raai dat haar eie mense haar so sou verkoop aan die pote nie. Dat haar eie man haar skaamteloos sal gooi vir die wolwe met die hoop daar bly niks van haar oor nie. Die ma van sy twee kinders. Wie dink hy gaan na hul omsien? Beslis nie hy nie. Daarvoor is daar nie tyd tussen deur die handel dryf nie. As 'n vrou in die kartel haar mond oopmaak, word hy letterlik toegeklap soos 'n deur en hy bly dan toe. Jy vra nie vrae nie, jy praat nie tee nie. Vreesbevange doen jy soos daar van jou gevra word in ruil vir nog 'n dag.

Haar opoffering was haar vryheid en haar kinders.

Dit het gevoel soos 'n doodvonnis. Wat van haar kinders? Wat gaan van haar word in die tronk? Het die ander kartellede in die tjoekie? Gaan die vir wie sy jare wegkruip haar uiteindelik vind? Op 'n kol het sy gedink die dood sou 'n beter vonnis wees. Maar toe onthou sy dat mens wel jou lewe kan draai. Jouself kan red uit die kloue van satan. As jou wil sterk genoeg is sal jy heel aan die ander kant uitkom. Sy het tronk toe gegaan teen haar wil, maar met 'n vooruitsig, 'n plan van aksie. Sy gaan haar lewe omdraai. Handomkeer verander en die wêreld 'n veiliger plek maak.

Om dit te kon doen moes sy sorg sy bly uit die moeilikheid in die tjoekie. Aan haarself bewys sy kan wegbly van moeilikheid en die wat dit veroorsaak. 'n Keuse gemaak om die geleentheid te gebruik wat die tronk bied, die geleerdheid om haarself bemagtiging te gee oor wat reg en verkeerd is. Om op te staan vir geregtigheid, al is dit teen wie sy vir jare as familie geag het. As hul haar so vinnig onder die bus kon ingooi terwille van hulself, neem sy vandag die keuse om geregtigheid te laat geskied die dag wat sy haar kop by daai twee hekke uitsteek.

Haar belofte het sy baie ernstig opgevat. Sy het aan haarself bewys sy kan. Sy kan haar graad verwerf as speurder. Sy kan aan die regte kant van die wet leef.

So bied Sarah Stuurman haar hulp aan as informant om die skuldiges te laat boet. Hul moet sit vir hul eie oortreding en ophou om die jonges en ouer mense as lokaas te gebruik vir hul eie ontsnapping. Die werk kom nie sonder sy eie uitdagings nie, dis vir seker. Voorgee was nog nooit haar sterkpunt nie. Almal het geweet waar hul met haar staan, juis oor haar mond geen perke ken nie.

Die eerste leuen as informant was vir haar die grootste teleurstelling. Sy moes weer mevrou Stuurman wees. Sy moes voorgee sy het na Eugene verlang. Stories opmaak oor hoe rof dinge in die tronk was. Hoe sleg sy ander behandel het. Nie 'n tikkie waarheid nie. En dit gaan teen alles waarvan sy haarself gedistansieer het. Wie sy nie wou wees nie. Om sy vertroue terug te wen sodat sy hom kon sink, was haar mikpunt.

Haar twee seuns moes sy so ver weg kry as wat sy kon. As die skote eers begin klap, is die kartel soos bloedhonde – hul hou nie op tot die laaste een lê nie. Posisie beveiliging was al opsie, want die hele familie is betrokke by die dwelmsindikate. Partykeer al kante toe. Rugstekers gebore.

Van plan verander is nie 'n opsie nie. Dit is nou deurdruk en die plan uit sien. Maak nie saak hoe gevaarlik dit is nie. Gelukkig ken sy die roetines, drywers en hul roetes, die hardlopers wie afgee en die kar joggies wie uit die hand uit verkoop. Hulle loop die grootste risiko, want hul word geroof in 'n oogwink en dan word hul verantwoordelik gehou vir die produk wat gesteel is en die geld.

En met drywers bedoel sy nie net die voertuie wat agter op hul vensters geplak het "cab service " nie, die trokdrywers wat deur die dorp ry op 'n daaglikse basis. Partykeer twee keer per dag af hawe toe. Hulle word per kilo wat hul vervoer betaal.

Sarah het op haar rug geval die eerste keer toe sy dit beleef. Hul steek wragtie die dwelms weg in die lorrie se chassis. Binne in die raamwerk. Niemand sal dink om dit daar te soek nie. As die drywers ernstig geld wil verdien, laai hul sommer 'n +1 ook. Soos hul die kinders wie hul vervoer noem. Cradock is net so groot. 'n Klein Karoodorpie, maar bedrywig met al die verkeerde goed. Werk is skaars. 'n Ietsie vir brood is welkom in enige vorm vir enige daad. Om die klein vissies eerste te smoor sal 'n mors van tyd wees. Dis die haaie in die bedryf wie moor en die kitaar slaan. Haal die groot kokkedoor uit, en die res val uitmekaar.

Niemand ken die besigheid soos die leiers van die kartel nie. En gelukkig vir haar, sê daai stukkie papier van Binnelandse Sake hulle is getroud. So sy ken haar plek.

Aan Eugene Stuurman se sy en haar mond toe. As speurder beteken jou oë meer as jou mond. Jou mond kan jou lelik in die sop sit. Of nog in jou doodskis laat beland.

Die dorp en sy mense is net te arm om daai klas van dwelm te bekostig, daarom word dit hawe toe vervoer na die handelaar wie hul hande diep in hul sakke kan steek. Hul koop nie soos die klein vissies per gram nie, hul laai containers vol, sommer per tonnemaat. Dis daar waar ons wil toeslaan. Wanneer die finale vrag oorgegee word en daai container se deur toegemaak word, met die grootbaas wat sy besending afsien. Daar wil ons hulle vastrek. Versigtig wees en fyn beplanning. En natuurlik hoop niemand kry snuf in die neus voor die taak afgehandel is nie.

Eugene is knorrig vroegoggend, maar hy praat nie juis met haar nie. Sy het geleer wanneer hy so skuins uit die bed uit opstaan, om maar haar afstand te hou vir die dag. Die rede vir sy ontsteldheid wys tog gesig voor die son sak, tot dan bly jy maar uit sy pad uit. Alles is altyd haarfyn beplan. Die optel van die produk en wie dit moet afgee. Waar dit afgegee moet word. Wie dit moet ontvang. Tye word daar natuurlik nie gestipuleer nie, omrede hul bang is vir iemand wie sal praat. Daar word tekens uitgestuur, geen oproepe. Niks mag jou met die volgende betrokke persoon verbind nie.

Kinders op straat is die makliker opsie vir 'n R10. Hul kry boodskappe om oor te dra, dra bitter min produk self by hul. Want daardie boodskapper klim oor 'n tydperk die rangleer en kry 'n meer gevorderde posisie, mits hy homself kan bewys. En wie gaan straatkinders verdink?

Die boodskappe word oorgedra van die hardlopers na die karwagte. Hulle is heeldag besig om karre aan te wys en kort-kort staan hul by 'n voertuig se deur vir daai R5. Wie sal hul verdink van boodskappe deurgee? Dis mos goeie maniere om by 'n voertuig te staan en die persoon te "bedank " vir daai los sente vir jou diens.

Sodra daar 'n boodskap deurkom vir die laai van produkte, word die volgende boodskapper in kennis gestel en hy maak dat hy by die wasser kom. Ja, die wasser. Die wie met emmers en lappe lorries aanwys vir kastige staanplekke om gewas te word. Daai lorries word so min gewas soos wat hul daarvoor betaal word. Sodra die lorrie tot stilstand kom, sak 'n klomp wassers op hom toe. Dis net om aandag op tien persone gelyk te vestig, sodat daar nie gekonsentreer kan word op een gesig nie. Dit is soos 'n skool wat verdaag. Magdom kinders gelyk, mens let nie regtig op om jou nie, jy soek net na jou kuiken.

So daardie taktiek word gebruik met die laai van die lorrie ook. Die bakkie wat die produk moet vervoer tot by die lorrie, wag tot hy in kennis gestel word, dan eers ry hy. Hul staan nooit en wag vir die lorrie om te kom nie. So is die kans om deursoek te word kleiner. Bykans nul. Die wasser beweeg met sy emmers tussen die bakkie en lorrie op en af. Kilo vir kilo word dit aangedra. Niemand vermoed dat die produk so hanteer word nie. Lyk nie eers verdag nie. Die wassers wissel ook onder mekaar. Net ingeval die publiek iets oplet.

Die een wie alarm maak as hy vermoed daar is moeilikheid op pad, sit op die hoek van die straat waar hy ver kan sien wat in die verkeer aangaan. Sodra daar 'n blou lig in sig is, word daar gefluit en die wasser en emmers verdwyn. Die bakkie natuurlik, soek 'n winkel en gaan doodnormaal aan asof hy iets kry te ete. Hul ry nie sommer terug waar hul vandaan kom nie, want hul weet nie of hul agtervolg word nie.

Daar is 'n drie ure reël. Na die oorgee van die produkte, maak jy jou skaars. Ry na een van die buurdorpe en speel vir tyd. Minimum van drie ure word verplig. Jy mag nie terugkeer na die optelpunt nie. Indien jy gevang word, weet jy wat op jou wag. Daardie kis wat jy bestel het met die aansluit by die dwelmhandelaars, gaan jy self vul. Of die polisie jou in aanhouding het of nie. Hulle gaan jou kry. En dit gebeur in 'n oogwink. Voor jy kan praat maak hul jou stil.

Nege en negentig uit honderd keer is die oorgee suksesvol. Dan word daar 'n drywer vooruit gestuur om die roete te bekyk. Seker te maak daar is nie padblokkades van die polisie nie. Indien daar nie is nie, word daar geen kontak gemaak nie. Maar wanneer daar wel 'n padblokkade opgestel is om voertuie en lorries deur te gaan, word daar per radio gepraat. Satelliet radiostasies wat geen opnames kan neem en stoor nie. Die radio werk ten alle tye en kan glad nie afgesny word nie. Maar ook nie met nog 'n radio verbind word nie. Geen verbintenis tussen die wie kommunikeer nie. As jy gevang word, sink jy alleen.

Die drywers ry vooruit tot binne in die hawe om te kyk dat die besending veilig aankom. Alle lorries word geweeg op die hawe, dis 'n wet. So, hul maak voorsiening daarvoor ook. Vervalsings van dokumente wat die drywers ontvang met die laai van hul wettige vrag wat deur hul werkgewers gereël word. Die vervalste papiere word natuurlik vergesel met 'n koevert wat baie mense blind maak. As jy jou twee tot drie keer per maand blind hou, kry jy maandeliks 'n gewigtige bonus. En geld kan enigeen koop. Almal het maar 'n prys, veral in vandag se dae.

Sodra alles afgehandel is op die hawe, geld die 24-uur reël vir daardie drywer wie vooruit gery het. Hul mag eers teug keer huis toe na 24 uur. Net ingeval daar iets verkeerd sou loop. As alles afgehandel is en almal haal weer asem, leef hul 'n normale lewe tot die volgende hardloper 'n boodskap bring. Maar tot dan werk hul by die algemene winkeltjie. Ry taxi bedags. Besorg die kinders by hul skole en die naskoolse aktiwiteite. Niemand sal dink hulle is betrokke by daai klas van dinge nie. Geleerdes, gesiene persoonlikhede. So 'n spoggerige motor sal ook nie agterdog skep nie.

Maar almal maak foute. En dis daardie fout wat vir Sarah geleentheid skep. Die grootste besending vir die jaar moet hawe toe en Eugene wil self voor ry om seker te maak dit kom by die hawe uit. Om almal nou in kennis te stel sal haar dalk nog weggee voor hy uit die dorp uit weg is. Sy moet hul op hoogte hou sonder dat sy betrokke is. "Natuurlik! Die satelliet radios bly aan ten alle tye wanneer daar 'n vrag onderweg is. Ek moet 'n radio by die speurtak kry sonder dat iemand agterkom daar is een vermis. Ek mag nie daar gesien word nie. Daar is altyd iemand wie mens dophou. Alles skep agterdog. Om 'n oproep maak met die foon wat ek so moet wegsteek is ook nie maklik nie. Ore hoor baie fyn."

Haar kans klop die volgende oggend aan. Die seuns moet skool toe, daar is net twee dae voor die groot besending sy geleentheid kry hawe toe. Sy moet haar moederlike plig nakom en vir die kinders iets kry vir hul kosblikke en natuurlik die nodige vir die huis. Die uur of twee wat sy in die winkels kan spandeer is die perfekte geleentheid om die speurder te kontak. Die radio vir hom êrens te los sodat hy dit kan optel wanneer niks vermoed word nie. Maklikste gaan wees om die radio in die winkel se rakke te versteek. Agter iets toe te pak en hul net in kennis stel waar hul kan kyk vir hom. So betrek jy niemand by die pakkie se los en optel nie. Hoe minder oë en ore, hoe beter.

Die kinders is veilig by die skool. Spar se rakke is lekker vol en dit is ook nie die verkose winkel waar die kar joggies hul werk doen nie. Hulle verkies die deurloop van massas voete en voertuie sodat niks verdag voorkom nie. Met die radio in haar handsak, neem sy 'n trollie doodnormaal soos altyd en begin op die een punt en eindig op die ander.

In die pap afdeling het sy so 'n paar sekondes stil gestaan, die winkel was gelukkig nie besig nie, sy kon die radio maklik versteek agter al die bokse ontbytgraan. Die boodskap aan die speurtak was ook eenvoudig. Spar – pap afdeling – Fruit Loops – satellietradio – twee dae. Die woorde "ontvang" het deurgekom.

Die naar gevoel op haar maag is nou duidelik in oorwinning. Die naarheid wil net nie skiet gee nie. "Wat sal ek die blaam gee wanneer ek by die huis kom vir my senuagtigheid en die feit dat ek sleg voel? Kalm bly!"

'n Plan om haar kinders weg te kry uit die dorp die oggend van oorgee, is die volgende stap. Daar is geen spasie vir foute nie. Dit kan hul lewens kos.

Net buite die dorp is 'n park waar mens wilde diere kan besigtig en ook kan oornag. Die park se bakkies ry heeldag rond in die park om mense se veiligheid te verseker, want leeus en luiperds is maar van die twee gevaarlike spesies wat jy daar kan sien. Dit sê vir haar daardie drywers ry met vuurwapens rond. As iets sou gebeur, sal hul beskerming bied. En die bonus is, wanneer jy by die hoofingang inteken mag daar geen vuurwapens jou vergesel nie. So die kans dat hul daar oorrompel sal word is skraal.

Die oggend het aangebreek. Knop op die maag met die senuwees wat knaag, maar ook sien Sarah uit om die gemors van die straat af te kry. Kinders doodnormaal by die skool gaan afgee. Met 'n briefie in die huiswerkboek wat sê sy tel hul 10:00 die oggend weer op weens persoonlike redes. Die kinders moet asseblief by die kantoor wag.

Normale roetine winkel toe en dan haar plig natuurlik as vrou gaan uitvoer. Die man moet eet voor hy ry hawe toe ry. Niks mag buite roetine gebeur nie, hulle is baie skerp. Asof hul geleer word om uit te kyk vir sekere tekens of verandering in roetine.

Van hier af is haar hande afgekap. Sy mag nie naby die ondersoek kom nie, net ingeval iets verkeerd loop. Anders is haar betrokkenheid duidelik.

Eugene ry sonder om te groet. Dit gebeur gereeld. Vriendelik en bedagsaam was hy nog nooit. Yskoud!

'n Halfuur na die boodskap deurgekom het dat die lorrie gelaai is en vertrek het en dat almal op die uitkyk moet wees vir blou ligte, beteken Eugene is op pad hawe toe. Die seuns se veiligheid is nou prioriteit. In haar kop herhaal sy die plan oor en oor asof sy bang is sy vergeet 'n belangrike stap.

Met die kinders uiteindelik in die motor, kyk sy nie links of regs nie. Reguit park toe. As hul daar is, sal hulle veiliger wees as in die dorp. Daar kan sy ook sonder oë en ore bel om uit vind of almal op hul plekke is. Sy dink nie hulle weet regtig wat voorlê nie. Hoe gevaarlik die situasie is nie, en kop uittrek is nou taboe.

Sy het meer as haar deel gedoen om te verseker hulle trek die skurke vas. Dalk moet sy nie inmeng nie. Hulle doen die tipe van goed jare lank en is baie suksesvol.

Die stilte knaag aan haar senuwees. Om die kinders besig te hou sonder dat hul iets vermoed, is ook 'n storie op sy eie. Dit vat alles in haar om nie die foon op te tel nie.

Ure gaan verby. Dis 19:00 en daar moes al nuus gewees het. "Sê nou hul het agterdogtig geraak? Die hele ding gekanselleer? Sy sal nie kan teruggaan huis toe nie. Dalk wag hul reeds daar vir haar. SY kan voel hoe haar bors vernou. Asem haal is nou moeite. "Dalk moet ek verder wegvlug met die kinders? As ek nou ry, sal ek teen sonsopkoms ver genoeg wees en 'n voorsprong hê. Vir die res van ons lewens oor ons skouers loer is ook nie wat ek ingedagte gehad het nie."

Vir 'n oomblik probeer sy die volgende plan in haar kop uitspeel. Blieb! Dit voel vir Sarah die foon is in haar kop, so raas hy. 'n Kort, maar kragtige boodskap laat haar op haar knieë sak van verligting. "Het hulle, baie dankie vir jou samewerking. Sien jou Maandag op kantoor."

In haar agterkop die woorde: Dit is die begin van die einde.

Dood se ruiker

©Jessica Venter

Amelia Verwery rek haarself lui op die bank uit. Sy gaap, hand voor die mond terwyl sy die boek langs haar neersit. Opgewondenheid bruis deur haar gemoed, want môre is haar troudag. Sy was juis besig om deur haar talle lysies te gaan om seker te maak dat alles afgemerk en perfek is vir die groot dag. Verbaas sien sy dis al amper tienuur.

"Ek moet seker in die bed kom," praat sy so met haarself in die opstaan. Die deurklokkie lui en sy skrik haarself boeglam. Met 'n frons stap sy kaalvoet voordeur toe. Sy druk haar oor teen die deur, maar dis doodstil buite. "Wie is daar?!" roep sy teen die deur, maar kry geen antwoord.

Weer lui die klokkie. Sy draai die sleutel vinnig en pluk die deur oop. "Ek vra …" maar daar is niemand voor die deur nie. Amelia loer in die straat op en af. Steeds niemand in sig nie. Sy trek haar skouers op. "Seker 'n klomp stout kinders wat niks het om te doen nie." Net toe sy die deur wil toemaak, vang iets op die matjie voor die deur haar aandag. 'n Groot boks gemerk met haar naam op en 'n koevert bo-op. Opgewonde tel sy dit op en druk die deur met haar voet agter haar toe. "Dis seker van my bruidegom af," giggel sy terwyl sy die boks op die tafel neersit. Versigtig lig sy die deksel op, maar sy verstar. "Wat in die wêreld is dit die?!" roep sy uit.

Haar ma, Ina, kom op die stadium in. "Wie was so laat hier?" Sy kom loer oor haar skouer. Geskok trek sy haar asem in.

"En dit?"

Amelia lig die ruiker uit die boks. Die verwelkte blare hang verdroog teen die verdorde stingels. Die blomme hang verlep en val plek-plek af. "Iemand het dit op die matjie gelos. Ek het eers gedink dis van my bruidegom, maar nou twyfel ek."

"Iets is nie pluis nie," piep haar ma langs haar. Sy lig die deksel op en 'n koevert val op die grond. "Wag, hier is iets."

Amelia sit die dooie ruiker terug in die boks en buk om die koevert op te tel. Met bewende hande maak sy die flappie oop. Fronsend haal sy die velletjie papier uit. Sy suig geskok haar asem in en sak op die stoel neer. Haar bene het in jellie verander.

Ina vat die papier uit haar bewende hande en begin hardop lees: "As jy voortgaan met hierdie bedrogspul, sal ek jou ontbloot. Stel die troue af, of jy sal jammer wees!"

Ina kyk haar fronsend aan. "Watse bedrogspul? En wie sal jou wil skade aandoen?"

Amelia begin onbedaarlik bewe. "Ek het geen idee nie, Mamma. Die persoon moet seker iets teen my hê. In my bedryf as aktrise, maak mens baie vyande."

Ina lees weer die woorde, sit dit beslis op die tafel neer en pluk haar foon uit. "Daar is net een man wat ons sal kan help."

Amelia spring vinnig op. "Nee, moenie," probeer sy keer, maar haar ma kyk haar met 'n besliste trek om die mond aan. Sy sak terug op haar stoel. Nou moet sy nog haar verlede ook in die gesig staar. Is die heelal dan teen haar dat so iets juis nou moet gebeur?

Danie Ferreira hou voor die groot huis stil. Hy skakel sy bakkie af en staar na die voordeur. Hy is so nie lus om uit te klim nie, maar as jy ingeroep word, dan het jy nie juis 'n keuse nie. Met 'n sug maak hy sy deur oop en klim uit. Die voordeur gaan oop en Ina kom uitgestap. Vir omdraai is daar nie nou kans nie. Hy sluit sy deur en stap met groot treë die breë stoeptrappies op.

"Naand, Mevrou," groet hy toe hy voor haar staan.

"Hallo, Danie. Jammer dat ek jou pla, maar ons het 'n krisis. Ek sou jou nie andersins gebel het nie. Kan jy inkom?" Sy hou die voordeur wyer oop.

"Sekerlik. Ek verstaan. Wat is die probleem?" Danie wys dat sy voor moet loop en volg haar tot in die eetkamer waar Amelia by die tafel sit. Sy is wasbleek.

Sy hart klop woes in sy binneste toe haar blou oë syne vasvang. Die vroumens het sy hart gebreek, maar steeds voel hy iets vir haar. "Naand, Amelia," groet hy hees.

Amelia groet net met 'n kopknik.

Danie kyk haar ondersoekend aan. "Wat is fout?"

Ina druk 'n koevert in sy hand en beduie na die boks op die tafel. "Iemand het dit op die stoep gelos."

Hy lees die brief en kyk na die inhoud van die boks. "Het julle 'n idee wie dit was?"

"Nee, die deurklokkie het gelui en toe ek oopmaak, was net die boks daar," laat hoor Amelia van haar.

"Mmmm. Weet jy van enige iemand wat dit sou doen?"

Sy spring op. "Néé, Danie. Ons sê mos so. Kan jy asseblief net jou werk doen! Ek trou môre. Wat doen ek nou? Ek kan nie nou alles uitstel nie." Sy begin huil en Ina stap vinnig nader. Sy trek Amelia in haar arms.

"Moenie bekommer nie. Danie sal uitvind wat aangaan." Haar blik vang syne bo-oor Amelia se kop vas.

"Beslis. Kan ek maar die goed neem vir bewysstukke?"

"Ja, jy kan. Ek gaan Amelia iets gee sodat sy kan gaan slaap. Ons praat weer." Ina draai om en verdwyn kombuis se kant toe.

Danie sit die koevert in die boks en tel dit op. Hy kyk vlugtig vir Amelia voordat hy omdraai en deur toe mik.

"Ek is jammer omdat ek jou destyds soos 'n warm patat gelos het."

Danie stol in sy spore en draai terug. "Dis oukci. Jy het seker 'n goeie rede gehad. Kyk nou net, jy het tog jou droomman gekry." Hy lig die boks op en glimlag. "Ek sal sorg om die uit te sorteer sodat jy jou *happy ending* kan kry." Met die woorde stap hy by die deur uit. Sy hart kloppend in sy bors. Hoe de hel hanteer hy die saak?

Amelia het skaars aan die slaap geraak toe sy wakker skrik van 'n nagmerrie oor ruikers wat haar jaag. En as hulle haar vang, pen hulle haar op die droë blarebed vas en smoor haar met hulle stingels. Sy sit benoud regop in haar bed. Hoe gaan sy voort met die troue as hierdie ruiker haar geluk bedreig? Angs druk haar keel toe en sy haal 'n paar keer diep asem, maar niks help nie. Net toe pieng haar foon. Sy skrik haarself yskoud en tel dit met koue vingers op.

Dis 'n boodskap van Danie en sy lees verlig die woorde: *Ek is op die spoor. Moenie slaap verloor nie. Jy kan môre met 'n geruste hart trou. Ek belowe ek sal die skuldige vastrek.*

Haar hart raak rustiger met die woorde en sy trek die kombers weer oor haar skouers. Met 'n kalmer gemoed sak sy terug droomland toe.

Danie sit sy foon op die tafel neer. Hy moes Amelia gerusstel dat alles onder beheer is, al het hy nog geen idee wie die skuldige is nie. Weer trek hy die briefie nader. Kort en kragtig. Wat sou die persoon teen Amelia hê? Hy trek sy foon weer nader en gaan op Amelia se sosiale blad in. Dalk sien hy hier iets raak. In die wêreld van akteurs raak mense lelik. Hy blaai deur haar plasings en 'n opmerking van 'n anonieme persoon vang sy oog. Danie kliek op die persoon se profiel maar dis gesluit. Iets is hier nie pluis nie. Hy sal die tegniese span vra om hier in te loer.

Met vinnige treë draf hy die volgende oggend af na die kantoor waar Anel besig is. Hy vertel vir Anel kortliks wat die vorige aand gebeur het en wys die anonieme profiel vir haar. "Kan jy vir my die persoon se profiel nagaan?"

"Beslis. Ek het sommer 'n vermoede daai is jou skuldige. Los dit in my hande." Sy begin op haar rekenaar tik.

"Jy is 'n engel."

Sy bloos. "Net my werk, Danie-lief, net my werk."

Moedeloos stap Danie later op en af in sy kantoor. Hy is nog niks nader aan enige leidraad oor wie die doodsruiker vir Amelia gestuur het nie. Sy trou binne ure en hy het 'n belofte gemaak. Wat gaan hy doen as hy nie die skuldige betyds vastrek nie?

Anel kom by sy kantoor ingebars. "Ek het iets!"

Danie swaai verskrik om. "Wat?"

Sy druk die skootrekenaar in sy hande en wys op die skerm. "Kyk hier. Die anonieme profiel het ek gelink aan 'n ene Mariaan Joubert."

Danie frons. "Die naam klink bekend," mompel hy.

Anel knik opgewonde. Haar vingers spring oor die sleutelbord. "Dit sal bekend klink. Kyk hier. Sy was Amelia se beste vriendin op skool. En kyk hierna. Sy was blykbaar baie erg oor jou destyds, maar Amelia het jou opgeraap, en sy was nie gelukkig daaroor nie. Daarom dat sy haar mes in het vir Amelia."

Danie kyk na die vrou op die skerm. "Ek onthou haar, ja. Sy het by my aangelê, maar ek het Amelia verkies. Ek onthou sy het daai tyd Amelia se naam deur die modder gesleep. Maar hoekom sal sy nou weer haar visier op Amelia vestig? Dis tog tien jaar later."

Anel giggel toe sy weer op die sleutelbord kliek. "Want Amelia se toekomstige man, was ook eers haar kêrel totdat hy vir Amelia ontmoet het."

"Sjoe, oukei. Dis verstaanbaar dat Mariaan dit sal verloor. Stuur haar adres vir my. Ek ry solank."

"Ek maak so. Veilig wees," roep sy agterna terwyl hy in die gang afdraf.

Vies klop Danie aan Mariaan se deur, maar daar is niemand. Waar loop die vrou rond? Anel het laat weet haar foon se tracker is af, dus kan hulle haar nie opspoor nie en sy is ook nie tuis nie. Kan sy dalk agter Amelia aan wees? Hy spring in sy kar en skakel Ina se nommer. Sy antwoord dadelik.

"Danie. Enige nuus?"

"Ek het 'n leidraad. Hoe lyk dinge daar?" Hy draai in die straat af na hulle huis en gee vet.

"Ons is besig by die haarsalon. Amelia is baie op haar senuwees, maar jou boodskap het haar gerusgestel."

"Watter haarsalon? En het jy dalk iemand verdag gewaar?"

Sy suig haar asem in. "Wat bedoel jy? Soos iemand wat ons agtervolg?"

"Ja."

"Mmmm, ek loer by die venster uit, maar hier is so baie motors in die straat. Ek kan nie verseker sê nie. Wag, vanoggend toe ons by die huis weg is, was daar 'n vrou in swart geklee op die oorkantste sypaadjie. Ek sien haar nou by die koffiewinkel oorkant die straat."

"Ina, moet niks vir Amelia sê nie. Ek is nou daar. Stuur asseblief die adres?"

Danie druk die foon dood terwyl hy die pedaal dieper intrap. Hy sal moet gou speel om die vrou vas te trek.

Naby die salon ry hy stadiger opsoek na parkering. Versigtig om nie aandag te trek nie, stap hy by die koffiewinkel in. Hy kyk rond opsoek na die vrou, maar daar is niemand nie. Sy foon lui. Dis Ina.

"Ina, ek is hier, maar die vrou lyk my is reeds weg."

"Ja, ek het gesien toe sy uitkom. Sy het met 'n swart BMW weggery. Wat maak ons nou?"

"Moenie bekommer nie. Ek sal julle agtervolg die res van die dag tot ons haar vastrek. Ek bel solank vir *back-up*." Moedeloos skakel Danie die kantoor. Hy lig hulle in oor die stand van sake en vra vir hulp by die kerk. Die vroumens is so glibberig soos 'n paling. Vies stap Danie by die koffiewinkel uit en kies koers na sy kar toe. Hy hoop net hy kry haar gekeer voor die troue vanmiddag. Anders is daar chaos.

Danie parkeer agter die kerk buite sig. Hy trek sy pak se baadjie styf vas, sy pistool stewig in die holster aan sy belt. Gewoonlik dra hy sommer 'n denim en gholf hemp, maar hy wil effens inpas sodat die vrou in swart nie onraad vermoed nie. Sy oë dwaal oor die terrein om alles in te neem. Die gaste sit reeds in die kerk. So ook die bruidegom. Dis net hy en sy span wat buite rondhang. Die wind ritsel in die bome en hy voel die opwinding in hom opbruis. Hy kan nie wag om te sien hoe Amelia lyk nie. Hy het nog altyd gedink sy sal 'n mooi bruid maak. Nee, berispe hy homself. Hulle het hulle beurt gehad. Buitendien, in sy werk, is vrouvat onmoontlik. Dis geen wonder Amelia het die hasepad gekies nie.

'n Beweging by die hek trek sy aandag en hy duik agter die pilaar in. Versigtig loer hy om die pilaar en sowaar, daar agter die hek se struike staan die vrou in swart geklee. Hy radio sy span om haar stadig te omsingel. Tydsaam skuif hy van pilaar na pilaar totdat hy reg agter die struik te staan kom. Hy rig sy pistool op haar.

"Hande in die lug!" roep hy uit.

Die vrou spring om en mik om by die hek uit te hardloop, maar Danie is vinniger as sy en hy potjie haar. Sy val met 'n harde slag tussen die struike in.

"Hoekom moet julle dit altyd moeilik maak?" Hy druk sy pistool terug in sy holster, haal sy boeie uit en buk om haar te boei. "Jy is onder arres." Danie help haar regop toe sy span by hom aansluit.

"Goeie werk, Danie," juig Anel.

"Dis altyd spanwerk, jy weet mos Aneltjie." Danie begelei die vrou na die polisiemotor net toe die troukar by die hek intrek. Hy trek sy asem in toe Amelia uitklim. Ai, skud hy sy kop magteloos. Sy hart wil maar net nie luister nie. Hy druk Mariaan in die kar en slaan die deur. Tevrede skud hy sy hande af.

"Het julle die skuldige gevang?" vra Amelia agter hom.

Hy sluk voordat hy omdraai met 'n valse glimlag op sy gesig. "Ja, ons het haar gevang. Mariaan Joubert."

"Wat?!" roep sy hardop uit en kyk oor sy skouer na die kar. "Hoe kon jy? Het jy nie my lewe al genoeg hel gemaak nie?" gil sy en storm vir die kardeur.

Danie gryp haar om die lyf en hou haar terug. "Sy is gevang en jy kan nou jou lewe in vrede voortleef." Haar geur bedwelm hom vir 'n oomblik, maar hy laat haar vinnig gaan.

Amelia kyk verskonend na hom. "Ek is jammer. Baie dankie, Danie. Ek het geweet ek kan op jou staatmaak." 'n Hartseer trek vorm om haar mond.

"Dis my werk. Gaan leef nou jou sprokie."

Danie draai met 'n swaar hart om en stap na sy kar wat weggesteek staan. Sy hart klop benoud in sy ore toe hy sy kardeur agter hom toeklap.

Hy sug toe hy wegry, met die kerkdeur in sy truspieëltjie wat agter Amelia toegaan, kom vou die besef om sy hart dat dit nou tyd is om Amelia Verwey in die verlede te los.

Die saak was nodig sodat hy kan aanbeweeg. Die doodsruiker was die bewys.

Doodsruiker

©Esté Louw

Die wit en swart beeld op die rekenaar speel oor en oor. Dieselfde tien minute waarin die sprokiesbruilof in 'n nagmerrie ontaard het. 'n Dowwe figuur verskyn op die beeld, hoed laag oor sy kop getrek. Hy stop, vang die kamera met sy oog sonder dat die kamera 'n behoorlike beeld van sy gesig kan vasvang. 'n Sarkastiese knik met sy kop en dan stap hy aan en kom tot stilstand voor die deur. Agter die toegetrekte deur is die bruid en haar strooimeisies besig om hulle op te tof. Uitbundige laggies saam met borrelende sjampanje.

Die man buk, sit 'n bos blomme voor die deur neer en klop. Sonder enige haas draai hy om en met sy hande in sy sakke stap hy weg en verdwyn. 'n Paar sekondes later gaan die deur oop. 'n Meisie loer nuuskierig by die deur uit met 'n glimlag wat op haar gesig verskyn toe sy die blomme gewaar. Sy tel dit op en stoot die deur agter haar toe.

"Kolonel."

Kolonel van Rooyen stoot die stoel oor die vloer en draai om. Jacques, 'n ou in sy forensiese span staan by die deur. "Ja, Jacques?"

"Mejuffrou Bosman is reg vir meneer."

"Dankie, Jacques, sê vir haar ek is nou daar." Van Rooyen kyk vir oulaas na die skerm en dan staan hy met 'n sug op. Hy trek die deur agter hom toe en skraap al sy moed bymekaar vir die onaangename taak wat vir hom voorlê.

Nastasha Bosman sit in sak en as op 'n bank in Groen Heuwels Venue se silkamer. Een vir een rol daar

187

'n traandruppel teen haar wang af en val verby 'n glas suikerwater wat sy met bewende hande vashou. Hy gaan maak homself gemaklik op 'n bank oorkant haar en maak dan sy keel skoon. "Nastasha, ek is jammer dat jy jouself nou in sulke omstandighede moet bevind, maar sien jy dalk kans om 'n paar vrae te beantwoord?"

Sy kyk vir die eerste keer op vandat Van Rooyen kom instap het. Haar oë is dik gehuil met grimering wat in strepe op haar wang sit. Sy sluk verontwaardig, vind nie woorde nie en knik dan net haar kop op en af.

"Goed dan, ek gaan dan sommer met die deur in die huis val. Weet jy van iemand wat 'n vendetta teen jou het? Wat jou sal wil seermaak en selfs so ver sal gaan om jou van kant te probeer maak, al beteken dit iemand anders se lewe word in gevaar gestel?"

Nastasha snik net harder en sê dan met 'n bewerige stem: "Nee, nee ... ek weet nie. Ek is nie seker nie. Hoekom sal iemand my wil dood hê?"

"Dis presies wat ons nou probeer uitvind, want die blomme was waarskynlik vir niemand anders as vir jou bedoel nie."

"Dit wás vir my."

"Hoe weet jy dit?"

"Daar was 'n kaartjie by, tussen die blomme. Dit was 'n pienk kaartjie en ek dink daar was prentjies op, soos skoenlappers, iets in daai lyn."

"Waar is die kaartjie nou?"

"Maryke moes dit iewers neergesit het."

"Die strooimeisie wat die blomme by die deur gekry het?"

"Ja, ja, dis Maryke."

Dit wás Maryke, dink Van Rooyen by homself. "Kan jy my presies vertel wat gebeur het?"

"Ons was besig om my hare te doen toe daar iemand aan die deur klop. Maryke het gaan oopmaak en toe sy terugkom het sy die blomme by haar gehad. Sy het geglimlag en gesê 'dis vir jou Nastasha' en sy het die kaartjie so in die lug geswaai. Sy sê toe sy gaan dit in water sit en sy is met die blomme en 'n blompot in die badkamer in."

Sy raak vir 'n oomblik stil en sê dan in 'n bewerige stem: "Ons het skielik 'n slag gehoor en toe ons in die badkamer kom, lê Maryke op die grond tussen die stukke gebreekte glas van die blompot. Sy was klaar dood."

Nastasha snak na haar asem. "Sy was ... so vinnig ... so vinnig ... net dood."

"Het iemand anders die blomme hanteer?"

"Nee, ons het dit net so op die wasbak gelos en hulp ontbied. Hoekom, wat is fout met die blomme?"

"Ons vermoed daar is 'n sintetiese gifstof op die blomme. 'n Gif waarmee slegs in laboratoriums gewerk word. Dit is selde dat dit ooit buite gebruik sal word. Dit is baie gevaarlik en kan binne sekondes nadat jy daarmee in aanraking gekom het, jou dood veroorsaak."

Nastasha trek geskok haar asem in en begin opnuut huil.

Van Rooyen gaan staan voor die oop deur in die gang en kyk op. In die hoek van die dak flikker die rooi liggie van die kamera aan en af. Die ou wat die blomme gebring het, het presies geweet waar hy moes wees. Hy het presies geweet waar om te gaan en nie te gaan nie om agterdogtige kyke te vermy. Iemand moes hom gehelp het, want op sy eie sou hy dit nie kon doen nie. Van Rooyen buk onderdeur die lint en stap deur die oop deur.

Terwyl hy om hom rondkyk, haal hy twee handskoene uit sy broeksak en begin dit een vir een aantrek. Voor hy verder stap gee een van die manne in die forensiese span vir hom 'n masker vir ingeval daar van die sintetiese stof op die toneel agtergebly het. Die kamer is vol pakkies vir die bruid, daar lê grimering en juwele rond en agter teen die hangkas hang die rokke. 'n Trourok wat Nastasha nooit kans gekry het om aan te trek nie en vyf herfs-oranje strooimeisierokke.

Van Rooyen vind sy pad tot by die badkamer. Stukkies glas kraak onder sy stewels toe hy in die badkamer instap. Daar is bloed op die grond, iemand wat heel moontlik hulself gesny het met die hele fiasko wat afgespeel het. Die bos blomme wat op die wasbak was, is deur die span verwyder om te verseker niemand anders kom daarmee in kontak nie. Van Rooyen laat gly sy oë oor die badkamer en dan vang sy oog die stukkie papier op die grond tussen die wasbak en toilet.

Dit is 'n doodgewone kaartjie. Aan die een kant net 'n pienk agtergrond met die skoenlappers op, presies soos Nastasha dit beskryf het. Aan die ander kant staan daar *Nastasha* in skuinsgedrukte letters. Dan sien Van Rooyen dit. Dit lyk asof daar iets "binne" die kaartjie is, asof dit kan oop. Hy grawe in sy broeksak vir sy mes en druk die skerp punt teen die sykant van die kaartjie. Die mes se punt vind 'n opening en 'n verskuilde boodskap maak sy verskyning. *Rus in vrede, ons liefste Nastasha.* Dit klink persoonlik, asof hulle mekaar dalk mag ken. Aan die onderkant is dit geteken *AR.* Maar hoekom die boodskap so wegsteek as Nastasha dit dan nooit sou vind nie?

"Kolonel! Kolonel!"

Van Rooyen kyk op net toe Jacques uitasem in die badkamerdeur kom staan. "Wat is fout, Jacques?"

"Een van die bestuurders van Groen Heuwel sê hulle het so 'n rukkie terug 'n vreemde ou op die perseel gesien. So om en by vyftien minute terug."

Vyftien minute terug? Kan dit die ou wees wat die blomme gebring het?"

"Ja, Kolonel, dit mag dalk wees."

"Vir wat sou hy terugkom?"

"Omdat sy eerste poging 'n mislukking was?"

Van Rooyen volg Jacques na buite waar die bestuurder en van die oorblywende gaste op die grasperk saamdrom onder 'n groot gazebo. Nastasha staan ook tussen hulle, haar man, wat nog nie eintlik haar man is nie, se arms om haar gevou. Die bestuurder gewaar vir Van Rooyen en kom stap haastig nader.

"Goeiedag, Kolonel, ek is Retief, die bestuurder van Groen Heuwels."

"Middag, jy sê jy het so 'n rukkie terug 'n vreemde ou gesien?"

"Ja, die ou wat die blomme gebring het."

"Maar dit was baie meer as vyftien minute terug ..."

"Nee, ek het hom weer gesien, vyftien minute terug. Ek het gedink dit is vreemd dat hy nog steeds hier sal rondhang nadat hy al 'n uur of twee terug die blomme kom afgee het."

"En dis nie een van jou mense nie?"

"Nee, Kolonel. Ek ken elke liewe persoon wat vir my werk en daai ou het ek nog nooit vantevore gesien nie. Ken hom van geen kant af nie."

"Waar het jy hom vanoggend gewaar?"

"Ek het van my kantoor af gekom. Ek was op pad na die onthaalarea om seker te maak alles is in plek toe die ou van voor gekom het. Ek was in gedagte, besig om paar goed op my lysie af te tik, so ek het nie eintlik veel opgelet nie. Soos ek sê, ek het hom so 'n rukkie terug weer gesien. Dit het my heeltyd gepla, ek het besef ek het hom al iewers gesien, ek kon net nie my vinger daarop sit nie.

En wel ja, toe ek besef dat dit wel dieselfde ou van vroeër is, was dit vir my baie vreemd."

"En jy het nie al die eerste keer gedink dit is vreemd dat 'n wildvreemde ou hier rondloop nie?"

"Wel nee, met hierdie okkasies is daar baie mense wat goed kom aflewer. Ek het nog nooit nodig gehad om agterdogtig te wees nie, so ek was ook nie agterdogtig toe die ou met 'n bos blomme hier aankom nie. Vir al wat ek geweet het, was dit dalk die bruidegom wat oulik wou wees of iets."

Van Rooyen knik sy kop. "En waar was die ou netnou?"

"Hy het daar gestaan." Retief wys na 'n laning bome so 'n entjie van die gazebo af. "Dit het gelyk of hy effens ontsteld was, maar ek meen – ons almal is maar ontsteld en omgekrap oor wat hier gebeur het. My besigheid gaan vir seker 'n groot knou weg hê na hierdie gedoente. Dit gaan orals in die media verskyn."

Natuurlik is dit al waaroor dit vir die man gaan, dink Van Rooyen vies. Die man se besigheid en sy rykdom beteken vir hom alles.

"Ek het vir 'n oomblik weggekyk en toe ek terugkyk, was hy weg."

"Dankie, Retief, sal jy asseblief net na konstabel Pieters gaan om jou verklaring af te lê?"

"Geen probleem, enige iets om te help."

Retief groet en Van Rooyen stap op Nastasha af waar sy nou eenkant staan. "Nastasha, ekskuus, ek wil gou hoor, dit lui nie dalk 'n klokkie as jy die voorletters AR hoor nie? Dalk iemand se naam, 'n besigheid ..."

Van Rooyen kry nie kans om sy sin klaar te maak nie, want 'n rooi kol het so pas op Nastasha se bors verskyn. 'n Skerpskuttergeweer. Adrenalien begin deur Van Rooyen se are pomp en alles gebeur asof in stadige aksie toe hy vorentoe spring en Nastasha grond toe stamp. Toe die skoot klap, breek chaos los. Mense gil en hardloop rond terwyl Van Rooyen vir Nastasha van die grond af opruk en bevele skree.

Jacques kom hardloop nader en vat vir Nastasha aan die arm. "Kry haar hier weg," beveel Van Rooyen. Hy ruk sy pistool uit sy holster en kyk om hom rond. Hy gewaar dit. Die weerkaatsing van waar die skerpskutter verskuil lê op die rand langs die Groen Heuwel Venue. Van Rooyen beduie vir sy manne en soos een split hulle op.

Hulle het hom omsingel. Hy staan voor hulle tussen die bosse, 'n pistool van sy eie op Van Rooyen gerig. Trek hy die sneller, trek Van Rooyen se sewe manne wat hom omsingel, hulle s'n.

"Laat sak die wapen, jy is vas."

In 'n growwerige stem sê die man: "Hulle sal nooit stop voor hulle gedoen het wat moet gedoen word nie."

"Wie is hulle?" vra van Rooyen, maar voor hy 'n antwoord kan kry, lig die man voor hom onverwags die pistool op, rig dit na sy eie kop en trek die sneller. Van Rooyen staan verstar en kyk hoe die man voor hom op die grond neersak. Verdwaas vee hy met sy hand die bloedspatsels van sy gesig af ...

Familiesake

©Elizabeth Jordaan

Woensdagmiddag

"Draai regs daar voor, Frans. Net na daai bos bloekombome." Bella Theron wys met haar vinger. "Lyk my die weduwee Maritz sit daar goed in, nè. Twee wildsplase, allawêreld."

"Ja, en dis nie al nie. Sy besit ook 'n hele rits sakepersele op Potch. Sy was 'n nooi Van Eeden en daardie familie is stinkryk. Maar ten spyte van al hulle skatte, is hulle glad nie opstêrs nie. Stadig nou, daar's die afdraai."

Frans Theron draai by 'n wit gemesselde ingang in. *Esmeralda* is in swart sierletters op die een muur aangebring. 'n Goed onderhoude grondpad kronkel tussen twee lanings populierbome deur. In die vêrte kan hy die groen dak van 'n opstal sien uitsteek.

"Ken julle mekaar al lank?"

"Ja, nogal. Ons twee was deel van 'n groep wat in 2011 die Camino de Santiago in Spanje gaan stap het. Ons was die enigste Suid-Afrikaners en het dadelik gekliek. Deesdae kuier ons nog so af en toe saam."

"Het sy kinders?"

"'n Dogter. Liela. Dié het 'n kunsgalery op die dorp, Belle Arti Ateljee."

"Fine art, as ek my Italiaans reg onthou."

"Si, professore," sê Bella en albei lag.

"Maar ernstig nou, mis jy nie Italië nie? Besoekende professor by 'n top internasionale universiteit is tog wêrelde verwyder van die lewe van 'n privaat speurder op Potch."

194

"Dis waar. Maar weet jy, ek geniet dit wat ek nou doen, want elke saak bied nuwe uitdagings. Dis in elk geval baie beter as om my aftreejare op die stoep te sit en Facebook plasings lees. Ek mis natuurlik wel die Italianers se gelato. Ons kan maar net nie roomys soos hulle maak nie."

"Praat jy. So van Belle Arti gepraat, skilder Liela Maritz ook self?"

"Haai ja, jong, sy's báie bekend. Meestal abstrakte werk, nou nie eintlik my cup of tea nie. Maar op die oog af lyk dit tog asof sy suksesvol is."

Hulle stop voor 'n veiligheidshek en Frans druk die interkom se knoppie. Die hek begin oopgly.

"Daar's hy, hier's ons nou. Parkeer sommer daar onder die eikebome, anders word die bakkie te warm."

Hulle klim uit die Hilux uit en stap in die rigting van die plaasopstal. 'n Groot grasperk, omring met struike en bome, strek voor hulle uit.

"Sjoe, ek's bly ek hoef nie dié tuin in stand te hou nie. Dis enórm."

"Ja-nee, Cecile is baie lief vir tuinmaak. Sy't nou wel 'n hele paar tuinwerkers in diens, maar sy hou haar hand ook oor die tuin."

Hulle loop by die stoeptrappe op. Die voordeur staan oop, maar die staal veiligheidsdeur is gesluit.

Frans sien die GKTV kameras wat by die voordeur en op die hoeke van die huis gemonteer is. H'm. Goeie sekuriteit – 'n groot pluspunt – veral as mens 'n spul duur skilderye in jou huis ophang soos die weduwee Maritz skynbaar doen.

"Hallo!" roep Bella in die gang af. "Pauline!"

'n Effens gesette vrou kom aangeloop. Frans skat haar so om en by sestig jaar oud.

"Hallo, Bella," sê sy met 'n glimlag. "Wag, ek sluit oop."

"Dis Frans, my vennoot. En dis Pauline, sy's Cecile se regterhand," sê Bella.

"Deesdae eerder 'n rumatiek hand, hoor," sê Pauline. "Hallo, Frans. Kom binne, julle. Cecile is agter in die tuin doenig, maar ek sal haar gou gaan roep. Gaan solank deur sitkamer toe."

Die sitkamer front noord en die groot vensters bied 'n uitsig oor die tuin. In die een hoek van die vertrek staan 'n vleuelklavier, met foto's in silwer rame daarop uitgestal. Frans loop nader. Op die een foto is 'n man, vrou en tienerdogter met die see op die agtergrond.

Bella kom langs hom staan. "Dis Altus, Cecile en Liela. Die foto is geneem tydens hulle laaste seevakansie saam. Hy's net 'n paar maande later oorlede. Hartaanval. En dit nogal in Liela se matriekjaar."

Sy wys na 'n tweede foto. "Dis Altus en Cecile saam met Marianna Duvenhage, Pauline se suster. Sy en Altus het saam 'n veeartspraktyk gehad. So 'n paar jaar voor sy dood het sy Kaapstad toe getrek en is later met 'n Amerikaner getroud. Hulle bly nou iewers in Texas. Haar seun, Rufus, bly by Pauline in die huis op De Kuile, die ander wildsplaas. As ek die vibes nou reg lees, kom Rufus en sy stiefpa nie oor die weg nie."

Haastige voetstappe kom in die gang af en Cecile Maritz kom ingeloop. Sy't 'n geruite hemp en jeans aan, 'n paar vuil tekkies. Haar skouerlengte grys hare is in 'n poniestert vasgemaak.

"Bella, hallo. En dit moet Frans wees. Bella spog graag met jou, hoor," sê Cecile met 'n glimlag.

"Middag. Moet asseblief nie alles glo nie, sy kan lekker oordryf."

"Ek hoor jou. Maar kom ons gaan sit, Pauline sal seker netnou iets bring om te drink."

Hulle gaan op die ligbruin leerbanke sit. Cecile tel 'n koevert van die koffietafel af op. "Hier's Enrico se verslag. Maar voordat ek dit vir julle gee, wil ek net weer benadruk dat géén besonderhede oor die ondersoek mag uitlek nie. Gerugte oor die vervalsing, kan ál die skilderye in my versameling verdag maak. Dis ook die rede waarom ek nie die polisie wil betrek nie. Reg so?"

Frans en Bella knik instemmend.

Cecile hou die koevert na Frans toe uit.

"Volgens Enrico is die Hugo Naude berglandskap vervals. Die vervalsing hang daar oorkant." Sy wys na 'n skildery wat bokant die vleuelklavier hang. "En dit moes een of ander tyd die afgelope drie jaar gebeur het, want met sy vorige waardasie, was alles nog in orde. Hy't die vervalsing verlede week ontdek toe hy hier was."

"Wie's Enrico?" vra Frans.

"Enrico du Pont. Hy's 'n kunskenner en werk vir Stephen en Kie, die kunshandelaars in Johannesburg," sê Cecile.

"En 'n ou vriend," voeg Bella by. "Hy doen al jare die waardasie van Cecile se skilderye vir versekeringsdoeleindes. Ek ken hom ook goed."

"Ek sien. Het die oorspronklike skildery die hele tyd hier in die sitkamer gehang?"

"Ja, behalwe die drie weke toe die kunsgalery 'n uitstalling van Suid-Afrikaanse skilders gehou het. Ek't dit toe vir Liela geleen."

"Het jy self die skildery kunsgalery toe gevat of het Liela dit kom haal?" vra Bella.

"Nee, ek't vir Rufus gevra om dit te doen." Sy kyk na Frans. "Ek weet nie of Bella jou al gesê het nie, hy's Pauline se susterskind."

"Hoor ek my naam?" Pauline stoot 'n teetrollie by die deur in. Frans staan op om haar te help.

"Ons praat sommer oor Rufus," sê Cecile.

"Ja, die kind tog. Sit net heeldag voor daai rekenaar van hom."

"Is hy nog met die rekenaarprogram besig?" vra Bella.

"Hy sê dis klaar. Hy soek nou naarstiglik na 'n borg, maar ek't nie goeie moed dat hy gou geholpe gaan raak nie. Die mense wat hy wel genader het, stel nie belang nie." Sy kyk vlugtig in Cecile se rigting. "Maar genoeg daarvan, ek't spesiaal 'n ricotta kaaskoek gebak, sodat Frans darem kan sien dat ons hier in Noordwes nie so ordinêr is nie."

"A, kaaskoek, hemel op aarde. Baie dankie vir jou moeite," sê Frans.

Nadat Pauline almal bedien het, groet sy en loop uit.

"Ek sien daar's ook kringtelevisie kameras binnenshuis geïnstalleer," sê Frans en wys na die kamera in die hoek van die sitkamer. "Hoe lank hou julle die beeldmateriaal?"

"Vir dertig dae. Dis 'n vereiste van die versekerings-maatskappy."

Frans sug sag. Deksels, dit gaan nie veel help nie. "Kan ons later daarna kyk?"

"Bedoel jy vandag?"

"As dit moontlik is."

Cecile sit haar koppie neer en staan op. "Nou toe kom, dis in my studeerkamer. Kom jy saam, Bella?"

"Ja. Twee paar oë is beter as een."

Donderdagoggend

Frans parkeer skuins oorkant die kunsgalery. 'n Diskrete naambord dui *Belle Arti Ateljee* aan. Hy skakel die enjin af, maar bly sit.

Sekuriteit aan die buitekant lyk voldoende. 'n Sekuriteitshek, asook diefwering voor al die vensters, GKTV kameras op die twee hoeke. Hy hoop sowaar net die beeldmateriaal van die kameras lewer iets op. Die plaas s'n was net tydmors.

Hy klim uit en aktiveer die bakkie se alarm. By die ateljee se voordeur lui hy die klokkie. Van binne af hoor hy musiek. Dis *Going Home* van John Barry, een van sy gunstelinge. Liela Maritz het skynbaar goeie musieksmaak.

'n Lenige rooikopvrou in 'n dofgroen broekpak kom aangeloop. "Goeiemôre."

"Liela Maritz?"

"Dis reg. Kan ek help?"

"Ek's Frans Theron, van Theron Konsultante. Kan ek dalk binnekom?"

"O ja, my ma het gesê van die ondersoek. Kan ek jou identifikasiekaart sien, asseblief?"

Die dame is versigtig. Nie 'n fout nie. Hy haal die PSIRA geakkrediteerde kaartjie uit sy binnesak uit en wys dit aan haar.

Sy sluit die veiligheidshek oop en staan opsy.

Die ateljee is ruim binne-in. Teen die liggrys mure hang 'n aantal skilderye, meestal abstrakte werke. Frans kan verstaan dat Bella nie met dié kunsstyl beïndruk is nie, maar hy hou nogal daarvan.

"Juffrou Maritz, ek sien dat julle goeie sekuriteit het. Kameras, diefwering, asook 'n alarmstelsel." Hy wys na die flikkerende ogie van die alarmstelsel in die een hoek.

"Dis vereistes van die versekeringsmaatskappy. En ek sluit ook snags al die waardevolle skilderye in 'n instap kluis toe. Dis in die kantoor as jy dit wil sien."

"Bietjie later. Sê my, het jy enige idee oor hoe jou ma se skildery met die vervalsing vervang is?"

Liela skud haar kop. "Ons het al ons koppe daaroor gebreek. Eintlik is dit amper onmoontlik dat dit gebeur het, want behalwe die tyd wat dit hier gehang het tydens die uitstalling, was dit altyd in my ma se sitkamer."

"Jy dink nie dit kon tydens die uitstalling gebeur het nie? Miskien toe jy elders besig was om alles reg te kry? Het jy helpers gehad?"

Sy frons. "Ek weet nie eintlik wat jy nou impliseer nie, maar nee, ek dink nie my helpers het die Hugo Naude hier weggedra nie."

Frans hou sy hande in die lug op. "Hokaai nou, ek's jammer as ek jou geaffronteer het, maar ongelukkig moet ek hierdie tipe goed vra."

"Ja, goed. Kom ons gaan sit daar oorkant. Wil jy iets drink?"

"Mineraalwater as jy het, dankie."

Sy gaan haal twee botteltjies mineraalwater uit die yskas in die kombuis en gee vir Frans een.

"Ta. En ek moet ongelukkig weer vra: Wie't jou gehelp om alles reg te kry?"

"Net twee mense. Rufus, hy's die galery se webtuiste boffin. En dan is daar Mary, die skoonmaker. Sy werk al baie lank vir my. Ek vertrou albei ten volle."

Frans sit terug in sy stoel. Dit klink nie baie belowend nie. Dan maar weer die kameras se hulp inroep. "Hoe lank hou jy die beeldmateriaal van die kameras?"

"Drie maande. Wil jy dit sien?"

"Ja, maar dit sal beter wees as ek dit elektronies kan kry. Dis nou as dit reg is met jou. Ek het 'n geheuestafie saamgebring."

"Dis in my kantoor." Sy staan op. "Stap saam."

'n Jong man in sy vroeë twintigs sit vooroor gebuig voor 'n skootrekenaar toe hulle by die kantoor instap. Hy kyk op en stoot sy bril reg. Hy't die groenste oë wat Frans nog gesien het. Rooi hare steek by sy Adidas keps uit.

"Rufus, dis Frans Theron. Hy's 'n privaat speurder wat die vervalsing van my ma se een skildery ondersoek. Hy't inligting nodig."

Rufus staan op en steek sy hand uit. "Môre, Oom. Watse info soek oom?"

H'm. Dié jongman het nog maniere. Dis verfrissend. "Ek wil beeldmateriaal van die GKTV kameras hê, asseblief."

Rufus frons. "Come again, Oom?"

Frans sien hoe Liela onderlangs glimlag. "Footage, Rufus. Van die CCTV kameras," sê sy.

Rufus rol sy oë. "O, nou hoekom sê hy nie so nie?"

"Hier's 'n geheuestafie. Sal jy dit kan aflaai?"

"Miskien, as dit groot genoeg is. Maar hoekom wil oom dit aflaai? Dis als op die cloud gestoor."

"Nee wat, jong. Probeer maar die eers die stafie. Ek't my skootrekenaar ook saamgebring as dit sal help."

Rufus skud sy kop en neem die geheuestafie by Frans. "Dit gaan 'n ruk vat. Oom moet maar solank gaan koffie drink daar buite by die coffee shop."

Donderdag laatmiddag: die kantoor van Theron Konsultante.

"Nee wat, jong. Ons mors net ons tyd. Daar's niks van belang op hierdie beeldmateriaal nie." Frans skuif agtertoe op sy stoel en strek sy bene uit.

"Ja-nee, ek's ook nou poegaai gekyk." Bella staan met 'n steun op en vryf oor haar stuitjie. "Ek's skoon stokstyf van al die sit. Koffie?"

"Sal lekker wees, dankie. Is daar nog van jou karringmelkbeskuit oor?"

"Ek bring. Kyk solank of Enrico nog niks laat weet het nie." Bella skakel die ketel aan en sit bekers reg. "Hy't belowe om ons dadelik te kontak as hy iets van die ander kunshandelaars hoor."

"Jy's seker hy's nie dalk by die hele affêre betrokke nie?"

"Ek't daaraan gedink, maar hoekom sal hy dan die vervalsing uitwys? Maak nie sin nie."

"Ja, jy's seker reg. Ek verstaan net nie hoe en wanneer die skilderye omgeruil is nie. My kropgevoel sê vir my dit moes op een of ander manier gedurende die uitstalling gebeur het. En dit beteken dat die vervalsing dan alreeds in plek moes gewees het."

Bella sit die skinkbord met koffie en beskuit op die lessenaar neer en gaan oorkant Frans sit. "Ja, en die vervalser moes ook sy storie geken het, hoor. Dis nie elke Jan Rap en sy maat wat 'n Hugo Naude kan namaak nie."

"Liela miskien?"

"Ag nee, man. Wat sou haar motief wees? Geld? Sy erf dan in elk geval na Cecile se dood die hele kaboedel."

Die gelui van Bella se selfoon onderbreek die gesprek. "Dis Enrico. Ek beter buite gaan praat. Die sein hierbinne is so sleg."

Frans hou haar deur die venster dop. Dit lyk asof Enrico se nuus haar ontstel het, want nadat die oproep beëindig is, sak sy stadig op die stoepbank neer, die selfoon vergete in haar hand.

Wat gaan nou aan? Hy staan op en loop stoep toe.

"Is daar fout?"

"Enrico het beeldmateriaal aangestuur," sê Bella met 'n strak gesig. "Kom ons gaan kyk."

Sy maak Enrico se e-pos oop en klik op die aanhangsel. Op die skerm verskyn Pauline met 'n pakket wat in bruinpapier toegedraai is. Sy loop by 'n winkel in. Na 'n lang ruk kom sy met leë hande uitgeloop, klim in haar motor en ry weg.

"Waaroor gaan dit hier?'

"Een van die kunshandelaars in Pretoria het die beeldmateriaal vir Enrico aangestuur. Volgens die eienaar van die winkel, het Pauline verlede week die oorspronklike Hugo Naude by hom ingegee vir 'n waardasie."

Vrydagoggend: Esmeralda wildsplaas

Cecile is in die voortuin besig om dooie blomknoppe uit te knip toe Frans en Bella daar aankom.

"Gaan solank sitkamer toe. Ek wil net gou my hande gaan was."

"Dit sal goed wees as Pauline ook by is," sê Frans.

Cecile lig haar wenkbroue. "O, nou maar goed, as jy so sê."

Frans sit sy skootrekenaar op die koffietafel neer en skakel dit aan. Bella gaan langs hom sit.

"Dit gaan 'n moeilike gesprek wees, dié," sê sy. "Sy en Pauline is soos susters."

"H'm, ek hoor jou."

"Jy't so ernstig oor die foon geklink, Bella. Dit maak my skoon benoud," sê Cecile toe sy en Pauline na 'n ruk binnekom.

"Daar's iets wat ons vir julle wil wys. Kan julle bietjie nader sit?" Frans maak die aanhangsel oop en draai die skerm sodat die twee vroue daarna kan kyk.

Terwyl die beeldmateriaal op die skerm aanrol, sien Frans hoe Pauline verbleek. Sy sit met haar hand voor haar mond na die skerm en kyk.

"Wat is dit dié?" Cecile kyk vraend na Frans.

Voordat hy kan antwoord, kom Liela uitasem binnegestorm. Sonder om te groet, gaan sy langs die koffietafel staan om na die beeldmateriaal te kyk.

"Liela? Wat maak jy hier? Wat van die kunsgalery?"

"Wag nou, Ma. Ek móét hier wees."

Cecile trek haar skouers op. "O, nou maar goed." Sy kyk na Frans. "Ek sal bly wees as jy kan verduidelik wat hier aangaan."

Hy maak sy keel skoon. "'n Kunshandelaar in Pretoria het die beeldmateriaal vir Enrico aangestuur, tesame met 'n faktuur. Dit bewys bo alle twyfel dat Pauline die oorspronklike Hugo Naude verlede week na hom toe geneem het vir 'n waardasie."

Cecile snak na haar asem. "Pauline ...?"

"Oukei, ek dink dis tyd dat ek hier inkom," sê Liela en gaan agter Pauline staan. Sy sit haar hande op Pauline se skouers. "Ek's die sondebok, Ma, tannie Pauline het my net gehelp. Dis ék wat die skildery vervals het."

"Liela ... Waarom?"

"Want ek't geld nodig gehad, Ma. Vir Rufus. Om sy rekenaarprogram te bemark."

"Maar jy weet nie eens of dit lewensvatbaar is nie. Dis absolute malligheid!"

"Mag wees, maar ek wil hom help, aangesien niemand, Ma inkluis, dit wil doen nie. En buitendien, ek't 'n verpligting teenoor hom. Hy is after all my halfbroer."

Dis grafstil in die vertrek, so asof almal hulle asem ophou. Cecile staar na Liela, haar gesig wasbleek. Pauline sit koponderstebo, hande op die skoot vasgeklem.

Na 'n ruk staan Cecile effens wankelrig op. Haar een hand gryp die rugleuning van die bank krampagtig vas. "Is dit waar, Pauline? Is Rufus Altus se seun?"

Pauline knik en lek oor haar lippe. "Ja, dis so. Dis hoekom Marianna destyds so skielik weg is Kaap toe. Sy was met Rufus swanger."

Cecile loop tot by die venster, kyk uit na buite." Dis alles so onwerklik. Rufus ... Altus se seun," sê sy mymerend.

"Ek's so jammer, Cecile," sê Bella "Ons ..."

Cecile draai om en hou haar hand op om Bella stil te maak. "Dankie, Bella. En ook vir die ondersoek. Jy en Frans het dit professioneel hanteer en daarvoor het ek groot waardering. Maar as julle nie omgee nie, sal ek julle nou verskoon."

Sy trek haar skouers terug en lig haar ken op. "Ek sal van nou af oorneem. Hierdie is familiesake."

Geheime van Hogsback

©Anita van der Walt

Dawid staar stip na die bloedrooi roosblare. "Amper taai soos rooi druppels bloedspatsels," prewel hy saggies, skrik en loer onderlangs deur sy sonbril of iemand gehoor het. Tot sy verligting sien hy almal kyk af grond toe in die hoop dat niemand hulle raak sal sien en vra om roosblare op die kis te strooi nie.

Daan Weyers hou ongesiens almal dop. Omtrent al duisend inwoners van die klein plattelandse dorpie Hogsback, is hier en elkeen hier het al 'n stel of twee met die ryk ou heks afgetrap. Dis nou volgens die woorde van Riaan Myburg, die staatsaanklaer wat hom as privaat speurder gehuur het om die saak op te los. Daan dink nie die bruid het enige vriende gehad nie en almal hier het 'n rede gehad om haar te wil vermoor. Die blosende bruid het eenvoudig net oor almal geloop. Sy het geen genade verwag nie, ook geen genade gegee nie. Daarby dink hy ook nie die polisie gaan die saak oplos nie. Nee, want selfs lede van die polisiemag was diep in haar sak en betrokke by haar afpersingstegnieke. Met soveel verdagtes en die leidrade min, stem hy saam met Riaan, die moordenaar sal tog 'n klein foutjie begaan en sal hulle als kan ontrafel, maar die vraag is, wíl die polisie die moord oplos?

Daan kyk na die onrustige bruidegom, Dawid, wat geen geheim daarvan gemaak het dat hy haar gehaat het nie. Hy moes sy lyf en sy lewe verkoop sodat sy pa nie sy plaas verloor nie. 'n Plaas waarop diamante ontdek is.

Daan se blik beweeg van een verdagte na die ander. Die polisiekaptein, Van Zyl, wie al jare lank haar vuilwerk toesmeer. Watse houvas sy op hom het, kon hy nog nie uitvind nie. Die skoolhoof, Dries Buitendach, wat saam met haar op skool was en met haar uitgegaan het. Sy het in sy matriekjaar hul verhouding verbreek, want hy was te arm vir haar. Hy het gaan studeer vir 'n onderwyser en het nooit getrou nie. Die skinderstorie is, omdat sy sy hart gebreek het. Die vraag is, sal hy haar nou, na meer as dertig jaar eers wou vermoor?

Haar oorlede man, die miljoenêr Heinrich von Wielligh II se seun Heinrich von Wielligh III, wie sy uit sy erfgeld geswendel het met die hulp van Steyn Marais, haar eerste man, het die grootste motief vir die moord. Steyn Marais, die dorp se enigste prokureur. Sy het hom gelos vir die miljoenêr, maar toe trou sy nou met die jonge Dawid en wou niks meer met Steyn te doen gehad het nie. Steyn, die kon wel swendel, maar moord? Dis 'n ander saak.

Daan onthou hoe die bruid op haar troudag met haar katelknapie 'n swart ruiker blomme ontvang het, gevorm in ń kruis gereed om op 'n kis geplaas te word. Sy was histeries soos te wagte, en wou eers nie met die troue voortgaan nie. Die jonge Dawid het daarop aangedring dat hulle wel trou.

Daan hou die vier verdagtes dop. Die katelknapie se lyftaal is onrustig. Heinrich von Wielligh III lyk dodelik verveeld wyl hy teen die boom aan die onderent van die graf aanleun. Kaptein Van Zyl staan met militêre dissipline en kyk na al die begrafnisgangers.

Die skoolhoof staan met geboë skouers, koponderstebo, snikkend sy trane en afvee. Seker die enigste een wat oor haar huil. Dan is daar Steyn Marais. Hy vryf saggies met sy hande oor die swart blomme se blare. So asof hy wil voel of hulle regte blomme is. Hoekom Steyn die swart kruis blomme sou saambring na die begrafnis toe, is vir Daan 'n groot raaisel. Dit is dieselfde ruiker wat op haar troudag afgelewer was.

Daan kyk na die ruiker. Die blomme is onbekend aan hom en swart. Peinsend wonder hy wie die bloemiste in die dorp is. Hy stap ongesiens nader aan die begrafnisondernemer. Neem sy besigheidskaartjie en sit die in sy baadjie se sak. Die begrafnisondernemer gaan staan eenkant om die gene wat roosblare op die kis wil strooi, 'n kans te gee.

Daan strooi van die roosblare op en gaan staan by die ondernemer en vra saggies: "Wie het gesê die blomme wat Steyn vashou moet op haar kis geplaas word?"

"Kaptein van Zyl," antwoord hy.

"Weet jy dalk wie die bloemiste is wat die ruiker gemaak het? Dis 'n baie interessante ruiker, veral die blomkeuse," vra Daan.

"Ek ken nie die soort blomme nie, maar om jou vraag oor die bloemiste te beantwoord, hier is nie 'n bloemiste in die dorp nie. As ons 'n begrafnis hou, maak ons die ruikers self. My vrou is nogal goed daarmee. Die blomme wat ons gebruik is maar die gewone blomme; angeliere, rose, lelies, en so. Nie sulke blomme nie," sê die ondernemer.

Almal wag vir Dawid die bruidegom om roosblare op die kis te gooi. Haar twee-en-twintig-jarige katelknapie wat daarop aangedring het om voort te gaan met die troue nadat die bruid die troue wou afstel. Haar prostituut man, een wat sy gedwonge liefde aan haar moes bewys!

Die haat borrel en kook hier binne in hom op. Al die vernederings om elke aand langs haar ou lyf in te gekruip het, laat hom gril tot in sy diepste binneste. Hy tree sommer nog so drie treë vêrder terug, net vir ingeval sy besluit om hom vanuit haar kis te gryp. Nou is hy darem ontslae van haar, en omdat sy nie 'n huwelikskontrak wou opstel nie, is al haar besittings nou syne. Hy stap weg en gaan staan ook by Daan en die ondernemer.

"Sy het almal aan die keel beet gehad," sê kaptein Van Zyl aan Daan. "Dan het sy jou begin wurg totdat jy moes optree om asem te kry en dis daardie optrede wat sy gebruik het teen jou. Soveel mense soos my oorlede vrou, het seer gehad en kon nie meer nie as gevolg van haar. Ek sal nie. Sy gaan nog betaal vir al haar sondes."

"Sy is dood, Kaptein" antwoord Daan. Kaptein van Zyl kyk hom net skeef aan. "Wat, as ek mag vra, het sy teen jou gehad, Kaptein?"

"Niks, maar die suggesties wat sy oral gelaat het, het die mense laat glo dat ek haar beskerm en uit die tronk gehou het. Dit het wrywing tussen my en my vrou veroorsaak. Omdat my vrou aan erge depressie gely het, kon sy al die skinderstories nie meer hanteer nie en het selfdood gepleeg."

Steyn Marais stap nader en plaas die swart ruiker op die kis. "Dis waar wat kaptein Van Zyl sê," tree hy toe tot die gesprek. "Sy was soos 'n black widow spinnekopwyfie."

Daan spits sy ore toe hy die woord black widow hoor. "Hoekom haar vergelyk met 'n black widow spinnekop?" vra hy vir Steyn.

"Want as sy klaar is met jou, vreet sy jou op!" antwoord hy. "Sy gebruik jou net, en wanneer sy jou nie meer nodig het nie, dan gooi sy jou eenkant toe," sê hy verbitterd.

Heinrich von Wielligh III lag. "Kaptein, jy is nie die enigste een wat net gebruik was nie. Ek dink almal hier by haar begrafnis wil net kom seker maak sy word begrawe en sy sal nie weer kan opstaan nie. Sy het almal in hierdie miserabele klein dorpie gebruik. Steyn Marais, jy wil huil omdat sy jou gebruik het? Ons kaptein is ten minste onskuldig aan die skinderstories teen hom, maar jy is nie. Jy het my pa se testament vervals en sy is weg met my hele erfporsie. Als wat nog geslagte lank aan die Von Wielligh familie kon behoort het, net weg. Jy is nie onskuldig nie," spoeg hy sy woorde uit.

Steyn Marais laat sak sy kop. "Ek het nie 'n keuse gehad nie, ek het as aspirant prokureur haar gehelp om haar baba wat sy op agtien gehad het, te verkoop aan 'n ryk familie. Sy het my my geld betaal en met die res van die geld het sy teruggekom na die dorp toe; om haar te kom wreek op almal wat haar en haar familie verwerp en uitmekaar geskeur het, net omdat sy swanger geraak het. Sy was haar ouers se enigste kind en in daardie jare was dit 'n groot skande, soveel te meer as jou pa ook nog die enigste predikant was in die dorp. Haar pa het bedank, en nadat sy weg is het hy gesterf aan 'n hartaanval. Twee maande daarna het haar ma gesterf."

Dries Buitendach kyk hul met traangevulde oë aan. "Ek wou met haar trou toe ek gehoor het sy was swanger. Ek het geweet dis my kind. My ouers het my gedwing om haar te los, gesê sy is net 'n goedkoop slet. Ek was in matriek en reeds besig met my eindeksamen. Sy was in standerd nege. Omdat ek minderjarig was, moes ek luister en het vir haar gesê dis nie my kind nie. Ek sal nooit die uitdrukking in haar oë vergeet nie. Ek het haar die vrou gemaak wie sy geword het, sy was nie so 'n lelike mens nie. Ek het haar as 'n pragtig saggeaarde mens geken."

Almal staar hom aan asof hy van 'n ander planeet afkomstig is. Dis nou 'n storie wat niemand van bewus was nie. "Hoe het niemand dit geweet nie?" vra Daan hom.

"My ouers het haar na 'n tehuis gestuur in Johannesburg. Hulle het vir alles betaal op die voorwaarde dat dit net tussen my, my ouers, haar, en haar ouers gehou moes word. My pa was die skoolhoof toe ek in matriek was. Dit sou sy loopbaan gekniehalter het as dit aan die lig sou kom. Nadat haar pa bedank het as predikant, wou hy aftree en trek, maar al die spanning het hom laat sterf aan 'n hartaanval. Na ons ouers se dood was dit net ek en sy wat geweet het van haar swangerskap in die dorp. Ons het nie weer met mekaar gepraat nie, nie eers toe ek die pos as hoof hier aanvaar het nie."

"Het jy iets van jou kind gehoor?" vra Daan.

"Nee niks, ek het nie eers geweet wanneer die baba gebore is, en wat met haar gebeur het nie. Selfverwyt het my my hele lewe lank gejaag," antwoord hy hartseer.

"Steyn, weet jý dalk wat het van haar baba geword?" vra Daan.

Hy skud sy kop. "Nee, ek weet net dit was 'n seuntjie en hy sal nou so twee en dertig jaar oud wees."

"Weet enige iemand waar die ruiker vandaan kom?" vra Daan.

"Hier is nie 'n bloemiste in die dorp nie, en ek is ook nie bekend met die soort blomme nie."

Steyn kyk hom aan. "Ek het ook gewonder oor die snaakse blomme. Ek het tot gevoel of dit regte blomme is."

"Ek het dit maar saamgebring begrafnis toe, uit nuuskierigheid. Ek ken ook nie eintlik die soort blomme nie."

"Ons hier in die afgeleë dorp ken net van rose en angeliere," chip kaptein Van Zyl in.

Riaan Myburg wat nog net die hele tyd geluister het, antwoord: "Dit is 'n eksklusiewe blom van Malysia. Die blom se naam is die Black Bat Flower. Die ou volksverhale daar wil dit hê, dat as jy te lank na die blom staar sal jy bekruip word deur bose oë. Omdat die blomme swart is en blom met Halloween, word dit vereenselwig met die dood. Hierdie Gothic ruikers word gemaak wanneer die soort mense trou of wanneer iemand doodgaan. In Pretoria is daar 'n bloemiste wat spesialiseer in sulke eksklusiewe blomme."

Alle oë is op Riaan. Daan kyk na Riaan en vra: "Hoe sou 'n bloemiste in Pretoria van hierdie godverlate plek weet en dan sommer net blomme stuur aan 'n bruid in die vorm van 'n kruis en dit vir haar troue? Hoekom sou 'n bloemiste dit wil doen? Ek wonder ook wie het die aflewering gedoen, sou dit die moordenaar gewees het?"

Riaan trek net sy skouers op.

Daan kyk na kaptein Van Zyl. "Wie het op haar liggaam afgekom?"

"Ek," antwoord Dawid. "Nadat ek haar kalmeer het, het ek haar gelos sodat sy klaar kon aantrek. Ek het by die altaar vir haar gaan wag saam met die dominee. Na 'n halfuur het ek gaan kyk hoekom sy nog nie opgedaag het nie. Sy het daar gelê in 'n plas bloed. Daar was orals druppels rooi bloed. Ek het kaptein Van Zyl geskakel en die dominee gaan inlig."

"Het jy gekyk of sy nog lewe?" vra Daan.

Dawid kyk na hom en sy hele lyf gril by die gedagte van al die bloed en skud sy kop nee.

"Kaptein?" vra Daan.

"Ek het my dadelik na die toneel gehaas en het die dokter gekontak. Die dokter het die ambulans geskakel. Sy is volgens die dokter op pad na die hospitaal toe oorlede. Waarna die begrafnisondernemers geskakel was, wat haar liggaam weggeneem het."

"Wie baat almal by haar dood, is die vraag wat jy moet vra," sê Heinrich von Wielligh III vir Daan. "Dit is jou moordenaar en hier is net een persoon wat sal baat by haar dood, haar katelknapie. Ek vra myself af as hy haar so gehaat het, hoekom wou hy nog met haar trou nadat sy die troue wou afstel?"

Almal kyk na Dawid. Hy word wit in sy gesig nadat hy besef het hy is duidelik onder verdenking. "Hoekom is ek nou die skuldige een? Julle almal het haar gehaat. Jy seker meer as enige een, want sy het al jou erfgeld gesteel. Ons praat nie eers van die geëerde kaptein nie. En wat van Steyn Marais sowel as al die ander mense wat hier by die begrafnis is? Niemand was by die troue nie, nie eers die genooides nie," bars hy woedend uit.

"Ja, ek het besluit ek gaan voort met die troue, want ek het geweet ons sou binne gemeenskap van goedere trou. Die oggend van ons troue het ek in haar studeerkamer op haar mediese uitslae afgekom. Sy sou nie meer lank lewe nie, 'n jaar miskien. Ek kon met haar geld my pa se plaas beskerm het, maar ek het haar nie vermoor nie. Ek moes met haar trou terwille van my pa," antwoord hy.

Daan kyk na Heinrich. "Jy het ook goeie rede gehad om haar te vermoor?"

Heinrich lag en almal kan hoor dis nie 'n ontspannende lag nie. "Wat sou dit my baat om haar te vermoor? Ek sou tog nie my erfporsie terugkry nie en ek is in elk geval op pad terug Duitsland toe, waar my pa se familie bly. My oom het nie kinders nie en wil hê ek moet in sy maatskappy kom werk."

"Nou los dit my by wie is die moordenaar as dit nie een van julle is nie?" sêvra hy terwyl hy vir Riaan in die oë kyk. "Riaan, jy het gesê die moordenaar sal net een klein foutjie maak dan sal ek weet wie dit is."

Riaan besef hy het die een klein foutjie gemaak toe hy die blomme geïdentifiseer het en nog uitgebrei het daaroor. "Daardie heks het my lewe verwoes. Ek was 'n onskuldige babatjie. Sy moes na my gekyk het en vir my baklei het, want sy was my ma, maar sy het my verkoop aan 'n monster wat my gehaat het omdat ek nie sy eie bloed was nie. Dat ek nog lewe na al die aanrandings is 'n wonderwerk!" Hy trek sy hemp op en wys al die littekens oor sy hele lyf. "My aanneem ma is doodgeslaan toe ek sestien jaar oud was. Ek het die monster doodgeskiet om hom van haar af te kry. Ek is vrygespreek, maar ek het gesweer ek sal uitvind wie my ma is dan sal ek haar ook vermoor.

"Toe ek hier begin werk het 'n maand en 'n half terug, het sy my erken. Sy was nie honderd present seker nie. Ek onthou die vrees in haar oë toe ek haar met die mes gesteek het. Al wat sy wou weet was hoekom, voor ek haar die laaste keer gesteek het. Ek het net gesê sy betaal vir al haar sondes, wat begin by haar baba wat sy verkoop het.

"Ek wou nog seker maak sy is dood toe ek Dawid se stem in die gang gehoor roep het na haar, dis toe maar waar ek in die hangkas gaan wegkruip het, totdat hy uitgeloop het. Omdat ek geweet het ek sou gevang word, het ek maar weer deur die venster geklim waar ek ingekom het."

Voor enige iemand iets daarop kan sê raak almal stil en angstig soos die wind deur die takke begin huil en 'n onheilspellende swart mistigheid neersak.

Hulle raak intens bewus van 'n stil figuur in swart wat stadig vanaf die huis na die graf toe loop, haar gesig is met 'n sluier bedek, haar hande in swart handskoene.

Sy stap tot by die kis sonder om 'n woord te spreek. Versteen staan hulle en toekyk hoe sy liggies met haar hand oor die blomme streel. Met die sluier nog oor haar gesig, draai sy stadig om en tuur stip na die versteende mans. Sy gee 'n koggellag en lig die sluier op ...

Almal snak na hulle asems ...

Sy lewe!

Geld wat stom is

©Mari Ströh

Kaptein Maré Moöt maak die e-pos op die rekenaarskerm voor haar oop:

Geagte me Moöt

Graag versoek ons dat u so gou as moontlik 'n besoek sal bring aan die president van Namibië, mnr. Geingob.

Die rede hiervoor is as volg: Die derde vrag bees word in een maand op die grens tussen Namibië en Botswana vermis, vermoedelik ongeveer 50 kilometer noord van Gobabis.

Deurgang word verkry waar Namibië deur 200 meter van die Zambezirivier se bedding van Zimbabwe geskei word. (Dit is op die grens tussen Zambië en Botswana.)

Hierdie diefstal gaan vermoedelik reeds vir nege jaar al aan.

Indien u die skuldige(s) ontmasker, sal u kan aftree.

Kontak my asb. dringend.

Karel Mboko Dlamini

Nms. Presidensie

Selfoon: +264 81 2222 222

Maré skakel dadelik die nommer terwyl sy haar rekenaar afskakel. Na 'n gesprek van twee minute neem sy haar handsak en stap by die kantoor uit.

Hulle noem hom die "Dienaar van mense," die hoofargitek van die Namibiese grondwet en die pilaar van die Namibiese huis. Sy sal hom baie graag wil ontmoet.

23:59. Middernag, donkermaan, Omaheke distrik ...

Maré vee die sweet van haar voorkop af. Sy wens sy kon van posisie verander om 'n slukkie water te drink. Dit is ongelooflik warm en benoud in die uitgeholde miershoop. Haar smal skouers druk weerskante teen die grondmuur vas en sy kan haar nek skaars draai met die (nou al swaar) helmet op haar kop. Gelukkig kan sy plat op haar agterstewe sit, want op haar hurke sou sy dit nooit maak nie. Sy wonder heimlik wat haar pa sou sê van die ongemaklike petalje waarin sy haar bevind.

Die vrag is óf baie laat óf dit is nooit weg by die grens nie.

In die verte dreun 'n swaar motorvoertuig stadig deur die dik Afrikasand. Die voertuig, waarvan slegs die dowwe parkeerligte aangeskakel is, is net-net sigbaar. Die doringbome wat onheilspellend geheimsinnig lyk in die donker, is die enigste stil getuie van die stadig bewegende voertuig.

Die sonverbleikte bord met die woorde *Buitepos 301* kom te voorskyn vanuit die donker. Tien meter verder rem die bestuurder van die vragmotor skielik toe 'n koedoe oor die ou verroeste motorhek spring en die swaar gelaaide voertuig hom teen een van die hout hoekpale stamp. Die paal trek 'n paar meter deur die lug en kom met 'n sagte plofgeluid in die sand te lande. Die voertuig se enjin sny uit en vir 'n oomblik is dit doodstil ...

Die man agter die stuurwiel vloek saggies en slaan met sy vuis op die sitplek langs hom. Agter op die swaar gelaaide wa bulk diere onrustig. Die gestamp van hul hoewe klink buitengewoon hard in die nagstilte. 'n

Sekonde lank word die kajuit verlig en 'n sigaretkooltjie is duidelik sigbaar. Dan druk die man dadelik weer die sigaret dood en skiet dit deur die ruit na buite, draai die sleutel om verder te ry ... Sonder sukses.

01:33. Geïrriteerd en angstig kyk die man op sy horlosie. Hy is reeds meer as een uur laat met die vrag. Hy klim uit en loop om die vragmotor, passeer water teen een van die groot wiele en staan vir 'n oomblik doodstil. Die onnatuurlike stilte laat sy maag op 'n knop trek en hy voel hoe die hare op sy lyf regop staan. Hy draai om om terug in die kajuit te klim, maar val met 'n gekreun, gesig eerste, in die sand. Hy vloek weer saggies en bly vir 'n paar sekondes so lê.

Hy voel angstig om hom rond en spoeg die sand en bloed uit sy mond. Hy wens hy kon die flitslig gebruik en gee 'n sug van verligting toe hy besef dat dit een van die lusernbale op die voertuig is wat losgekom en afgeval het. Seker met die remslag, dink hy. Die bale is reg rondom die bak, twee en 'n halwe meter hoog gepak sodat dit op 'n afstand sal lyk asof dit lusern is wat vervoer word.

Hy staan op en skud die sand van sy klere af, maar verstar 'n tweede keer toe hy skielik water hoor loop. Die verkoeler? Dit moes seker oorverhit en gebars het! Die reuk van salpeter ruk hom egter tot die werklikheid terug. Die diere op die wa, natuurlik! Gelukkig het hy dié petalje by die grens vrygespring.

Iewers tjank 'n jakkals en 'n uil vlieg verskrik vanuit 'n reuse doringboom op. Die diere trap onrustig rond. Die man klim terug in voertuig en maak die enjinkap van binne af oop. Hy klim weer uit en vroetel aan die drade by die battery. Hy moet hier weg en vinnig ook! Dit voel kompleet asof iemand of iets hom dophou.

Met die derde probeerslag dreun die enjin, mis 'n keer of wat en beweeg dan stadig vorentoe. Hy sou die hekpaal wou optel en die spore uitwis, maar die tyd gaan dit nie toelaat nie. Dit is buitendien te donker. Hopelik sal die trekbokke van die lusern ontslae raak. Hy skud die gevoel dat onheil op pad is van hom af en konsentreer weer op die donker pad vorentoe.

02:21. Die voertuig hou by 'n groot skuifhek stil. Die bestuurder skakel die ligte aan en dan weer af, herhaal vir 'n tweede keer en wag. Vyftig meter verder flits iemand drie keer met 'n lig. Die hek word deur 'n klein, donker figuur oop en weer toegemaak nadat die voertuig deurgery het. Die figuur slinger 'n plastieksak deur die ruit na die bestuurder en verdwyn weer vinnig die donker nag in. Hy draf padlangs in dieselfde rigting waar die vragmotor vandaan gekom het.

'n Ent daarvandaan sukkel Maré om ongesiens by te bly. Haar asem jaag terwyl sy agter 'n boom bly staan om die kamera om haar nek te posisioneer.

03:19. Minder as 'n uur later wonder die man in die vragmotor of hy dalk 'n verkeerde afdraai geneem en verdwaal het. Daar is geen stukkende hek in sig nie. Alles is op hul plek en daar is nie 'n teken dat hier vroeër 'n voertuig gery het nie. Hallusineer hy? Moet wees, hierdie is al die vierde vrag in drie dae en hy is tot die dood toe moeg! Hy moet hier uit, die son kom oor twee ure op.

"Pastor!"
"Boss?" kom die antwoord.

"Jy moet die mense laat weet. Ons ry almal môreoggend dorp toe vir die maand se rantsoene en hulle moet kom vleis haal wanneer ons terug is."

"Reg Boss."

Dit is al sterk skemer wanneer die werkers, almal in 'n ry, hul vleis by die groot huis, omring met groot palmbome en groen grasperke, gaan afhaal. Die klik-klak taal waarmee hul kommunikeer is gelaai met opgewondenheid en verbasing oor die groot hoeveelhede vleis, maar hulle is te bly om enigsins daaroor te wonder. Boss is vandag weer baie goed vir hulle en die vleis van 'n perd is heerlik sappig.

"Pastor, ons merk môre teen dagbreek die bees, sorg dat julle hier is!"

"Dis reg, Boss."

Die son het pas opgekom toe Pastor aan die deur van Joe de Jager se studeerkamer hammer, baie benoud en duidelik senuweeagtig.

"Boss, Boss! Die polisie is hier ... Dis 'n vrou op 'n fiets!"

Pastor is klein gebou. Hy is een van die min Khoi San nasie wat nog in Namibië woonagtig is. Hy het op die plaas Suiderkruis grootgeword en is reeds meer as dertig jaar in Joe se diens. Dit is Joe wat hom geleer lees en skryf het. Hy weet van alles wat op die plaas gebeur. Sy wakker oë mis die meeste van die tyd nie 'n beweging nie.

Pastor se naam pas by hom. Hy lees en bid Sondae vir die werkers en is 'n gerespekteerde eerwaarde onder die plaasvolk. 'n Baie slim Boesman, noem hulle hom.

Maré, klein van postuur, skraal en blond, geklee in 'n denim en wit T-hemp loop agter Pastor verby. Joe herken haar dadelik as die vrou in Sondag se koerant. Die opskrif het gelees: *"Formidabele SA ystervrou keer veediewe aan."*

"Middag, Meneer, ons ondersoek 'n klag van veediefstal," sê sy en steek haar hand uit om hom te groet.

Joe frons vir 'n oomblik, maar staan dan glimlaggend op en skud haar hand. "Kaptein, reg? Goeiedag. En waar pas ék by die ondersoek in? Hoe kan ek help? Terloops, ek moet jou komplimenteer. Goeie werk wat jy in Suid-Afrika doen."

"Dankie. Ja, jy kan my na jou veeposte toe vergesel, asseblief? Hier is die lasbrief, dit gee my reg tot toegang tot jou plaas.

"Natuurlik," antwoord hy ongewoon kalm en in beheer. In teenstelling daarmee begin sy regteroog spring, maar gelukkig is dit nie ooglopend sigbaar nie. "Ek is nogtans verras dat ek 'n verdagte is?"

Maré ignoreer die opmerking en stap by die deur uit, klim op haar motorfiets en ry na die veepos wat grens aan die groot pad. Joe volg kort op haar hakke. Hy wonder vlugtig hoe sy die pad daarheen ken, maar hy moet ry om by te bly en hy dink nie verder daaroor nie.

"Watter ras is dit hierdie? Ek ken dit glad nie," vra sy. "Lyk soos Rooi Afrikaners, maar almal het 'n grys vlek wat soos 'n ster lyk tussen die oë?" Sy haal die helmet van haar kop af, skuif haar donkerbril oor haar hare en stap nader na die beeste by die voerbak toe.

"Dit is Zebu geklassifiseerde Bos Taurusse uit Switzerland," antwoord Joe. "Ken jy nie die outjies nie?"

"Nog nooit van hulle gehoor nie," antwoord sy en staan op haar tone om bo-oor die trop te kyk. "Ek sal die dokumentasie moet sien, asseblief. Asook die goedkeuring, koopbriewe en bevestiging van die doane af. Hoeveel van hulle is hier?"

Joe antwoord nie. Hy besef dat hy nou vir tyd sal moet speel en haar so gou as moontlik by dié kamp moet wegkry. Die beeste se wonde het nog nie almal herstel nie en daar is 'n paar wat infeksie opgedoen het.

"Ek hoor julle het toe vir Fernando vasgetrek? Leef hy nog?" Joe het gehoor dat die man geskiet is. Dit het hom gerusgestel dat hy nog genoeg tyd gehad het om sy planne deur te voer.

"Waar kom jý aan die storie, Meneer? Maar ja, hy het skuld erken net nadat hy gewond is. Hy is later in die hospitaal dood."

Maré maak die hek oop en stap nader na die bees. Sy kyk na die nommer op die oorplaat en skryf iets in 'n klein boekie wat sy agter uit haar denim se sak haal. Instinktief probeer sy om die grys ster tussen die dier se oë te vryf, maar hy bulk beangs en draai verward in 'n ander rigting. Sy frons en maak weer 'n aantekening in haar boek. Die vel tussen die dier se oë is dan los. Stukkend? Dan haal sy haar selfoon uit en tik vinnig 'n boodskap daarop. Fernando was reg toe hy gesê het hier broei iets.

Joe voel skielik hoe die sweet by sy rug afloop. Hy twyfel vir 'n oomblik aan sy eie oordeelsvermoë oor die projek. Dit móét net werk. Dit sal hom nie net sonder skuld laat nie, maar ook die mees welgestelde sakeman in die noorde van Namibië. As hy nog net hierdie een transaksie kan afhandel. Dan wil hy verder in Texas gaan boer. Wegkom van die gemors in die land. Agent Tnega weet dit alles. Hy het tog bevestig dat hierdie die laaste vrag sal wees.

Die plan om die beeste te herregistreer na die Bos Taurus ras, het lank by hom gespook en tot dusver was dit 'n reuse sukses. Pastor is goed daarmee om die vel uit die bees se kopvel te sny en dan 'n stukkie nuwe vel, dié van 'n perd, daar vas te werk. Tydsberekening is van kardinale belang, anders groei die ingelaste vel nie vinnig genoeg aan nie. Die gesond-raak proses is nou wel 'n bietjie uitgerek, maar dit werk een honderd persent. Fernando moes net nie met die laaste vrag aan die slaap geraak het en die wa omgegooi het nie. Hy hoop nie die man het hom ook verraai nie. Hierdie vrou moet hier uit en vinnig ook!

"Daar is nog twee poste met Brahman beeste, Kaptein. Ons kan gou daar ook stop en dan moet jy my verskoon. Ek het werk om te doen," sê hy en wend hom tot Pastor. "Pastor, laai sommer die lek af ... Pastor?"

"Nie so haastig nie, Meneer," antwoord Maré. "Die Dierebeskermingsvereniging is ook op pad. Ek dink ons wag sommer net hier vir hulle."

"Hierdie beeste is tans in isolasie. Hulle is besmet met die Moraxella bovis kiem," probeer Joe sy taktiek verander. "Dit is hoogs aansteeklik en besmetlik en veroorsaak epidemiese ooginfeksies. Dr Forster is bewus daarvan. Ek het gisteroggend met hom daaroor gepraat. Hulle moet vir nog minstens twee maande in die kamp bly."

"Ons wag nogtans," antwoord sy rustig.

Pastor hardloop geruisloos soos die wind tussen die bome deur. By 'n twee meter hoë miershoop, nie ver van die pos af nie, sleep hy 'n doringtak voor die klein opening weg en kruip in. Sekondes later gooi hy 'n pakkie uit, swaai 'n sak oor sy skouer en hardloop in die rigting van die werkershutte. Hy voel aan dat vandag nie vir hom goed gaan uitdraai nie. Hy moet van die kontant, kontrakte en ander bewyse ontslae raak. Die naamlys van boere, kopers en plase sowel as sy vervalste identiteitsdokumente moet so gou as moontlik vernietig word.

"Verskoon my asseblief, ek wil net gou 'n oproep maak," sê Joe. Hy wonder wat van Pastor geword het. Sou hy nou só groot geskrik het dat hy terug huis toe is? Hy stap na sy voertuig, klim in, vroetel in die kajuitkassie en haal sy vuurwapen versigtig uit. Net ingeval, dink hy en druk dit agter sy rug by sy denimbroek in. Hy vat 'n sluk water uit die watersak wat aan die voorkant van die voertuig hang. Hy het tyd nodig om te dink.

Hy stap om die voertuig, haal sy selfoon uit en sit dit weer terug in sy hemp se sak. Hy kan die dreuning van die verkeer op die hoofpad hoor en oorweeg dit vir 'n oomblik om weg te jaag. Maar dan stap hy bewend met lang treë terug na Maré toe. Hy bring skielik die .38 Special te voorskyn en rig dit bewerig op haar.

"Ek sal jou ongelukkig hier moet uithelp, Kaptein. Ek kan nie hierdie geld verloor nie. Jy het kom krap waar dit nie jeuk nie ..."

"Groot fout, meneer De Jager," sê Maré. Dan sak sy blitsvinnig, geoefen op haar knieë neer en gryp hom aan sy enkels. Joe struikel en sukkel om beheer te kry. Sonder dat hy besef hoe dit so vinnig kon gebeur, sit sy bo-op hom. Sy het intussen ook haar wapen uitgehaal. Sy kap hom ongenadig hard met die agterkant dat sy oë vir 'n oomblik heeltemal uit fokus is en hy die pyn tot in sy nek voel. Chaos breek uit as hy begin terugveg ... Afrikasand en stofwolke waai om hulle in die geroei en stoei om lewe en dood ... En dan, 'n skoot wat donderend klap ...

"Jy het die reg om stil te bly ..."
"Ag sharrap net," sis Joe.
"Ek wil weet," vervat sy. "Wie is jou kontak, wie is die agent? Praat, De Jager! Ek weet jy en Pastor werk vir iemand. Ek weet al vir maande alles wat julle hier doen! Word 'n staatsgetuie en jy kan skotvry kom ..."
"Ek weet nie, vroumens!" skree Joe. Met sy gewigsvoordeel slaag hy daarin om haar hardhandig weg te stamp sodat sy twee meter verder hard met moeder aarde kennis maak. Joe het genoeg tyd. Hy hardloop na sy voertuig, spring in en jaag in die rigting van die huis.

Maré het vinnig herstel en ry kort op sy hakke agterna. Die man van die DBV het intussen gearriveer en jaag agterna.

In sy haas sien Joe nie die persoon in die pad voor hom voordat hy hom met die stampslag deur die lug gesien trek nie. Die klein figuurtjie, amper soos dié van 'n kind, trek soos 'n vrot vel en val in die warm sand in 'n klein hopie waar hy so bly lê ...

Joe spring beangs uit sy voertuig. "Pastor! Pastor...!" gil hy angswekkend.

Pastor tel sy kop op en staar met glaserige donker oë na Joe. "Sorry, Boss, ons het dié een verloor ..."

In die agtergrond sleep die motorfiets se bande in die sand wanneer Maré rem en tot stilstand kom. En agter haar ook die voertuig van die DBV. In die lug begin 'n aasvoël reeds sirkel. Sekondes daarna sak 'n doodse stilte neer.

Joe se hart voel of dit 'n paar slae mis en hy val, spierwit in sy gesig met Pastor in sy arms, op sy knieë neer. Die geluide uit sy keel is rou en rukkend ...

Agter hom tel Maré 'n sak op en gaan sit in die voertuig saam met die man van die DBV. Die inhoud van die sak openbaar onmiskenbaar die waardevolle bewyse van 'n man wat gedink het hy weet wat hy doen. Maré het reeds foto's van al die bewyse geneem en geweet miershope word ook as kluise gebruik. Sy het nogtans gedink dat De Jager agter alles gesit het. Sy het stil-stil baie by Pastor geleer sonder dat hy van haar bestaan geweet het.

Pastor, die baasbrein, het met sy lewe betaal. Negemiljoen Namibiese dollar is later uit miershope gehaal en aan boere, wat oor nege jaar verlies gely het, terugbetaal. Vreemd, nie 'n sent van die geld is ooit gebruik nie.

Die kopers het genoeg tyd gehad om van die vee ontslae te raak. Dus was daar nie genoegsame bewyse teen hulle nie.

Die naamlose graf in die hoek van een van die beesposte op die plaas Etna, met net 'n Bybel daarop uitgegraveer, is die enigste bewys van Pastor se bestaan.

Joe De Jager het 'n opgeskorte vonnis gekry omdat daar ook nie teen hóm genoegsame bewyse was nie. Pastor het daarvoor gesorg. Hy het sy plase aan die staat verkoop en genoeg geld gekry om 'n nuwe begin in Texas te gaan ondersoek.

Kaptein Maré Moöt, privaat speurder van formaat, het 'n pos in die presidensie aanvaar. Sy het ook van Namibië erkenning én burgerskap ontvang vir haar uitstekende werk. Haar aftrede is met tien jaar uitgestel.

Geld wat stom is maak nie altyd reg wat krom is nie!

Gesteelde identiteit

©Elize Ehlers

Malan, skraal, maar seningtaai, trek oudergewoonte met sy vingers deur sy rooi hare in 'n poging om dit plat te vee. Nie dat dit veel help nie, want met drie kroontjies op sy kop staan sy hare altoos wild. Hy kyk peinsend na die man voor hom. In die twintig jaar as privaat speurder is hierdie die mees bisarre storie wat hy al ooit gehoor het.

"Meneer Glascouw, vertel my asseblief weer álles, stadiger die keer ... Wag, ek sit net eers die bandopnemer aan."

Die professor gluur hom geïrriteerd aan. Sy kop wil bars van pyn na die twee houe teen sy kop. "Jy mors kosbare tyd! Sê net as jy my nie glo nie, dan soek ek iemand anders!"

Malan se rooi sproete word effens rooier. Hy kyk na Coen met oë wat ontsag afdwing. "Bedaar asseblief, meneer Glascouw. U moet tog saamstem dat hierdie 'n skrikwekkende verhaal is! Ek moet die feite behoorlik agtermekaar kry voordat ek u tot hulp kan wees!"

"Twee vliegtuie het kort na mekaar geland. Ek en Melissa, my verloofde, was op een van die vliegtuie en op die ander een was 'n gewilde groep krieketspelers wat op die lughawe baie aandag geniet het. Mense het mekaar verdring by die bagasie se vervoerband ..."

"Professor Glascouw!" roep iemand wat 'n bordjie met sy naam daarop rondswaai.

Coen lig sy hand as erkenning dat dit hy is. Die taxibestuurder babbel aanmekaar terwyl hy hulle na sy taxi toe lei. In die gedrang kom die professor nie agter toe iemand sy aktetas van die trollie af steel nie. Hy is ook nie daarvan bewus dat hy alreeds dopgehou word sedert hy op die vliegtuig by OR Tambo lughawe aan boord gestap het nie ...

"My aandag was nie ten volle by ons bagasie nie. Dit was eers toe die taxibestuurder ons by die hotel aflaai dat ek my aktetas vermis het! Ek het aangeneem dat ek die aktetas langs die vervoerband vergeet het toe ek ons ander bagasie op die trollie laai.
"My hart wou met angs by my keel uitspring! U moet verstaan dat die doel van my koms hierheen, alles in daardie aktetas is! Ek het 'n taxi voorgekeer en die bestuurder beveel om my so vinnig as moontlik terug te neem na die lughawe. In my haas het ek nie eers vir Melissa ingelig wat aangaan nie!"

Die taxibestuurder was in sy noppies. Hy is 'n amateur renjaer en het teen 'n onbehoorlike spoed tussen die ander motors deurgevleg. Dit was sy kans om te jaag terwyl iemand anders die boete betaal! Ten spyte daarvan dat hy bekwaam genoeg is, het hulle nooit die lughawe bereik nie!

Coen dwing sy swaar ooglede oop en spartel teen die newels wat dreig om hom weer in te sluk ...

"Ek het my bewussyn eers twee dae later in die hospitaal herwin! Ek kon niks van die ongeluk onthou nie! Die dokter het my ingelig dat die taxi se band gebars het net toe ons oor die brug ry. Die motor het in die rivier beland, ek is glo net betyds gered! Behalwe vir 'n paar skrape, het ek ook harsingskudding opgedoen na 'n harde hou teen my voorkop! Die taxibestuurder het dit ongelukkig nie gemaak nie. Daar was dus niemand om my identiteit te bevestig nie!

"Later die middag, terwyl ek die nuus op televisie kyk, saai hulle 'n lewendige onderhoud uit met ene meneer Glascouw wat 'n seminaar by die hotel 'The Palm Tree' aanbied.

"Terugflitse het begin sin maak: Hoe de duiwel kan dit wees!? Ék is Coen Glascouw! Ek het die hotel se naam onthou. En die aktetas! Ek was doodbekommerd oor Melissa ook. Wat sou van haar geword het!?

"Elke blerrie spier in my liggaam het gepyn toe ek aantrek, glo my! Besoektyd was pas verby, dit was dus maklik om tussen 'n groep besoekers uit die hospitaal te glip.

"Dit was sterk skemer toe ek by die hotel opdaag. Daar was 'n funksie met *Meneer Glascouw* as eregas. Dit is wat die kennisgewingbord in die voorportaal gesê het! Ek was blind van woede! Ek wou hom met alle mag konfronteer, maar die wagte het my by die onthaalsaal se deur voorgekeer. Dit het die sogenaamde meneer Glascouw se aandag getrek. Hy het hulle opdrag gegee om van my ontslae te raak.

"Toe ek agterna skree ék is meneer Glascouw, het een van die wagte my met sy pistool teen die kop geklits. Polisiebeamptes wat intussen opgedaag het, het my in hegtenis geneem vir rusverstoring. Die stasiebevelvoerder het gedink ek is heeltemal die kluts kwyt en het my soos 'n misdadiger toegesluit vir die nag!

"En dít is die rede hoekom ek u om hulp kom vra, meneer Malan. Ek word agtervolg, ek vrees vir my en Melissa se lewens! Ek neem aan hulle dwing haar om in te val met hulle plannetjies! Dit is uiters belangrik om my aktetas ook terug te kry!"

"Het u enige teorie hóékom u identiteit gesteel is? Wat is sy motief?"

"Ja, ek het 'n rewolusionêre ontdekking gemaak. Al my navorsing is in my aktetas! Indien daar genoeg belangstelling by die seminaar is, ontvang ek 'n ruim vergoeding vanaf ons Minister van Landbou."

"Het u al die minister gekontak sodat hy hierheen kom om u identiteit te bevestig?"

"Ja, hy het vanoggend geland. Ek sou hom by sy hotel ontmoet het, maar toe ek daar kom, wemel dit van die polisie. Iemand het hom doodgeskiet en ek is die volgende slagoffer!"

"Hoekom weet niemand anders daarvan nie?"

"Ek het die navorsing in my eie laboratorium by die huis gedoen. Hierdie bekendstelling in Brisben is net 'n toetslopie. Ons wou eers seker maak dat daar wel belangstelling is voordat dit wêreldwyd bekend gemaak word. Iemand moes daarvan uitgevind het! Hy het my aktetas gesteel en my identiteit vir homself toegeëien!"

"Dan is dit gewis belangrik dat u uit die oog uit bly! U kan voorlopig by my tuisgaan, maar ons moet net seker maak dat niemand ons agtervolg nie!"

"Baie dankie dat u die erns van die saak insien. Ek sal u uiteraard ruim vergoed. Hier is 'n foto van Melissa."

Malan bly op 'n kleinhoewe waar bome en struike welig groei; hulle bereik sy huis sonder enige teëspoed.

Die volgende dag skuil hy voor The Palm Tree Hotel. Hy sien toe Melissa uitkom, vergesel deur 'n wag. Hy agtervolg hulle tot by die kunsmuseum. Malan drentel ongemerk agter hulle aan. Toe die wag uitgaan om te rook, staan hy nader aan Melissa en verduidelik vinnig dat Coen in 'n motorongeluk was en dat hy hom gevra het om haar te bevry. Die wag is op pad terug en hy druk sy besigheidskaartjie vinnig in haar hand.

Dit is bykans drie-uur die volgende oggend toe hy 'n oproep van Melissa ontvang. Hulle maak 'n afspraak om weer by die museum te ontmoet. Wat Melissa nie weet nie, is dat daar 'n afluisterapparaat in haar kamer is. Hulle laat haar ooglopend toe om weg te glip, maar by die museum word sy en Malan blitsvinnig in 'n afleweringswa gegooi, geblinddoek en ontvoer.

Malan word wakker. Hy is vasgemaak en tot die dood toe naar. Hy vermoed dat hulle hom met 'n dwelmmiddel ingespuit het.

"Wat is jou intensie met Melissa!" skree iemand op hom met 'n harde stem.

Toe hy weier om te antwoord, martel hulle hom totdat hy alles uitblaker, behalwe dat Coen by hom inwoon. Hulle maak hom los, maar hou hom steeds gevange.

Die volgende oggend daag 'n goedgeklede man op. Hy stel homself voor as meneer Glascouw. Hy klink kalm en bedaard, selfs vriendelik, maar daar is 'n wrede trek in sy oë wat Malan aangluur.

"As u Melissa weer lewendig wil sien, stel ek voor dat u vir my sê waar Coen hom skuilhou."

"Ek kan u ongelukkig nie daarmee help nie, meneer Gláscouw. Hy het my net die een keer besoek en gevra om hom te help om Melissa te bevry."

"Laat meneer Malan gaan," beveel die sogenaamde meneer Glascouw slinks.

Malan is egter nie verniet bekend as die beste speurder nie. Hy kom dadelik agter dat hy agtervolg word.

Hy kontak sy vriend, Herman, wat in die weermag is. Dan ry hy met opset 'n klomp draaie om Herman en sy span kans te gee om by sy huis stelling in te neem. Toe Malan by sy huis stilhou, hou die skurke agter hom stil. Hulle klim uit met masjiengewere in die hand. Herman skiet 'n waarskuwingskoot in die lug. Die skurke reageer dadelik daarop en begin roekeloos te skiet.

Meneer 'Glascouw' probeer ongemerk wegsluip, maar Malan het hom reeds gewaar en slaan hom met die vuis dat die bloed spat. Hy neem hom in die huis in. Coen se oë rek groot toe hy die man sien wat sy identiteit gesteel het.

Malan kners op sy tande: "Jy beter vinnig praat, ek het nie vergeet hoe julle my gemartel het nie!"

Meneer 'Glascouw' lag uit sy maag uit. Hy kyk na Coen se kant toe: "Jou idioot, jy kan rêrig niks onthou na die ongeluk nie, kan jy? Ons het sáám navorsing gedoen. Ek wou nie die vergoeding met jou deel nie ... ék het die taxi se band geskiet het om van jou ontslae te raak! En dit was ék wat die Minister van Landbou geëlimineer het!"

Coen storm op hom af: "Jy praat snért! Daar is níks met my verstand verkeerd nie! Jy het uitgevind van my navorsing en toe probeer jy om my identiteit te steel!"

Malan gee 'Glascouw' weer 'n vuishou. "Waar is Melissa en waar is die aktetas? Praat gou!"

Die volgende oomblik sak 'Glascouw' inmekaar. Malan buk langs hom ... 'Glascouw' prewel iets: "Ukra..." dan borrel daar skuim uit sy mond uit.

"Sianied," sê Malan kripties.

"Wat nou?" vra Coen histeries. "Hoe gaan ons Melissa opspoor en wat van my aktetas!"

"Nie óns nie, ék! Ék is nie verniet 'n speurder nie en ek sál haar vind! Soos ek verstaan gaan jy 'n groot bedrag geld ontvang vir jou navorsing, dan kan jy opmaak daarvoor."

Malan stap met 'n breë glimlag uit. Hy glimlag nóg breër toe hy sien met hoeveel afsku Coen na die lyk kyk: "O ja, en moenie bekommerd wees oor die lyke nie, Herman sal onmiddellik kom opruim."

Coen kyk hom vies agterna: "Dit is glad nie snaaks nie, hoor!"

Malan gaan eers hotel toe om die bestuurder in te lig oor die verlore aktetas en die sogenaamde 'meneer Glascouw' se bedrog. Die bestuurder laat die speurdersersant van die polisiemag inroep. Malan is teenwoordig toe die speurder die sekuriteitskameras se opnames deurgaan, in die hoop dat hy iets omtrent Melissa uitvind. Daar is egter geen leidrade nie. Hy verneem later dat die aktetas opgespoor en in veilige bewaring is.

Malan is gefrustreerd toe hy Melissa na 'n maand nog nie opgespoor het nie! Die seminaar het intussen goed afgeloop. Daar was baie belangstelling gewees. Coen weier egter volstrek om sonder Melissa huis toe te gaan.

Malan vind uiteindelik 'n vae leidraad wat hom op die spoor bring van 'n sindikaat wat betrokke is met mensehandel. Hy waag sy lewe, maar slaag tog daarin om by hulle aan te sluit. Een aand toe hulle smoordronk is, spog een met sy vangs: "Ons het darem 'n gróót bedrag geld gekry vir daai blonde enetjie wat 'n verpleegster is, neh?!"

Malan se instink skop in. Melissa is blond en Coen hét genoem dat sy 'n verpleegsuster is! Hy onthou nou ook die sogenaamde 'Glascouw' se vreemde uitlating:

"Ukra." Het hy dalk bedoel: "Ukraine?" Daar wás onlangs gerugte dat mense daarheen ontvoer is!

Na deeglike navorsing en ontdek Malan dat 'Glascouw' eintlik Hans Beroski heet en dat hy diplomatieke betrekkinge met die Oekraïense regering het.

Oortuig van sy saak tref hy dieselfde dag nog reëlings om na die Oekraïne te vertrek. Hy is ten volle bewus daarvan dat hy heel waarskynlik gevange geneem sal word, maar dit is al manier hoe om Melissa op te spoor!

Dit gebeur toe wel so dat Malan gevange geneem word toe hy moles maak by 'n kroeg. Die oorlog is baie meer intens as wat hy aangeneem het. Hy skuil in 'n loopgraaf saam met ander wat ook ontvoer is. Hy kon nog nie daarin slaag om na Melissa te soek nie, want mortiere word oor en weer afgevuur.

Een middag tref 'n vernietigende vuurpyl hulle skuiling. Skrapnel, vlamme en rook, uit die hel gebore, vul die loopgraaf. Malan kreun en gryp sy linkerarm vas waar skrapnel hom venynig tref. Hy kyk met afsku na die verminkte soldate om hom. Hy hoor nie hulle gille nie, want die ontploffing se eggo het hom tydelik doof gemaak. Dan sak hy inmekaar. Toe die gevaar verby is, word al die beseerdes met 'n veldambulans na die hospitaaltent geneem.

Malan herwin sy bewussyn, sy wond het infeksie en hy is koorsig. Hy ril toe sy oë oor die ander pasiënte dwaal. Die suur stoot in sy keel op ... daar hang 'n vrot reuk in die lug.

Een van die verpleegsters buk oor hom ... dan ruk sy haar asem hoorbaar in: "Malan!"

"Melissa ... dankie tog. Ek het gedink ek gaan jou nooit vind nie," fluister hy verlig.

Melissa is ooglopend uitgeput en daar is blou kringe om haar ingesonke oë.

"Het jy dalk enige idee hoe ons kan ontsnap?"

"Sy kyk eers vlugtig na die wag by die tentopening en fluister terug: "Ja, maar ons kry net één kans. As dit misluk is ons so goed as dood! Wanneer die kosvoorrade trok opdaag, moet ons sorg dat ons op daardie trok kom voordat dit weer vertrek."

Malan word op die dag wanneer die trok opdaag, ontslaan. Melissa het hom deeglik ingelig waar die trok stilhou. Sy wag reeds daar vir hom. Twee werkers verdwyn stilweg. Melissa en Malan trek hulle klere aan en neem die uitpak van voorrade oor. Die bestuurder bly sit, te bang hy word aangeval.

"Vinniger," jaag Malan haar aan. "Hier kom een van die soldate!"

Hulle spring in en kap drie maal op die dak as teken dat die bestuurder maar kan ry. Daarna duik hulle vinnig onder 'n seil in.

Voordat die bestuurder kan vertrek keer die soldaat hom voor. Hy bestudeer eers die man se paspoort en maak praatjies voordat hy hom laat gaan. Melissa se bors trek toe van vrees. Albei hyg benoud na asem onder die warm seil. Bloed sypel deur die verband om Malan se beseerde arm. Hy kners op sy tande om nie te kreun van pyn nie.

Hulle wag eers totdat die trok ten minste vyftien kilometer weg is van die tenthospitaal voordat hulle die seil snakkend na asem van hulle afgooi. Die trok is leeg, al die voorrade is reeds afgelaai met sy koms na die basis. Die bestuurder hou dus nêrens stil nie.

Hulle arriveer uiteindelik in die stad wat byna verwoes is. In sy dorheid is hier en daar net 'n ietsie van 'n eens welige tuin. Luidrugtige soldate patrolleer die strate. Melissa en Malan glip vinnig van die trok af en sluip dan versigtig tussen die ruïnes deur. Aan die buitewyke van die stad beweeg hulle vinniger, onbewus daarvan dat hulle agtervolg word.

Malan het reeds toe hy die eerste keer in die stad gearriveer het, 'n plan van aksie gehad om terug te keer na die beskawing. Hy grawe 'n seilsak met elektroniese toerusting en wapens uit 'n gat en maak kontak met Herman wat hulle met 'n helikopter sal kom oppik.

Hulle voer 'n kriptiese gesprek:

Malan: "Kom in."

Herman: "Staan by."

Malan: "Ons is twee."

Herman: "Roger, oor en uit!"

Malan besef dat die gevaar nog nie verby is nie. Hy laat sy kop sak in 'n smeekgebed. Toe die helikopter land, vlieg koeëls onverwags om hulle heen. Die weermag se soldate vuur onverskrokke terug met RPG's terwyl Malan en Melissa hardhandig ingehelp word, dan styg hulle dadelik weer op.

Melissa huil histeries ... Malan hou haar vas totdat daar net af en toe 'n snik uitglip. Die medic aan boord merk dat Malan bleek is en dat bloed vrylik teen sy se arm afloop. Hy laat Malan plat lê en versorg die wond deeglik. Hy dien ook 'n inspuiting toe om die pyn te verdoof.

Malan laai Melissa by 'n gastehuis af en druk 'n aansienlike bedrag in haar hand. Na 'n verfrissende stort sak Melissa uitgeput op die bed neer en raak onmiddellik weg in 'n diep slaap.

"Malan!" roep Coen uit. Hy kyk Malan vraend aan, te bang om hardop te vra of hy Melissa kon opspoor.

"Sy leef!" sê Malan kripties. Hy lig sy hand op en verdwyn in sy slaapkamer.

'n Nuwe dag breek aan... Malan word met 'n dankbare hart wakker. Hy sak af op sy knieë en dank die Here dat sy sending suksesvol was.

Malan en Coen is by 'n restaurant. Malan is besig om 'n groot biefstuk te verorber. Hy weier om enige vrae te beantwoord voordat hy nie 'n behoorlike maaltyd geniet het nie. Coen onderdruk sy ongeduld met moeite.

Malan vee sy mond smaaklik af en neem eers 'n paar slurpe koffie voordat hy opkyk en oogkontak maak met Coen. Hy is sprakeloos toe Malan hom inlig oor alles wat gebeur het en sy wond vir hom wys.

Melissa wag hulle met uitbundige vreugde in. Sy het vinnig 'n paar inkopies gedoen en lyk vars en rein in haar spierwit rokkie wat wyd uitklok.

Coen raap haar in sy sterk arms op en soen haar skaamteloos. Hy swaai haar baldadig in die rondte.

"My liefling, ons trou vandág nog! Kom, Malan wag vir ons. Hy het vroegoggend sonder my medewete al die reëlings getref!"

Daar is nog confetti op Melissa se hare toe hulle stralend aan boord van die vliegtuig klim wat hulle terugneem huis toe!

Lisa se klavier

©Kobus Minnie

Ben en sy vrou, Lisa, staan buite hul nuwe huis. Wel, net nuut in die sin van 'n ander huis wat hul pas gekoop het. Die huis vanself lyk baie gehawend, eintlik 'n bouval. Nes die grond waarop dit staan, 'n afgeleefde, onkruid bedekte plot vêr van enige siel, maar dit was juis die trekpleister, na veral Ben se hart.

Sy siel smag al jare na 'n toevlugsoord vêr, sommer baie vêr van die ongenaakbare betonoerwoud met sy klomp wolwe en hiënas wat sonder gewete sy prooi verteer. As hy nog net een dag, nee dis nog te lank, as hy net nog een asemteug langer daar moes bly, dan het sy siel hom sekerlik lewend verlaat.

Al is Ben maar nou eers in sy vroeë dertigs, weerspreek sy afgeremde liggaamshouding, bebaarde gesig en lang, onversorgde hare, sy ouderdom. Sy groen oë wys lankal nie meer enige vorm van lewenslus nie. Sy driestuk snyerspak is ook al vervang met slenterdrag.

"Ben, dink jy ons het die regte besluit geneem om hierdie plek te koop, na almal in die geweste probeer het om ons met praatjies oor heksery, af te raai om hier te kom bly. Kyk hoe lyk die plek. Glad nie soos dit op die foto's gelyk het nie," bring Lisa vir Ben terug na die hede.

Nes Ben, kan mens ook nie aan Lisa se uitgemergelde liggaam, gesig wat baie lanklaas ingekleur was, blou oë wat verdof het, langhare wat in koeke hang, klere verslons, haar diep in die twintigs skat nie.

"Huh? Hoe nou? Jammer, ek was vir 'n oomblik nie by nie," stotter Ben.

"Ek het gevra, het ons die regte besluit geneem om hierdie krok van 'n plek te koop? Moes ons nie maar na die mense geluister het om nie die plek te vat nie?" vra Lisa twyfelend.

"Hoekom vra jy nou dit, Lisa, is dit nie waarvoor ons so lank al gebid het nie? Ons eie plekkie, vêr weg van als en almal? Weg van al die herinneringe wat ons soos lawa van binne af stukkie vir stukkie verteer het nie? Ons tweede kans.

"Ja, ek weet die huis is 'n bouval, soos jy sê, maar dis presies hoe ons lewe op die oomblik is. 'n Bouval. Al die verwyte, oor en weer beskuldigings, van dáárdie nag wat in ons geheue ingebrand is. Nes ons, verdien die bouval ook 'n tweede kans, Lisa," bepleit Ben sy saak.

"Jy is seker reg," sluit Lisa haar verweer.

Dis twee maande later. Weer staan Ben en Lisa voor hulle huis. Dié keer lyk dit werklik na 'n nuwe huis. Hulle het die afgelope twee maande in die plaaslike hotel tuisgegaan en elke dag tot voor skemer aan die huis en plot gewerk om van die bouval, 'n toevlugsoord te maak. Vandag trek hul finaal in en vanaand sal dit hul heel eerste nag wees in hul nuwe nessie.

By kerslig moet hulle hul aandete nuttig, wat Lisa darem op die opgeknapte ou Dover koolstof, kon voorberei. Krag is daar nie, tipies van die ou plaashuise.

"Hoe voel dit om jou eerste aand in ons huis so aan tafel met kerslig te wees, Lisa?" verbreek Ben die stilte.

"Jong, ek weet nie. Iets aan die huis voel nie vir my reg nie."

"Is dit weer jul vroumense se sesde sintuig wat dit vir jou sê?" vra Ben spottend.

"Ja, spot maar. Jy weet ek is altyd reg met die goed. Het jy al vergeet dat my voorgevoel reg was daardie nag voor … Jammer, dit het net uitgeglip, vergewe my, asseblief," pleit Lisa en gaan staan agter Ben se stoel en gee hom 'n stywe drukkie.

"Is reg, Lisa. Ek gaan bad en lê," sê Ben gekrenk, maak haar arms om sy lyf los, skuif sy stoel uit, staan op en loop uit die kombuis uit.

"Ben, asseblief. Ek het dit nie so bedoel nie. Asseblief, Ben. Kom terug en eet klaar," pleit sy by hom.

"Mooi so, Lisa. Jy kon al weer nie jou bek hou nie. Die eerste aand hier foeter jy sommer op. Soos ek hom ken, gaan hy homself toesluit in een van die gastekamers. Magtig man, moet jy nou jou eerste aand hier, in 'n huis waaroor jy nie goed voel nie, alleen in ons kamer slaap?" baklei Lisa met haarself nadat Ben by die kombuis uit is.

Lisa is toe heeltemal reg, Ben het homself in een van die gastekamers toegesluit. Uit ervaring weet sy dit gaan geensins help om te probeer om hom dááruit te kry nie. Sy moet maar noodgedwonge haar lot aanvaar om hul eerste aand in hul huis, waarin sy nog stééds onrustig voel, alleen in hul kamer te slaap. Gelukkig is die moegheid van die afgelope twee maande se harde werk en min slaap, die perfekte slaap remedie om haar gou droomland toe te stuur.

In die voorhuis tiek-tok die Oupa Horlosie swaar die twaalf middernag slae af. Presies, op die twaalfde slag, begin die eerste klavierklanke.

Lisa word gewek deur die soet-sagte, tóg hoendervleis mooi musiek. "Droom ek, of is ek wakker? Of verbeel ek my net die klavierklanke?" probeer Lisa om haar situasie te ontleed, soos sy gewoond is, uit die aard van haar werk, om als te ontleed.

"Magtig! Ek ís wakker. En dis nie my verbeelding nie. Ek hoor regtig die klavierklanke. Maar na daardie nag, het ons nog nooit weer 'n klavier gehad nie." Nou is Lisa nog verder oortuig dat sy reg was. Hier is groot fout met die huis, sommer baie groot fout.

Sy vlug na Ben se kamer en hamer aan die deur. "Ben! Ben! Asseblief, Ben! Word wakker! Dit spook in die huis! Ben!"

Ben swaai die deur oop. "Wat is dit, Lisa? Het jy weer een van die nagmerries gehad?" vra Ben besorg terwyl hy haar omarm.

"Nee, Ben! Dit spook in die huis. Hoor jy nie die klavierklanke nie?" Sy kyk angstig op na hom terwyl sy aan hom vasklou.

Oomblik van grafstilte terwyl Ben sy ore spits. "Nee, Lisatjie, ek is jammer, ek hoor niks. Het jy nie weer 'n nagmerrie gehad of jou dalk verbeel nie?"

"Nee! Ek het nie, hoor jy regtig nie die klavierklanke nie?!"

Weer 'n oomblik van stilte. "Ek … ek hoor nou niks? Ek verstaan dit nie? Ek het wakker geword met die sagte klavierklanke. Ek het eers gedink ek droom. Of selfs my verbeel. Maar ek het nie! Die klavierklanke was eg. Ek belowe jou, Ben. Dit was daar. Jy moet my glo, Ben. Asseblief, sê jy glo my!"

"Ek glo jou, Lisa, ek glo jou. Bedaar nou, asseblief. Jy's veilig by my. Kom ek gee vir jou 'n kalmeerpilletjie, dan gaan lê ons," troos Ben haar. Diep in sy binneste glo hy stééds dat sy een van haar nagmerries gehad het, maar hy sal saamspeel en maak asof hy haar glo, net hom haar rustig te kry.

Nodeloos om te sê, het hul deurnag net gelê en mekaar omknel en na die nagdonker plafon gestaar.

Toe die son nog so lui-lui oor die horison uitstrek, is hulle al op en toon klap na die hotel vir ontbyt. Niemand sê 'n woord nie. Veral nie oor laasnag se gebeure nie.

Voordat die son sy laaste strale oor die horison trek, is Ben en Lisa alreeds in die veiligheid van hul kamer. Hul lê en gesels sommer oor onbeduidende goed tot die slaap hul oorval.

In die voorhuis tiek-tok die Oupa Horlosie swaar die twaalf middernag slae af. Presies, op die twaalfde slag, begin die eerste klavierklanke.

Dié keer is dit Ben wat eerste wakker skrik en uit die bed vlieg. "Magtig! Lisa was reg, ek hoor dit ook. Lisa!" Wag, los haar, besluit Ben. Hy het vir haar 'n slaapmiddel ingegee om te slaap. Hy kan net nie uitmaak vanwaar die geluide kom nie. Hy staan op en stap op sy tone by die kamer uit, agter die geluid aan.

"Ons het al lankal nie meer 'n klavier nie. Ek sien ook nêrens in die huis 'n klavier nie. Dit ... dit klink of die geluide vanuit die dak kom, maar hoe?" Hy draai sy kop skuins om te luister. Daar is dit nouweer stil. "Magtig, as dit nie was dat ek nie in spoke glo nie, het ek gedink dit spook hier. Of is dit hoekom die mense sê dit spook hier, al wou hul niks verder daaroor sê nie? Nee, kan nie wees nie. Dis sommer bogstories. Ek sal môre bietjie ondersoek instel."

Ben is terug kamer toe. Hy gaan lê weer langs Lisa, maar slaap, nooit.

Hanekraai tyd is Ben al lankal uit die vere. Met 'n "ek moet gou iemand in die dorp gaan sien" verskoning, is Ben daar weg.

Hy besluit om heel eerste by die dorp se 'skinder plek', die hotel, 'n draai te maak om daar by die mense uit te vind oor die spokery by hul huis.

Groot was Ben se verbasing dat niemand, nie eens die dronk hotelmuis, wel, seker as dié kon praat, iets oor die spokery wil sê nie. So asof hul te bang is om iets te sê. Ben besluit om by die polisiekantoor 'n draai te maak, maar selfs ook daar, wil niemand oor die spokery van daardie huis praat nie. Met meer vrae en 'n geknaag in sy binneste, keer hy terug huis toe.

By die huis gekom, praat hy nie 'n woord oor sy ekspedisie om die waarheid van hul spookhuis uit te vind nie. Lisa weet ook al teen die tyd, as sy sien iets knaag aan Ben, moet sy hom nie uitvra daaroor nie.

Dis hul derde aand in hul huis. Ben het vroeg al besluit om nie vanaand vir Lisa 'n slaapmiddel in te gee nie. Dat, as die klavier weer spook, hul twee saam kan probeer om vas te stel waarvandaan die geluide kom.

In die voorhuis tiek-tok die Oupa Horlosie swaar die twaalf middernag slae af. Presies, op die twaalfde slag, begin die eerste klavierklanke.

Dié keer is hulle gelyk wakker en uit die kamer. "Jy hoor dit ook, nè Ben? Sê asseblief vir my dat jy dit ook hoor. Dat dit nie weer my verbeelding is nie?"

"Ja, Lisa. Ek hoor ook die klavierklanke. Ek het dit gisternag ook gehoor. Wou jou nie wakker maak nie en wou ook nie daaroor praat nie. Jammer ek het jou nie die eerste nag al geglo nie. Ek kan net nie agterkom waar die klavierklanke vandaan kom nie. Dit klink of dit uit die dak kom," fluister Ben sag.

"Dit klink ook vir my ook so." Lisa luister aandagtig. Haar oë rek. "Ben, verbeel, ek my of is dit ons lied wat ek nog daardie nag ... Nee! Nee! Dit kan nie wees nie! Ben, sê asseblief vir my dit is nie dié lied nie," stotter-gil Lisa vreesbevange.

"Jy's heeltemal reg. Dit, dit is *Lisa Se Klavier* van Koos Kombuis wat daar speel. Magtig! Ek hoop nie daardie mal gemors het ons weer opgespoor nie? Dat dit sy manier is om ons verder te treiter nie. Maar hoe kon hy ons weer opspoor? Sit hy nie nog in die tronk nie?" Ben is nou ook siek van vrees.

"Nee, Ben! Moenie dit sê nie! Dit kannie, dit mag nie hy wees nie !" gil Lisa voordat sy van vrees inmekaarsak.

Ben is net betyds om haar te vang voordat sy op die vloer val. Hy dra haar bed toe en lê haar neer. Hy maak dubbel seker dat die kamerdeur gesluit is en al die vensters gegrendel is voor hy by haar op die bed gaan waak met die lamp wat ook heeltyd brand.

Die son het nog nie eens kans gehad om lui-lui oor die horison te strek nie, toe is Ben en Lisa alreeds met al hul klere en noodsaaklikhede in hul hotelkamer. Hul het besluit dit sal vir nou die veiligste opsie wees om tussen mense te wees.

Weereens wil die polisie hul nie help nie. Dié keer laat Ben dit nie daar nie. Hy bel sy oom wat 'n afgetrede speurder is. Hy vertel vir sy oom van die middernagtelike klavier geluide. Hy spreek hul vrees uit, terwyl hy bid dat hy verkeerd is.

Nog voor skemer, stop sy oom by die hotel. Ben en Lisa hardloop hom sommer tegemoet van verligting. As daar een is wat hul kan help, dan is dit Ben se oom, Paul. Soos wat hy hul laas gehelp het om daardie gemors van 'n Dracke op te spoor en hom te laat boet vir wat hy aan hul gedoen het.

"Ek het darem vir jul 'n stukkie goeie nuus. Dit kan nie Dracke wees wat jul terroriseer nie. Hy is al verlede jaar in die tronk oorlede."

Die gebeure van daardie aand is nou weer vars in Lisa se geheue en krap die dun rofie oor die rou wond af. 'n Paar jaar gelede was Ben die aanklaer, en Lisa Drake se prokureur in 'n moordsaak, waar hy skuldig bevind en lewenslank tronk toe gestuur is. Drake het op 'n manier uit die tronk ontsnap. Terwyl Lisa in hul voorhuis op haar klavier besig was om hul gunstelingliedjie, *Lisa Se Klavier* op die klavier te speel, is hul babaseuntjie om middernag deur Drake uit hul huis ontvoer, en vermoor, uit wraak. Hy was 'n paar dae later weer aangekeer.

"Dracke is dood. Hy kan nie weer, soos daardie keer, ontsnap en julle lewens bedreig nie," stel oom Paul hul sommer met die intrapslag gerus.

Nie Ben, of Lisa, weet wat om te sê of hoe om te voel, na die boeie van vrees van hul afgeval het nie, behalwe natuurlik die verligting wat dit bring.

"Oom, baie baie dankie vir die goeie nuus. Na al die jare wat ons in vrees vir sy ontsnapping moes lewe. Baie dankie, Oom, maar die klavierspel in die middel van die nag, en dan spesifiek *Lisa Se Klavier*, kan seker nie toevallig wees nie?" kry Ben dit reg om eerste tot verhaal te kom.

"Ek het 'n voorstel. Sien jul kans om terug te keer na jul huis? Ek wil graag vannag daar wees wanneer die musiek weer speel. Net as jul kans sien daarvoor?"

"Ja, Oom. Dis reg. Noudat ons weet daardie man kan ons nie meer pla nie, kan ons gaan," stem Lisa in.

Dis skuins voor middernag. Die drie sit gereed in die voorhuis, dik aangetrek teen die winterkoue en gewapen met sterk lampe en flitse.

In die voorhuis tiek-tok die Oupa Horlosie egalig die twaalf middernag slae af. Presies, op die twaalfde slag, begin die eerste klanke *van Lisa Se Klavier* speel.

Hul deursoek die huis van kamer tot kamer. Probeer vasstel waar presies die musiek die hardste klink.

"Hier, vanuit die dak, reg bokant die Oupa Horlosie. Hoor jul dit?" vra oom Paul hul mening.

"Ja, sowaar. Ons was elke keer te oorbluf om seker te maak vanwaar die musiek kom," sekondeer Ben.

"Snaaks, al die ou huise soos die een, het almal solders, maar nêrens kan ek 'n teken van 'n solder sien nie?" dink oom Paul hardop.

"Oom is reg. Hier moet een wees. Nog nie so daaraan gedink nie. Oom dink tog nie …"

"Ek weet nie, Ben. Ek weet nie. Kom ons wag tot sonop voor ons die huis verder ondersoek. Dis nou te donker."

"Dis reg, Oom, maar waar gaan ons slaap? Hier, of gaan ons terug hotel toe?" vra Ben.

"Aangesien dit al so laat is, slaap ons maar hier. Ek sien hier is darem gastekamers. Jul sal seker nie omgee as ek in een van hulle slaap nie?"

"Natuurlik nie." Lisa staan vinnig op. "Kom ek gaan wys oom in watter kamer oom kan slaap."

Dit is lank na sonop, amper middag, toe Ben en Lisa eers ontwaak uit hul diep, rustige slaap.

"Sjoe, ek het lanklaas so rustig geslaap. Seker oor ons nou nie meer hoef bekommerd te wees oor daardie vent nie," sê Lisa terwyl sy regop in die bed sit en haar luilekker uitstrek.

"Ja, heng. Dit voel vir my of ek 'n week lank geslaap het."

"Ben?"

"Ja, Lisa?"

"Noudat ons die Dracke-vent nie meer hoef te vrees nie, kan ons nie maar met ons lewens aangaan nie? Jy weet, die verlede daar los waar dit hoort, in die verlede. Niks of niemand kan ons baba terugbring nie. Ek het jou ook al lankal vergewe vir die dat ek jou verwyt het vir ons baba se dood. Ek het geglo dat hy dood is as gevolg van jou aanklagte teen Dracke wat so oorweldigend was, dat die hof nie anders kon as om hom lewenslank tronk toe te stuur nie. Al het ek, as sy prokureur, my bes gedoen om hom los te kry. Dwaas wat ek was, het ek werklik aan sy onskuld geglo," pleit Lisa by Ben.

"Lisatjie. My Lisatjie. Jy weet nie wat dit vir my beteken om te hoor dat jy my vergewe nie. Baie, baie dankie, Lisatjie. Ek is baie lief vir jou, my vrou. Jy moet dan ook aan my iets belowe ... Kry weer vir jou 'n klavier en speel ons gunstelingliedjie. Jy kan jou nie heeltyd verwyt oor jy klavier gespeel het toe ons baba ontvoer is nie. Ek glo nie ons sou vir Dracke in ons huis gehoor het, al het jy nie klavier gespeel nie. Jy weet hoe 'n slang hy was."

"Ek het jou ook baie lief, my man. Ek sal weer vir my 'n klavier koop, maar hoekom bly die klaviermusiek elke nag so by ons spook. En hoekom juis *Lisa Se Klavier*? Is dit bloot toevallig? Ek verstaan nie?"

"Ek kan ook nie vir jou sê hoekom nie, Lisa. Wens ek het geweet. Dalk ..."

"Dalk het ek vir jul die antwoord, kinders," val oom Paul vir Ben in die rede.

"Hoe nou? Wat bedoel oom?" vra Ben nou heeltemal uit die veld geslaan.

"Terwyl jul twee duifies so lekker in mekaar se arms vasgegom gelê het, het ek gou dorp toe gegaan om 'n paar oproepe te maak. Hier by julle is mos geen selfoonopvangs nie. Ek het ook een van die ou dorpenaars raakgeloop wat, na 'n bietjie oorreding, vir my inligting gegee het oor die huis en sy geskiedenis."

"Ja, Oom, en?" vra Ben nou eers nuuskierig.

"Wag so bietjie, Boetie, geduld. Maak julle eers skaflik. Ek wag vir jul buite."

"Is reg so, Oom. Ons is nou daar," sê Ben.

Toe hulle buite kom, kan hulle nie glo wat hul sien nie. Daar staan hope polisiemotors en orals staan die manne in blou rond. Ben herken dadelik die plaaslike polisiemanne en selfs die polisiehoof, kaptein De Vries, is daar. Hy kan nie verstaan wat maak die hoëkoppe van hoofkantoor, soos dit vir hom lyk, óók daar nie? Dan is daar ook 'n klomp mans in oorpakke en veiligheidshelms, bewapen met swaar hamers en lang lere.

Paul is aan die woord. "Goeie dag, Offisiere, Menere. Baie dankie dat jul hier is. Jul wonder seker waarom ek julle laat kom het? Wél, jul sal gou uitvind. Julle wat my ken, weet ek sal jul nie verniet hierheen laat kom het nie."

Die gedruis van stemme raak stil. Almal staan in afwagting vir Paul se verduideliking.

"Dis nou al jare dat niemand in hierdie huis wil bly nie. Altans, die plaaslike mense wat die huis se geskiedenis ken en weet, dat wanneer die groot Oupa Horlosie in die voorhuis sy twaalfde slag slaan, hoor jy 'n klavier wat Koos Kombuis se liedjie, *Lisa Se Klavier* begin speel, al is hier nêrens in die huis, wel, sovêr jy kan sien, 'n klavier nie."

"Nou waar kom die klanke vandaan en hoekom presies daardie liedjie?" wil een weet?

"Die antwoord is heel eenvoudig, maar ek gaan dit nie vir jul sê nie, ek gaan dit vir julle wys." Hy beduie na die hoë dak. "Sien julle ook iets snaaks aan die huis? 'n Mens sien geen solder nie, wat 'n argitektoniese eienskap van die ou tipe huise is. Wel, hy hét een. Dis net nie sigbaar nie."

Dit begin weer gons onder die teenwoordiges. Hy draai na Ben. "Ou seun, gee jy en Lisa jul toestemming om die ingang na die solder oop te maak, sodat ons kan sien wat word daar verberg."

Ben kyk vlugtig na Lisa. Sy knik instemmend. "Ja, natuurlik, oom Paul. Wat ook al nodig is om ons sielerus te gee."

"Manne, jul kan maar begin." beveel Paul die konstruksiewerkers.

Na omtrent 'n uur se gekappery, word die solder se opening ontbloot.

"Offisiere, Menere, die opening is groot genoeg om tot in die die solder te kom. Daar is 'n hele paar lere. Sal julle asseblief tot in die solder klim en by die ingang op ons wag," vra Paul. "Ja, u ook, kaptein de Vries."

Ben is die laaste een wat met die leer opklim en by die solder ingaan. Al wat in die solder is, is 'n ou klavier.

Toe hy naderstap, sien hy 'n hart met die woorde, *Lisa Se Klavier* liggies in die hout van die klavierkas uitgekerf.

"Soos u almal kan sien, staan hier net 'n ou klavier." Paul kan sien hy het nou almal se aandag.

"Wie se klavier is dit die, en waarom sal iemand nou juis 'n ou klavier hier in die solder sit en dan al die moeite doen om die solder te verberg?" vra een van die polisiemanne.

"Hoekom hoor 'n mens elke nag, wanneer die ou Oupa Horlosie sy twaalfde slag slaan, klaviermusiek speel? Spesifiek *Lisa Se Klavier, oom Paul?" vra Lisa met groot, bekommerde oë.*

Paul loop tot voor 'n baie bleek kaptein de Vries. "Kaptein, kan jy vir ons die antwoord gee?" Almal gaap vir Paul en die kaptein aan.

"Ek?! Hoekom nou juis ek? H-hoe s-sal ek nou weet?" stotter kaptein De Vries.

"Ag kom nou, Kaptein. Jy weet baie goed. Dit was tog immers jou huis, tot so twintig jaar gelede. Van jou oud-kollegas, en van die ou dorpsbewoners weet, of vermoed wat hier gebeur het, maar is te bang om te praat."

"Jy praat snert!" spoeg De Vries die woorde byna uit.

"Nou goed, as jy nie wil praat nie, sal ek maar vir almal jou donker geheim wys."

Kaptein de Vries neem 'n dreigende houding voor die klavier in.

"Wil jy my keer? Manne, vat hom vas."

Twee polisiemanne neem die skellende man 'n entjie weg van die klavier af en boei hom. "Mooi so. Nou kan ek verder gaan. Net gou die klavier se klap oplig. So ja. Nou kan jul naderstaan en kyk wat, of liewers wie, hy nou al vir twintig jaar in die klavier versteek." Paul staan eenkant toe om almal die kans te gee om die gruwel fonds te aanskou.

Binne die klavier, lê die geraamte van 'n vrou. Dié van Lisa de Vries, die vrou van kaptein De Vries wat twintig jaar gelede spoorloos verdwyn het. Lisa, eienares van haar gunstelingklavier wat haar doodskis geraak het.

"Was dit nie vir die twee jongmense wat hierheen gevlug het van hul pyn, geassosieer met die klavierspel van die einste liedjie, en vir die feit dat hul vir hul veiligheid gevrees het nie, was kaptein de Vries se gruwelike geheim seker nooit ontbloot nie. Was dit ook nie vir die feit dat ek vanoggend vroeg een van die werkers raakgeloop het, wat gehelp het om die solder toe te bou as opdrag van De Vries, sou hy seker weggekom het daarmee. Dis nou julle, die polisie se werk, om julle kollega in hegtenis te neem en die saak verder te voer," sluit Paul sy rede af.

'n Maand later. In die voorhuis tiek–tok die Oupa Horlosie swaar die twaalf middernag slae af. Presies, op die twaalfde slag, begin die eerste klavierklanke speel. Soetsagte, maar tóg hoendervleis mooi musiek.

Dié keer, in die voorhuis langs die Oupa Horlosie, is dit Lisa voor die ou klavier wat sy van haar naamgenoot aangeneem het. Sy speel hul gunsteling lied, *Lisa Se Klavier*, terwyl Ben rustig in sy gemakstoel so neffens haar sit.

Die einde. Nee, nie die einde nie, maar die begin van 'n nuwe begin.

Minnesangerslied

©Tilla van der Linde

Vandag is dit weer een van daardie dae. 'n Diepe frons verskyn op die gesig van speurder Holloway. Die verdomde joernaliste is ook soos bloedhonde. Jag voortdurend al is daar niks te kry.

"Kan jy jou verbeel: Nog 'n onopgeloste saak met uitstekende leidrade."

Hollo, soos bekend binne die speurders kringe, spring vanuit sy stoel op, stap na die venster en sê hardop: "Van Niekerk, jy het die vermetelheid soos min! Jy mag dalk ervaring hê as joernalis, maar van sake ondersoek weet jy niks. Hoeveel keer gaan dit nog in die koerante verskyn? En dit nogal voorbladnuus hierdie keer," mompel hy hoogs ontsteld en vies by homself.

Ewe skielik lui sy foon en hierdie keer weet hy gaan Potgieter, sy baas, hom nie sommer net met 'n verduideliking laat wegkom nie. Hierdie saak raak net elke dag al hoe meer ingewikkeld. Pottie, soos hul hom noem, duld geen gesloerdery in ondersoek sake nie. Die naam van sy private speurderspraktyk is vir hom baie belangrik.

"Holloway, as ek nog een koerantberig sien met sulke aantygings, kan jy maar jou tassie vat en 'n ander heenkome vind. Ons kan nie sulke negatiewe publisiteit ervaar nie. Veral nie in hierdie tyd nie. Jy sal jou moet regruk, man. Jy sloer hopeloos te lank nou met hierdie saak. Dink bietjie buite die boks, man! Daar het nog 'n koerantberig verskyn! Ek soek jou verslag môremiddag voor twaalf op my lessenaar. Jy is verskoon," waarop Pottie omdraai, by sy kantoordeur uitstap en in die lang, koue donker gang verdwyn.

Vannag slaap Hollo niks nie. Hy sien sy laaste besoek aan Schwanstein Aftreeoord, reg voor hom afspeel. Die matrone en verskeie bejaardes daar woonagtig, is oortuig dat daar 'n ongewenste gas om klokslag middernag in die heel boonste vlak van die aftreeoord rondloop. Ja, hulle hoor hom selfs sing ook. Schwanstein is een van die spoggerigste aftreeoorde aan die voet van Linderhofberg. Hier word na die aftreeoord juis verwys as Klein Switserland vanweë die pragtigste natuurskoon. Welgesteldes het hul tuiste in hierdie aftreeoord kom skep. Vir Pottie is hierdie saak van uiterste belang. Manne in hoë politieke kringe is die dryfveer agter hierdie aftreeoord en veral die ondersoek in hierdie saak.

"Ai, my man, hoekom rol jy so rond hierdie tyd van die nag?" kerm Holloway se vrou, Maretha, hier langs hom.

"Dit is alweer daardie saak waarop Pottie môre terugvoer soek. My loopbaan is in die weegskaal en ek kry net nie hierdie ongewenste persoon in die hande nie. Daardie luukse aftreeoord met al sy klomp hoogmoedige bejaardes jaag my omtrent rond. Ek weet darem nie!" prewel Holloway so in die omdraai om agter sy vrou se rug te gaan lê. Dalk maak dit hom bietjie rustiger as hy haar warm lyfie so teen hom voel hier in die laatnag. "My happy place," prewel hy weer so saggies en raak kort hierna aan die slaap.

Net toe Holloway by die voordeur van Schwanstein Aftreeoord uitstap, lui sy selfoon. Hy antwoord vinnig.

"Holloway, jy beter vinnig kom en ek soek 'n goeie verduideliking. Nou het ek genoeg gehad!" hoor hy Potties se bulderende stem.

'n Uur later stap Holloway by Potties se deur uit. Daar was kortweg vir hom gesê: "Jy het genoeg aangejaag. Ek is vanmôre in kennis gestel dat my dienste beëindig word en ek op vervroegde pensioen geplaas word. Alles te danke aan jou voetesleep met hierdie saak. Die Minister se kantoor het ingetree en jy is van die saak afgehaal. Die saakdossier is oorgeplaas na die Minister se kantoor, wie hul eie private speurder sal aanstel. Ek sê vir jou ook sommer hiermee totsiens, Boeta. Jy is verskoon en maak asseblief my kantoordeur agter jou toe. Dankie."

Holloway is erg verlig en dankbaar. Na sy besoek vanoggend by die aftreeoord spook dit beslis in daardie plek. "Al wat ou tante is hoor 'n sanger se minnelied uit verganklike dae. Om alles te kroon, is die een oompie doof en die ander ene het 'n slaapsiekte en hoor niks in die nag nie. Nee wat, Potties, nou kan ek ten minste aangaan met my gewone werk," loop en mompel Hollo so by homself. Hoekom hierdie ondersoek nou na Ministerie oorgeplaas word, weet ook niemand nie.

Mathilde is al vroegoggend wakker. Sy sit juis in die voortuin van Huisie op die Berg hier naby Schwanstein Aftreeoord. Terwyl sy so sit en uitkyk oor die pragmooie lowergroen tuin, kom vou 'n weemoed rondom haar wat tot binne haar siel gevoel kan word. 'n Weeklaag van hartseer kom vertroebel haar oë en die pragbloue kleur verander in die mooiste en tog wasige seegroen.

"Ai, hoekom is my hart dan weer so swaarmoedig vandag?" praat sy sommer so in die stilligheid met haarself. Sy skrik uit hierdie gedagtegang van haar wakker met haar selfoon se skril geluid.

Scarlet kom uitgestap. "Mathilde, jy moet jou koffie klaar drink, my liewe vriendin, dit is al amper yskoud." Sy oorhandig terselfdertyd ook die selfoon aan haar.

Mathilde lui af, neem vinnig die laaste slukkie uit haar koffiebeker, staan op, vryf haar romp se agterkant reguit met die hand en stap dan vinnig na haar motor. Hierdie oproep klink vir haar baie dringend en laat kan sy nie wees nie. Hierdie persoon sal haar nie pla met onbenullighede nie. Sy kon die dringendheid en ernstigheid aan sy stemtoon hoor.

"Tannie Mathilde, tannie Mathilde!" roep een van die dametjies haar wat werksaam is by Märchenschloss gastehuis. "Daar is iemand wat baie dringend met tannie wil praat. Hy klink nogal baie kwaai, so dit moet seker iets dringends wees."

"Dankie, my liewe mens, ek is op pad" sê Mathilde terwyl 'n diep frons op haar voorhoof verskyn. "Wat kan dit tog wees hoekom hierdie persoon my so dringend soek?" praat sy sommer so in die lug terwyl Angelique kort op haar hakke volg.

"Angelique, reël asseblief vir perkoleer koffie en my gewone vir ons vir so oor 'n halfuur asseblief," sê sy voordat sy in die private sitkamer verdwyn.

Die volgende oggend is Schwanstein Aftreeoord in rep en roer. Vinnig is een van die luukse woonstelle met sy eie private sitkamer wat nog meer getuig van luukses, reggemaak vir 'n baie belangrike intrekker vandag. Onder die personeel is daar 'n groot geskarrel, want hierdie persoon sal die eerste persoon wees wat daardie luukse woonstel gaan betrek. "Geld moet hierdie mens beslis hê," word daar agter bakhand onder die personeel gepraat.

Mathilde is vir 'n paar dae nou al baie ingedagte en stil. Angelique loer onder daardie blonde krulledos van haar uit en wonder waarom haar baas so stil is. Sal dit wees as gevolg van die geheime besoeker so 'n paar dae terug, of hoekom is sy so half hartseer, tog inkennig? Daardie buitelandse groep toeriste arriveer binnekort hier en dan sal Mathilde haar ouself moet wees!" sê Angelique vir die kantoor se ontvangsdame.

"Ek kom agter sy is glad nie haarself nie, miskien is sy dalk ongesteld," antwoord Ursula op Angelique se uitlating.

Vandag stop daar 'n baie deftige luukse voertuig voor Schwanstein Aftreeoord.

Snaaks Mathilde van Märchenschloss Gastehuis is daar om hom te ontvang. Van oor al loer ou tannies en ooms vanuit hul blyplekke af na die oprit reg voor die ontvangsarea.

Ou tante Sannette roep hardop so 'n halfkop deur die voorvenster van haar blyplek uit na ou tante Rosemary: "Vriendin, kyk hier is 'n nuwe inkommer by ons. Wat 'n statige man is hierdie."

Rosemary verdwyn voor haar blyplek se venster en die volgende oomblik kom sy by Sannette ingestap. "Nee wat, Sannette, hy is net te deftig, en ja, duursaam vir ons dames hierso. Ek het gehoor toe die twee dames voor by ontvangs praat van hom wat die mees eksklusiefste woonstel gaan betrek. Hy sal nie in een van ons belangstel nie, al het ons twee nou ook van die stewigste bankrekeninge. Hy lyk meer in die klas van Mathilde van die gastehuis hier langsaan. Kyk hoe danig is sy met hom. Daardie vrou is juis so geheimsinnig. Sy het hom seker vir al die jare weggesteek. Ons sal maar sien wat hier uitkom."

Vir 'n hele paar dae gons dit in hierdie welgestelde aftreeoord. Dog geen verdere inligting word uitgevind of bekend gemaak oor hierdie nuwe intrekker nie.

Kort nadat Wilhelm Kubirske sy intrek hier geneem het in opdrag van die Ministerie om die bisarre saak te ondersoek, skrik hy een nag helder wakker. Hy spring regop en gaan staan voor sy slaapkamer se venster. Daar hoor hy die geluid. "Kan dit regtig wees? Vir maande lank soek ek nou al na 'n antwoord!"

Slaap is nou verby en tyd vir slaap is daar nie. Wilhelm stap vinnig in die gang af, en toe hy by sy sitkamer kom sien hy dat die maan helder deur sy sitkamervenster skyn. Hy skuif die deur van die sitkamer oop, stap uit in sy eie tuin en met die opkyk na die toring heel bo, sien hy 'n mansfiguur afgeëts teen die ruit waar die maanlig van agter hierdie persoon skyn.

'n Opera stem met die woorde wat gesing word vir 'n beminde? Kan dit die Minnesängerslied wees? Daardie stem ... Haastig verdwyn Wilhelm in die donkerte. "Iewers in hierdie aftreeoord is die sleutel tot die oplossing," praat hy saggies hier by homself. "Kan dit werklik wees?"

Sjoe, hierdie man se opera stem is gevul met liefde vir daardie beminde. Terwyl Wilhelm die een stel trappe na die ander stel opklim, rys sy armhare en hy besef dat daardie woorde van die lied vir 'n beminde meer inhou as net sommer woorde. 'n Vreemde nostalgie vul sy wese. En daardie stem ... Hy het dit al iewers gehoor. Maar waar en wanneer?

Terwyl Wilhelm nog besig is om die trappe te klim en so halfpad is, begroet 'n doodse stilte hom. Geen opera stem is meer te hoor nie. Nog steeds stap hy op met die trappe na bo, want wie weet, miskien kry hy die sleutel tot die geheim daarbo. Snaaks dat Pottie se manne nie die leidraad kon kry nie. Hul ondersoek was swak. Nou het dit my probleem geword en ek sal myself as privaat speurder moet bewys. Daar is baie in hierdie saak vir my, dink Wilhelm by homself. Vannag gaan ek hierdie sanger vang. Hy hou beslis verband met daardie bedrogsaak by die Switse Operahuis.

Moeg en half uitasem kom Wilhelm op die heel boonste vlak uit. 'n Doodse stilte hang egter hier ook. Geen operasanger is in sig nie. Wilhelm klim die laaste paar trappe op na die kloktoring heel bo. Hier vind hy ook geen operasanger nie. Tog is hier vir hom iets baie besonders. Hy staan vir 'n oomblik stil en asem diep die lug in. 'n Reuk stuit hom in sy spore. 'n Naskeermiddel wat vir hom bekend ruik. Kan dit wees? Terwyl Wilhelm hier staan, ervaar hy die mooiste uitsig onder die maanlig en daar in die verte sien hy Märchenschloss Gastehuis se agtertuin. Dit is asemrowend mooi en weer moes Wilhelm kyk na hierdie pragskone natuur. Met die maanlig wat daar skyn lyk dit sprokiesmooi.

Toe Wilhelm in sy eenheid aankom, bly daardie reuk hom pla. Hy bly wonder waar het hy dit al geruik? Iemand moes beslis daar gewees het. Hoekom twaalfuur in die nag en juis vannag wanneer dit volmaan is en jy selfs Klein Switserland se tuin in die maanlig ook kan sien. Wilhelm kry hierdie gevoel dat dit alles nie net per toeval is nie.

Vroegoggend stop hierdie deftige motor met die nog deftiger insittende daarin voor Märchenschloss Gastehuis. Wilhelm Kubirske klim uit die motor, stap fier en regop na die ontvangstoonbank.

"Kan ek u help?" vra Scarlet wat heel toevallig hier is om vir Mathilde uit te help. Mathilde voel glad nie wel die afgelope paar dae nie en het besluit om vandag en vir nog 'n paar dae tuis te bly.

"Ek is op soek na die eienaar van hierdie gastehuis, as u my dalk kan help?" sê-vra hy dan ook vir Scarlet. Scarlet staan nog en wonder wie hierdie statige welopgevoede man is en antwoord: "Dit is Mathilde Stein en vanweë haar ongesteldheid, is sy ongelukkig nie vandag hier nie."

Voordat Scarlet nog iets kan sê, vra Wilhelm: "Sê asseblief vir Mathilde dat ek hier was. Ek moet dringend met haar praat, sê asseblief sy moet my kontak. Sy sal weet wie ek is." Hy draai vinnig om en stap na sy motor wat voor die gastehuis geparkeer is.

Vir die volgende paar dae kom Mathilde nie by die gastehuis uit nie, terwyl Scarlet elke dag daar vertoef en toesig hou oor al die verrigtinge. Dit is dan ook juis van hierdie tyd wat Mathilde en Wilhelm gebruik maak om mekaar te sien en beter te leer ken. Dit is hoe Wilhelm dan ook uitvind dat Mathilde jare gelede na hierdie skilderagtige dorpie verhuis het. Sy het grootgeword tussen die Alpe en daar het sy haar liefde vir die mooi, wat sy nie net in haar eie tuin nie, maar ook in die tuin van Märchenschloss Gastehuis, uitbeeld. So hartseer dat haar hart nie oop is vir enige man nie en sy so geheimsinnig is oor haar verlede. Vir Wilhelm lyk dit ook op die oog af of sy kinderloos is, en as hierdie gesprek ter sprake kom, ontwyk sy enige vrae in daardie rigting. Slegs hartseer oë wat boekdele spreek.

Na vele weke se ondersoeke en middernagtelike besoeke aan die bo-toring van die aftreeoord, kon hy nog nie die middernagtelike operasanger opspoor nie. Menigte nagte met volmaan kon hy slegs daardie besondere naskeermiddel ruik daar in die bo-toring.

Wilhelm is vas oortuig dat die sanger van Duitse afkoms is. Die Minnesängerslied hou beslis vir hom 'n verbintenis hiermee.

Gistermiddag het Wilhelm weer 'n gesprek met Mathilde gehad. By haar kon hy ook nie veel wyser word nie. Tog geniet hy die kuiertjies by haar. Net jammer sy swyg soos die graf om enige iets met hom te deel rondom haar verlede. Sou hy vrae vra, verskyn daar 'n baie hartseer trek om haar mondhoeke en haar oë raak versluier in 'n miswolk van 'n diepe hartseer. Sulke tye kan hy haar net toevou in sy omhelsing en troos met woorde: "Ek verstaan, Mathilde." Dis asof daar in die paar maande wat hy met die ondersoek besig is, 'n baie hegte band tussen hulle gevorm het. Die ondersoek is nou egter belangriker. Die Ministerie blaas in sy nek om die saak op te los.

Vanmôre is Schwanstein Aftreeoord hier aan die voet van Linderhofberg in rep en roer. Toe Matrone vanoggend haar rondte doen by die woonstelle, kom sy af op die liggaam van meneer Trauser. Hierdie ou omie was baie geheimsinnig en het nie veel met ander inwoners gemeng nie. Niemand was sommer in sy eenheid toegelaat nie, slegs Matrone wanneer sy die nodige mediese ondersoeke gedoen het en sy maandelikse medikasie vir hom gebring het.

Matrone bel ook onmiddellik vir Mathilde aangesien sy hiervan moet kennis dra. Kort hierna kom Wilhelm by Matrone aangestap. Hy haal 'n mediese voorskrif uit sy sak.

"Matrone, kan u my dalk sê aan wie behoort die voorskrif? Hierdie medikasie is voorgeskryf vir 'n leukemie-pasiënt."

Matrone Enslin kyk na die voorskrif, haar oë skiet vol trane en sy begin praat met 'n stem wat vol emosies van hartseer is: "Meneer, waar kom u aan hierdie voorskrif? Ek was vanoggend by meneer Trauser en het hom dood gevind in sy woonstel."

Wilhelm bly haar 'n antwoord skuldig. "Matrone, in watter eenheid het hy gebly? Kan u my asseblief daarheen neem?"

Matrone, nog baie hartseer en nou hierdie ontdekking dat meneer Trauser 'n leukemie lyer was waarvan sy salig onbewus was, laat haar onbeheersd huil. "Meneer, slegs mevrou Mathilde kan hiertoe toestemming gee."

Wilhelm bel dadelik. "Kom asseblief dringend na die aftreeoord. Ek het jou hulp dringend nodig, Mathilde."

Wilhelm se speurdersverslag is klaar opgestel.

Die mediese voorskrif wat nooit ingegee was om Richard Trauser se medikasie te kry nie, was deur Wilhelm daar gevind. Nooit het hy gesterf in 'n vliegongeluk nie. Nooit was hy bewus dat sy beminde so naby hom gewoon het nie, maar uit sy joernaal wat hul in sy wooneenheid gevind het, kon hul vasstel dat hy vanweë 'n netwerk bedrogspul, alle spore moes doodvee en het hy gevlug na hierdie klein afgeleë plek hier aan die voet van Linderhofberg. Soos alombekend, Klein Switserland. Vandag gaan Wilhelm sy verslag inhandig by die Duitse Ambassade hier in Switserland en kan hy met vrymoedigheid sê dat Richard Wilhelm Trauser, geen aandeel gehad het in hierdie bedrogsaak nie.

Mathilde, alhoewel baie hartseer is baie verlig, want vandag weet sy haar beminde en enigste manlief het na al die jare haar nog nooit vergeet nie. Onder maanlignag, klokslag om twaalfuur in die toring van hierdie pragtige aftreeoord, het hy hul beminde Minnesängerslied gesing. Ten spyte van sy gesondheid en dat hy besig was om te sterf, het hy wanneer die maanlig helder was, vir haar daardie lied gaan sing. Laat daardie middag staan Mathilde en Wilhelm teenoor mekaar. Uiteindelik kan Mathilde vir Wilhelm haar lewensverhaal vertel.

"Net ek het geweet dat Richard Trauser 'n Duitse hertog was en dat hy vanuit Duitsland gevlug het na Switserland. Volgens berigte wat my bereik het, het hy omgekom toe die vlieënier hom misgis het met 'n berghoogte en toe in die berg vasgevlieg het. Vandaar my gastehuis se naam Märchenschloss.

Ons het altyd gedroom om eendag 'n huisie op die berg te hê waar ons onder maanlig ons liefdespassie vir mekaar kon uitleef. Na sy dood kon ek hom net lewendig hou deur foto's en mooi herinneringe. Sy liefde vir sensuele plesier en die skone geslag teenoor sy liefde vir my, het hom soveel kere laat vlug van een plek na 'n ander. Richard het ook bekend gestaan as een van die beroemdste operasangers. Tog het hy soveel woede gewek by aanwesiges van opera optredes, juis omdat sy opera-temas deur seksuele liefde geïnspireer was. Verskeie liefdesliedere het so in opera hul ontstaan gehad.

"Tydens sy laaste opera-optrede was hy so gedryf deur sy liefde vir my, die libretto van die opera-lied was dan ook deur homself geskryf. Dit was geïnspireer deur verskeie sages uit sy liefdeslewe vir my en sy ander liefde, opera. Erge konflik het tydens hierdie Minnesangers Opera in Esslingen ontstaan. Ek vermoed dit is hier wat hul hom in die bedrogspul wou betrek."

Mathilde snak na asem, maar gaan voort met die vertelling: "Ek het toe besef dat ek alleen hom kon red van hierdie negatiwiteit in die opera wêreld. Kort daarna is ons ook getroud. Jy, Wilhelm, is ons seun gebore uit ons huwelik. Die Minnesängerslied onder maanlig om twaalfuur middernagtelik in Schwanstein Aftreeoord aan die voet van die Linderhofberg is 'n bewys hiervan. Uit wellus was dit nie, maar wel uit liefde."

Weer vee Mathilde trane af waar sy daarna voortgaan: "Die joernaal gevind in jou vader, Richard Wilhelm Trauser, hertog Kubirske, se wooneenheid, is duidelike bewys dat hy jou biologiese vader is. Daaraan moet jy nooit twyfel nie."

Wilhelm kyk na sy moeder en sien soveel ooreenkomste daar tussen hulle twee is. Toe hy in haar oë daardie eerste dag gekyk het en daardie liefde vir haar gevoel het in sy hart, het hy geweet hier is 'n bindende band tussen hul twee. Min het hy geweet dit is sy moeder. "Hoekom weet ek dan niks hiervan nie?" kan hy nie help om te vra nie.

"Jou vader se vliegongeluk het vir my baie verdag gelyk. Ek het gevrees vir jou veiligheid en jou na 'n goeie vriendin gestuur om daar groot te word. Ek het gereeld met haar kontak gehou."

"Moeder, het jy geweet dat vader na al die jare jou nog onthou het. Onder helder maanlig om twaalfuur het hy homself in die boonste vlak gaan tuismaak en daar het hy die Minnesängerslied gesing wat aanleiding gegee het tot my ondersoek. Baie het gedink hy is betrokke by die Opera bedrogspul wat die hele Switserland aan die gons het. Tydens helder oomblikke het hy sy toevlug geneem na sy joernaal, aangesien hy ook sterk tekens van dimensie getoon het. Woorde soos: 'My beminde vroulief, kry sal ek jou' het aan my bewys van sy liefde vir jou."

Mathilde kon net in verwondering staan oor hoe naby sy werklik aan hierdie jarelange beminde van haar vir vyf jaar lank was. Vandag weet sy dat daardie Minnesängerslied en hul seun deur en uit liefde vir mekaar verwek is, vir altyd hul twee aanmekaar sal bind.

"Moeder, kan u môre saam met my kom om moeder se skoondogter en kleinkinders te ontmoet?" vra Wilhelm en droog die trane wat in blink spoortjies oor Mathilde se wange loop, teer met sy sakdoek af.

Minnesangerspeurder

©Tharina Schnetler

Die reën trom teen die vensters in ritme met die gedagtes in speurder Alex se kop. Hy vou die notaboek oop, verwelkom die geur van die nat aarde deur die venster. Die stilte van sy kantoor is die perfekte teenpool van die gedagtes wat binne hom groei. Robert De Waal se gesig, wat amper anderste as die meeste gesigte is, dra nie net die stempel van somberheid nie, maar ook van iets wat nog nie heeltemal losgelaat kan word nie. 'n Verlies. Daardie skaduwee wat sy kliënt knou – en Alex kan dit voel.

"Elke aand, presies om agtuur ..." Sweet slaan teen Robert De Waal se voorkop uit, sy stem versteur die stilte in die kamer. Sy hande, wat soos knopperige skaduwees in die flousagte lig skyn, begin bewe. "... skrik ek wakker. Dis nie die klokslaan nie. Dis die lied."

Alex kyk stip na hom. Robert kyk nie na Alex nie, maar sit in 'n ander wêreld. Sy oë, donker en vol herinneringe, laat iets in hom wroeg. "*Slaap, my kindjie, slaap sag ...* Dít is die lied," fluister hy, amper asof die woorde homself ongemaklik maak.

Alex skryf dit neer en die stilte bly spook. "Maar wat bedoel jy? Is daar nie iets in jou huis wat die geluid kan veroorsaak nie? Miskien 'n musiekspeler?" Alex speel die vraag uit, al weet hy dat die antwoord nie so eenvoudig sal wees nie.

"Ek is alleen," mymer Robert, sy blik in die leegheid van sy eie handpalm vasgepen. "Al een! Niemand anders is daar nie."

Alex maak notas en laat die stilte weer toe om sy eie pad te loop.

"Ek ... ek glo nie aan paranormale moontlikhede nie. Dis snert! Jy moet vir my kom vasstel wat daar aan die gang is, ek het elke vertrek van bo tot onder reeds ondersoek. Elke hoekie en elke draaitjie!"

In die dae wat volg, besluit Alex om 'n meer aktiewe benadering te neem. Hy begin met 'n huisbesoek. Die atmosfeer is dik met die belofte van iets onbekends, iets wat die lug self wou opneem, net soos die reën wat steeds buite die vensters hardnekkig plons. Alex gaan sit in die sitkamer, sy notaboek en bandopnemer op sy skoot, gereed om elke geluid, elke beweging te noteer en vas te vang. Met elke 'dong' waarmee die ganghorlosie die half en kwart tyd aandui, voel die stilte harder, meer ongenaakbaar en nóg meer intens.

Die stem kom. Presies om agt. Dieselfde slaaptydlied wat Robert beskryf het. Maar dit skeur nie net die lug nie. Dit betrek die tyd self. En toe – Alex is nie seker wat hy voel nie – maar hy kry 'n flitsgewaarwording van iets wat nie van hier is nie. Die stem is nie net naby nie, maar vul die ruimte, skud die meubels bewegingloos, trek die statige, soliede gladde houtvloer in golwe op en gooi dit neer. Die reën is nie meer die enigste geluid wat in die kamer hoorbaar is nie.

Alex beweeg na die gang. Die fluistering is so duidelik, amper asof dit deur sy eie gedagtes weeg. Sy hart klop vinniger, maar hy weet hy moet nie wegskram nie. Toe hy by die venster kom, sien hy iets. 'n Silhoeët in die reën – 'n vae beeld, nie heeltemal sigbaar nie, maar daar is geen twyfel nie. Alex kan nie verstaan wat dit is nie, maar hy kry die gevoel dat dit 'n uitnodiging is.

Met 'n flits in die hand hardloop hy na buite. Die nat koue skeur sy vel, maar sy gees is op 'n ander plek. Hy deursoek die tuin, maar dit is leeg. Geen spore in die modder nie. Geen teken van wat hy gesien het nie. Hy staan in die donker en probeer om logika te soek – en toe besef hy dat die antwoord dalk nie in die wêreld van logika te vind is nie.

Terug in die huis het hy nog vrae vir Robert. Alex vra hom uit oor die lied, oor sy vrou en dogtertjie. Hy luister aandagtig na alles, val telkens sy kliënt in die rede met nog vrae, en probeer alles aanteken. Hy wou verstaan.

Robert vertel vir hom van die ongeluk wat sy dogtertjie gehad het, hoe die hele gesin se lewe daardeur verwoes is. Hoe sy vrou elke aand, vanaf hul dogtertjie se geboorte en selfs na haar fratsdood, die liedjie in haar kamer gaan sing het, asof dit die enigste manier was om aan haar dogter se herinneringe vas te hou.

"Ek het gedink ek sou daaraan gewoond raak ... aan die stilte." Hy sit sy hande oor sy gesig, sy stem breek van emosie.

Alex het geweet die storie is nie eenvoudig nie. Dit was nie net die verlies nie, maar die geheue van al die gebeure wat in die huis vasgevang is. Hy gaan na die argiewe en soek alles oor hulle op. Die tragedie van die dogtertjie se dood, die latere verlies van die moeder, die jaar van die stilte. Hy begin stelselmatig verstaan: Dit is nie net 'n lied nie – dit is 'n roep. Die laaste groet van diegene wat nie wou gaan nie.

'n Klankspesialis ondersoek die geluide en bevestig wat Alex vermoed het: Die geluid kom nie van buite nie. Dit het iets met die huis self te doen. Dit het 'n residuele energie geword, iets wat telkens herhaal word weens die krag van onverwerkte emosies.

'n Paranormale navorser praat die idee van 'n soekende gees of spook teë, maar stel voor dat die energie 'n herhaling van 'n spesifieke oomblik is – 'n emosionele kapsule wat nie regtig in die tyd pas nie.

Alex begin soek na iets wat die herinneringe kon vashou. Iets wat nie heeltemal gelos kan word nie. In 'n ou laai kry hy 'n foto van 'n klein dogtertjie – blink oë, 'n glimlag vol jeug. Agterop is 'n kort boodskap in 'n sagte handskrif: *Slaap, my kindjie, slaap sag. Liefde, Mamma.*

Alex bied die idee van die musiekboksie aan. 'n Klein gedenkteken in die tuin met musiek wat die lied sou speel. Robert De Waal aanvaar dit. Hy plaas die foto in die houer, die musiekboksie hardloop op 'n tydskakelaar en die melodie speel elke aand om agt weer. Dit is nie net vir hom nie, maar ook vir die herinneringe wat nie losgelaat kan word nie.

Daardie aand, vir die eerste keer in weke, is daar stilte in die huis.

Die volgende dag, toe Alex in sy motor sit, werp hy 'n laaste blik op die huis. Hy kan sweer hy sien dit weer – die vrou se silhoeët – haar hand teen die venster. Hy weet die storie is nie oor nie, maar hy voel dit is vir eers genoeg.

Alex sluit die motor se enjin aan en vedwyn in stilte, maar die melodie bly in sy gedagtes. Eers later, toe hy die opnames hersien, hoor hy die fluistering: "Dankie."

En toe, net stilte.

Alex het nie geslaap nie. Hy kon nie. Die silhoeëtbeeld en musiek het aanhou speel in sy gedagtes, al het hy sy kop in die kussings gedruk om die klanke te demp. Dit het nie gehelp nie – die herinneringe was te hardnekkig, te lewend. Hy het eers nie besef dat die musiek selfs na die fisiese ruimte oorgedra het nie, maar dit het wel. Die kamer het in sy gedagtes begin beweeg, die gang het 'n pad geword na ander herinneringe, ander plekke. Hy het dit gesnap: die huis het nie net met sy mense saamgegroei nie. Dit het die mense se gedagtes, hul verlange, hul onvoltooide hoofstukke, in hom vasgekeer. Dit was die musiek wat die emosies vasgekeer het. Dit was die vertrekpunt.

'n Volwasse gevoel van alleenheid volg Alex, maar dit is nie net 'n gevoel nie. Dit is 'n druk wat op die kamer rus. Hy weet dat hy nie net die misterie sou kon verlaat nie. Hy moet antwoorde kry. Hy moet die musiek verstaan; en hy moet weet wat dit alles beteken.

Die laaste keer toe Alex met Robert De Waal gesels, sê hy nie veel gesê. Sy gesig sak in die skaduwee, sy oë vasgelê in die stof wat deur die vensters filter. Alex sien iets in sy blik. 'n Soort verandering – iets wat in hom gebeur het. Hy beantwoord nie Alex se vrae nie, nie met woorde nie, maar dit is die stilte wat die diepte van die geheim in die lug bring. Alex kan nie meer wag nie. Hy weet dat hy nie net die misterie kan agterlaat nie. Alex moet die enigste ander mense raadpleeg wat kennis van die huis het – die familie, diegene wat daar gewoon het voordat Robert De Waal dit gekoop het.

Alex gesels vir 'n week lank met 'n vrou, wat dikwels as die buurt se "skadu" beskou is. Haar naam is Agatha, en sy ken die huis beter as enige iemand anders. Sy is een van die laaste mense wat die huis bewoon het voor die misterieuse onheil die huis betrek het. Haar familie het die huis in die vroeë 1900's bewoon. Sy het 'n ander herinnering as diegene wat later gekom het, maar dit is nie net die huis wat sy onthou nie – dit is alles wat daarmee saamgekom het. Die mense wat daar geleef het, het nie net hul mense verloor nie. Hulle het die hart van die huis verloor. Agatha het in haar kinderjare die geluide van geselskap gehoor, gelag, en musiek wat deur die gang gesing het. Haar ma het elke aand in haar kamer vir haar 'n slaaptydliedjie gesing. *Slaap my kindjie, slaap sag, onder rose vannag.*

Maar op die dag toe haar ma haar vertel het dat hulle moes trek, was daar geen slaaptydliedjie nie, geen musiek meer nie. (Ook nooit weer daarna nie – haar ma het gereken dat ses jaar oud groot genoeg was om aan die slaap te raak sonder liedjies.) Net stilte. Daardie stilte het geskree teen die geluide van die laaste inpak en bokse wat rondgeskuif het. Dit was die begin van alles wat verlore was.

Agatha se hand rus in haar skoot. Haar knobbelrige vingers wat die lewe se tyd kon voel, bly rukkerig beweeg. Alex se oë, vasgenael op die album in sy hande, kyk na haar jeug en die huis; 'n huis wat nie net die mense nie, maar ook hul gedagtes, herinneringe en hartseer besit. Sy skat dat dit alles saam in die musiek verweef was, maar sy het nie die volle prentjie gesien nie.

Dit is die eerste keer dat Alex besef hoe diep die mag van musiek regtig is – dit is nie net 'n melodie wat deur die kamers fluister nie, dit is 'n skakel na alles wat oorleef het. En iets het gesê: "Dit sal nie net verbygaan nie."

Terug by sy eie huis begin Alex nadink oor wat hy regtig gesien het. Die musiek is nie net 'n simbool nie. Dit is die geestelike stroom wat die huis oorgeneem het, dit is nie net 'n element van die huis nie, dit is die plek self wat die herinneringe binnegedra het. Hy het verder begin beweeg, met 'n soort vrees wat nie net fisies is nie, maar met elke stappie wat hy neem, is dit asof die huis nie net geheime versteek nie, maar ook die verlange en gedagtes van al sy inwoners wat nie aan die lig gekom het nie.

Elke aand word die huis sterker. Alex herken die stilte – dit is nie 'n stilte nie. Dit is die blougloed van die geheim wat hom in sy greep het. Die muur van stilte hou nie net die geheime van die huis vas nie, maar die geheime wat sy mense nie kon ontsnap nie. Alex luister na die musiek, hierdie keer nie uit vrees nie, maar uit verwondering. Die suiwer stem verander met minnesang die sluimertroos in 'n hoop vir 'n nuwe wêreld van drome. Wat was die geheim wat die mense nie kon oortref nie? Wat het veroorsaak dat dit in die lug gebly het? Was dit die musiek? Was dit die mense wat die musiek saamgeneem het?

Op die derde dag van sy soektog, kry Alex die antwoord. Dit was nie net die huis wat met sy herinneringe gepaard gaan nie, dit was die laaste keer dat die musiek geklink het. Robert De Waal het nie vir die huis gevra nie. Hy het nie die musiek probeer stop nie. Wat hy gedoen het, was om die herinneringe te omhels. Dit was nie die huis wat hom vasgehou het nie. Dit was die herinneringe wat hý gekies het om aan vas te hou. Hy het nie meer in die stilte gebly nie. Hy het dit oorkom. Die enigste manier wat hy die musiek kon loslaat, was deur dit in sy eie hart in te sluit en die musiek weer in homself te speel.

Alex sê na daardie aand vir Robert De Waal: "Jou alleenherinneringe is nie jou vyand nie. Dit is wat jou gelei het. Dit is wat jou van die begin af by die huis gehou het.

Maar hierdie ... hierdie is die begin van jou werklike bevryding."

Vir die eerste keer begin die stilte, wat dikwels die lug geskeur het, verdwyn.

Moord kan verwarrend wees

©Eugene Pienaar

Jack van Aarde kyk 'n paar oomblikke na die drie dames voor hom. Anchen Conradie se leesgroepie kom elke Dinsdagoggend hier in haar sitkamer bymekaar. Drie afgetrede dames in hulle vroeë sestigs met oënskynlik baie tyd op hul hande. Anchen, die gasvrou, is 'n netjiese, maar teruggetrokke vrou, sy kom amper verskonend voor. Marie Maritz is duidelik die voorbok van die groepie. Uitgesproke, voor op die wa, sonder 'n filter. Liezel Scholtz is 'n tipiese afgetrede onderwyseres. Statig, formeel, dit klink of sy 'n woordeboek ingesluk het.

Anchen verwoord die vraende uitdrukkings op almal se gesigte: "Waarmee kan ons help, meneer Van Aarde? Jy sê jy is 'n privaat speurder?"

"Noem my sommer Jack, Anchen, ek is nie 'n meneer nie," antwoord Jack rustig. "Dis nogal 'n netelige saak, ek weet nie mooi waar om te begin nie …"

Marie is onmiddellik vyandig. "Magtag man, kom tot die punt. Ons het nie heeldag tyd nie!"

Jack vererg hom effens vir die vrou se onverwagte aggressie, maar hy laat niks blyk nie. "Ek is bly dat ek die drie van julle hier bymekaar gevind het, want hierdie saak raak julle al drie." Hy wend hom tot Anchen. "Mag ek vra, waar is jou man, Anchen?"

Sy geoefende oog merk dadelik dat sy vraag haar onkant betrap het, maar sy probeer hard om kalm te bly. "My man? Hy … Gary is nie hier nie. Wat wil jy met hom maak?"

"Ek kom daarby," is Jack se reaksie. "Ek vra weer, waar is Gary?"

Marie tree weer tussenbeide. "Wat de hel het dit met jou te doen, Meneer? Jy hoor mos nou, hy is nie hier nie!"

"Waarom so aggressief, Marie? Het julle dalk iets om weg te steek?"

"Soos wat?" kap sy terug. "Sê jy liewer vir ons, wie de hel is jy eintlik?"

Jack ignoreer haar vraag. "Wanneer laas het jy jou man gesien?" vra hy weer vir Anchen.

Sy huiwer 'n oomblik, maar Liezel tree hierdie keer tussenbeide: "Grote gedorie, meneer Van Aarde. U ontstel vir Anchentjie. Haar man is uitstedig vir 'n paar dae."

Hierdie drie is duidelik besig om iets te probeer toesmeer. Maar Jack besluit om hulle genoeg tou te gee om hulself mee op te hang. "Uitstedig?" wil hy sarkasties weet. "Waarheen nogal?"

Anchen is duidelik van stryk gebring. "Hy is … Ek bedoel, wat probeer jy sê?"

Jack besluit om sy kaarte op die tafel te gooi. "Jou man is weg, Anchen. Jy weet nie waar hy is nie. Trouens, jy het hom presies 'n week gelede vir die laaste keer gesien. Is ek reg?"

Niemand sê 'n woord nie. Jack hou hulle onderlangs dop. Anchen kyk af na die vloer, sy is doodsbleek. Liezel en Anchen kyk vlugtig na mekaar en dan weer grootoog na Jack.

"Ek vra, is ek reg?" wil Jack weer weet.

Marie kom eerste tot verhaal. "Man, *so what* as ons hom laasweek laas gesien het? Die man verdwyn van tyd tot tyd so vir 'n paar dae, dis niks nuuts nie. Hy lê waarskynlik êrens by een van sy bywywe. Hoe moet ons weet?"

Jack bly 'n oomblik stil voordat hy die bom laat val.

"Ons het sy lyk in die rivier gevind."

Anchen snak na haar asem. Die ander twee probeer hard om uitdrukkingloos te bly, maar Jack kan sien hoe die kleur uit hul gesigte verdwyn.

"Wat? Wat bedoel jy, sy lyk? Is hy … Bedoel jy hy is dood?" stotter Anchen. Dat sy geskok is, is duidelik. Maar Jack is redelik seker dat dit nie soseer die doodstyding is wat die skok veroorsaak nie, maar eerder die feit dat die lyk ontdek is.

"Kom nou, Anchen," sê hy selfvoldaan. "Laat ons liewer nie speletjies speel nie. Kom ek maak dit maklik. Ek weet dat julle drie sy lyk in die rivier gaan gooi het. Moenie eers probeer om dit te ontken nie."

Anchen kyk na Marie en sê sag: "Ek het dit geweet … ek het julle gesê …"

"Hou jou bek, Anchen!" snou Marie haar toe, en dan wend sy haar tot Jack. "Wat presies probeer jy sê, Meneer?"

"Kyk," antwoord Jack. "Ek gaan nie woordspeletjies met julle speel nie. Feit is, hy is dood en julle drie het sy lyk verlede Dinsdagnag in die rivier gaan gooi. Die raaisel wat ek hier is om te ontrafel, is natuurlik, wie van julle het hom doodgemaak?"

Liezel kyk Jack vierkantig in die oë. "Dit wil vir my voorkom asof u 'n breinpouse ervaar, meneer Van Aarde. Ek aanvaar jy het bewyse vir hierdie ongeldige beskuldiging?"

"Ek wéét, Liezel, glo my, ek wéét. Maar wat ek nog nie weet nie, vir die tweede keer, is, wie het hom doodgemaak?"

Daar is 'n oomblik stilte. Anchen sit en wieg stadig heen en weer met haar oë steeds op die vloer. Sy fluister aanhoudend iets onhoorbaar.

Marie is dadelik op haar perdjie. "Luister jý nou mooi, meneer *Private Eye*. Wie dink jy is jy om ons te beskuldig? Is jy miskien 'n poliesman? Van wanneer af word moordsake deur privaat speurders ondersoek? Waar is die polisie?"

"Luister hier," sê Jack. "Dit sal beter vir julle almal wees as julle nou die waarheid praat. As julle eerlik is, kan dit net in julle guns tel."

"Meneer van Aarde," sê Liezel. "Ons is al drie met kierieverlof. In teenstelling met uself het ons al 'n ent op die lewenspad gevorder. Verduidelik vir my, hoe op dees aarde dink u sou ons drietjies dit regkry om die man die wêreld vol rond te dra en in die rivier te gaan gooi?"

"Daar is maniere," sê Jack. "Mens hoef nie groot en sterk te wees om 'n lyk rond te beweeg nie. Maar ons kan later die "hoe" bespreek. Vir nou wil ek weet, wie was vir sy dood verantwoordelik?"

"Aag magtag man ..." begin Marie, maar Liezel val haar in die rede.

"U mag dalk dink dat ons onkundig is, meneer Van Aarde. Maar u sal verkeerd wees. Ons het regte, en u oortree nou op ons terrein!"

Jack begin effens kriewelrig voel. Hy het gehoop om die dames te intimideer deur hulle direk te konfronteer, maar dit lyk nie asof sy pogings vrugte afwerp nie.

Dan vervat Liezel: "Marie is heeltemal korrek. Moordsake word deur die polisie ondersoek. Hoe kan ons vir seker weet dat u is wie u voorgee om te wees?"

"Dames," sê Jack versigtig. Hy mag nie beheer van die situasie verloor nie. "Die polisie is deeglik bewus van my besoek hier. Trouens, ek is persoonlik deur kolonel Van Schalkwyk van Moord en Roof gevra om te kom ondersoek instel. Deur oop kaarte te speel, kan net tot julle voordeel wees." Hy hoop nie dat hulle dit in hul koppe kry om vir kolonel Van Schalkwyk te kontak nie, want dié weet uiteraard niks van sy besoek nie.

Anchen snik nou openlik. Liezel hou 'n snesie uit na haar toe. "Hier, Anchentjie, hier is vir jou 'n snoetsponsie. Moenie dat hy jou so ontstel nie, vrou." Dan kyk sy weer na Jack. "As u nie 'n lasbrief of ander dokumentasie kan verskaf wat u bemagtig om hier te wees nie, moet u liewer nou gaan, meneer Van As."

Jack voel hoe die frustrasie in hom opwel. "Ek sal loop as dit is wat julle wil hê," antwoord hy met soveel selfvertroue as waartoe hy in staat is. "Maar julle moet besef, die polisie gaan nie so geneë wees met julle stories nie. Julle sal voor die voet gearresteer word en dan moet julle in aanhouding probeer om hulle te oortuig dat julle onskuldig is. Ek is hier om dit vir julle makliker te maak."

"Deur ons van blerrie moord te beskuldig?" snou Marie hom toe. "Moenie my laat lag nie. Wie de hel dink jy ís jy?"

Miskien moet hy 'n effens sagter benadering probeer, dink Jack stilweg. "Kyk," begin hy. "Dis nie my bedoeling om julle aan te val nie. Ek probeer net agter die waarheid kom. Ek glo nie dat een van julle 'n koelbloedige moordenaar is nie. Maar ek weet dinge. As julle vir my vertel wat werklik gebeur het, kan ek julle dalk help."

"Dit was ek!" Anchen se bekentenis kom uit die bloute. "Ek het hom doodgemaak. Hierdie twee is onskuldig."

"Só onskuldig is hulle darem ook nie, Anchen," antwoord Jack. "Hulle het jou gehelp om die lyk in die rivier te gaan gooi. Dit maak hulle minstens medepligtig."

Anchen lyk skielik rustig, maar terselfdertyd ook broos. "Jy is reg as jy sê dat ons nie koelbloedige moordenaars is nie, Jack. Dit was 'n ongeluk. Maar ék is die een wat verantwoordelik was vir sy dood."

"Vertel my meer," por Jack haar aan.

"Hy het my aangerand," vervat sy. "Hy het my gereeld aangerand."

"Daarvan kan ons almal getuig," kom dit van Marie. "Die wetter was 'n vark! Om nie eens van sy rondslapery te praat nie. Hy het net gekry wat hy verdien het."

"Dit kan ek met 'n oop gemoed beaam," sê Liezel. "Die man was niks meer as 'n suurstofdief nie. Sy afsterwe sal die wêreld 'n beter plek maak."

Jack hou sy hand in die lug. "Ja, toe nou maar, kom ons hou by die punt. Vertel vir my wat gebeur het, Anchen."

Anchen glimlag effens terwyl sy voor haar uit staar. "Hy het nie verlede Dinsdag gaan werk nie. Hy wou hê ek moes vir hom iets by die apteek gaan kry, maar dit was vyf minute voor die leesgroepie hier sou opdaag. Toe ek weier, haak sy kop weer uit. Hy het my begin rondstamp. Hier, in die sitkamer. Toe klap hy na my, maar toe koes ek en hy slaan mis. In die proses het hy sy balans verloor. En toe vat ek my kans en stamp hom eenkant toe."

Sy bly stil en tuur in die verte. Na 'n paar sekondes vervat sy sag: "Hy het sy kop teen die hoek van daardie staal tafeltjie gestamp. Toe ek by hom kom, was hy dood."

"Hoekom het jy nie die polisie gebel nie?" wil Jack weet. As dit 'n ongeluk was ..."

"Ék het vir haar gesê om nie polisie toe te gaan nie," kom dit van Marie. "Die vrou is al deur genoeg met die blerrie vark. Sy het nie nog al die vrae en ondersoeke nodig nie. Ek het gesê ons moet eenvoudig van die lyk ontslae raak."

"Was jy hier toe dit gebeur het?" vra Jack.

Dis Anchen wat antwoord. "Sy was die eerste een van die leesgroepie wat opgedaag het. Net na die voorval met Gary."

"Julle besef dat julle dit vir julleself moeilik gemaak het deur sy dood te probeer toesmeer?"

Liezel se volgende woorde neem die wind effens uit Jack se seile: "Anchentjie is onskuldig, meneer Van Aarde. Ek is die ware skuldige."

"Ekskuus?" Jack se mond val byna oop van verbasing.

"Bly stil, Liezel!" sê Anchen hard. "As enigiemand skuldig is, dan is dit ek. Ek is bereid om die gevolge te dra."

Voordat Jack 'n woord kan uitkry, spring Marie hom voor. "Okay, genoeg nou hiervan. Siende dat julle altwee die blaam wil vat, kan ek maar net sowel erken. Ék was die een wat hom eintlik doodgemaak het."

"Moenie laf wees nie, Marie," antwoord Anchen dadelik. "Ek weet wat jy probeer doen, maar jy kan nie sommer die blaam op jou wil vat nie."

Wag so bietjie," keer Jack. "Wat gaan hier aan?"

"Ek het jou die waarheid vertel, Jack. Dit was ék," sê Anchen beslis.

"Aag, hou jou smoel man!" snou Marie haar toe. "Daar is iets wat julle nie weet nie. Ek sê julle, ék het die vark uit die lewe gehelp."

Liezel en Anchen probeer tegelyk reageer, maar Jack maak hulle stil voordat hulle iets kan sê. "Stop dit, dames!" sê hy met sy hande in die lug. "As hierdie 'n taktiek van julle is om die waarheid toe te smeer, dan gaan dit nie werk nie."

Liezel is die een wat eerste reageer: "Laat ek verduidelik, meneer Van Aarde. Toe ek arriveer, toe lê die lyk ... Ek bedoel ... toe lê hy nog daar. Ek het aangebied om te help om hom te verwyder."

"Ja ... en?" wil Jack weet toe sy 'n oomblik huiwer.

"Ons wou hom hier uitkry en skoonmaak voor iemand anders dalk opdaag. Ek het hom aan die skouers beetgekry terwyl hulle sy voete vasgehou het. Maar toe ons die deur bereik, gaan sy oë skielik oop."

Jack is stomgeslaan. "Toe gebeur wát?"

"Toe maak hy sy blerrie oë oop, watter deel verstaan jy nie?" wil Marie ergerlik weet. "Sy bedoel die vent het bygekom!"

Liezel is duidelik ontsteld. "U moet verstaan, meneer Van Aarde. Ek het ontsaglik groot geskrik. Asseblief, dit was nie my intensie nie ..."

"Toe laat val sy hom en moer hom met 'n marmer pot oor die kop," tree Marie tussenbeide. "Maar jy hoor mos, dit was 'n ongeluk. Sy het haar gat af geskrik. Wat sou jý gedoen het?"

"Okay, stop die lorrie," sê Jack moedeloos. Hy is nie seker hoe om die situasie te hanteer nie.

"Ek weet Liezel jok nie doelbewus nie," sê Anchen. "Maar sy is verkeerd. Ek kan jou verseker hy was reeds dood."

"Man, ek sê julle, ék was verdomp die laaste een wat hom doodgemaak het," kom dit ergerlik van Marie.

"Maar hoe ...?" wil Jack verdwaas weet.

"Man, toe ons hom in die kar se *boot* gelaai het, moes ek daar staan en kywie hou terwyl hulle alles hier binne opruim. Toe maak die wetter weer sy oë oop. Die man is soos 'n kat met nege lewens, hy wou net eenvoudig nie vrek nie. Toe dink ek, as ek hom los, gaan hy net weer jou lewe hel maak, Anchen. Toe wurg ek die helsem tot hy dood is."

Anchen snak geskok na asem. Jack is stomgeslaan. Drie moordenaars! Wat maak 'n mens daarmee? Een ding is duidelik. Hulle het nie ooghare vir die man gehad nie. Hy was 'n vroueslaner, dalk het hy verdien wat met hom gebeur het ...

"More, more, dames!" Die stem laat almal ruk van skrik. In die deur staan Gary Conradie in lewende lywe, met 'n swaar verbinde kop.

"Jy!" roep Anchen geskok uit. Liezel lyk of sy gaan flou val.

"Moer!" sê Marie.

Gary grinnik. "Julle het mý nie verwag nie, het julle?"

"Maar hoe de hel ...?" sê Marie.

"Wat maak jy hier?" wil Jack ergerlik weet. "Ek het gesê jy moet wag tot ek jou kontak."

"Laas toe ek gekyk het, was ék die baas, Jack," sê Gary sarkasties. "Laat ons nie vergeet wie werk vir wie nie."

"Jack ...?" Anchen kyk vraend na Jack.

"Gary het my gehuur om uit te vind wie van julle vir sy sodanige 'dood' verantwoordelik was," beantwoord Jack Anchen se vraag.

Voordat sy kan reageer, gaan Gary voort: "Julle is só blerrie *useless* dat julle nie eers 'n behoorlike moord kan pleeg nie. Ek onthou ons twee se onderonsie hier in die sitkamer, Anchen my lief. Ek het my kop gestamp en my bewussyn verloor toe ek geval het. Die volgende wat ek kan onthou, was toe julle drie besig was om my van die brug af te gooi, die rivier in. Ek was net te laat om dit te keer. Maar gelukkig kan ek swem."

"Lyk my hy het wragtig nege lewens," mompel Marie onderlangs.

Gary ignoreer haar en wend hom tot Jack. "Nou toe, meneer die privaat speurder, watter een van hierdie tewe wás dit? Jy het genoeg tyd gehad om uit te vind."

Jack huiwer 'n oomblik voordat hy reageer. Die man se houding het hom van die begin af nie aangestaan nie. En ná wat die dames oor hom te sê gehad het, begin alles sin maak.

"Dis bietjie ingewikkeld, Gary ou maat," sê Jack sarkasties. "Maar die *bottom line* is, jy het daarvoor gesoek."

"Wat bedoel jy?" wil Gary verontwaardig weet. "Ek dink dis tyd om die polisie hier te kry. Bel hulle. Nou!"

"Gary, asseblief ..." begin Anchen. Maar Jack maak haar stil met sy hand.

"Wil jy regtig hê ek moet die polisie laat kom, Gary?" sê hy. "Wat dink jy gaan hulle doen? Die dames toesluit? Vir wát? Hier is geen misdaad gepleeg nie."

Gary vererg hom oombliklik. "Is jy nou skielik kop in een mus met hulle? Dit was ten minste poging tot moord. Ek sê, bel die polisie!"

Jack glimlag en antwoord rustig: "Jy is die baas, Gary ou maat. As jy sê bel, dan bel ek. Maar wil jy regtig hê die polisie moet weet van jou vroueslanery? As hulle kom, sal ek persoonlik sorg dat Anchen 'n formele klag teen jou lê. Hier is twee getuies wat kan bevestig dat jy haar oor 'n lang tyd verniel het. Moet ek hulle bel of nie?"

"Sê hom, Jack!" sis Marie.

Gary is uit die veld geslaan. "Wat de hel ...? Het hulle jou kop vol nonsens gestop?"

Jack kyk rustig na Gary. "Ek is nie onder 'n kalkoen uitgebroei nie. En ek sê nou vir jou, jy het vir die laaste keer in jou lewe aan hierdie mooi vrou van jou geslaan. As sy by jou wil bly, is dit haar saak. Maar ek sal sorg dat jy nooit weer aan haar raak nie."

"Ek by hóm bly?" sê Anchen verontwaardig. "Dit sal die dag wees! Hierdie is mý huis, Gary Conradie. Trap! Voor ék besluit om die polisie te bel.

"*You go, Girl!*" sê Marie.

"Vir wat staan jy daar soos 'n barsblerts wat dreig om te ontplof?" Liezel knipoog onderlangs vir Jack. "Jy het gehoor wat Anchentjie sê. Tyd vir jou om te verdwyn, voordat ons besluit om ons fout van verlede week reg te stel!"

'n Perfekte snit

©Elize Ehlers

'n Donkergeklede figuur sluip versigtig in die agterplaas rond. Die vlymskerp lem weerkaats in die dofverligte lantern in sy hand. 'n Perfekte snit en die bloed spuit, gevolg deur 'n gedempte waansinnige kekkellaggie!

Charmaine, die bibliotekaresse, se oë is bloedrooi gehuil. Die grusame toneel waarop sy vanoggend afgekom het, vul haar met weersin, maar ook met oneindige hartseer oor die verlies van haar pragtige Labrador. Sy doen haar werk pligsgetrou, maar haar aandag is glad nie daarby nie: "Wie sal só wreed wees?" snik sy. Die spanning in die klein kusdorpie is voelbaar.

Die speurder wie se bestaan geheim gehou word, staar peinsend voor hom uit. Dit is die twééde hond wat keelaf gesny word! Die motief pla hom die meeste en hoekom word die honde se linkeroor afgesny? Sou dit iemand wees wat net nie van honde hou nie, of is daar 'n kranksinnige tussen hulle? Feit is, nie een van die twee het 'n gewete nie! Hoe kry die persoon dit reg om vrylik tussen die honde te beweeg sonder dat hulle 'n lawaai opskop? Dit moet definitief iemand wees wie se reuk hulle goed ken!

Jack Jordon is vandag gelukkig. Elke keer wat hy lyn ingooi, het hy 'n vangs! Eer dit donker word maak hy die visse vinnig en behendig skoon. Die vlymskerp lem flits in die son. Ander vissermanne het al probeer uitvis watter tipe aas hy gebruik, maar Jack se kortaf gegrom het hulle vinnig afgeskrik. Dit is duidelik dat die vreemdeling alleen gelaat wil wees. Hy verkoop sy vis nét aan die vismark. Húlle het ook al geleer om liewers nie praatjies te probeer maak nie. Sy grou oë is koud en onvriendelik.

Jack is 'n baie aantreklike man en mooi gebou. Wilmien 'drool' behoorlik as sy hom sien. Sy bot houding skrik háár glad nie af nie. Haar bynaam is nie verniet Wilde Willemien nie, want sy los géén man uit nie. Mans los háár ook nie uit nie. Sy het groen oë en raafswart hare wat glad afhang tot in haar middel. Sy is glád nie skaam om haar bates ten toon te stel nie. Wilmien het dit haar missie gemaak om Jack se aandag op haar te vestig en volg hom na die pub. Daar hang orals dofverligte lanterns wat 'n romantiese atmosfeer skep. Sy gaan sit teenaan hom. Jack vererg hom gruwelooslik en skuif 'n entjie weg. Hy sluk sy drankie met een teug klaar en verdwyn net so stil soos wat hy gekom het.

Wilmien gluur uitdagend na die ander mans wat met haar spot. "Julle stink na vis!" skel sy.

Sy maak geen hond haaraf by Jack nie en gooi naderhand tou op. "'n Mens het ook darem jou trots, weet jy," mompel sy onderlangs.

Haar ma kyk haar skeef aan: "Jy kuier te veel by die kroeg! Wanneer laas het jy met Karien gesels?"

"Ag ma, vir daardie preutse meisietjie het ek nou rêrig nie lus nie. Sy kan skaars pruim sê! Loop mos elke dag met 'n swetterjoel honde rond. Die oumense glo mos nou eenmaal dat hulle opgepiepte honde hul daaglikse oefening moet kry. Nee dankie, ék sal nie soos sy, ander mense se hondestront optel nie!"

Karien het by haar grootouers grootgeword nadat haar ouers in 'n motorongeluk oorlede is. Sy is uitgeslinger toe die motor begin tol het. Karien het ernstige hoofbeserings opgedoen en moes van vooraf leer loop en praat; sy was maar net drie jaar oud gewees. Haar tong sleep nog steeds as sy praat. Die ander kinders het haar ongenadiglik gespot: "Sssannie sssleep sssewe sssakke sssout!"

Die rooikop se aggressie het elke dag toegeneem, tot op 'n dag dat sy een van die seuns met 'n harde vuishou bygedam het. Dit het haar groot genot verskaf toe die bloed by sy neus uitspuit! Die bloed het Karien gefassineer. Daar word gefluister dat sy haarself sny, dis hoekom sy net langmou bloesies dra

Jack hou haar altyd dop van waar hy visvang. Hy bewonder haar omdat sy vyf honde – met haar tingerige lyfie – so behendig kan hanteer. In werklikheid is sy gatvol. Dit het begin met twee honde wat aangegroei het na vyf. Sy voel hulle misbruik haar! Niemand bied eers aan om haar finansieel te vergoed nie!

Waaibaai is wéér in rep en roer; nóg 'n hond het grusaam gesterf. Tannie Wena is ontroosbaar. Dinge begin nou 'n ernstige wending aanneem. Die polisie kordon die huis en erf af. Daar word intens ondersoek ingestel, maar dit lewer niks op nie. Die speurder was reeds vóór hulle daar. Hy kon dit netsowel vir hulle gesê het, maar dit is belangrik dat niemand weet wat sy identiteit is nie. Die buurtwag is net so verslae. Hulle is baie meer paraat as gewoonlik, maar merk niks buitengewoon op nie!

Oom Stefaans, met sy seningrige lyfie, sit soos gewoonlik op die hotel se stoep. Hy suig ingedagte aan sy dooie pyp. Almal dink hy is seniel en weet nie wat om hom aangaan nie, maar hulle sit die pot ver mis! Hy sien en hoor alles en nóg meer, want hulle praat onbeskroomd voor hom. Hy kyk knorrig na die gemaal en geraas van mense wat erg omgekrap voor die polisiestasie saamdrom.

"Mog al julle honde vrek! Hulle is net 'n oorlas wat my snags uit die slaap hou met hul irriterende geblaf!" kekkellag hy.

Stefaans se jong vriend, Ben Barnard, kyk hom vreemd aan. Hy is in 'n rolstoel gekluister na 'n motorfietsongeluk. 'n Geheimsinnige glimlag speel om sy mond; die lewe het reeds teruggekeer na sy bene. Hy stap snags lang ente om sy bene te oefen. Nog net 'n paar dae, dink hy, dan skud ek hierdie dorpie se verdomde stof van my voete af!

Jack kom oor die pad aangestap. Hy groet nie, bestel net 'n bier en staar voor hom uit. Sy gedagtes loop ver paaie. Sy grou oë verhard wanneer hy aan sy pragtige Katryntjie dink wat so tragies gesterf het. Verbitterd wonder hy waarheen die chirurg verdwyn het nadat hy aangekla is omdat hy onder die invloed was toe hy Katryntjie geopereer het. Hy sal hom met sy kaal hande verwurg as hy hom in die hande kry!

Na Katryntjie se begrafnis het Jack in sy motor geklim en sonder vooraf beplanning net in 'n rigting ingery. Toe hy die naambordjie, Waaibaai, sien het dit sy nuuskierigheid geprikkel. Hy was aangenaam verras en het besluit om permanent aan te bly. Tot sy verbasing het hy 'n baie ou vriend, Butch, daar raakgeloop. Butch, groot en grof gebou, het sy naam te danke aan die feit dat hy 'n slagter is. Niemand weet dat hy vir 'n paar jaar in die gevangenis was vir manslag nie. Nie eers Jack weet van Butch se vinnige humeur nie. Butch verkies om eerder met diere te werk, want diere praat nie!

Nog mense daag by die hotel op. Dik Frik se harde stem styg bo al die ander uit: "Genoeg is genoeg!" 'n Koor stemme beaam wat hy sê.

"After all, it might be one of my sheepdogs!" roep Emile uit wat 'n kleinhoewe in die nabye omgewing besit. Karien laat ook haar stem hoor: "As ek hom in die hande kry, maak ek hom vrek!"

Petrus Visagic, alias Hendrie Schlebush, sleepvoet stadig verby die hotel; hy hoop dat iemand vir hom 'n geldjie sal gee. Toe niemand aan hom aandag skenk nie, mompel hy iets onwelvoegliks. Sy taal is net so vuil soos sy bebaarde gesig en klere! Hy sak beskonke in 'n patetiese bondeltjie langs die trappies neer en trek sy laphoed laag oor sy oë. Hy skop na die poedeltjie wat aan sy voete kom snuffel. Hy kon honde nog nooit verdra het nie, want hulle is vuil en vol kieme. Sy mond trek wrang. Hy was tot onlangs nog 'n skatryk chirurg gewees. Hy voel-voel aan die skalpel wat nog onwettig in sy besit is. Toe dinge skeefloop, het hy dit ingedagte in sy sak gedruk en net met die klere aan sy lyf gevlug ... Dit was 'n eenvoudige skildklier-operasie ... 'n Perfekte snit, maar te diep!

Nóg 'n hond word ámper 'n slagoffer! Die maniak vlug betyds, maar die speurder is warm op sy spoor!

Jack het wel toevallig in Waaibaai opgeëindig, maar toe hy verneem van die honde het hy sy dienste as privaat speurder aangebied. Hy hou Ben Barnard al lankal dop. Hy agtervolg hom elke aand. Jack kon hom nog nie op heterdaad betrap nie, maar hy weet vir seker dat dit net Ben kan wees. Ben het vir 'n hond uitgeswaai met sy motorfiets en in 'n rolstoel beland. Almal weet dat hy galbitter is omdat sy verloofde hom versaak het. Hy het daarna weinig met iemand gepraat, daarom weet niemand dat hy die gebruik van sy bene intussen herwin het nie.

Jack agtervolg Ben tot by die T-aansluiting. Ben staan vir 'n wyle stil asof hy nie seker is of hy links of regs wil gaan nie, maar voordat hy 'n verdere tree kan gee, keer Jack hom voor.

Ben protesteer hewig en sit hom teë, maar Jack het hom stewig beet en boei sy hande. Hy neem hom na die polisiestasie.

Die bevelvoerder is in sy noppies. "Dankie tog," sug hy.

"Baie geluk met jou knap speurwerk, Jack!" wens die bevelvoerder hom geluk.

Ben dring aan op 'n prokureur, maar die sal eers die volgende dag uit die stad arriveer. Intussen is hy die hoofverdagte en word as sodanig gevange gehou.

Dit is tyd om aan te beweeg ... Toe alles rustig is, sluip 'n donkergeklede figuur uit die dorp met 'n dofverligte lantern. In die rugsak is 'n vlymskerp mes en drie honde-ore. By die T-aansluiting skeur 'n waansinnige gekekkel deur die nag!

Skaduman

©Vanessa Bownass

Ellie du Randt stap die tuinpaadjie met grasie op. Dit is 1944 en vroue in haar professie is skaars, baie skaars. Niemand glo dat 'n vrou daartoe in staat is om privaat speurwerk te doen nie. Sy glimlag fyn. Hulle eerste fout.

Sy bestyg die rooi gepoleerde trappe van die netjiese mynhuisie en stop eers by die voordeur. Sy haal 'n slag diep asem voor sy deur die oop deur tree. Sersant Malherbe, die Bulhond van Hillbrow, het haar gewaarsku dat die 'n uitermatige lelike toneel is. Iets wat hy in sy dertig jaar in die diens nog nooit gesien het nie.

Oral staan polisiemanne rond. Sy tree die sitkamer binne en dit kos al haar wilskrag om nie 'n spier te verroer as haar blik op die toneel voor haar val nie. Sy weet dat elke oog in die vertrek op haar is en wag vir 'n teken van "vroulike" swakheid.

Die eerste detail wat haar opval is dat ten spyte van die gruheid van die moord, is daar nie 'n spatsel bloed te bespeur nie. Die jong vrou lê op haar rug met haar een arm oor haar bors gevou en die ander langs haar sy. Haar hare is uitgekam en lê oor haar skouers. Op haar kop is 'n kroontjie van madeliefies terwyl haar kop op 'n kussing rus. Sy is geblinddoek met 'n breë wit satyn lint. Dit is egter die woord "Indignus" met ink op die wit satyn geskryf wat haar aandag monumenteel vasvang. Die letters is handgeskrewe en staan grotesk en slordig uit teen die netjies uitgelêde toneel.

Ellie haal haar notaboekie uit haar handsak en skrabbel die woord "Indignus" neer.

Dan gaan haar oë verder oor die meisie op die vloer. Sy dra 'n lang goue aandrok, maar sy is kaalvoet. Haar voete is skoon en dui duidelik aan dat sy beslis nie hierheen geloop het nie.

Stadig draai sy haar oë na die porseleinbakke om die slagoffer. Sy hou haar gesig uitdrukkingloos en is dankbaar vir haar baadjie se hoë kraag sodat die manne nie sien hoe swaar sy moet sluk nie. Netjies in elke bak om die slagoffer is haar organe, oënskynlik ook heeltemal gedreineer van bloed. Die toneel voor hulle is met presiesheid en groot sorg uitgelê.

Sersant Malherbe kom nader en sy kan die vrae in sy oë sien. Voor hy by haar is, buig sy egter af en snuif liggies. Ten spyte van die feit dat die meisie oopgesny was om haar organe te verwyder, is die reuk van bloed totaal afwesig. Sy ruik egter wel die subtiele reuk van formaldehied.

Sy wink een van die jong konstabels nader wat lyk of hy enige oomblik gaan histeries of flou raak. Hy trap versigtig om die porseleinbakke en buk langs haar. Sy is bekommerd oor die bleekheid om sy mond. "Sê gou voor jy begin opgooi … wat val jou op van die toneel?"

Die konstabel vergeet vir 'n oomblik van sy naarheid en kyk verward van haar na sersant Malherbe.

"Loop tog hier uit, Theron. My magtig, wat jy in die polisie soek sal net jy weet. Toe TRAP!"

Die arme konstabel maak hom vinnig uit die voete en Malherbe kniel langs Ellie. "Wat pla, Ellie?"

Ellie vat aan die meisie se middel en knik dan net. "Die moordenaar het groot sorg geneem om haar so lewendig as moontlik voor te stel. Tog as dr Scheepers haar ontklee sal hy heel waarskynlik vind haar middel waar die organe verwyder is, is met verbande toegedraai. Ek vermoed die leemte in haar abdomen is deeglik uitgebloei. As ek reg is, sal sy gestop wees met sout en verbande. Hy het haar met formaldehied uitgewas om ontbinding te probeer vertraag, maar hy wou nie die reuk van die formaldehied te opsigtelik hê nie, sodat hy die illusie van haar wat slaap kon skep." Sy druk liggies teen die meisie se neuspunt en knik haar kop. "Dr Scheepers sal ontdek dat haar brein ook verwyder was deur haar neus. Sersant ons slagoffer is simbolies gemummifiseer soos die antieke Egiptenare dit gedoen het!" Ellie wys na die blinddoek. "Die blinddoek is egter uit plek uit. En die woord "Indignus" is Latyn. My Latyn is so bietjie verroes, maar as ek dit nie verkeerd het nie, beteken indignus, onverdiend." Ellie frons diep. Wat is egter onverdiend? Waarom al die moeite doen om die meisie aan te trek en voor te berei en dan die woord onverdiend op haar liggaam te los?

Sy steek haar hand onder die meisie se nek in en haar geoefende vingers vind waar na sy soek. "Dit maak net nie sin nie, Sersant. Waarom dít ..." Ellie wys na die bakke om hulle "aan haar doen, maar tog haar nek breek. 'n Bloedlose moord!" Ellie kyk weer na die toneel. "Was die 'n moord, of was dit 'n offerande?"

Malherbe haal sy hoed af en krap sy kop. Hierdie gaan 'n saak vir die geskiedenisboeke word, want geen mens by sy normale verstand kon die gruweldaad gepleeg nie.

"Sersant, hoe het julle haar gekry?"

Malherbe krap weer sy kop "Dis is die vreemdste ding. Ek het 'n bossie met madeliefies op my tafel gekry met net 'n nota by wat gesê het dat ons ons vermiste meisie hier sal vind."

Ellie knik. Sy en die polisie soek die laaste paar dae al na Olivia Carpenter. Sy laat haar kop sak. Watter soort dier was hier aan die werk?

Ellie kyk om haar rond. Dit is duidelik dat die huis al geruime tyd leeg staan. Sy gaan na die voordeur en sien dat die deur oopgebreek was. Netjies met minimale skade aan die deur. Hulle skuldige is baie noukeurig en sy elke daad is wel deurdink. 'n Ooglopend oopgebreekte deur sou te veel aandag getrek het. "Sersant, het julle die badkamer en kombuis deursoek?"

Malherbe knik. "Daar was geen teken dat iemand in die res van die huis was nie." Hy kyk na die meisie op die grond "Waar die arme kind ook al aan haar einde gekom het … dit was beslis nie in die huis nie!"

"Ek stem saam. Het sersant dalk daai nota hier?"

Malherbe haal die nota uit sy hemp se sak. Ellie maak dit oop en haar oë gly oor die woorde voor sy na die inkletters op die lint kyk. Haar verwardheid neem toe. "Wie ook al die nota geskryf het, het nie die woord op die lint geskryf nie."

"Dis wat ek ook opgemerk het. Die skrywer van daai nota se handskrif is pynlik netjies, amper of hy eers elke woord deurdink het voor hy dit geskryf het. Die woord op die lint daarenteen lyk of dit vinnig gekrabbel was. Die nota is in vaste, vloeiende hand geskryf, terwyl die skrif op die lint los en slorderig is. Amper asof die skuldige haastig geword het.

Ellie frons weer. Absoluut niks aan die saak maak sin nie.

Ellie sit vir 'n oomblik in haar Buick voor sy die moed het om uit te klim. Dit is die een deel van haar werk wat sy haat.

Sy is drie dae terug deur Olivia Carpenter se ouers gehuur om hulle enigste kind op te spoor nadat sy nie huis toe gekom het vanaf haar beste vriendin se verjaarsdagpartytjie nie.

Vanoggend het sy haar gevind en moet sy die gru besonderhede met die meisie se ouers deel. Tog weet sy dat haar ouers onwetend belangrike leidrade kan verskaf aangaande Olivia se moord.

Ellie klim uit haar motor en bestyg die trappe. Sy haal diep asem voor sy die swaar klopper lig. Sy wag nie lank voor die diensmeisie die deur oopmaak en haar binnenooi nie. Sy neem haar na die klein sitkamertjie waar sy net dae vantevore die Carpenters die eerste keer ontmoet het.

Ellie gaan sit op die bank, maar sy wag nie lank voor sy die haastige voetstappe van 'n vrou in die gang hoor afkom nie.

Mevrou Carpenter kom amper die vertrek binnegestorm, haar oë angstig en vol hoop. Dit moes die uitdrukking op Ellie se gesig gewees het wat haar eerste die waarheid laat besef het. Ellie sien die lig van hoop in die ou dame se oë sterf en sy tree vorentoe as mevrou Capenter huilend vloer toe sak.

Heelwat later sit die ouer vrou net voor haar en uit staar. "Waar is u man, Mevrou. Kan ek hom nie vir u bel nie?"

Cynthia Carpenter skud net haar kop. "Hy spandeer al sy dae by die universiteit. Van die oorlog uitgebreek het en hy nie meer ekspedisies na Egipte toe kan lei nie, is hy soos 'n vasgekeerde dier. Ons Livie sou haar pa die jaar op haar eerste ekspedisie Egipte toe vergesel het!" Cynthia snik die laaste woorde uit.

Ellie frons ... Olivia was 'n Egiptologiese student. "Mev Carpenter, ek weet dit is moeilik, maar ek moet weet. Het Olivia enigsins 'n verhouding met een van haar medestudente gehad?"

Cynthia skud haar kop. "Livy het gelewe vir haar studies. Sy was 'n ernstige student. Darla se verjaarsdag was die eerste keer in maande wat sy uitgegaan het."

Ellie plaas haar hand oor Cynthia s'n. "Mag ek asseblief nog een keer na haar kamer gaan kyk?"

Die ouer vrou knik net en Ellie verlaat die vertrek stil.

Olivia se kamer lewer egter niks op nie. Al wat Ellie kon vind was 'n gaping in haar dagboek elke Woensdae tussen twaalf en twee.

Sy gaan terug sitkamer toe en vind die ouer vrou steeds verwese by die venster en uitstaar. "Ek is jammer om u met nog net een vraag te steur, maar weet u dalk of Olivia Woensdae tussen twaalf en twee 'n afspraak gehad het."

Cynthia kan egter net haar kop skud en Ellie lê haar hand vertroostend oor haar hande. Sy voel jammer om haar te los, maar sy het leidrade om op te volg.

Swart oë staar na die deur. Hy gooi sy kop terug in ekstase. Hy het sy blonde godin gevind en haar verlos van die vleeslike bande wat net haar skoonheid sou verwoes het. Hy giggel as hy in die spiel kyk "Ek het die leidraad gesien wat jy vir hulle probeer los het! Stoute, stoute Albertus!" Weer giggel hy histeries.

Ellie stap by sersant Malherbe se kantoor in nes hy sy nuutste invlieg sessie teenoor die arme konstabel Theron afsluit.

"Trap uit my kantoor uit, Theron! Uit! Uit! Uit!" bulder hy rooi in die gesig.

Ellie systap die verbouereerde Theron net betyds wanneer hy struikelend by Malherbe se kantoor uitvlug.

Sy skud haar kop en wys oor haar skouer met haar duim "Wat het die arme drommel nou weer gedoen?"

Malherbe, steeds rooi in die gesig en blasend van woede, sis net deur sy tande "Watter besigheid het 'n mannetjie wat in 'n sirkus grootgeword het om 'n polisieman te wil word. En dan nog so 'n donnerse vrot ene ook!" Hy stamp met sy vuis op sy lessenaar.

"Het julle al enige nuwe leidrade gekry toe julle die gaste ondervra het?"

Malherbe se gesig helder op. "Ons het uiteindelik 'n beskrywing gekry van 'n potensiële verdagte. Darla Fisher het gesê dat sy Olivia met 'n jong man sien gesels het. Sy het hom blykbaar al vantevore ook gesien, maar sy kon nie plaas presies waar nie. Sy sê dat hy baie aantreklik was en utters sjarmant. Hy is ..." Malherbe reik na sy notaboekie voor hy aangaan "omtrent ses voet, donker teruggekamde hare, potloodsnor en donkerbruin oë. Sy sê dit was veral sy oë wat haar opgeval het. Al was hy sjarmant, was sy oë koud en leeg."

Ellie trek haar mond op 'n plooi. Sy voel die gejeuk in haar brein soos haar pa dit stel. "Sersant, behalwe dat hulle vriende is, het Darla en Olivia enige iets akademies in gemeen gehad?"

Sersant Malherbe frons. "Darla is jou tipiese rykmansdogter. Sy het geen verdere studies gedoen nie, behalwe die Egiptiese klub waaraan sy en Olivia albei behoort het.

Allie sit skielik regop. "Dit klink meer soos 'n sosiale samekoms as akademies. Weet jy dalk wanneer die klub vergader het?"

Malherbe knik. "Ja, dit was Woensdae tussen twaalf en twee."

Ellie vlieg op en gryp haar handsak. Met 'n vinnige groet verdwyn sy by die stasie se sydeur uit. Sy dink sy weet waar Darla hulle misterieuse gas vantevore gesien het. Tyd om die saak met haar klankbord te gaan bespreek. Haar dierbare pa.

Ellie en prof Du Randt sit stil en staar diep in die knetterende kaggelvuur. Hulle rol die whisky in hulle glase om en om. "Wat mis ek, Pappa?" verbreek sy die stilte. Sy het elke detail van die saak voor haar pa uitgelê en steeds kan sy nie haar vinger lê op dit wat haar so pla nie.

"Hoe het Malherbe nou weer uitgevind waar hulle Olivia Carpenter se liggaam gaan vind?"

Ellie sit regop om haar pa te antwoord toe alles skielik in plek begin val. Soos 'n lig wat eers net dof begin skyn en dan helderder brand, kom al die feite in lyn en vorm dit die prentjie voor haar. Allie snak na haar asem. Hoe kon sy dit mis kyk? "Pappa! Jy is briljant."

Professor du Randt glimlag. Hy het geweet sy het net 'n subtiele druk in die regte rigting nodig gehad om haar neus die spoor te help vind.

Ellie tel die telefoon op haar pa se lessenaar op en wag 'n rukkie om deurgeskakel te word na die nommer waarna sy gevra het. Sy praat vinnig en na 'n rukkie antwoord 'n verbysterde Malherbe nadat sy haar vermoede met hom gedeel het.

"Ek stuur onmiddellik die lêers oor," is al wat hy sê.

"Goed, ek wag vir hulle by my huis." Na hulle gesprek groet sy haar pa en kry vinnig koers terug na haar huis toe.

Ellie haal haar hoedjie af en trek haar handskoene uit. Sy trek ook haar skoene uit sodat sy geluidloos oor die houtvloer kan beweeg. As sy reg is, behoort hy reeds in die huis of baie naby te wees. Haar vingers voel na die pistol in haar kousband.

Haar voordeurklokkie lui en sy snak liggies na haar asem. Dan gaan ons die direkte benadering neem, dink sy. Sy maak die voordeur oop en dis met amper tevredenheid dat sy die jongman voor haar sien staan.

"A dankie, Theron. Het sersant Malherbe jou met die lêers gestuur?"

Die anders skaam Theron glimlag sjarmant.

"Goeienaand, juffrou Du Randt. Hy het inderdaad. Ek het sommer besluit om hulle self te kom aflaai op pad huis toe."

Ellie dans versigtig om hom, verseker dat sy nie binne sy bereik kom nie. "A maar jy is so bietjie uit jou pad uit. Jy bly tog aan die ander kant van die stad. Meer in die ou mynbuurt ... jy weet, daar waar ons vir Olivia Carpenter gekry het." Sy sien sy oë verdonker en 'n rilling gaan deur haar!

"Jou feeks!" Hy spring vorentoe, maar Ellie was dit te wagte en met 'n enkele klap van haar pistool sak Theron kreunend grond toe terwyl die voordeur oopbars en Malherbe en sy manne by die deur instorm. Ellie sluit haar oë en sak op die armleuning van haar rusbank neer.

Lank nadat hulle Theron weggevat het sit Malherbe en Ellie om haar kombuistafel elk met 'n beker koffie.

"Ellie, hoe het jy geweet?" vra Malherbe.

Ellie neem eers 'n diep sluk van haar koffie voor sy begin praat. "Vanoggend het jy genoem dat Theron uit 'n sirkus agtergrond kom. Iets het aan my gekrap en toe besef ek dat hy met sy sirkus agtergrond, ondervinding met grimering moes hê. Dit het my ook opgeval hoe lank en lenig hy werklik is toe hy uit jou kantoor verby my gestorm het. Die res wat in sy lêer was wat ek vroeër by jou kom haal het, het die leë spasies ingevul.

299

"Albertus Theron se ma was 'n akrobaat in die sirkus en niemand weet wie sy pa was nie. Sy ma het hom erg mishandel en het hom op nege weggegooi toe sy met 'n ryk man weggeloop het. As dit nie was vir die perdemeesteres Suzie McDoogle wat hom ingeneem het nie, weet niemand wat van hom sou geword het nie. Die ringmeester, Hugh Michealson, het later in sy lewe gekom en was vir hom soos 'n vaderfiguur. Michealson het 'n intense belang gehad in Egiptologie. Ek vermoed dit is wat Theron se belangstelling geprikkel het en wat sy pad later met Olivia s'n laat kruis het toe hy ook by die Egiptiese Klub aangesluit het.

"Albertus Theron het egter 'n donker kant. Fluisteringe oor diere wat misterieuse beserings opgedoen het nadat hy hulle hokke skoongemaak het, het begin kop uitsteek en hy is later gevra om die sirkus te verlaat. Dit, nadat hulle kort na sy agtiende verjaarsdag ontdek het dat Albertus 'n alter ego "Hugo" het. Albertus, of liewer Hugo, het 'n handarbeider doodgemaak nadat Albertus hom beskuldig het dat hy 'n sigaret by hom gesteel het. Die regter het hom egter genade betoon na gelang van sy agtergrond. Pleks van die galg, is hy Weskoppies toe gestuur. Na twaalf jaar is hy ontslaan en het probeer om sy lewe om te keer, deur by die polisie aan te sluit."

Ellie neem weer 'n slukkie koffie. "Albertus en Hugo was in konflik met mekaar, tog sou hulle enige iets doen om mekaar te beskerm. Die moord op Olivia was egter vir Albertus te veel, of hy het dalk gevoel dat hy nie meer beheer oor Hugo gehad het nie. Daarom het hy die woord "Indignus" op die lint geskryf, want in die deel van sy brein wat nog normaal funksioneer, het hy besef sy het nie verdien wat Hugo aan haar gedoen het nie. Haar enigste misdaad was dat sy Albertus met deernis behandel het en hy 'n obsessie met haar ontwikkel het."

Dit is lank stil in die kombuis voor Malherbe weer praat. "Hugo was dus as te ware Albertus Theron se skaduman!"

Skildery bedrog

©Jessica Venter

Jean-Pierre du Pont se huis wemel van mense wat sy nuutste Claude Monet skildery kom bewonder en saam met hom vier. Die drank vloei en die kos is in oorvloed. Hy wil bars van trots toe hy die mense om die meesterstuk sien drom. Om te dink hy is een van die gelukkige kunstenaars wat een van die rare skilderye besit.

Matthys le Roux, sy beste vriend wat sy eie kunsgalery besit, kom staan langs hom. "Jy is seker baie trots."

Jean-Pierre kyk met 'n groot glimlag na hom. "Ek is, ja. Weet jy watse rare skildery is dit?"

Matthys glimlag. "Natuurlik sal ek weet. Het jy versekering op die ding uitgeneem?"

"Hoe ken jy my? En ek het ekstra sekuriteit ook ingesit om dit op te pas."

Sy vriend knik goedkeurend. "Dis baie belangrik. Jy wil nie hê iemand moet hom gaps nie." Hy lig sy glas vir 'n heildronk. "Op jou."

Jean-Pierre klik sy glas teen sy vriend s'n. "Dankie, man." 'n Langbeen blond kom aangestap en hy verskuif sy blik na haar. "Sy is darem maar beeldskoon."

Matthys lag. "Jy en die blondines. Ek ken haar. Wag, ek stel jou voor." Matthys draai na haar om haar nader te roep. Sy haak by hom in en kyk met 'n groot glimlag op na Matthys.

"Hoe gaan dit met my gunsteling galeryeienaar?" Sy vlei haar rooi naels oor sy arm.

"Baie goed. Jy lyk opvreetbaar mooi. Ek wil jou voorstel aan die gelukkige eienaar van daai rare

302

skildery." Hy kyk na Jean-Pierre. "Dis Jean-Pierre du Pont. JP, dis 'n goeie vriendin, Heleen."

Heleen kyk met groot oë na hom. "Is dit dié Jean-Pierre du Pont? Die bekende kunstenaar?"

Matthys knik. "Dis die einste." Hy tik haar op die hand. "Ek los julle vir 'n rukkie om te gesels. Ek het gesien een van my ander klante wink my nader." Met die woorde stap Matthys weg.

Jean-Pierre se mond raak droog toe Heleen haar hand op sy arms sit. Die rooi naels staan uit op sy donker baadjie se mou. "Bly te kenne," sê hy skor.

Haar rooi mond glimlag breed. "Ek is so bly ek het jou ontmoet." Sy haak haar arm deur syne. "Wys my jou mooi huis, maar veral jou tuin," flikflooi sy.

Haar parfuum bedwelm hom en hy stuur haar by die sydeur uit tuin toe. Miskien kan hy vanaand nog 'n gelukkie ook inwerk.

Onder die groot boom in die tuin kom hulle tot stilstand. Heleen draai teen sy bors vas. Haar hande gly agter om sy nek. "Dis so romanties hier buite onder die maanlig," fluister sy teen sy mond.

Jean-Pierre kan nie helder dink met die mooi vroumens so teenaan hom nie en hy laat sak sy kop. Sy mond vind hare en hy verloor alle tred met tyd en ewigheid.

Jean-Pierre se kop pyn toe die volgende oggend wakker word. Hy loer deur skrefiesoë na die lig wat deur die gordyne val. Hoe laat is dit? Verward sit hy regop en gryp sy foon. Dis al halftien. Genade! Hy slaap nooit so laat nie. Vinnig staan hy op, maar sy kop draai. Hy sak weer op die bed neer en gryp sy kop vas. Waar kom die kopseer vandaan? Hy het tog nie so baie gedrink nie.

Jean-Pierre probeer dink wat hy kan onthou, maar die laaste wat hy van weet is waar hy en Heleen buite gesoen het. Die res van die aand is 'n waas. Angs vou om sy hart en hy spring op. Met sy hande om sy kop, draf hy sitkamer toe. Hy hoop sy skildery is veilig.

"Sjoe, dit hang nog op sy plek," sug hy verlig en sak op die naaste bank neer. Sy oë gaan deur die vertrek en hy sien die chaos wat die kuiergaste gelos het. Hoekom kan hy niks onthou nie?

Sy blik dwaal terug na sy Claude Monet skildery. Lank staar hy na die rare skat, maar iets krap aan hom. Iets lyk nie pluis nie. Stadig staan hy op en stap tot voor die skildery. Hy bekyk die skildery van hoek tot kant. Alles lyk reg, maar tog voel iets af. Seker maar sy verbeelding, besluit hy en draai om, maar iets in die hoek van die skildery vang sy oog. Hy kyk weer, en sowaar, daar is geen naam geteken nie!

"Hoe op dees aarde is dit moontlik? Die gewilde skilder teken altyd sy werke. Het iemand my skildery vervals?" Hy kyk weer en skud sy seer kop. "Ai, laat ek sommer nou die speurder skakel. Hier is moeilikheid."

Danie stap by Jean-Pierre se huis in. Daar is 'n gewemel van mense. Hy soek tussen die klomp tot hy die kunstenaar op die bank sien sit.

Jean-Pierre spring op toe hy hom sien en stap met groot treë nader. "Danie, ek is so bly jy het gekom. Ek vermoed iemand het my skildery gesteel en die vervalsing in sy plek gehang."

"Ek help enige tyd, jy weet mos. Hoekom het jy die vermoede?" Danie kyk stip na hom.

"Gisteraand nog het die oorspronklike skildery daar gehang, maar vanoggend toe ek kom kyk, sien ek die een hang hier."

Danie kyk oor sy skouer na die skildery. "Nou wat is vreemd van die een?"

"Die kunstenaar teken altyd sy skilderye. Die een is egter nie geteken nie."

"Mmmm. Dit is vreemd." Sy blik dwaal deur die vertrek en haak op Matthys vas. "Wie is dit?"

"O, my goeie vriend en galeryeienaar, Matthys le Roux."

Iets voel vreemd aan die ou, maar Danie sê niks. Hy stap tot voor die skildery om beter te sien. Hy bekyk dit van hoek tot kant. "Wel, ek sal die skildery moet inneem vir vingerafdrukke en sodat ons span beter na die skildery se verf kan kyk."

"Enige iets, asseblief? Vind net my skildery," smeek Jean-Pierre.

Matthys kom staan langs hom. "Enige leidrade?"

"Danie gaan die skildery inneem vir vingerafdrukke en om die skildery van naderby te ondersoek," lig Jean-Pierre hom in.

"Hy lyk of hy sy werk ken," hoor Danie Matthys se stem.

"Hy is die beste," erken Jean-Pierre.

"Hoor hier, wat het toe van jou en Heleen geword gisteraand?" Weer Matthys se stem.

Danie spits sy ore.

"Ons was uit tuin toe, maar verder kan ek niks onthou nie. Ek het vanoggend wakker geskrik met 'n helse kopseer," lig Jean-Pierre hom in.

'n Foon lui en Matthys verskoon homself.

Danie draai met die skildery in sy hande om. "Jammer, ek kon nie help om te hoor nie. Wie is Heleen?"

"O, dis 'n vrou wat Matthys gisteraand aan my voorgestel het."

"En jy kan niks van gisteraand onthou nie?"

"Nee." Jean-Pierre frons. "Hoekom vra jy?"

"Kan ons jou dalk toets vir enige middels?"

"Dink jy iemand het my iets gevoer?"

Danie knik sy kop. "Dis my vermoede. Dit sal die geheueverlies en kopseer verklaar. Ek reël gou dat iemand jou bloed kom trek."

"Dankie, vriend," groet Jean-Pierre toe Danie met die skildery uitstap.

Hy sal na Matthys moet kyk. Die man krap aan hom.

Danie teug aan sy swart bitter koffie waar hy Matthys vanuit sy bakkie dophou. Jean-Pierre se toetse wys iemand het hom 'n middel gevoer. En hy vermoed Matthys en die blonde Heleen is betrokke. Hy teug tydsaam sy koffie terwyl hy die deur van die koffiewinkel waardeur Matthys verdwyn het, stip dophou

'n Halfuur tik verby toe Matthys met 'n blondekop by die deur uitkom. Hy sit dadelik regop. Is dit dieselfde vrou wat by Jean-Pierre was? Hy ruik 'n rot. Danie skakel sy bakkie aan en sit dit in rat.

Sy foon lui net toe hy wegtrek. Dis Anel.

"Ja, Anel?"

"Die skildery is beslis vervals. Ons kunskenner sê die verfkwaliteit en kwashale is heeltemal verskillend van die oorspronklike," lig sy hom in.

Danie val agter Matthys se voertuig in wat deur die verkeer vleg. "Ek het dit vermoed."

"Waarheen ry jy?"

"Ek volg Jean-Pierre se vriend Matthys en die blondekop wat gisteraand by Jean-Pierre was. Ek vermoed hier is iets nie pluis nie."

"Moet ek jou track?"

"Dis dalk 'n goeie plan. Mens weet nooit wat gebeur nie. As jy sien ek staan te lank stil op een plek en ek antwoord nie, stuur jy die span."

"Reg so. Veilig wees." Die foon gaan dood in sy oor. Matthys draai in 'n agterstraatjie af en hou voor 'n ou pakhuis stil. Danie stop 'n paar geboue verder weg sodat Matthys nie onraad vermoed nie en skakel sy bakkie af. Matthys en die blondine verdwyn by die pakhuis in.

Watse plek sal die wees? wonder Danie toe hy uit sy bakkie klim. Hy kyk om hom rond, maar dis doodstil. Niemand sal eens vermoed hier is so plek in die stil straat nie. Stadig sluip hy tot by die staaldeur. Hy luister eers met sy oor teen die deur, maar dis stil. Versigtig trek hy die deur oop en glip in. Die gebou is koud en ruik bedompig, maar daar hang tog 'n reuk van terpentyn en verf in die lug. Hy sit sy hand op sy wapen en stap stadig teen die muur af. Die spanning laat die opgewondenheid deur hom bruis. Hy love sy werk. Al die misterie en dan die vangwerk, doen iets vir hom.

Toe hy om die hoek stap, steek hy vas. Voor hom staan verskeie kunswerke teen die muur en in die een hoek, staan 'n esel met 'n halfgeverfde skildery.

"Deksels," fluister hy sag en stap nader. "Die mense lyk my vervals skilderye en verkoop die oorspronklikes vir miljoene," kom die besef hardop toe hy voor die verlore skildery van Jean-Pierre gaan staan. Hy voel-voel na sy foon. "Aaagg, seker in die bakkie vergeet." Hy draai om om dit te gaan haal, maar loop teen Matthys vas.

"Ek het geweet jy is moeilikheid," mompel Matthys met 'n rooi gesig toe hy hom met iets teen die kop slaan.

Danie val en toe word alles swart.

Dit voel soos ure, voor Danie bykom. Hy probeer sy hande optel, maar iets druk daarteen vas. Danie ruk en pluk, maar die kabelbinders om sy gewrigte is te styf.

"Jy gaan nie loskom nie," bulder Matthys se stem.

Danie kyk op na hom. "Wat is julle plan met al die skilderye? Vervals dit en verkoop die oorspronklikes? Hang jy dan die vervalstes in die oorspronklike se plek sodat die mense nie onraad vermoed nie?" gooi Danie sy vermoede.

Die blondine lag toe sy nadergestap kom. "Jy is te skerp vir jou eie gesondheid."

Danie se blik vernou. "Heleen, neem ek aan?"

Matthys sit sy arm om haar skouers. "Korrek. Ons is al jare bedrywig met ons besigheid." Hy lag af na haar. "Dis net jammer Jean-Pierre moes nou ook bedrieg word. As hy net nie die skildery gekoop het nie, was hy ongedeerd."

Danie woel weer sy hande, maar die kabelbinders wil nie skuif nie. As hy net kan loskom.

Heleen stap met 'n grynslag tot voor hom. "Ons gaan jou en die hele pakhuis vernietig. Al die bewyse gaan saam met jou in vlamme opgaan. Niemand sal ooit weet nie."

"Ha, dis waar jy die fout maak. Die forensiese span sal selfs in die as iets kan uitrig en een en twee bymekaar tel."

Heleen lig haar wenkbroue. "Jy lieg." Sy skop die stof in sy gesig voordat sy wegdraai en die verftas optel. Sy loer oor haar skouer na Matthys. "Ek wag buite vir jou terwyl jy hier klaar maak."

Hy kyk haar agterna toe hy die petrolkan optel en oor die vloer begin uitgooi.

"Jy gaan nie hiermee wegkom nie."

Hy lag hard. *"Watch me."* Matthys gooi die kan kletterend neer en net voor hy die vuurhoutjie trek om dit petrol aan te steek, steier hy skielik vorentoe.

Danie skrik van die klap wat deur die pakhuis trek. Verlig lag hy. "Anel, julle vat ook maar julle tyd," roep hy uit toe sy agter Matthys verskyn.

Sy kom vinnig nader. Pluk die mes uit en sny sy kabelbinders af. "Man, ons moes jou so bietjie laat sweet."

Hy vryf oor sy gewrigte terwyl sy hom ophelp. "Dankie, julle was ook net betyds. Deksels, hy het die goed styf vasgemaak."

Anel kyk na hom. "Ek is bly ons was betyds. Sonder jou is ons eenheid 'n nul op 'n kontrak." Sy kyk na die res van die span wat inkom. "Reg mense, kry elke bewysstuk in die plek. En arresteer die skuldiges." Sy haak by Danie in. "Sal ons 'n dop gaan drink om nog 'n oorwinning te vier?"

Danie lag. "So 'n bek moet jêm kry."

Jean-Pierre staan trots terug om die skildery te bewonder. "Dankie, Danie. Jy is 'n speurder duisend." Hy draai terug na hom. "Ek sal jou ewig dankbaar wees."

Danie lig net sy hand in erkenning. "Ek is bly ons kon sommer die hele skildery-bedrog ontbloot en die skuldiges vastrek."

Jean-Pierre skud sy kop hartseer. "Ek kan dit nou nog nie glo nie. Al die jare dog ek Matthys die beste mens wat ek ken. Wys jou net, niemand is te vertrou nie."

"Ek het van die begin af gevoel iets is nie pluis met Matthys nie."

"Jy is beslis die beste speurder in ons distrik. Ek skuld jou baie. Noem net jou prys?" Jean-Pierre kyk afwagtend na hom.

Danie skud sy kop beslis. "Ek doen net my werk, Jean-Pierre." Hy kyk trots na die rare skildery. "Jy kan eendag een van jou skilderye teen kosprys aan my verkoop?"

Jean-Pierre lag. "Sê net watter een en ek doen dit met liefde. Ek skuld jou baie meer as dit."

Met 'n huppel in sy stap ry Danie by sy vriend se hek uit. Een van die dae is hy ook in besit van 'n beroemde skilder se werk.

Stylvolle selonsroos

©Mari Ströh

Maré hou stil om brandstof in te gooi. Sy gaan óf baie laat wees óf die troue heeltemal misloop. Haar werk is haar passie en om privaat speurder te wees is baie uitdagend. Maar sy put soveel genot daaruit om respeklose antihelde te identifiseer, ongeag die gevaar daaraan verbonde. Spoed is nou die sleutelfaktor, maar sy besef sy sal 'n gerieflike spoed moet handhaaf. Liewer laat as nooit ...

"Is jy gereed vir jou groot dag? Alles lyk so mooi. Ek weet dit gaan die perfekte dag wees, al is dit so warm dat selfs die kraaie gaap! En wat van jou huweliksbeloftes? Jy sê jy het dit al geskryf en dit is gereed?" sê-vra Lisa effens kortasem. Sy is glad op haar senuwees vir Katy se onthalwe.

Katy glimlag ... Daar is 'n duisend sterre in haar oë. "Ja, my vriendin van forever af, kom ek lees dit vir jou." Sy tel haar selfoon van die tafel af op en begin lees: *"Ek belowe om altyd vir jou te veg en jou heelhartig en onvoorwaardelik lief te hê vir die res van my lewe. Ek belowe om jou skouer te wees soos jy myne is. Ek belowe om saam met jou te droom, saam met jou te lag, saam met jou fees te vier en langs jou te loop deur alles wat die lewe vir ons bring. Ek gee jou my hand, my hart en my liefde, van hierdie dag af tot die dood ons skei. Ons liefde sal onvoorwaardelik en ewig wees!*

"Dit is so mooi, ek wil sommer huil!" Lisa vee versigtig oor haar oë om nie haar grimering te bederf nie en snuif onvroulik deur haar neus. Sy druk Katy teen haar vas, maar onderdruk terselfdertyd die skuldgevoel wat in haar maag ronddraai.

"Toe nou jy, ons moet mooi lyk vanmiddag, geen rooigehuilde oë nie. En vir seker word daar ook geen rooi neus op hierdie spesiale dag toegelaat nie, reg?"

Sy knik haar kop en gee vir Katy een van haar mooiste blinkoog glimlagte.

Dit is vlak voor vier en die hitte kleef nog hardnekkig aan almal se lywe vas terwyl hulle hul sit in die klein intieme kapel kry. Ou dominee lyk bietjie senuweeagtig en sweterig, seker van die ouderdom. Die hitte speel natuurlik ook 'n rol. Die "DJ" speel die mooiste mooi musiek. Die bruid laat die mense bietjie wag – dit is mos tradisie.

Lisa sien hoe die spiertjie in Simon, dis nou die bruidegom, se wang begin spring. Sy is lus om op te vlieg en hom 'n stywe druk te gaan gee. Dis mos een van haar vele hartsmense daardie.

By die deur van die kapel beduie Johann, ietwat verward, dat Lisa gou moet kom. Sy skrik haar boeglam. Wat nou?

"Ek moet Katy die kerk inbring," sê hy, "maar sy kry nie haar handruiker nie."

"Alles onder beheer," sê Lisa glimlaggend sonder om te wys dat sy nou ook verward is.

In die aangrensende lokaal staan die houer met yswater wat die proteas en rose moes vars hou ... Die ruiker wat aanvanklik vir die okkasie uit die Kaap ingevlieg is, is nêrens in sig nie. In die plek van die proteas pryk daar nou 'n vetplant met selonsroostakkies tussenin, netjies in goiingsak toegedraai en met die strik van die oorspronklike ruiker vasgemaak. Lisa gaan onbedaarlik aan die bewe en voel hoe die sweet op haar bolip uitslaan.

Sy herken die vetplant dadelik as die *Adenium boehmianum* oftewel *pylgif* soos sy dit ken. Moes sy dan nie op universiteit vir ure die naam in haar kop probeer kry nie? Dit is 'n giftige vetplant wat inheems aan Suid-Angola is. Die Boesmans kook die bitter wortel- en melksap om gif vir hul pyle te berei, wat voldoende is vir die jag van grootwild, aangesien dit oor sterk kardiotoksiese effekte beskik.

Wie sou verantwoordelik wees vir hierdie siek grap? 'n Waarskuwing dalk? Vir wie?

Die sade beskik oor sywaartse veseltossels wat verspreiding deur wind vergemaklik. Sy vryf oor haar arms toe 'n wind juis op daardie oomblik deur die klein saaltjie waai.

Die selonsroos met sy kenmerkende wit blomme pas goed aan in droë gebiede en is daarom 'n gewilde tuinplant, maar alle dele is uiters giftig. Dit bevat die hartverlammende en dodelike gifstof *oleandrien*. Die bitter smaak van die blare verhinder mense gelukkig om groot hoeveelhede op een slag in te neem.

Nou moet sy vinnig dink, die tyd stap aan en Katy mag niks hiervan te hore kom nie. Ten minste nie voor môre nie. Sy drafstap tussen die tafels deur en gryp waar moontlik 'n roos of gipskruid uit die houers op die tafels uit. Terug by die deur van die kapel neem sy die strik wat aan die ronde ystergrendel hang en bind die rose daarmee vas. Perfek!

Haar glimlag aan Katy, reeds in die portaal, is geveins en aangeplak en sy is seker dat haar oë 'n duisend vrae vra. Maar sy vermy oogkontak en druk vir

Katy in die rigting van die deur. As Katy gewonder het wat van die proteas geword het, sê sy nie 'n woord nie.

Einde ten laaste gaan die deure oop.

Almal "oe" en "aa," want heel voor loop die blommemeisies in hul wit rokkies. Elkeen met 'n groter-as-groot materiaalblom. Twee van hulle hou die blomme mooi in die lug, maar Katy se laatlamsussie gebruik die steel sommer so half as 'n wandelstok. Die trots straal uit hul gesiggies. Die dogtertjies word opgevolg deur die strooimeisies wat plegtig hul plekke oorkant die strooijonkers inneem. Prentjiemooi!

Die musiek verander. Almal staan op en kyk hoe Katy saam met haar broer die paadjie afkom, hoe hy vir Simon 'n handdruk gee en dan terugstap tot waar Lisa in die deur bly staan het. Simon lyk gestres. Katy straal.

Die dominee preek sy preek, soos wat dominees mos nou maar doen. En dan is dit tyd vir almal om buite te gaan staan en wag. Elkeen met die mooiste papierkegel in die hand, gevul met allerlei gooibare dinge, van boomsade tot groen blaartjies en duur basmati rys.

Die bruidspaar word behoorlik besprinkel met al die unieke konfetti voordat hulle koers kies vir die fotonemery. Lisa weet dat sy geroskam gaan word oor haar afwesigheid daar, maar nou moet sy iets doen om die tafels te red.

Gelukkig kuier die gaste eers onder die bome rondom 'n tafel, gelaai met heerlike kaas, smere, brode, vrugtestokkies en ook 'n lafenis vir die keel.

Lisa gaan angstig by die gifruiker staan, tree dan 'n paar treë terug en haal haar selfoon uit. Hierdie is 'n geval vir die polisie. Dit moet 'n boodskap van iemand af wees. 'n Dreigbrief dalk? Die plante sal dadelik verwyder moet word voordat iemand dit inasem of selfs daaraan raak.

Lisa bel haar vriendin Maré, die beste privaat speurder in die land. Maré moes die troue noodgedwonge misloop omdat sy uitstedig is om 'n dringende geval van veediefstal te ondersoek ... Maar, sy sal ten minste weet wat om in dié situasie te doen.

"Ek is laat, maar ek is op pad" sê Maré nog voordat Lisa 'n woord kon inkry om die rede vir haar oproep te verduidelik. "Ek het besluit vriende is die moeite werd om voor dissiplinêr aangekla te word!"

Lisa lag, skud haar kop en gee 'n sug van verligting. Dankie tog!

Die troue loop goed af. Die toesprake is kort, die musiek mooi en die kos baie lekker.

Minder lekker is die volgende oggend toe hulle die nuus met Katy deel, met haar ongekamde hare en al. Sy staar geskok na hulle en bewe so groot soos sy is. Sy probeer al Maré se vrae antwoord. Ja, sy vermoed dat Jano iets daarmee te doen gehad het. Hulle was drie jaar saam. Hy het beslis narsistiese neigings gehad. Sy wat Katy is, het nie gedink sy sou daar kon uitkom nie. Dit is net genade dat sy vandag hier sit. Hy het gelukkig twee jaar gelede al Angola toe verkas.

"Ek het nie 'n idee hoe hy van die troue te hore gekom het nie," gaan sy voort. "Ek het gisteraand laat 'n boodskap van gelukwense met sy naam daarby van 'n vreemde nommer af gekry. Die boodskap het net gelees: *Geluk bokkie. Jano.* Ek het lank terug gehoor hy is in 'n verhouding, maar dat die meisie baie jaloers is omdat hy glo erken het hy kan my nie vergeet nie. Hy het glo vir die meisie gesê hy sal my liefhê tot die dag van my dood. Kan dit dalk sý wees?"

Maré frons. "Ek hoop jy het nog die boodskap en die nommer op jou foon? Wie nog? Kan daar nóg iemand wees? By die werk miskien? Iemand wat jaloers is omdat jy meer geld as sy verdien? Jy het ons een dag van haar vertel?"

Katy sug. "Ek twyfel, maar dit is nie onmoontlik nie. Charlotte het wel intussen bedaar, maar die rassekaart word ook gereeld daar gespeel. Ek hoor gedurig dat my velkleur en fake smile die rede is waarom ek alles regkry."

"Kan dit dalk iemand uit 'n vorige verhouding met Simon wees?" Maré kyk stip na Katy.

Katy bly vir 'n oomblik stil en sluk. Haar trane is nou baie naby. Maar nou is nie die tyd om aan die tjank te gaan nie. Simon hou niks daarvan wanneer sy emosioneel raak nie. "Dalk moet jy hom vra," sê sy en staan op om hom te gaan roep.

"Ja," antwoord Simon. "Ongelukkig moet ek erken dat my vorige lewe ook een van hel was. Ek het self vir twee jaar gesukkel om uit die verhouding te kom. Of sy slim genoeg en in staat is om giftige plante te gaan uitsoek, weet ek nie. Ek dink nie so nie, maar ek kan verkeerd wees."

"Goed, dan ek sal by die bloemiste begin. Dalk kan ek 'n nommer of adres daar kry. Miskien het iemand 'n vreemde persoon daar sien rondstaan of loop."

"Julle sal egter die honeymoon moet uitstel tot verdere kennisgewing," sê Maré in haar mooi sagte, maar professionele stem. Simon en Katy kyk na mekaar en frons.

"Lisa, wat van jou? Is daar iets anders wat jy kan onthou of bybring?"

316

Lisa bars byna in trane uit, maar erken dadelik dat dit sy was wat vir Jano vertel het van die troue. "Ek wou sout in sy wonde vryf omdat hy so met jou gemors het, Katy!"

Katy kan nie glo wat sy hoor nie en staar grootoog na Lisa, die teleurstelling en agterdog duidelik op haar gesig te lees. "En jy het onder andere ook plantkunde studeer?" sê-vra Maré. "Jy ken elke plant in die boek?"

"Ek ..."

"Jy weet die giftige stof in die selonsroos se blare, sade en takke kan die hart aantas en 'n mens se dood veroorsaak?" gaan Maré ongenadig voort.

"Ek kan nie glo ek is onder verdenking nie," prewel Lisa. Dit voel vir haar asof sy gaan naar word. "Ek kon net sowel stilgebly het oor alles en die plante doodeenvoudig verdoesel het. Hoekom sou ek die moeite doen om jou te bel, Maré?"

"Kalmeer, Lisa, ek doen net my werk. Moenie aannames maak nie. Ek verdink jou glad nie. Jy het in elk geval nie 'n motief gehad nie ... of het jy? Is daar iets wat ons moet weet? Het hy dalk met jou kop ook gesmokkel? Jy sal jou foon moet inhandig, asseblief ..."

Lisa voel hoe sy warm onder haar kraag raak van pure frustrasie en probeer onverpoos om haar humeur te beteuel. "Hy het 'n keer of wat by my probeer aanlê nadat julle uitmekaar is, maar ek het hom warmplek toe gestuur. Jy weet tog daarvan, Katy, ek het jou vertel!"

"Dit is waar. Jammer, vriendin," antwoord Katy. "Ek is nou net so gerattle dat ek skoon uit my vaarwater is. Sê nou die boef probeer weer ..."

"Goed," sê Maré. "Dan sal ek Jano en sy wyfie kontak en daarna Simon se vorige liefde in die hande probeer kry. Eet julle ontbyt en rus nou eers, ek sal môre weer met julle praat. As jul enigiets anders onthou, kontak my asseblief dadelik. Ek gaan net reël dat iemand vanaand 'n ogie oor julle hou. Wees asseblief te alle tye paraat en versigtig."

Maré staan op en sit haar valhelm op. Sy knipoog vir hulle en glimlag, maar Lisa kan sien dat sy ook nou bekommerd is.

Vanuit haar skuiling aan die oorkant van die gastehuis waar Simon en Katy tuisgaan kan Maré elke beweging dophou. Dit was, toe sy laas gekyk het, reeds 11:45. Lisa het een keer stadig verbygery en toe ook 'n voertuig sonder nommerplate met donker getinte ruite. Laasgenoemde natuurlik baie verdag, maar wat sou Lisa se storie wees?

Sy moes aan die slaap geraak het, verdomp! Oorkant die pad skreeu Simon se voertuig onder die afdak van die gastehuis se alarm. In die huis gaan 'n lig aan en sekondes later weer af. Maré se hand gaan byna outomaties na die vuurwapen agter haar rug terwyl sy stadig orent kom. Sy neem haar oë nie vir 'n oomblik weg van die voertuig en die voordeur af nie. Die lig onder die afdak gaan af en die voertuig se alarm raak stil ... Heel waarskynlik deur Simon in die huis afgeskakel.

Stilte, geen beweging. Maré wag, staan doodstil in dieselfde posisie ... Niks gebeur nie. Ver weg blaf 'n hond en 'n swart kat hardloop vinnig oor die pad ... En dan die bloedstollende gil van 'n vrou binne die huis – vir seker Katy! Maré voel hoe die hare op haar arms regop staan. Sy besluit nogtans om 'n rukkie te wag voordat sy nader beweeg ...

Die ligte in die huis word aangeskakel en die voordeur gaan oop, maar word weer toegeklap. Twee figure geklee in swart kom agter die huis uitgehardloop en spring oor die muur aan die regterkant. Maré beweeg soos blits vorentoe, haar vuurwapen gereed, gerig op die twee skurke wat nou in die straat afhardloop en in 'n aangrensende erf verdwyn. Sy skiet 'n waarskuwingskoot en skree dat hul moet stop. Aan haar linkerkant gaan die voordeur oop en sy hoor Katy histeries huil!

Maré aarsel net vir 'n sekonde lank. Behalwe dat sy nie ophou skree nie, lyk Katy ongeskonde, geen bloed nie. Sy besluit om die verdagtes agterna te sit en hardloop soos die wind agter hulle aan.

"Jano en Charlotte wat saam met my werk? Hoe is dit moontlik? Wat het ek waar gemis?" snik Katy.

Simon het sy hande vol om haar te troos. "Toemaar, Katy," sê hy. "Die twee sal nog betaal hiervoor. Jaloesie mag 'n siekte wees, maar karma is 'n bitch!" Katy huil net al hoe harder en druk haar kop teen Simon se skouer vas. "Ek glo dit nie ... hul het sowaar 'n tweede ruiker deur ons kamervenster kom gooi ... Hulle haat ons!"

Lisa sluit by hulle aan en moet dadelik haar misterieuse bewegings van vroeër aan Maré verduidelik.

"Ek het Jano vanoggend sien ry en het besluit om self te kom kyk of alles reg is hier. Gelukkig het die twee skuld erken en sit nou veilig in die tronk."

Die motief is bekend, die modus operandus duidelik, die profiel eenvoudig – 'n jaloerse minnaar! Maré gaap sonder om 'n woord verder te sê, gee almal 'n drukkie en verkas – om verlore slaap in te haal.

Wie sou nou kon dink dat 'n ruiker vetplante soveel drama en trauma kon veroorsaak. Hoe meer dae, hoe meer dinge!

Maré wonder of sy tot ná die wittebrood moet wag om hulle te vertel ... Dat die plante as 'nie-giftig' geïdentifiseer is en dat Lisa haar skoolgeld moet gaan terugvra.

Jano en Charlotte sal heel waarskynlik op 'n klag van intimidasie skuldig bevind word. Hul het konsternasie, verslaenheid, ontsteltenis en 'n opskudding veroorsaak, maar is reeds vrygelaat.

Sy sit die valhelm op haar kop, giggel saggies en stuur haar ysterperd behendig in die rigting van die grootpad.

Toordal

©Essie Bester

Hy sien die naambord byna te laat. Harry sit die voertuig se flikkerlig aan, trap skerp rem en draal van die teer af. Die grondpad kronkel 'n kilometer of wat tussen doringbome en soetgrasse deur en begin dan in die vallei afsak. Daar's 'n skerp draai in die pad en 'n spruitjie voordat die ou opstal voor hom opdoem.

Onder 'n groepie verskrompelde peperbome staan 'n rooi motortjie geparkeer. Harry bring sy vierwielaangedrewe voertuig langs die Volkswagen Polo tot stilstand, klim uit en neem dan sy tyd om die omgewing te bestudeer. Die huis lê in 'n kom, omring deur die mooie Magaliesbergreeks.

"Mooi né?"

Nou eers sien hy die vrou wat op die stoep verskyn het.

"Ek kan sien waar die plek se naam vandaan kom," knik hy.

"Jy moet die privaat speurder wees met wie ek vroeër oor die foon gepraat het."

"Einste," bevestig hy terwyl hy die stoeptrappies mankerig opstap.

Middeljarig, Boheems met swaaiende oorbelle, klingelende armbande en 'n modieuse swartraambril, merk hy toe hy voor haar staan. Die heldergroen van haar bloesie, pas by haar.

"Iets fout?" Die mooi versorgde vrou vee selfbewus oor haar donkerblonde hare.

"Harry," onthou hy dan sy maniere.

"Rencia Verwey."

"Lieflike plek wat u hier het."

321

"Dis nou nie 'n Garden en Home-huis nie maar dis myne." Sy's mooi as sy glimlag.

"Kom binne."

Harry se voetstappe dawer op die houtvloer toe hy haar nog skraal figuur in die lang skemer gang af volg, haar vrolike Indiese romp swaaiend om haar fyn enkels.

In die sitkamer wag hy totdat sy sit voordat hy in die leunstoel oorkant hare plaasneem.

"U't telefonies genoem dat u baie onlangs vanaf die stad hierheen verhuis het," begin hy geselserig.

Sy knik en hy sien die heldergroen van haar bloesie steek skerp af teen die granaatrooi fokusmuur agter haar.

Hy haal sy notaboek uit, vryf 'n slag deur sy ylwordende hare en begin dan ewe saaklik: "U klagte is ..."

"Dis net 'n gevoel, maar ek's seker iemand hou my dop." Sy druk die swartraambril terug op haar neusbrug en hy merk 'n bewing in haar hande.

"'n Gevoel?" Hy kyk skepties na haar.

Twee rooi kolle verskyn hoog op haar wange.

"Daardie sensasie dat jy skelmpies beloer word ... het u dit al ooit ervaar, Meneer?"

"Harry," help hy haar reg en skud sy kop. "Ek kan nie sê dat ek het nie. Kom ons handel eers die formaliteite af," verander hy van taktiek en bring 'n vorm te voorskyn. "Volle naam en van?"

"Rencia Susanna Verwey."

"Beroep?"

"Skrywer."

Sy wenkbroue lig effens. Skrywers het ryk verbeeldings.

"Van wanneer af ervaar u die beloerdery?" vra hy, sy oë afgewend. Netnou lees sy sy gedagtes.

"Sedert my aankoms hier. Môre sal dit 'n week wees."

"Enige bewyse?"

Sy skud haar kop. "Maar daardie plek gee my die creeps," ril sy en beduie na buite.

Harry beskou die vervalle gebou wat 'n ent van die huis af aan die rand van 'n bloekombos staan met aandag. Hy't 'n spesmaas dat dié vrou se verbeelding met haar op hol is. En sy intuïsie is selde verkeerd.

Uit die hoek van sy oog sien hy hoe haar vingers senuagtig met haar romp vroetel.

"Laat ek gaan kyk." Hy stoot die dokument eenkant toe en staan op.

Buite het die wind intussen opgesteek en roer nou deur die blare. Harry kyk op. Die wolke is besig om dreigend saam te pak. Hy versnel sy pas.

"Ek was al daar, maar weet nie waarna om op te let nie," kom dit uitasem van die vrou, wat soos 'n stertjie agterna draf.

Harry wens sy wil stilbly. Die wind help ook nie. Dit het binne minute kwaai opgetel en bokant die geloei daarvan kan hy sy eie gedagtes skaars volg. Hoe sê hy op diplomatiese wyse vir haar dat sy besig is om sy tyd te mors?

Hy buk onder 'n klompie bosse deur om die klouerige rankers van 'n rankroos te ontsnap en kom dan so vinnig tot stilstand dat sy byna in hom vasloop. Die murasie se mure is fortagtig dik en plek-plek afgedop.

"Wag hier," beveel hy.

Hy tree versigtig na binne. Voël en vlermuismis lê oral rond. Daar's spinnerakke in die plafonhoeke van die vervalle eenslaapkamerhuisie. En natuurlik jare se stof.

Voetspore is wel op 'n paar plekke sigbaar. Maar hy's bereid om daarop te wed dat dit hare is.

Hy skud sy kop en kyk verder rond. In die hoek is 'n ingeboude kaggel met sandsteen afgerond. Sy voetstappe eggo oor die klipvloer. Hy buk by die kaggel, merk dan met verbasing die oorblyfsels van 'n vuurtjie. Hy kyk skerper, meer ondersoekend, frons oor die roesbruin vlek op die vloer net links van die kaggel. Bloed wat droog geword het.

"Enige iets?" roep sy vanaf die ingang.

"Niks," stel hy haar gerus en kom orent. Sonder iets konkreets is dit onnodig om haar nog verder op hol te jaag .

Die eerste reënvlaag sak hard op die verroeste sinkdak uit.

By die deur gryp hy haar aan die pols. "Kom!"

Hulle hardloop deur die reën terug na die plaasopstal.

"Behalwe vir 'n paar skraal bewyse ..." hyg hy uitasem toe hulle terug is in die veiligheid van haar huis.

"Soos wat?" val sy hom angstig in die rede en vee 'n nat haarsliert uit haar oë.

"Soos die voetspore ... " Hy bly betekenisvol stil.

Sy sluk skuldig en haar vingers vroetel oudergewoonte met die materiaal van haar romp. "Wat tien teen een myne is."

Sy is skerper as wat hy gedink het.

Hy skraap sy keel en verskuif sy aandag na die groot houtvenster waaragter die reëndruppels nou 'n ondeursigtige strepiesgordyn vorm.

"Gun my 'n paar dae. Laat ek my navorsing doen. Enigiets anders?"

"Wel, daar's my selfie. Waarvan ek eintlik heeltemal vergeet het," lag sy selfbewus. "Ek wou my vriendinne daarmee beïndruk, maar het dit toe nooit gestuur nie."

"En hoe is dit relevant?" Hy wil nie ongeskik voorkom nie, maar as hy veel langer talm gaan die pad onbegaanbaar wees, selfs vir 'n vierwielaangedrewe voertuig soos syne.

Twee rooi kolle verskyn weer hoog op haar wange. "Dis toe ek die eerste keer van die beloerdery bewus geword het."

"Nou goed dan. Stuur die foto na my selfoon sodat ek daarna kan kyk. Nou moet ek ry." Hy beduie in die rigting van die modderige pad en die mis wat stadig daar buite in die skemerdonkerte begin toesak.

Op die stoep neem Harry 'n oomblik om die skouspelagtige donderstorm te aanskou, draf dan koes-koes na sy voertuig en skakel die enjin aan. In die ligbaan van die voertuig se ligte, val die druppels hard en vinnig. Dit verg al sy bestuursvernuf om die bakkie in die swaar reën en mis op koers te hou. Sy selfoon lui 'n paar keer in sy sak, maar die blitse en die gedruis op die dak doof alle klank.

Dis met verligting dat hy die teerpad 'n halfuur later bereik. Nog 'n uur later parkeer hy voor sy tweeslaap-kamerhuis en grinnik oor die eksentrieke middeljarige vrou. Sy gesig versober terwyl hy sy voordeur oopsluit. Hyself is ook nie meer 'n kind nie. Daarvan getuig die moegheid in sy lyf. Sy nek en skouers is styf van die spanning na die ryery in die reën en mis.

Binne sak hy moeg op die voosgesitte sitkamerbank neer, leun met sy kop teen die swart leer en is binne minute in droomland.

Harry maak sy oë oop en kyk rond, swets binnemonds. Dis die hoeveelste keer wat hy op die bank aan die slaap raak. Hy kom stram orent en vryf sy seer nek, tel dan sy selfoon op. Dis lank na middernag.

'n Notifikasie flits op sy skerm. Mevrou Verwey. Die stempos is 'n deurmekaar gebabbel waarvan hy niks kan uitmaak nie. Skrywershisterie?

Hy bel terug en terwyl hy wag dat sy antwoord skink hy solank vir homself 'n glas rooiwyn. Hy't vanoggend laas geëet. Dok Gert kry 'n oorval as hy uitvind dat hy wat Harry is, terruggeval het in sy slegte eet- en drinkgewoontes. Te hel met Dok Gert besluit Harry net toe mevrou Verwey antwoord.

"Kyk na die foto," beveel sy vreemd kalm, sonder om te groet.

Op die foto is sy slegs 'n grys wasigheid met die vae buitelyne van 'n menslike wese.

Dis drama soos dié wat hy verpes. Hy sug verergd en sukkel om die sarkasme uit sy stem te hou. "Seker te min lig. Jy sal maar weer 'n foto moet neem, dié slag met die flash aan."

"Nee man! Kyk na die leunstoel in die hoek."

Hy rol sy oë hemelwaarts, bestudeer dan weer die foto. Dié slag maak hy 'n dowwe figuur in die leunstoel uit.

"'n Besoeker waarvan jy my nie vertel het nie," kom dit afgemete van hom. Hy voel hoe hy kwaad word. Sy's besig om sy tyd te mors, nes hy gedink het.

"Hoe kon ek?"

Skielik het hy genoeg gehad. Die begeerte om die foon in haar oor dood te druk is groot.

"Hou nou op met jou speletjies. Ek's verdomp moeg."

"Jy luister nie!" vererg sy haar ook nou. "Wat ek probeer sê is dat die man nie bestaan nie. Dis 'n spook!" Dit kan die ligkwaliteit wees. Op die foto lyk Rencia self na 'n spook. Hy sug en besluit om reguit te praat. "Jy's 'n skrywer, Rencia. En mense met 'n skrywersverbeelding raak maklik op hol."

"Kyk weer!"

Snaaks, maar hy't dit nog nooit reggekry om 'n spook te sien nie en hy's al byna vyftig, dink hy sinies terwyl hy sy bene van die bank afswaai en orent kom.

Onder die skerper kombuislig trek Harry met sy duim en wysvinger oor die foto om dit te vergroot.

"Ek's 'n verligte vrou wat altyd gedink het spoke kom uit 'n ander era. Maar nou ... kyk na die oë en sê vir my ek praat snert."

"Dit het my ook eers 'n bietjie uitgegross," sê sy toe die stilte lank begin rek.

Harry sluk die wyn in sy glas in een teug weg. Sy's reg. Die man se oë is kleurloos, sonder siel. Hy't 'n moeë gesig, sy vel bleek teen die eksotiese granaatrooi van Rencia se fokusmuur. Hoendervleis slaan onwillekeurig oor sy hele lyf uit.

"Die oë is vreemd ..."

"n Spook is die logieste verklaring."

"En jy's nie bang nie?" wil hy skepties weet.

"Ek's mos nie 'n banggat nie," lag sy. "Ek't nie vir een oomblik bedreig gevoel in sy teenwoordigheid nie," raak sy skielik ernstig. "Buitendien, spoke is vir my niks vreemds nie. Ek't grootgeword in 'n huis waar my ouma spookstories vertel het uit haar kinderdae op 'n Vrystaatse plaas."

"In jou stempos klink jy redelik na aan histerie," herinner hy haar en skink vir homself nog rooiwyn in sy glas.

Sy lag verleë: "Noudat ek tyd gehad het om dit te oordink, voel ek geensins afgeskrik deur die spook nie. Inteendeel, ek wil hom vreeslik graag sien. En dink net aan die storie wat ek daaroor kan skryf. Trouens, noudat ek daaraan dink, gaan ek sommer dadelik begin skryf. Ons praat môre verder."

Hy wil nog iets sê, maar sy't klaar die konneksie verbreek.

Harry se brein is nou wawyd wakker. 'n Google-soektog onthul dat Toordal in die laat jare sestig aan 'n skilder en sy vrou behoort het. 'n Man met 'n stokkerige figuur en vlaswit hare, soos die een in Rencia se foto.

Harry leun nadenkend terug. Dit maak sin. Sy't vroeër te kenne gegee dat selfs sy, wat maar net 'n skrywer is, die plek kon bekostig. Die stuk grond se prys was natuurlik so laag omdat vorige eienaars gekla het dat die jong man se spook hulle pla.

Hy soek deur sy kontakte en luister ongeduldig na die luitoon.

"Wat?" antwoord sy uiteindelik, haar stem vol ongeduld.

"Móét jy so lank vat voordat jy antwoord?" raas hy.

"Ek's besig! Toe nou, wat wil jy hê?"

"Jou spook het 'n verlede."

Haar lag is klokhelder. "Alle spoke het 'n verlede. "

"Maar hierdie een s'n is nie mooi nie."

"Daar's iets wat ek nagelaat het om jou te vertel," erken sy toe hy uiteindelik sy storie klaar vertel het. "Ek't gister op 'n erg verweerde grafsteen afgekom."

"Kon jy uitmaak wie se graf dit is?" Die speurder in hom is nou goed nuuskierig.

"Ek kon die inskripsie glad nie lees nie. Jy kan self kom kyk. Dis in die tuin voor my kamervenster."

"Voor jou kamervenster?" herhaal hy soos 'n papegaai.

"Seker so vyf meter weg."

"Só naby!"

"Wie's nou dramaties?" spot sy laggend voordat sy vervolg: "Kan ons môre verder oor spoke bespiegel? Dis laat. En my storie kom nou lekker op dreef."

Sy lui summier af en Harry word nie eers kwaad nie. Daarvoor is die klank van haar stem vir hom te mooi.

"Tot môre dan," brom hy in die lugleegte en staan op. Nou het hy 'n dop nodig. Hy stap kombuis toe en gryp nog 'n bottel wyn uit die rak.

Sy brein wil nie afskakel nie. Hy skink nog 'n glas rooiwyn en delf dieper, vind later die storie agter die man met die vlaswit hare. Hy en sy vrou het oënskynlik gelukkig in die huisie aan die rand van die bloekombos gebly. Totdat hy in 'n vlaag van jaloesie sy vrou vermoor het.

Harry leun nadenkend terug. Die roesrooi vlek op die klipvloer! Later het die skilder self 'n brutale dood gesterf, lees hy verder.

Harry blaai weer na die skermfoto onderaan die internet-artikel. Dié slag fokus hy op die vrou aan die skilder se sy. Sy't 'n fyn beenstruktuur en donkerblonde hare, nes Rencia.

Harry skrik homself nugter. Die spook kan baie gevaarliker wees as wat Rencia dink.

Dis tyd om op te hou met drink. Hy sit die bottel ferm terug op die rak. Buite roep 'n uil en Harry ril.

Dié slag lui haar foon net. Hy swets.

Hou jou deure en vensters dig toe. Ek's op pad! stuur hy 'n dringende stempos en grynslag oor die absurdheid daarvan.

Dit het intussen opgehou reën, merk hy met iets soos verligting toe hy na buite storm en in sy bakkie spring.

Sy kuitspiere bult soos sy regtervoet al harder op die petrolpedaal druk. Sommer gou ry hy die stad uit, die donkerte in. Hy kan maar net bid hy's betyds.

Rencia het intussen besluit het om haar storieskrywery vir later te los en te gaan inkruip. Buite haar venster kom die maan agter 'n wolk uit. Dit doop die verweerde grafsteen in 'n onnatuurlike wit lig terwyl sy rustig lê en slaap.

Harry verander van posisie toe hy Toordal se afdraaipad vat. Vooroor gebuig oor die stuurwiel met sy oë stip op die glibberige grondpad, trap hy die brandstofpedaal steeds dieper weg terwyl hy die slote en dongas behendig vermy.

Dit voel soos 'n ewigheid. Uiteindelik doem die opstal dreigend voor hom op. Hy trap rem en die voertuig kom al glyend voor die stoep tot stilstand. Sonder om tyd te verspil spring hy uit. Adrenalien laat hom vergeet van sy seer knie.

Hy draf die stoeptrappe twee-twee op en hamer aan die voordeur. Tevergeefs. Uit pure radeloosheid draai hy die handvatsel. Die deur swaai oop. Hy hardloop dawerend in die donker gang af, op soek na haar. In een van die baie kamers maak hy haar vorm op 'n bed uit en steek in die deur vas.

Net toe swiep 'n ysige wind deur die kamer. Rencia snak in haar slaap voordat haar oë oopfladder. Dis middelsomer, maar Harry kan in die helder lig van die maan sien dat sy bewe van die koue. Hy wil na haar toe gaan, maar iets hou hom terug.

Hy kyk hoe sy opstaan en venster toe stap, haar hand uitsteek om die gordyn toe te trek. Asof die man daar buite net vir hierdie oomblik gewag het, maak hy sy verskyning reg langs die verweerde grafsteen.

Harry sien hoe Rencia verstar. Haar donkerblonde hare slaan staties orent. Met haar hand nog om die gordyne geklem, staar sy na die stokkerige figuur met die vlaswit hare. Hy kry die gevoel dat Rencia en die man mekaar vas in die oë kyk. Verbeel hy hom dit of gloei die man se oë woedend?

Harry kan sien Rencia wil haar kop wegdraai, maar dis asof haar spiere nie wil reageer nie. Dit lyk asof sy wil gil, maar dis of 'n onsigbare hand haar keel toevat.

Die gordyn glip uit haar hand. Toe vlieg sy om en begin hardloop, reg in Harry se arms in. "Ek voel nou wat die vorige eienaars gevoel het en nog meer," bibber sy terwyl koue angssweet op haar voorkop pêrel.

Rencia het toe nooit haar spookstorie geskryf nie. Daardie selfde oggend nog het sy Toordal weer in die eiendomsmark gesit en teruggetrek Pretoria toe, waar Harry nou 'n ogie oor haar hou. Sy lag nooit meer daardie klokhelder laggie van haar nie en haar hare hang pap langs haar gesig.

Verlore Simfonie – Kul jou hier kul my daar

©Marsofine Krynauw

"Conrad, wanneer gaan jy jou belofte nakom en jou vrou los? Vir maande belowe jy my jy sal dit doen ... tog het jy elke keer 'n verskoning om dit uit te stel! Ek is moeg gewag. Ons sal briljant saam wees. Twee siele gebind deur ons passie vir musiek," kerm die beeldskone Amira Hill, Conrad Reese, die wêreldbekende komponis se leerling en ook die meisie waarmee hy al maande 'n buite egtelike verhouding het. Hy kon haar net nie weerstaan nie. Haar uitsonderlike talent in musiek het hom betower, saam met haar skoonheid. Blond, met die pragtigste melkwit vel en die blouste oë. Haar rooi pruilmondjie kan hy oor arias komponeer, om nie van haar sagte vroulike rondings te praat nie. Rondings wat sy gulhartig met hom deel deur die gewaagde laehalsbloesies.

"My liefste Amira, wees net geduldig. Gee my net 'n bietjie tyd ... ons sal saam wees. Ek het jou tog dit belowe. Jy sal nie soos een van my onvoltooide werke wees nie. Jy sal my grootste aria wees."

"Onvoltooide werke? Wys my, en vertel my hoekom jy dit nog nooit voltooi het nie. Dit is tog nie jou persoonlikheid nie, my liewe Conrad?" koer sy.

Effens huiwerig haal hy die sleutel van skryftafel se laai uit en sluit dit oop. Daar is 'n huiwering in hom, tog weet hy sy sal dit nie laat gaan noudat sy daarvan weet nie.

Amira kyk na die onvoltooide bladmusiek en die titels en besef dadelik hoekom hierdie werke onvoltooid is. Mmmm ... die meeste van die werke gaan oor sy vrou!

Hy het sekerlik ophou daaraan werk toe ons verhouding begin het. Dit laat my goed voel ... maar wat nou? Wat as hy dit nog wil voltooi?

Sy skuif agter die vleuelklavier in en begin 'n komposisie genaamd *Meine Liebe, mein Herzschlag*. Haar vingers gly oor die note en 'n pragtige passievolle simfonie vul die vertrek, een vol teerheid en ook hartstog. Dit vul Amira met ongekende afguns en jaloesie. Die man waarop sy haar hele hart verloor het, het hierdie musiek vir 'n ander vrou gekomponeer. Sy hou skielik op met speel en gee die bladmusiek aan hom terug.

"Hoekom hou jy dit as jy dit sekerlik nie gaan voltooi nie, of is jy van plan om dit te voltooi?"

Hy kyk haar stip aan en weet nou moet hy sy woorde baie mooi kies. "As ek dit voltooi, sal dit net wees omdat ek soveel ure daarin gesit het en dit so 'n pragtige melodie het."

"Ek sien ... jy kan dit natuurlik vernietig en 'n simfonie oor óns liefde skryf," stel sy voor.

"Ja, dit is 'n goeie voorstel, my liefste Amira." Tog sluit hy weer die bladmusiek toe in die laai.

Ses maande later is Conrad besig met 'n komposisie. Hy sukkel met die minuet gedeelte en onthou in een van sy onvoltooide stukke is daar 'n soortgelyke minuet. Hy staan op, kry die sleutel en sluit die gedeelte van sy skryftafel oop waar hy dit bewaar. Wanneer hy die laai ooptrek, is dit dolleeg. Daar is niks, nie een enkele blad in daardie laai nie.

"Miskien het ek dit op 'n ander plek weggesluit ... dit is tog nie moontlik nie. Waar anders sal ek dit gesit het? Dit is te kosbaar vir my dat ek onverskillig daarmee sou wees. Dit kan nie weg wees nie!"

Conrad begin sy musiekkamer van hoek tot kant deursoek. Daar is geen spoor van sy onvoltooide komposisies nie. Die hele pak is weg! Ek moet dit vind sonder om 'n groot geraas te maak. Ek sal 'n privaatspeurder moet aanstel. Niemand kom in my musiekkamer, behalwe my studente en ek nie. Ek is altyd saam met hulle daar. Verder bly dit gesluit. My vrou stel in elk geval nie belang om daar in te gaan nie. Maar miskien mislei sy my ... wie anders sou dit geneem het? Dit is net sy wat my sal wil skade berokken.

"Meneer Reese, is jy doodseker dat net jy, jou vrou, en Amira weet waar jy hierdie komposisies gehou het?"

"Ja, Willow, dit is net ons. Amira, is my topleerling, 'n jongvrou wat briljant is in haar eie reg en vir haar nog groot dinge voorlê. Ons is altyd saam hier binne. Daar is geen kans dat sy dit kon neem of sou wou neem nie. Dit is net Milinda ... Ongelukkig is ons huwelik nie op 'n goeie plek nie. Sy is die enigste een wat dit moontlik kon verwyder het om my skade te berokken."

"As jy dan vermoed wie dit geneem het, hoekom het jy my aangestel om dit te soek?" vra Willow Logan, top vroue privaat speurder.

"Dit is net 'n vermoede en die enigste logiese redenasie wat ek kon vind. Hoekom sal iemand dit in elk geval wil steel? Dit is persoonlik en wat wil hulle daarmee doen?"

"Daarop sal ek u nie kan antwoord nie. Miskien wil die persoon dit voltooi en as hul eie die wêreld instuur. U is 'n baie groot gees in die klassieke musiekwêreld. Is u doodseker dat een van u komponis vriende nie dalk van hierdie werke van u weet, of selfs die vrou wat julle huis skoonmaak?"

"My vriende kom nooit in my musiekkamer nie, dit is my heiligdom, so ook nie die vrou wat ons huis skoonmaak nie. Ek laat haar nie hier toe nie. Ek sorg self dat dit stofvry is. Dit is voorwaar vir my 'n nekslag en groot misterie. Hoe het die persoon daar ingekom en geweet waar ek dit toegesluit hou? En hoekom het hulle dit gesteel?"

"Wel dit is nou my werk om dit vas te stel en hopelik die komposisies vir u terug te kry. Ek wil vra dat u niemand hiervan vertel nie, dit kan my werk baie moeilik maak, of die persoon op hulle hoede stel. Ek het my eie metodes om sulke misteries op te los."

"Dit is goed om te weet. Ek hoop om binnekort van jou te hoor, Willow."

Gewapen met foto's van die enigste twee persone wat weet waar hy sy komposisies, wat nou spoorloos verdwyn het, gehou het, stap die swartkop speurder by die herehuis uit. Haar eerste stop is hulle kantore. Op haar rekenaar maak sy die sisteem oop waarop al die inwoners van Leipzig, Duitsland gestoor is met foto's en inligting. Eerste gaan sy die inligting na wat hulle oor Milinda Reese het. Nie veel nie. Lyk of sy haar tyd spandeer in liefdadigheidswerk vir hawelose kinders. Die ander persoon is Amira Hill.

Mmmm, sy is beeldskoon en 'n ware Duitse dame, beslis van die Duitse adel afkomstig. Haar belangstellings is baie interessant. Buiten musiek, is daar een of twee wat Willow se aandag trek.

"Nee reg, dit is tyd om bietjie teepartytjie te hou. Of sal 'n koffiesessie met elkeen beter wees? Natuurlik mag hulle geen idee hê wie ek is nie. Tyd om bietjie liefdadigheidswerk te gaan doen by die *Shelter for Street Kids.*"

"Goeiemôre, Mevrou, ek is Pearl Ross, en wil baie graag vandag vir julle hier by die skuiling met die kinders help."

"Dit is wonderlike nuus, Pearl. Wat 'n mooi naam. Noem my sommer Milinda, Milinda Reese. Ons waardeer altyd ekstra hande. Die kinders het soveel aandag, liefde en versorging nodig."

Vinnig is dit soos 'n bynes van bedrywighede. Kinders wat gevoed word, kinders wat beserings opgedoen het op die strate en versorging nodig het, ander wat klere nodig het. Die dag vlieg om. Teen vyfuur die middag is almal gedaan.

"Milinda, kan ons 'n koffie gaan drink? Genade, daar was heeldag nie tyd vir eet of drink nie, tog was dit wonderlik om te weet mens help iemand. Dit is nou as jy nie liewer huis toe wil gaan nie."

"Geensins. 'n Koffie sal nou wonderlik wees."

Op haar goed geoefende manier lei Willow die gesprek so, dat Milinda uit haar eie oor haarself begin praat. Minute in die gesprek in weet Willow reeds dat hierdie vrou geen belangstelling in haar man se werk, óf komposisies het nie. Haar hele gesprek gaan oor haar passie vir die kinders omdat syself nie kinders het nie. Sy noem nie eens terloops dat sy die vrou van die bekende komponis, Conrad Reese, is nie.

Wel dan kan ek hierdie naam met gemak elimineer. Dit los my met Amira Hill en 'n menigte ander komponiste wat jaloers is op Conrad Reese se sukses.

Amira Hill is nie so maklik om mee te gesels sonder dat sy agterkom nie, want sy is 'n kunstenaar en altyd besig om te oefen. Vir Willow om vir meer as twee minute met haar te kan gesels, sal dit meer werk kos. Sy is dankbaar dat sy deur van haar kollegas as die verkleurmannetjie gedoop is.

Sowat 'n week later val die meetsnoere vir haar presies soos sy dit bestel het.

"Ah, 'n advertensie vir aspirant spelers vir 'n nuwe operette wat hulle wil opvoer."

""Ja, my vrou, waarmee is jy weer besig? Ek ruik al weer 'n hele metamorfose wat gaan gebeur," lag Mark, haar man.

"Net so, net so. Wat ook al dit vat om die werk suksesvol gedoen te kry ... jy weet mos. Jou vrou gaan oor twee dae vir 'n oudisie vir een van daardie rolle, wees gewaarsku."

"Genade, dit is sowaar 'n eerste. Nie dat ek enige twyfel het of jy dit gaan suksesvol bemeester nie."

Twee dae later word Pearl Ross se naam geroep vir haar oudisie. Haar hart begin klop opgewonde toe sy vir Amira Hill van die foto erken as een van die paneellede.

Willow se intensies is glad nie om die rol te kry nie, eerder om Amira Hill te kry om haar touwys te maak en te vertel hoe sy haar spel kan verbeter.

Vir die rede trek sy goed weg en vertolk die rol meer as aanvaarbaar, maar dan begin sy foute maak. Dit is al hoe sy in haar doel kan slaag.

"Juffrou Ross, stop asseblief! Jy het so goed begin, wat het verkeerd gegaan?" vra Amira.

"Ek weet werklik nie. Sal dit opreg waardeer as u my dalk kan help. Ek wil so graag my loopbaan in die verhoogkuns maak. Tog is dit keer op keer dieselfde, ek begin goed en dan weet ek nie wat verkeerd gaan nie."

"Goed, kom sien my môre hier by die teater om tienuur, dan kyk ek of ek u kan help."

"Baie dankie, juffrou Hill, ek waardeer dit regtig. Sien u dan môre." Ah! Doel bereik. Die vis het gebyt.

Die volgende dag is Willow, alias Pearl Ross, stiptelik tienuur by die teater om Amira te spreek.

"Pearl, dit is mos Pearl?"

"Ja, dit is. Ek is so dankbaar dat u bereid is om 'n tydjie af te sonder my te help. U moet baie besig wees."

"Ek is baie besig. Hierdie is nie al wat baie van my aandag verg nie, ek is ook nog 'n voltydse student van die groot komponis, Conrad Reese. My ander liefde is beslis klassieke klavier. Hy is die beste en ek wil hom nooit teleurstel nie. 'n Wonderlike man. Ken jy sy werk?"

"Ek het al van sy werk gehoor, miskien moet ek bietjie gaan rondkrap op YouTube en weer daarna luister. Is hy al gevorderd in sy jare?"

"Nee, hy is in sy middel veertigs, en laat ek jou vertel, 'n baie, baie aantreklike man. Ek glo menige van sy vroue studente is verlief op hom ... Ek is egter in die bevoorreg te posisie om sy topstudent, en ek glo gunsteling, te wees. Hy het my al so baie geleer, dit is beslis 'n voorreg om sy kennis te kan geniet. Sy komposisies is so passievol, maar ook soms so teer – selfs sy onvoltooide komposisies is net fantasties."

"Werklik. Het hy onvoltooide komposisies?"

"Ja, hy het. Ek glo daar is min wat daarvan kennis dra, beslis nie een van sy ander studente weet daarvan nie. Dit is baie persoonlik. Daar is ook baie van die ander komponiste wat bitter jaloers op hom is."

"Wow, dit bleik werklik of julle 'n baie spesiale verhouding het en u bevoorreg is om een van sy studente te wees."

"Daar is geen twyfel daaraan nie. Geen ander leermeester sal sy kennis met soveel passie kan oordra soos hy nie. Kom ons kyk hoe ek jou kan help." Vir die volgende halfuur gaan sy saam met Pearl deur die stuk en gee leidrade hoe om haar senuweeagtigheid te oorkom.

"Dit was nou werklik van groot waarde vir my. Ek sal dit beslis gaan oefen en wie weet, miskien is ek volgende keer suksesvol om 'n rol te land."

"Ek weet jy sal wees. Ek is een van die beste, daarom kan jy weet jy sal na dese sukses hê."

"Ek weet nie of ek nou baie voor op die wa is nie, maar ek sal baie graag een van u eie komposisies wil hoor. Ek neem aan u het u eie vleuelklavier by die huis."

"Beslis het ek, en nee, dit is glad nie voor op die wa nie. Ek speel graag vir jou. Kom ek gee vir jou my adres, dan kom drink jy vanaand by my koffie." Sy skribbel haar adres op 'n papiertjie neer en gee dit aan Pearl.

Genade die vrou is selfvoldaan en ek wonder of sy weet sy dra haar geheime op haar mou en in haar oë. Miskien is dit ook net ek wat dit raaksien omdat ek ook soos sy, bedrewe is in hipnose en kulkuns. Twee van die dinge oor haarself wat sy nie uitgeblaker het nie. Amira Hill, kom ons kyk wie is die beste, die meester op hierdie gebiede.

"En?" vra Mark as sy tuis kom.

"Ek het vanaand my eie privaat konsert om by te woon by Amira Hill se woning! Die grondwerk is gedoen. Vanaand sal ons kragte meet, sy natuurlik onwetend wie van ons die beste in hipnose en kulkuns is."

"Die arme vroumens," lag Mark. Hy vra nie verder uit nie, omdat hy weet sy vrou sal eers praat wanneer sy sukses behaal het.

"Ah, Pearl, welkom, kom binne."

"Dankie, Amira. Sjoe, ek is werklik bevoorreg om hier te wees en na jou te kan luister."

"Sal ons eers koffie drink of wil jy eers na my luister?"

"Ek kan nie meer wag om te hoor hoe jy speel nie, as jy nie omgee nie."

Amira is oorgretig om haar te beïndruk en stap na haar musiekkamer. Sy nooi Pearl om in 'n gemakstoel te sit. Daarna sluit sy 'n kas oop en haal bladmusiek daaruit, sit dit op die klavier neer. Sonder om weer van Pearl notisie te neem, gaan sy sit, sluit haar oë vir sekondes voor sy dit oopmaak en begin speel. Die pragtigste melodie vul die hele kamer. Die musiek is mooi, maar Willow se opgewonde hartslae is nog mooier vir haar.

'n Rukkie later, draai Amira skuins na Pearl. "Ongelukkig is dit nog nie voltooi nie, ek werk nog daaraan."

Pearl staan op en loop na waar Amira sit, sy gaan sit langs haar op die klavierstoeltjie. "Ek het nog nooit gesien hoe lyk die bladmusiek van so 'n meesterstuk nie, sal jy dit vir my wys?"

Amira kyk op en binne in haar oë. Willow hou aan met praat op 'n rustige noot. Amira kry dit nie reg om haar oë van Willow s'n weg te beweeg nie. Na 'n rukkie sien Willow die wasige uitdrukking waarvoor sy gewag het.

"Amira, vertel my, is jy en Conrad Reese in 'n liefdesverhouding?"

"Ja, ons is. Sy vrou is so 'n regte kouevis. Ons siele word verbind deur ons passie vir musiek."

"Vertel my, die stuk wat jy pas gespeel het, hoe lank werk jy al daaraan?"

"Eintlik is dit nie my eie werk nie, dit is Conrad se werk, ek gaan dit net voltooi. Hy weet natuurlik nie daarvan nie."

"Hoe so?"

"Hy het my al sy onvoltooide werke gewys. Op my versoek het hy een gespeel. Ongelukkig vir hom was dit die verkeerde een wat hy gespeel het, dit was een wat hy vir sy vrou gekomponeer het voor ons op mekaar verlief geraak het. Dit het my met jaloesie en afguns gevul. Toe ek hom vra hoekom hy dit nie vernietig nie, het hy gesê hy wil dit dalk nog voltooi omdat hy so baie ure daarin gesit het. Dit is toe dat ek besluit het om al sy onvoltooide werke te steel."

"Hoe het jy dit reggekry? Is hy dan nie die hele tyd daar saam met jou nie?"

"Ja, hy is. Wat hy nie weet nie, is dat een van my studievelde kulkuns en hipnose is. Ek het hom gevra om dit weer vir my te wys en dit eenvoudig uit sy hande laat verdwyn nadat ek hom gehipnotiseer het. Hy sal niks daarvan ooit onthou nie. Nooit weet wat daarvan geword het nie, en dit nooit kan voltooi nie. Hoekom sou hy wou, hy is mos nou vir my lief. Hy sal net vind dat dit verdwyn het en daar is geen spoor om te volg nie."

"Werklik, dit was meesterlik. Ek neem aan jy hou dit in daardie kas wat jy oopgesluit het."

"Ja."

"Kan ek daarna kyk, dit sal wonderlik te wees om so 'n groot gees se werk te kan sien."

"Beslis." Gretig staan Amira op, haal die pak bladmusiek uit en gee dit aan Pearl.

Pearl blaai belangstellend daardeur. "Dit moes hom baie ure geneem het om hierdie werke te komponeer. Wag, ek sit dit liewer terug, dit is baie waardevol."

"Dankie, dit is."

"Amira, kyk vir my."

Amira doen wat sy vra soos 'n gehoorsame kind. Willow haal haar uit die hipnose.

"Sjoe, dit was wonderlik, nou is ek lus vir daardie koffie wat jy my belowe het, Amira."

"Ek is bly jy het die musiek geniet. Klassieke musiek is nie almal se smaak nie, maar dit is my lewe en ek het die beste leermeester."

'n Halfuur later, is Willow op pad na Conrad Reese se huis, sy weet reeds dat sy vrou nie tuis is nie.

"Willow, naand. Het jy al enige vordering gemaak?"

"Ek het, kan ons asseblief in u musiekkamer gesels?"

"Sekerlik." Willow volg hom. Sodra hy die deur agter hulle toemaak en omdraai, hou sy die pak bladmusiek na hom uit.

"Ek glo dit is waarna u soek?"

"Wat! Waar het jy dit gevind? Wie het dit gesteel? Hoe het hulle dit reggekry? Ek weet dit is nie Milinda nie, sy is net met kinders oor die kop geslaan."

"Is dit van belang wie dit geneem het, u het dit mos nou teruggevind?"

"Maar hoe, hoe het die persoon in my huis gekom en dit geneem?"

"Ek het u gewaarsku dat my manier van werk onkonvensioneel is. Kom ons sê maar net dat die persoon ook sulke onkonvensionele metodes gebruik het. Metodes wat geen spoor laat nie, maar dit neem 'n deskundige om 'n meester in misleiding uit te vang. My raad aan u is, om as iets werklik waardevol is vir u, dit in 'n kluis te hou waarvan net u bewus is."

"Ek is verstom en jy maak geen sin nie. Baie dankie dat jy dit vir my teruggevind het. Dit is seker hoekom julle geheime agente genoem word."

"Dit is beslis!"

Kul jou hier kul jou daar, Conrad Reese. Jy kul jou vrou en intussen word jy gekul. Jy mag dalk 'n meester in musiek wees, maar ek is 'n meester in misterie!

Vrees, my erfenis

©Helena Blignaut

Jean Pierre slaak 'n sug van verligting toe die vliegtuig uiteindelik in Johannesburg land. Na bykans drie en twintig jaar in die buiteland is hy vir goed terug in sy geboorteland.

"Home sweet home."

Jean Pierre draai om en glimlag vir sy vriend Ghimpie se opmerking. "Inderdaad, Ghimpie, home sweet home."

"So this is South Africa, land of your birth?"

"Ja, Ghimpie, dit is my geboorteland en nou ook jou tuisland, my vriend." Ghimpie glimlag breed. "Kom ons gaan, die huurmotor wag. Welkom in sonnige Suid-Afrika."

Jean Pierre verkyk hom aan sy vriend en kollega van dertien jaar. Hy is soos 'n kind in 'n speelgoedwinkel. Opgewonde en praat aaneen, beduie geesdriftig na alles. Ghimpie, soos hul hom noem, is ook 'n Suid-Afrikaner by geboorte, maar kort na sy geboorte het sy ouers geëmigreer en hulself in die buiteland gaan vestig. Dit is sy eerste keer in agt en twintig jaar terug in die land.

"I like, I like. Is beautiful mooi, Kapitan."

Die skril gelui van sy foon onderbreek Jean Pierre se gedagtegang. "Durant, goeie middag."

"Meneer Durant, kaptein Durant?"

"Dis reg ja, hoe kan ek help?"

"Moolman hier van Moolman en Vennote Prokureurs, ek het jou nommer by kolonel Botha gekry."

Prokureurs, nou wat sal 'n prokureur met my soek? Ek is dan skaars terug in die land, wonder Jean Pierre.

"Ek is jammer om jou te steur, Kaptein, maar dis 'n saak van dringendheid. Botha het gesê jy is die beste persoon om mee te praat. Jy is mos 'n privaat speurder, dan nie?"

"Ek is ... was in die buiteland, ja."

"Mooi, dan kan jy my miskien help. Jy sal natuurlik deeglik vergoed word vir jou werk. Asseblief, meneer Durant. Soos ek gesê het, dis dringend."

"Nou goed, kan ons iewers ontmoet, dan gesels ons."

Moolman gee hom die adres van sy firma en spreek dan af om mekaar oor twee ure daar te ontmoet.

Jean Pierre krap kop oor die vreemde oproep. Hoekom sal Botha sy nommer vir 'n prokureur gee? Botha weet tog dat hy vandag eers land. Daar is sekerlik ander lede van die polisiemag en speurdiens wat die saak wat so dringend is kan hanteer. Hoe dit ook al sy, hy sal wel uitvind. Hy het gehoop om eers net te 'n maand of wat te rus voor hy weer begin werk en sy kantoor hier weer oop te maak. Hy was lank in Las Vegas, waar hy saam met CSI en soms die FBI as forensiese deskundige en speurder gewerk het. Later het hy sy op sy eie gegaan en as privaat speurder vir homself in die buiteland naam gemaak. Ghimpie was en is steeds sy regterhand deur als. Ghimpie, goeie getroue ou Ghimpie. So gedoop na hy tydens 'n klopjag op 'n dwelmsmokkelsindikaat, ernstig beseer is toe die pakhuis waarop die klopjag uitgevoer is, met 'n bom opgeblaas was. Die dwelmbase het snuf in die neus gekry en die plek opgeblaas met van sy kollegas en polisie daarbinne. Vyf polisielede is in die ontploffing gedood en Ghimpie daarna mank gelaat.

"Ghimpie, ek is jammer, maar lyk my nie ons kan gaan rus nie. Ons ontmoet 'n prokureur oor twee ure. Net genoeg tyd vir verfris en vinnig iets eet."

Ghimpie glimlag suur, maar sê niks.

"Menere, aangenaam. Sit asb. Koffie? Tee?"

Ghimpie skud sy kop. "Nee, dankie."

"Niks vir my ook nie, dankie," wys Jean Pierrie die drinkgoed van die hand. "U het gesê dis dringend?"

"Ja ... ja, dit is. My kliënt, meneer Verwey, het my genader en gevra om hom te help. Hy is opsoek na sy dogter en dis waar jy in kom. Jy sien, Kaptein, die saak staan so. Meneer Verwey het terminale kanker. Sy tyd is min."

"Ek sien ..." Durant vryf oor sy kakebeen. Ghimpie kyk na hom. Hy weet hier kom nou 'n ding.

Moolman oorhandig aan hom 'n dokument. "Dis die lewende testament van my kliënt, meneer Verwey. Als wat hy besit gaan aan sy dogter. Ene juffrou Leonette Verwey. Gebore 18 Julie 1999 in Warmbad. Haar moeder is oorlede tydens die geboorte en sy is deur haar tante grootgemaak. Verwey het alle kontak met hul verbreek na sy vrou se afsterwe en die land verlaat. Hy het onlangs na sy diagnose eers weer terug gekom Suid-Afrika toe. Hy wil graag sy dogter ontmoet, indien moontlik, en dinge regmaak met haar."

Bietjie laat daarvoor, dink Jean Pierre onvergenoegd, maar hou sy gedagtes vir homself.

"Sou jy instem om te help het jy net 'n maand om juffrou Verwey op te spoor en Johannesburg toe te bring."

"'n Maand? U besef wat u vra is nie 'n maklike taak nie. Sy kan enige plek in die wêreld wees."

"Waar ja, soos jy sê, sy kan enige plek wees, maar ons hoop sy is nog in die land."

Jean Pierre stap met die trap af na die kafeteria. Hoe en waar spoor jy iemand op in net 'n maand? Dis soos om 'n naald in 'n hooimied te soek.

"Kapitan, gaan jy job vat om die lady te soek?"

"Ja, Ghimpie, ek dink so. Dit gaan 'n uitdaging wees, maar ons kan dit doen."

Ghimpie fluit. Hier kom 'n ding. Kapitan Jean Pierre is vasberade, hy ken daardie uitdrukking op sy gesig te goed.

Onbewus van die drama wat om haar ontvou, staan Leonette Verwey voor haar klas. Dis doodstil in die klas, want kinders is besig om eksamen te skryf. Oor 'n week sluit die skool, dan gaan sy en Barend weg met vakansie. Eers 'n twee weke toer deur Europa en dan plaas toe. Die Bosveld roep haar. Sy kan nie wag om weer terug te wees in die pragtige Bosveld met die sterre wat net helderder blink in die skoon vars lug, en natuurlik die pragtige natuur en berge nie. Sy het grootgeword in Warmbad op die plaas saam haar aanneem ouers, Deon en Erika.

Erika is haar biologiese ma Lizaan, se tweeling suster. Haar ma is dood met haar geboorte en van haar pa is daar geen taal of tyding nie. Hy het net een aand kort na haar geboorte by Deon se huis opgedaag, die baba vir hul gegee en gesê haar naam is Leonette. Haar net so daar gelos met 'n bottel en haar geboortesertifikaat. Erika wat nooit kon kinders kry en wat stukkend was oor haar suster se dood, het met liefde die kleintjie gevat.

In die begin was daar gemengde gevoelens van kwaad, liefde, haat en verwyt by haar, maar sy het gou besef dis nie die baba se skuld nie. Komplikasies gebeur. Sy het Leonette met als in haar liefgekry en versorg. Vandag is die band tussen hulle sterker as ooit.

'n Week het verloop sedert Jean Pierre die opdrag aanvaar het om Leonette op te spoor. Sover het alle leidrade in 'n doodloop straat geëindig. Hy begin al dink dat hy te veel afgebyt het. Die skuif terug Suid-Afrika toe, 'n nuwe weer begin. Hy het nog nie eers behoorlik sy voete gevind hier op tuisbodem nie, en is klaar by die diepkant ingegooi.

Leonette staan op die stoep voor haar klas. Sy wag vir die kinders om klaar te skryf en hul laaste vraestel vir die kwartaal in te handig. Sy dagdroom oor die vakansie wat voorlê.

Barend, wat vinnig by haar kom inloer het, onderbreek haar gedagtegang. "Is jou goed gepak, my lief? Oor minder as vier ure klim ons op die vliegtuig vir 'n heerlike twee weke toer deur Europa voor ons plaas toe gaan."

Leonette glimlag stil. "My tassie is al lankal gepak, meneer Russouw. Barend Russouw, is 'n lang lenige man met donker hare en blou oë. Enige vrou se droom. Sjarmant aantreklik met goeie maniere en dan daarby nog 'n top chirurg ook.

"Nou toe, laat ek jou nie langer ophou nie. Sien jou later." Hy gryp haar om die middel, druk haar teen hom vas en soen haar vlugtig. Paar van die leerlinge gee lang wolwe fluite en die dogters giggel. "Toe-toe, sy is klaar gevat, manne."

Ghimpie kom die kantoor binnegestorm. "Kapitan, ek dink ek het iets. Kyk hierna. Daar is 'n Leonette Verwey in Baviaanskloof.

"Nou toe, laat ons gaan kyk."

Die rit na Baviaanskloof was vrugteloos. Die Leonette Verwey is al jare gelede dood. Enigste leidraad wat hul wel het, is dat sy die moeder van die kliënt was en dat hy sy dogter na haar ouma vernoem het. En daar het die spoor weer doodgeloop.

Moedeloos draai hy om, steek sy pyp op en stap terug na die motor. Elke keer sodra hy dink hy maak 'n deurbraak, loop hy homself vas. Hoe moeilik kan dit nou wees om een persoon op te spoor? Al inligting wat hy het van haar het, is 'n naam en geboortedatum, verder niks.

Hy kyk geïrriteerd na die foon op die lessenaar toe dit lui. "Meneer Durant, het u al enige inligting vir my kliënt rakende sy dogter?"

"Niks, behalwe doodloopstrate. Ek het wel 'n Leonette Verwey gevind, maar dit meneer Verwey se moeder wat al jare gelede dood is. Dis moeilik om net met 'n naam en geboortedatum te werk. Die moontlikheid dat sy haar aanneem ouers se van aangeneem het, of dalk getroud is, is groot. Sodra ek meer inligting het, of haar wel op gespoor het, sal ek u onmiddellik in kennis stel."

"Ghimpie, ek gaan Warmbad toe om te kyk of ek iets kan uitvind by hospitaal waar sy gebore is. Of dalk die tante in wie se sorg sy geplaas is, kan opspoor. Ons tyd raak min."

"Goed, Kapitan, ry veilig."

By die hospitaal vind hy nie veel uit nie. Leonette se ma is tydens die bevalling oorlede weens komplikasies. Drie dae later het haar pa haar gevat en is daar weg. "Dalk lewer Binnelandse Sake iets op. Vir al wat ek weet is die dogter reeds ook al dood. Wie weet, dalk is daar 'n rekord van haar sterfte."

Hy staan nog so en redeneer met homself toe 'n ouerige vrou in hom vasloop. "Verskoon tog, ek het jou nie gesien nie. Jammer, Meneer."

Jean Pierre glimlag vriendelik al voel hy geïrriteerd. Kan die vroumens nie kyk waar sy loop nie? Hy buk en help haar om die inhoud van haar handsak wat uitgeval

349

het, op te tel. Sy oog val op die paspoort wat op die grond voor hom ooplê. Leonette Verwey se paspoort! Hy staar eers 'n paar oomblik oorbluf na die paspoort voordat hy dit optel. Hoe toevallig kan dit nou wees? Jean Pierre hou die paspoort na haar toe uit. "Hier is jou paspoort, Leonette. Dis 'n besonderse naam," vat hy 'n wilde kans. Hy kan duidelik sien dat die vrou op die paspoortfoto veel jonger is as die vrou wat voor hom staan.

"Dankie." Sy glimlag verleë. "Nee, nee, my naam is Erika, Leonette Verwey is my oorlede suster se dogter. Ek het net haar paspoort kom kry. Sy vertrek oor vier ure Europa toe vir 'n twee weke vakansie saam haar verloofde. Ek is jammer, u sal my moet verskoon, maar ek moet in Johannesburg kom voor sy op die vliegtuig klim." Die vrou druk die paspoort en verdwyn nog voor Jean Pierre behoorlik tot verhaal kan kom.

Jean Pierrie het die paspoortfoto gememoriseer. So in die ry bel hy vir Ghimpie. "Maak gou. Ons moet by O R Thambo Lughawe uitkom, daar is 'n leidraad om te volg." Hy vertel hom kortliks wat gebeur het. "Kry jou daar."

Hopelik is dit dié keer nie 'n doodloopstraat nie.

Die lughawe is 'n miernes van bedrywighede. 'n See van gesigte. Sy kan enige plek wees. Ghimpie loop na die kafeteria saam met 'n sekuriteitsbeampte opsoek na haar. Al wat hul nog weet van Leonette, is dat sy 'n blondine is. En hier is baie blondines.

Voor die badkamers sien Jean Pierre weer dieselfde dame van vroeër in Warmbad. By haar staan 'n jongman in sy vroeë dertigs en wag. Dan gewaar hy die blonde vrou van die paspoortfoto uit die kleedkamer kom. Hy stap nader.

"Goeiemiddag, jammer om te steur. Is u miskien Leonette Verwey?"

"Wie wil weet?" vra sy agterdogtig en kyk verskrik om haar rond.

"Ek is Durandt. Kaptein Durandt. Kan u asseblief saam met my kom?"

"Is...is daar fout, is ek in die moeilikheid? Al my skuld is betaal. Belasting ook ..." Sy word doodsbleek en draai om na die ouer dame. "Is...is dit Pappa? Mamma, sê asseblief Pappa is okay ..."

Jean Pierre vat haar arm vas. "Nee, jy is glad nie in die moeilikheid nie ek wil net gesels. Jammer, as ek jou laat skrik het."

"Ek...ek verstaan nie."

"Asseblief, stap gou saam met my. Ek sal verduidelik."

Jean Pierre neem haar eenkant toe en gaan langs haar op een van die stoele sit. Vra haar 'n paar vrae. Tevrede dat sy wel die persoon is na wie hul soek, verduidelik hy die situasie vlugtig. "Ek is bevrees u gaan die vlug moet verpas, juffrou Verwey. Dit is 'n saak van uiterste dringendheid. Ek kan ongelukkig nie die besonderhede met u bespreek nie. My kliënt wil u so gou moontlik spreek. Hy sal dan alles aan u verduidelik. Ek kan reël dat u hom oor 'n uur ontmoet."

Teenstrydig en onwillig stap sy saam met Jean Pierre terug na waar Erika en Barend wag. Leonette lig hulle in dat sy hulle vakansieplanne sal moet wysig.

Barend is baie bek af. "Wie is die jafel en vir wat wil hy nou juis ons vakansie kom opfoeter. Watse besigheid het hy met jou?"

Leonette draai na Barend. "Liefie, ek is regtig jammer. Ek sal kyk om 'n later vlug te kry Europa toe. Jy kan mos maar gaan soos beplan. Ek kan 'n dag of twee later by jou aansluit. Dit gaan mos nie so 'n groot verskil maak nie."

"As jy nie saam met my gaan nie, gaan ek ook nie," kom dit nors van Barend. "Hoor wat die man soek sodat ons kan gaan vakansie hou. Ek kry jou by jou woonstel."

By Moolman se kantoor aangekom voel Leonette effens lighoofdig. Wat gaan aan? Eers die polisie en nou 'n prokureur.

"Middag Juffrou, kaptein Durandt. Sit gerus. Iets om te drink?"

"Nee ... nee dankie. Kom asseblief tot die punt, meneer Moolman."

"Juffrou Verwey, u vader het my genader en gevra om u op te spoor. Met die hulp van kaptein Durandt, is u nou hier."

"My pa? Ek verstaan nie, hoekom sal my pa na my soek. Hy het my dan by die lughawe kom groet net voor meneer Durant daar opgedaag het."

"U verstaan verkeerd, Juffrou. Ek praat van u biologiese vader, meneer Jaques Verwey. Hy het my 'n tydjie gelede genader om u op te spoor rakende sy testament."

"Sy testament? Wat het dit met my te doen? Is my ... pa dan dood?"

"Nee, Juffrou. U vader het terminale kanker en wil u baie graag sien voor dit vir hom te laat is om met u te gesels. Op versoek van meneer Verwey, wil ek dit ook aan u noem dat u die erfgenaam is, nie net van jou oorlede moeder se boedel nie, maar ook die enigste erfgenaam van jou pa se boedel, wat sy strandhuis in Margate insluit, asook die Bosveldplaas van jou oorlede moeder en 'n hele paar miljoen in kontant en beleggings. Dit is u vader se wens, dat hele boedel aan u oorgedra word, direk nadat hy persoonlik met u gepraat het."

Leonette snak na haar asem. "Word wakker, jy droom," sê sy en knyp haarself hard op die wang. "Eina!" "Juffrou, jy droom nie. Ek verseker u dit is als die werklikheid."

Terug by die woonstel vertel sy Barend alles. In 'n oogwink het haar hele lewe verander. Vanoggend nog was sy net Leonette, 'n vaal en eenvoudige skooljuffrou en nou skielik kan sy die eienaar word van 'n strandhuis en bosveldplaas, asook miljoene in die bank. Dit voel steeds soos 'n droom.

Barend se oë blink. In sy agterkop vorm 'n slinkse plan. Die dollar tekens skitter blink in sy verbeelding. Hy vryf sy hande teenmekaar. Vir nou moet hy baie slim te werk gaan, sy mag niks vermoed nie. Hy maak of hy baie bly is vir haar. "My Bokkie, gaan na die ouman toe. Gaan hoor wat hy te sê het," oortuig hy haar. As sy instem om haar pa te gaan sien voor hy te sterwe kom, word al sy bates dadelik aan haar oorgedra.

As hy sy kaarte mooi speel kan hy sy skuldeisers betaal en as miljoenêr anderkant uitstap. Leonette is blind verlief, sy sal enige iets vir hom doen. Bull Master dreig juis om sy bloedhonde stuur om sy pond vleis te kom opeis.

Barend bel hom ook sommer. "Gee my net 'n week of twee asseblief, ek belowe ek sal jul geld teen dan hê. Ek kry binnekort 'n stewige betaling. Dan kan ek betaal."

"Russouw, jy het 'n week, dan soek ek my diamante en geld. Ek hoef jou nie te sê wat gaan gebeur as jy nie opdok nie." 'n Vieslike lag klink op aan die anderkant van die lyn. Barend ril. Vir 'n wyle omklem koue vrees sy hart.

Terug by die huis, nadat Leonette haar vader gaan besoek het, is sy baie stil. Sy voel oorweldig en verward. Soveel het gebeur in 'n kort tydjie ...

"Liefie, ek kan sien jou hele lewe is omvêrgegooi deur al hierdie dinge. Ek sal van nou af jou finansies vir jou hanteer. Ek ken 'n baie goeie boekhouer wat die geld vir jou kan belê."

"Dankie, Barend, maar die prokureur hanteer als. Daar is reeds deur my pa 'n sisteem in plek en mense wat als professioneel hanteer."

Barend vererg hom. Vervloekte vroumens. 'n Vuishou tref haar vol in die gesig. Skok en ongeloof ruk deur haar.

"Hier is wat gaan gebeur. Jy gaan alles onmiddellik aan my oorteken. Weier jy om dit te doen, sal jy jou ouers nie weer sien nie."

"Wat de hel. Wat het nou in jou gevaar?"

"Hou jou bek, vroumens" Hy gee haar laptop vir haar. "Maak die bank app oop."

"Ek kan nie. Ek het nog nie toegang tot die geld nie. Sulke goed vat tyd. Boedels vat tyd, jy weet dit tog," snik sy.

"Hou op sanik, jou teef. Ek soek die geld en ek soek dit nou, of jy en jou ouers vrek."

"Hoe kan jy so wreed wees? Jy het dan gesê jy is lief vir my, wat het verander? Ek verstaan nie ..."

"O, ek is lief vir jou, maar ek is liewer vir geld. En jy, my Bokkie, het baie, jy is mos nou dik in die pitte."

'n Traan glip oor Leonette se wang. Vrees omklem haar hart. Haar erfporsie het haar nou in vrees gedompel.

Geld maak mense dom. Barend het haar bedwelm en vasgebind. In kombers toegedraai en met haar weggery. Hy het vir Moolman gebel en gesê om vir Jaques Verwey

354

te sê om al die geld binne 24 uur aan hom oor te teken, anders sien hy sy dogter nooit weer nie.

Durandt staan voor sy kantoorvenster en uitstaar oor die stad. Daar is 'n onrustigheid in hom. Sy foon lui skril op die lessenaar. "Durandt," antwoord hy ingedagte. "Kaptein, dis Moolman hier. Juffrou Verwey is ontvoer. Daar word geëis dat al haar erfgeld en besittings onmiddellik aan ene Barend Russouw oorgeteken word, anders sien sy haar ouers nooit weer nie."

Durant sy moermeter pluk verby die rooi. Deksels, dit ook nog! "Ghimpie, gou ou seun, ons moet onmiddellik gewapende wagte in siviele klere na juffrou Verwey se ouers en haar pa in die hospitaal stuur." Hy verduidelik vinnig wat aan die gebeur is. "Die eerste 24-uur is die belangrikste venstertyd in enige ontvoering. Ons moet haar so gou moontlik opspoor."

Dit word 'n stryd teen tyd. Padblokkades is oral op gestel en helikopters word uitgestuur.

'n Week later kry hul Leonette in 'n ou skuur op 'n plaas net buite Hammanskraal. Barend het die sindikaat gekontak met wie hy onwettige diamante smokkel en organe op die swart mark verkoop. Hy was op die punt om vir Leonette oop sny om haar niere te oes, toe die polisie daar inbars.

"Barend Russouw, jy word aangekla van mensehandel en onwettige diamantsmokkelary, asook die handel van menslike organe op die swartmark. Jou doppie is geklink."

"Maar hoe het julle my opgespoor?"

Durant lag. "Jy het vergeet om 'n "burner" foon te gebruik en jou ligging op jou foon was nog geaktiveer.

Slim vang sy baas. Manne, vat hom weg en gooi hom saam res van die gespuis in die selle.

Leonette word per helikopter na die hospitaal geneem

Vier jaar later staan Ghimpie senuweeagtig voor die kansel. Sy hart klop in sy keel toe hy die bruid sien. "Kapitan, I like, I like. My bruid is beautiful mooi."

Leonette glimlag stralend van geluk. Liefde oorwin als.

Waterloo

©Sybie Kleynhans

"Kaptein. Goeiemiddag."

Ben Fourie van die SAPD Speurtak Bloemfontein, skuif die lêer, waarin hy die afgelope uur na oplossings soek, eenkant toe en kyk na die persoon wat kiers voor sy lessenaar staan. "Hallo, Wanda, en ontspan asseblief. Die dae van dissipline is saam met die ou vlag by die venster uit en kom sit. Koffie?"

"Dankie, Kaptein, kan ek vir u koffie skink?" 'n Skalkse glimlag pluk aan haar mondhoeke as sy gesig suur vertrek.

"Jy is blêrrie aspris, ek sit jou permanent op nagdiens as jy weer met 'n 'ge-u-ery' begin. Wat verstroef jou mooi gesiggie so vroeg in die middag?"

"Dit, Ben, en natuurlik die luigatte in die kantoor." Sy stoot 'n gevoude kaartjie oor die lessenaar se blad. Hy tel dit op, begin aan sy koffie drink, vou die kaartjie oop en verstik. Hy beduie na sy rug, Wanda spring op en met 'n blye uitdrukking op haar gesig moker sy hom tussen die blaaie.

"Hokaai. Dankie, jy moer my nou-nou bewusteloos."

"Geskrik, né?"

"Is Costa gek om weer die naam van Waterloo te gebruik nadat daardie naam sy pa se besigheid gesink het? Die naam is boos en dit gaan weer boosheid saamsleep. Het jy nie vir klein Costa vertel nie?"

"Ek het en hy sal vanaand in die restaurant met jou praat. Ons moet by die tweede opening wees, die polisie se teenwoordigheid sal glo alles verander."

"Wat verwag hy, sigbare polisiëring? Hy kan gaan doppies blaas, ek trek nie daai ding aan nie."

"Nee kwaaies, ons gaan onsigbaar wees ..." Sy aarsel en begin dan huiwerig aangaan. "Hy wil ons net daar hê, en om 'n oog oor alles hou."

"Dan gaan ons, hulle het nog altyd uitstekende kos gemaak." Hy staan op en loop na die warmwaterfles. "Nog koffie?"

"Nee, en as jy van lekker kos praat dan is dit pies, gravy en tjips, of dalk vis en tjips?" Sy staan op en hou haar beker uit. "Gaan ons?"

"Yes."

"Onthou, dit is nie meer die ou Waterloo nie, die is vyfster en so ook die drag. Moenie so suurgesig trek nie, jy, ons gaan dit geniet."

"Hmm. Moet ek jou kom oplaai en hoe laat? Hoekom trek jy so 'n donderweer gesig?"

"Ek sal jou kom optel, ek gaan nie met my ontwerpersrok in 'n ou Land Rover klim nie." Hy wil lag, maar sien dat sy dodelik ernstig is en hy verander sy gesigsuitdrukking na 'n ander rat.

"So 'n uithang storie vir die opening van 'n kêffie?"

"Nee, Ben, dit is 'n vyfster restaurant, selfs die burgemeester en raadslede gaan daar wees."

"Hoe laat hou jy met jou nuwe Duster stil, is mos 'n Ford produk?" Hy koets as sy hom met 'n stempel meet. "Okay is 'n Renault, moet erken die Taljaners kan 'n kar bou."

"Franse! Franse, sies vir jou. Die ding begin so negeuur se kant, maar Costa het gevra ons moet vroeër kom. Hierdie is die tweede, maar belangrikste opening."

"Eerste keer wat ek hoor van 'n kêffie of enige ding wat twee keer moet geopen word. Wat het met die eerste opening skeefgeloop?"

"Kan jy wag tot vanaand asseblief, Kaptein?"

"Goed, Adjudant, bring sommer jou lêers dat ek dit kan nagaan."

"Jou bees! Ek maak so, Kaptein, enige iets om u te behaag."

"Jong!"

"Ek is werklik beïndruk. Dankie." Ben kyk verbaas rond, die plek is ongelooflik stylvol en dit verminder die strikdas se drukking om sy keel. "Dankie, vodka, barley en lemonade. Hy sal 'n dubbel Klipdrift, die een met bruin etiket, en koue water neem." Die kelnerin lyk ongemaklik en hou weer die wynlys uit.

"Daardie soort Klipdrift is nie hier nie, net die Klipdrift Export is beskikbaar, daar is ander soorte brandewyn."

"Bring vir hom die beste 10jaar KWV en sorg dat daar nie ys naby kom nie. Hallo, Ben, en jy Wanda, is baie welkom."

Costa Moussaris is kort, soel van voorkoms en het 'n joviale gesig. Hy steek sy hand uit, skud Ben s'n met 'n vinnige beweging en soen Wanda op die wang.

"Wat is fout hier, Cossie, en hoekom die geheimsinnigheid?"

"Ben, dit is asof dit spook hier, mense bestel goed wat hulle nooit kry nie en ander kry goed wat hulle nooit bestel het nie. Die staf praat van vreemdelinge wat hulle werk oorvat. Dit neuk erg en asseblief, ek vra julle hulp. Hier is twee bewys-notas, alles wat julle bestel is op die huis. Geniet dit, en alhoewel dit nie op die spyskaart is nie, sal daar van volgende week af jou pasteie en die res wees. Geniet dit."

"Hier is iets verkeerd, kelner, ek het nie slakke bestel nie en waar is my whisky?" Die man praat van die tafel links van hulle en is duidelik vererg.

"Meneer, dit moet 'n ander kelner wees wat per ongeluk die goed hier op die tafel gesit het. Ek vra om verskoning." Die verbouereerde kelner vat die bord met slakke en loop 'n treë of wat weg. Steek vas, plaas die bord op 'n waentjie, haal die bestelling uit.

"Ek is baie jammer, meneer Villiers, hier is u bestelling. Gebraaide hoenderboudjies en knoffelsous."

"Nee man, is jy simpel, ek het halfrou biefstuk bestel en die dame hier langs my 'n tuna gereg."

Die kelner kyk na die tafel en dan na die bestelling.

"Tafel dertien. Advokaat, u en die metgesel het gebraaide hoenderboudjies bestel, daar is u handtekening." Hy sit die nota neer en die ontstoke man tel dit op.

"Dit is my handtekening, ja, maar ek het nie hoenderboudjie bestel nie." Hy wys die bestelling vir die dame by hom en sy giggel.

"Konrad, was die drankie nie te sterk nie? Kyk jou datum by die handtekening. Dit is vandag die 4de April 2024 en jy het geskryf 7 Januarie 2003."

"Verduiwels, jy is reg, maar magtig, hoekom sal ek so 'n fout maak? Kelner, kanselleer alles en bring vir my twee hoender schnitzels, met die nodige bygeregte. O, en asseblief, vul net ons drankie op."

"Hey, kelner, watse kos het jy hier neergeplak?" Dit is die tweede tafel regs van die twee speurders en die vrou is duidelik ontstoke.

"Dame dit is wat julle bestel het, twee kerrie skaapafvalle en patats."

"Waaat?! Siesa, dink jy ek sal sulke ... sulke dermgoet bestel? Vat weg en bring die regte bestelling."

"Waar is die kelner wat die bestelling geneem het, die plaatjie op sy bors gee hom as Mishack aan?"

"Ek soek na Maria."

"Ek na Mila."

"Dit is wat u vir tafel sestien bestel het, twee kerrie afvalle en kyk op die lysie."

Ben tik liggies aan Wanda se hand. "Kyk ongemerk na die tafel waar die prokureur Letoti en sy gevolg sit. Wat sien jy?"

"Net 'n ryk klomp regslui en hulle is onberispelik geklee. Wat sien jy?"

"Ek het gehoor Letoti bestel biefstuk en skyfies, kyk watse eetgerei is voor hom op die tafel uitgepak."

"Heng. Dammit en weer helvel. Dit was nie toe ons, of liewer hulle, gaan sit het nie en kyk al die mense aan die tafel s'n lyk ook so. Wag, hier kom die koskavalkade nou aan."

"Meneer Letoti, hier is die kos en ek hoop dit smaak heerlik." Die kelner sit die groot bord met 'n silwer deksel voor hom neer.

"Dankie." Die man lig die deksel, laat dit met 'n harde klapgeluid weer val. Die gepraat om hom raak stil en die woedende man se stem sny die res van die stemme stil. "Is dit 'n grap of het jy mal geraak?"

Die kelner met die vreemde, blink gesig haal sy skouers op en skud sy kop. "Meneer Letoti, dit is wat u en die hele tafel bestel het. Varkkoppe en skyfies." Om die tafel klap die deksels met 'n geraas terug en die mense begin mor.

Slegs een vrou vat haar mes en begin sny aan die biefstuk. "Demmit, jy bring vir ons varkkoppe en dit is nie wat ons nie bestel het nie. Dan is hier geen messe of vurke, net 'n spul lepels ..." Hy bly stil en kyk verbaas na die mes in sy hand. Ook om die silwerbak is die eetgerei korrek. Stadig lig hy die silwer deksel en laat dit stadig sak "Tel dit op en sê my wat is daar onder die deksel."

Die kelner se gesig is stil, eintlik nog blinker as voorheen en hy tel die deksel versigtig op. "Daar is die biefstuk soos jy bestel het."

"Nou wat is die ding dat daar net lepels op die tafel was en skielik is daar messe en vurke?"

Die kelner se gesig is uitdrukkingloos en hy loop so twee treë, draai om. Sy stem is hard en duidelik. "Weet nie hoekom jy so bohaai maak oor die eetgerei nie, die meeste van die tyd eet jy alle geregte met 'n lepel."

Die vrou wat besig is om te eet se gil sny alle verdere woorde. "Help! Kyk hier!" Geel in haar gesig en wydgerekte oë wys sy na die reuse, koplose rot in haar bord. Sy gil weer en kyk na haar vurk. Dié is in die rot se kop getand en bloed drup op die wit tafeldoek.

Spierwit in haar gesig staar Wanda eers na die rot in die bord, dan na die rot se kop in die vurk en kyk dan vir Ben. "Wat is besig om te gebeur, smaak my die duiwel is los?"

Ben knik sy kop, vat 'n vurkvol biefstuk. "Jy het die regte woorde gebruik, meisiekind. Die duiwel spook vanaand in die Waterloo." Dit is asof die gille geen ander oor bereik nie en niemand kyk op as die klomp om die tafel die vertrek verlaat, vlug sou amper 'n beter woord gewees het. Orals weerklink daar stemme en die meeste ontevrede ook.

"Asseblief gaste, wees net kalm en bestel asseblief nog drankies, dit sal op die huis wees." Die hoofkelner stap haastig na die hooftafel waar Costa by die baie belangrike persone sit.

"Smaak my ons gaan besope raak en dit sonder om iets te eet. Maar hier is beslis iets vreemds aan die gang."

"Kyk mooi om jou, Wanda, jy ken meer mense as ek en veral die wat kla. Wat is eienaardig aan hulle, behalwe dat hulle welgestelde en vooraanstaande persone is."

"Nee, gee kans, dit lyk my die opening gaan begin."

"Dames, menere en vriende. Baie dankie dat julle die laaste opening van die nuwe Waterloo bywoon. Soos die meeste van julle weet, is die naam reeds baie jare sinoniem met ligte, maar goeie voedsel. Nou het ons die Waterloo tot in die orde van elite eetplekke gedruk en ons gaan in die tops bly. Hier is ons burgemeester, die edele John Makoena om dit offisieel te maak." Onder applous, sagter as wat van die aantal gaste teenwoordig is, staan die gesette man op en lees vanaf die papier in sy hande.

"Baie dankie, Costa en al julle ryk mense, kom eet en drink teen halfprys, dit is mos wat julle goed kan doen."

Dit raak doodstil, die burgemeester kyk na die nota, skud sy kop en met 'n onsekere stem lees hy voort: "Ook aan die eienaar Costa, as ek so rondkyk dan is die niks meer as 'n fênsie fish and chips kêffie nie en ..." Verward gaan sit hy, vee die sweet met 'n gebruikte servet af, vat die bottel Rupert and Rothschild Classic Red wyn en drink sommer so uit die bottel, sit dit neer en breek 'n harde wind op. "Oops waiter, bring nog van hierdie lekker wyn."

Die stilte is breekbaar, dan lag die eerste persoon en die ander volg hom. "Lekker party dié. Kom waiter, bring van daai rooies wat die burgemeester so uit die bottel suip."

"Kelner, bring ander kos, die goed is vrot."

Die kelners, ander personeel en 'n doodsbleek Costa skarrel byna van tafel tot tafel rond in 'n poging om orde te bring. "Asseblief mense, kalmeer net, ek is seker alles sal opgeklaar word."

"Kyk mooi na die mense wat verkeerde bestellings gekry het, of na die kelner wat die bestelling geneem het. Kan jy hulle eien of herken?"

"Ja, ek sal, wel die meeste van hulle. Hoekom?"

"Gee kans, ek wil iets aan die hoofkelner vra en sy staan skuins voor jou."

"Kom ons stap na 'n plek waar dit kalmer is. Wag, die mense is besig om die plek te verlaat, ek wil die tafel nommers hê van die mense wat verkeerde kos gekry het."

"Wat's jou naam, ek sien jy het nie 'n plaatjie aan nie?"

"Kaptein, my naam is Talana Theron."

"Hoe weet jy dat ek 'n kaptein is?"

"Ek dink is Gustav wat my gesê het, Kaptein."

"Gustav wie?"

"Gustav Trisodouris, Kaptein."

"Nou goed, Talana, gaan doen wat jy moet doen."

"Ek sal my bes probeer, Kaptein, sal by die kelners hoor en ook wat gesê is." Talana Theron verdwyn tussen die mense.

Hy wink 'n ouerige veiligheidswag nader. "Weet jy wie ek is?"

"Ja, 'n grootkop in die speurdiens en waarmee help ek?"

"Ek soek die name van al die kelners wat tans diens doen en as ons klaar geëet het, wil ek die admin hoof sien. Kom Wanda, sit eers, ek sien hier kom ons kos."

Die kelner sit die bakke op die tafel, verwyder die deksels en staan afwagtend terug. "Lyk goed en dit is beslis wat ons bestel het. Kom ons eet, gee my jou hand Wansie, ek wil die seën vra." Sy maak so en as hy klaar is, druk sy sy hand en glimlag.

"Niks sal jou ooit verander nie en baie dankie daarvoor."

"Gebede is krag en is kontant. Kom ons eet gou." As die laaste gas by die deur uitstap, roep Ben vir Costa en die res van die personeel in die eetsaal byeen. "Wat ek gaan praat sal nie lank wees nie, maar dit is noodsaaklik. As ek jou naam uitroep, kom staan aan my linkerkant. Talana, Mishack, Maria, Mila ... dit is almal."

Maar geen kelner beweeg na die linkerkant nie.

"Meneer Fourie, ek is Tom Brink, Costa se nuwe admin bestuurder, en ek het geen rekords van die persone nie."

"Glo nie jy sou kry nie. Ken julle meneer Gustav Trisodouris?" Ontkennend skud hulle koppe, behalwe Costa wat weereens verbleek. "Wie is hy, meneer Fourie?"

"Hy was my vader se vennoot en mede-eienaar van die eerste Waterloo."

"Jy is reg, Cossie, wil jy hulle inlig of moet ek?"

"Nee, Ben, is my skuld en ek sal dit self aan die personeel vertel. Hy en my vader het 'n geweldige rusie gehad, mekaar amper te lyf gegaan. Maar my vader het die beherende aandeel gehad en Gustav moes gaan. Hy en sy volgelinge het voor hy moes uit, 'n orgie gehad en die plek aan die brand gesteek. Almal het omgekom en die versekering het uitbetaal. Maar die nuwe Waterloo is in 'n ander voorstad gebou ek kan nie verstaan wat gebeur het nie.

"Saans in die ou Waterloo, is daar duiwels seances gehou en mense is geoffer. Voor die polisie kon toeslaan het die klomp satandissipels in die brand gesterf."

"Maar hoe kom dit weer hier, Ben?"

"Maklik, jy het die naam saamgebring, Costa, en so het die klomp duiwels jou gevolg."

"Dankie, baie dankie."

Twee maande later stap Ben en Wanda weer Costa se spog restaurant binne en hulle groet. "Dit lyk of die plek te klein is, Cossie?"

"Dit is en baie dankie, kyk by elke deur ingang is die simbool van ons nuwe naam."

"Ek het die perdeskoene opgemerk, my vriend."

"Welkom in The Horseshoe." Costa lag heerlik en lei hulle na 'n tafel.

"Hier is die pie, gravy en chips, Kaptein."

Dit was aangenaam en die vleispasteie heerlik.

Weg met die wolke

©Amber Rabie

Sy staan ek kyk hoe Franko met sy tassie die straler betree. Hy het altyd sy tassie by hom, of hulle uiteet of selfs toe hulle Swanemeer gaan kyk het. Dit was nie meer vreemd nie. Hand teen die venster, staan sy en kyk. Die straler styg op van die aanloopbaan. Weemoedig. Laaste wat sy ooit van hom sou sien.

Sou daar dalk 'n toekoms vir hulle wees, ás hy sou bly?

Sy parfuum reuk waai saggies om haar wang, kom lê in haar geheue. Franko! Sy sien hom in haar geestesoog, sterk en 'n mooi man op die oog.

Sy groet in haar gedagtes, maar iets keer haar om die finaliteit te aanvaar. Die lughawe is skielik leeg, musiek neurie saggies in die gange. Dit voel vreemd om nie een persoon te sien nie. Daar moet tog sekuriteit wees, selfs die kiosk is leeg, wat is hier aan die gang?

Sirenes loei in die verte. Haar voete begin 'n vinnige drafstappie ontwikkel. Haar hart voel of daar iets van binne begin uitbars. 'n Benoudheid.

Aanhoudende piep-geluide bring haar terug na die hede, of is dit? Swaar beur haar oë oop, droog, pynlik, van 'n helder lig wat nou op haar skyn.

"Wie is jy, vir wie werk jy?" 'n Onaardige diep stem kraak deur haar brein, bring haar na 'n bewustheid van soldate wat om haar staan.

Na 'n harde gestamp wat haar laat wip soos sy skrik, maak daar 'n groot deur oop.

'n Dokter figuur kom staan langs haar, voel haar pols, spuit iets in haar arm. Dit brand. Sy wil vryf, maar

367

haar hande is vasgebind aan die stoel, sy besef haar voete ook. Haar kopvel voel skielik koud. Haar hare, waar is haar hare?

Sy probeer loskom, maar geen poging kan haar hier vry kry nie. "Waar is ek? Wat gaan aan, ek verstaan nie?"

Soldate begin een na die ander uit die vertrek loop, net die dokter bly staan. "Jy is in hegtenis geneem by die lughawe. Waar was jy om en by tienuur gisteroggend?"

"Wag, wat ... watter dag is dit vandag?"

"Dit is Sondag, waar was jy gister, Saterdag om tienuur?"

"Ek ... ek het 'n vriend by die lughawe gaan afsien. Hy is weg met die laaste straler, net voor tien. Wat gaan aan? Hoekom is ek vasgebind?"

"Die straler, Juffrou, het nooit verder as die lughawe gegaan nie. Kort na opstyg het dit binne in die hoofgebou vasgevlieg. Die President was in daardie gebou!"

Soos 'n uurglas wat deurloop, voel dit of haar wêreld tot stilstand kom.

Haar mond hang oop, sy het dan gesien hoe die straler deur die wolke gaan en verdwyn. Nee, hier moet 'n fout wees. Hoekom sal sy daarvoor aangehou word? Franko! Hy was op die straler, nou sal daar nooit weer kans wees dat sy hom sal sien nie, of dat hulle dalk 'n toekoms sou hê nie. Wel, dit was een van háár drome.

"Ek vra jou weer, vir wie werk jy?!"

'n Harde stamp ruk haar weer weg van die straler in die wolke. "Ek verkoop blomme. Ek het Franko op die derde vlak van die lughawe afgesien. Daar het ek gesien hoe die straler in die wolke verdwyn, dis al. Ek weet niks meer nie!"

'n Soldaat of twee kom weer deur die groot staaldeur. "Sy weet niks," sê die dokter. "Die serum is dubbel die dosis, ons kan nie meer spuit nie."

Die een soldaat kom staan voor haar, plaas sy twee groot hande hardhandig op hare, begin dit afdruk in die houtstoel. "Wie is Franko? En, wat was in die tas? Jou vingerafdrukke was op die tas."

Sy oë is donker, swartgallig, reg voor haar gesig. Sy ruik kerrie, en nog iets wat soos drank sal wees, bier. Sy kan nie die reuk van bier hanteer nie, dit bring slegte herinneringe terug. Haar keel voel dik, suur water begin in haar mond vorm, skielik buig sy vorentoe en gooi op. Óp sy blink swart skoene.

Hy kyk af na sy skoene. Soos 'n draak swaai hy sy hand met een veeg deur haar gesig. Geskeurde lip, bloed drup nou af op haar skouer. Die dokter gryp sy arm, en sy kry ook sommer 'n agterhand. "Wie is Franko!" skreeu hy weer.

Met bloed op haar lippe prewel sy iets. Hy staan weer nader, die keer langs haar, met 'n mes op haar keel. "Wat ... ek hoor nie, wie is Franko?" fluister hy nou teen haar wang. Die bier reuk kom nou twee keer sterker deur. Sy harde baard krap haar sysagte pienk vel. "Wat was in die tas wat Franko by hom gehad het?"

Sy prewel weer iets saggies. Meteens tref die mes haar hand. "Wie is Franco?! Wat ... was ... in ... die ...tas?!" skreeu hy weer in haar oor.

Wat sy kon onthou, is dat Franko net sy reisdokument daarin gehad het, dalk 'n tydskrif, ja, en sy dagboek. Hy gaan nooit êrens sonder sy dagboek nie.

"Ah!" gil sy van die pyn. "Vark, ek weet niks. Hy was 'n sakeman, huise verkoop. Dis al wat ek weet!" Sy agterhand tref haar weer teen die wang.

Die dokter het haarself nou reggeruk, sien hierdie is buite beheer, en stap vinnig uit. Nie lank nie of sy is terug, nog 'n soldaat kort op haar hakke.

Franko! Kan dit wees, maar hy was dan op die vlug? Die brutale soldaat met die bierasem staan skielik op aandag. Hy tree dadelik terug en salueer Franko. Sy begin huil, Franko haas hom na haar. Maak haar los en hou haar in sy arms. Haar hart klop rukkend in haar bors en sy beswyk.

Die tas, wat was in die tas? dink sy die oomblik wat sy haar oë oopmaak. Hoekom sou hulle haar daaroor uitvra? Sy kyk om haar, alles spier wit. Klinies skoon, vreemd. Haar hand is verbind, sy voel steke op haar lip. Moet seker 'n hospitaal wees. "Franko!" Sy roep uit, maar hoor nie haar eie stem nie, dis of sy stom is. Sy roep weer hard.

Sy probeer opstaan, voel swak. Met stywe bene kom sy regop, wankelrig. Haar oog vang iets onder die bed soos sy regop kom. Die tas. Maar sy verstaan nou glad nie. Franko het met die tas op die vliegtuig geklim. Sy wil dit optel, maar 'n beweging trek haar aandag. Die deur maak op 'n skrefie oop. Franko se gesig is eerste wat sy sien.

"Franko, ek verstaan nie, wat gaan aan? Jy was dan op die vlug!" sê sy met 'n hees stem.

"Wanda, jy is skuldig aan hoogverraad. Hier kan ek niks vir jou doen nie. Jou vingerafdrukke is op die tas," sê hy.

"Maar hoe, jy het dit altyd by jou gehad!"

Sy onthou skielik ... Die aand van die ballet, hy het opgestaan om te loop, sy het die tas aangegee. Hy dra altyd handskoene voor hy in sy sportmotor klim, vreemd. Hy het dit selfs aangehad die dag toe hy haar by die lughawe gesoengroet het.

Hy het haar met voorbedagte rade voor die bus ingegooi. "Maar ... waarom ek?"

"Iemand moes die skuld kry. Ek is 'n geheime agent. Ongelukkig het ek toegelaat dat jy te naby aan my kom. Jy moet 'n nuwe identiteit kry. Alles is reeds gereël. Jammer oor jou hare, ek weet dit was jou trots, jou voorkoms moet ook verander. Daar is te veel mense hier wat snuf in die neus kan kry, hulle ken nie my identiteit nie. Hier is mense wat die President probeer doodmaak. Dit was iemand anders wat in die straler geklim het en gelukkig was ek in die gebou en kon hom beskerm. Alles het presies uitwerk soos dit moes."

Al die informasie maak haar kop deurmekaar. Sy gaan sit weer stadig op die bed. Hy haal die tas onder haar bed uit. Sy ruik weer daai parfuum. Hy wás in die lughawe by haar, nádat die vliegtuig opgestyg het!

Hy maak die tas oop. Reisdokumente, paspoort en sy dagboek. Sy sit haar hand daarop. "Wat is dit die, jou dagboek?"

"Ja, vanaf hierdie oomblik is jy Anna ... Anna Bruwer. Ek het alles daarin verduidelik, sodat jy kan verstaan. Hoop jy kan my vergewe?"

Hy draai om en stap uit. "Ja, Franko, ás dit jou naam is."

Sy stap 'n paar minute later uit, met die tas in haar hand. Vergesel verby die soldate, verneder, maar regop om dit nie te wys nie.

Die biersuiper kom stap langs haar. "Jammer oor die hardhandigheid. Dalk kon ons 'n bietjie pret gehad het, mooi ding."

Sy draai om, swaai die tas in een beweging, vol op sy mond. Hy verloor sy balans en maak hard kennis met die grond.

"Jammer, jou bierasem was genoeg om my naar te maak, hoop die tas maak dit vir jou duidelik genoeg."

Anna Bruwer, dink sy. Klink mooi. Sy stap uit, die gesig voor haar laat haar yskoud. Voor haar staan 'n straler. Soos 'n steeks donkie stoot en trek hulle haar tot bo by die trappe. Stamp haar in en skuif die deur toe.

Noodgedwonge gaan sit sy. Hand teen die venster kyk sy hoe die aanloopbaan al vinniger onder haar kleiner word. Die tas, lê styf teen haar been. Haar hand vryf heen en weer daaroor. 'Wanda Walter' dink sy, sal sy nooit weer wees nie, verdwyn vir altyd. Wat was, word Anna Bruwer, so vinnig soos die straler haar in die wolke kon bring.

Geagte Leser

Ons hoop dat u ons boek geniet het en dit boeiend gevind het. U terugvoer is baie belangrik vir ons en vir toekomstige lesers.

Ons sal dit baie waardeer as u 'n paar oomblikke kan neem om 'n resensie op Amazon te skryf. U mening help ander om ingeligte besluite te neem en dit help ons om beter te verstaan wat ons lesers waardeer.

Baie dankie vir u ondersteuning!

Vriendelike groete

Die Malherbe Span